EDGAR WALLACE

# DER ZINKER

# MARY FERRERA SPIELT SYSTEM



VERLEGT BEI
KAISER

Der Zinker
Titel des Originals: »The Squeaker«
Mary Ferrera spielt System
Titel des Originals: »Le Shall See«


Die deutschsprachigen Rechte an diesen neuen Textfassungen und diesem
Doppelband liegen beim Neuen Kaiser Verlag — Buch und Welt,
Hans Kaiser, Klagenfurt,
Schutzumschlag: Volkmar Reiter, unter Verwendung eines Fotos von Thomas Reiter
Reproduktion: Schlick KG., Graz
Satz: Times 10 Punkt, Druck: Wulfenia, Feldkirchen, Kärnten
Bindearbeit: Kaiser, Klagenfurt

EDGAR WALLACE
DER ZINKER
MARY FERRERA SPIELT SYSTEM

# DER ZINKER

# 1

Kein vernünftiger Mensch wäre an einem solchen Abend in den Anlagen von Putney spazierengegangen. Schnee wechselte mit Hagelschauern, und der eisige Wind drang bis auf die Haut. Es war so dunkel, daß Larry Graeme trotz der Laternen, die in großen Abständen an der Straße standen, an jeder Kreuzung seine Taschenlampe anknipsen mußte, um nicht über den Bordstein zu stolpern.

Sein langer Regenmantel und die Überschuhe waren genau das richtige für dieses Wetter, aber der Regenschirm war eher hinderlich. Nach einer besonders heftigen Bö, bei der er fast davongeflogen wäre, klappte Larry ihn schließlich zusammen. Ein bißchen Regen ist gut für den Teint, sagte er sich gutgelaunt. Er blickte auf das Leuchtzifferblatt seiner Uhr. Es war kurz vor halb, und der »Chef« war immer pünktlich. Geizig, aber pünktlich. Larry hatte schon mal mit dem Chef zu tun gehabt und sich eigentlich geschworen, nie wieder ein Geschäft mit ihm zu machen. Der Kerl feilschte schrecklich, aber er war immer flüssig und ließ sich nicht erwischen. Diesmal würde er den vollen Preis zahlen müssen — am Wert der Van-Rissik-Diamanten ließ sich zum Glück nicht deuteln. Die Zeitungen waren voll von dem Raub; die Versicherung hatte genau berechnet, was die einzelnen Stücke im Handel bringen würden. Weil das Ding so groß war, hatte Larry die übliche verschlüsselte Annonce aufgegeben:

»In den Anlagen von Putney (Richtung Wimbledon) wurde Donnerstag gegen 22.30 Uhr eine kleine gelbe Handtasche mit fünf Briefen verloren, die nur für den Eigentümer von Interesse sind.«

Die »gelbe Handtasche« sagte dem Chef, daß Schmuck angeboten wurde. Eine »braune Handtasche« bedeutete Pelze, eine »weiße Handtasche« hieß, daß der Inserent Banknoten an den Mann bringen wollte. Die »fünf Briefe« wiesen darauf hin, daß die angebotenen Artikel einen fünfstelligen Wert hatten.

Es war Donnerstag abend, und Larry stand erwartungsvoll auf der Straße nach Richmond. Der Wind trug die Schläge einer Kirchturmuhr her: halb elf.

»Jetzt!« murmelte Larry.

In der Ferne wurden zwei Lichter sichtbar, die schnell näher kamen. Kurz vor ihm wurden die Scheinwerfer plötzlich aufgeblendet, so daß er unwillkürlich die Augen zukniff.

Das lange Coupé hielt neben ihm, von der Kühlerhaube stiegen Dampfschwaden auf. »Nun?« rief eine barsche Stimme aus dem dunklen Inneren.

»Abend, Chef.«

Larry strengte sich an, die Gestalt zu erkennen. Er hätte seine Taschenlampe benutzen können, aber das, nahm er an, wäre zum einen sehr unhöflich und würde ihn zum anderen auch nicht weiterbringen. Der Chef trug bestimmt eine Maske. Aber da bemerkte er die Hand auf dem heruntergekurbelten Fenster: Sie trug keinen Handschuh; der Nagel des Mittelfingers war gespalten, und über den ersten Knöchel zog sich eine doppelte weiße Narbe. Dann — als sei der Unbekannte sich des prüfenden Blicks bewußt geworden — wurde die Hand unvermittelt weggezogen.

»Ich hab' was für Sie, erstklassige Ware. Haben Sie die Zeitungen gelesen?«

»Van Rissik?«

»Sie sagen es. Zweiunddreißigtausend Pfund wert — hundertsechzigtausend Dollar. Alles leicht zu verkaufen. Die Rissik hat ihr Geld in Steinen angelegt. Keine verrückten französischen Fassungen, die nach wer weiß was aussehen und nichts bringen. Ich schätze, fünftausend sind das mindeste.«

»Zwölfhundert«, sagte die Stimme entschieden. »Und das ist zweihundert mehr, als ich eigentlich dachte.«

Larry holte tief Luft durch die Nase. »Ich lasse normalerweise durchaus mit mir reden . . .« begann er.

»Haben Sie die Klunker dabei?«

»Nein, hab' ich *nicht!*« An seinem Tonfall merkte der Mann im Auto jedoch, daß er log. »Und ich werde sie erst mitbringen, wenn Sie Tacheles reden. Ein Jude in Maida Vale hat mir dreitausend geboten und würde bestimmt noch einen Tausender drauflegen. Aber ich würde das Geschäft lieber mit Ihnen machen, Sie sind sicherer. Verstehen Sie?«

»Ich lege dreihundert drauf, also fünfzehnhundert. Das ist mein letztes Angebot«, sagte der Mann im Coupé. »Ich habe das Geld dabei, und es wäre klug von Ihnen, es zu nehmen.«

Larry schüttelte den Kopf. »Ich fürchte, ich halte Sie auf«, sagte er höflich.

»Sie wollen das Geschäft nicht machen?«

»Wir verschwenden nur unsere Zeit«, sagte Larry, und er hatte kaum ausgeredet, als der Wagen einen Satz machte und so schnell davonbrauste, daß er die Zulassungsnummer nicht mehr erkennen konnte.

Larry zündete seinen Zigarrenstummel wieder an und ging zu dem kleinen Wagen, den er auf dem Parkplatz geparkt hatte. »Heute abend dreht Shylock sich im Grabe um«, sagte er nur.

Knapp eine Woche später verließ Larry Graeme das »Fiesole«, ein Restaurant in der Oxford Street, und kein Beobachter hätte gedacht, daß er nicht das sei, was sein Äußeres vorgab, ein Herr von Welt, der sich den mittleren Jahren näherte, ein Mann, der gutes Essen und andere irdische Annehmlichkeiten zu schätzen wußte. Die Gardenie im Knopfloch seines Fracks schien seine Lebensfreude zu signalisieren, und er hatte allen Grund, sich zu freuen, denn Mrs. van Rissiks Juwelen hatten einen guten Preis gebracht, und kein Mensch in der Riesenstadt London dürfte Wind von der Sache bekommen haben. Larry arbeitete nämlich immer allein.

Als er auf dem Trottoir stand und auf ein Taxi wartete, trat ein großer, stämmiger Mann neben ihn und nahm ihn freundschaftlich am Arm.

»Hallo, Larry!«

Der lange graue Aschenkegel am Ende der Zigarre Larrys fiel aus keinem erkennbaren Grund aufs Pflaster — das war das einzige Anzeichen des Schrecks, den er bekommen hatte.

»Hallo, Inspektor«, sagte er strahlend. »Wie schön, Sie wiederzusehen.«

Das war eine Lüge, aber Larry hatte gute Manieren. Mit einem schnellen Blick hatte er erfaßt, daß in seiner unmittelbaren Nähe drei Kollegen Inspektor Elfords standen. Er ergab sich in sein Schicksal, stieg mit den Kriminalbeamten in ein Taxi und rauchte und plauderte sehr unbefangen, während der Wagen nach Scotland Yard fuhr.

Die Formalitäten waren schnell erledigt. Larry Graeme lauschte der Anklage stumm, mit einem leichten Lächeln auf dem braungebrannten Gesicht.

»Ich wohne Blaybury Mansions achtundneunzig«, sagte er dann. »Sie könnten mir vielleicht einen Anzug holen lassen. Ich möchte nicht als Oberkellner verkleidet vor den Untersuchungsrichter treten. Und noch etwas — könnte ich vielleicht diesen Barrabal sprechen, von dem man so viel hört? Er soll ja eine ganz tolle Nummer sein . . . Es gibt da nämlich ein paar Leute, mit denen ich eine Rechnung zu begleichen habe. Tun Sie mir den Gefallen, Elford.«

Elford glaubte nicht, daß jener geheimnisumwitterte Kriminalbeamte Larrys Bitte erfüllen würde, doch als die Stahltür hinter Larry ins Schloß gefallen war, ging er in das Büro Chefinspektor Barrabals und fand diesen, eine Pfeife zwischen den Zähnen, über einigen Schriftstücken aus dem Archiv brüten.

»Ich habe Larry verhaftet, Mr. Barrabal«, sagte Elford. »Er läßt fragen, ob Sie die Güte hätten, ihm einen Besuch zu machen. Ich habe ihm gesagt, es sei unwahrscheinlich, aber Sie kennen ja diese Burschen.«

Der Chefinspektor lehnte sich zurück und runzelte die Stirn. »Er möchte mich sprechen? Ich muß langsam was gegen meinen Ruf tun«, sagte er, und Elford lachte.

Ganz Scotland Yard fand es ungeheuer belustigend, daß Chefinspektor Barrabal, der so viele nichtsahnende Bösewichter zur Strecke gebracht hatte, nie in einen Zeugenstand getreten war und daß selbst die Gerichtsreporter kaum mehr als seinen Namen kannten. Er saß nun schon seit acht Jahren in seinem Raum im dritten Stock zwischen langen Aktenreihen und prüfte und verglich alle möglichen unscheinbaren Indizien, die für manch einen gerissenen Halunken das Ende bedeuten würden. Er war Dutchman Goom, dem Heiratsschwindler und Mörder, auf die Schliche gekommen, obgleich er ihm nie begegnet war. Der Vergleich einer Annonce aus einer Londoner Zeitung mit einer Kurzmeldung aus einem obskuren deutschen Blatt hatte zum Lebenslänglich für die Brüder Laned geführt, und sie waren die raffiniertesten und vorsichtigsten Erpresser gewesen, die es seit Menschengedenken gegeben hatte.

»Ich werde unseren Freund besuchen«, sagte er endlich und ging hinunter in die dunkle Zelle, wo der verstimmte Larry in Abendkleidung mit welkender Gardenie eine etwas merkwürdige Figur abgab.

Larry, der in seinem Leben viele Polizisten kennengelernt hatte, begrüßte den Besucher mit einem verschmitzten Lächeln. »Danke, daß Sie gekommen sind, Chefinspektor«, sagte er. »Sie haben mich erwischt, und ich werde Ihnen keine Schwierigkeiten machen. Außerdem liegt in meinem Koffer im Shelton Hotel genug, um mich zehnmal hinter Gitter zu bringen. Ich bin schon immer zu vertrauensselig gewesen, das ist mein Fehler.«

Barrabal antwortete nicht, wartete auf die unvermeidliche Frage. Sie kam prompt.

»Wer hat mich verpfiffen, Chefinspektor? Wenn Sie mir das sagen, gehe ich mit fliegenden Fahnen in den Knast. Ich möchte nur wissen, wer das Schwein ist, das mich verzinkt hat.«

Barrabal sagte immer noch nichts.

»Drei Typen kommen in Frage« — Larry zählte an den Fingern ab —, »aber ich werde keinen Namen nennen. Erstens der Mann, der die Ware gekauft hat, aber er ist in Ordnung. Dann Nummer zwei, der mich gern in die Pfanne hauen würde, aber er ist in Frankreich. Und dann der Kerl mit dem kaputten Nagel, der mir fünfzehnhundert für die Steine geboten hat, die zwölftausend wert sind, aber er konnte eigentlich nicht wissen, wer ich bin.«

»Zinken *Sie* doch zur Abwechslung mal«, schlug Barrabal vor. »Wer ist der Mann mit dem kaputten Nagel?«

Larry grinste. »Ich singe nie«, sagte er, »sparen Sie sich die Mühe. Ich weiß, daß es keinen Sinn hat, Sie zu fragen. Der Bulle, der einen Zinker verpfeift, muß erst noch geboren werden.«

Er sah den Kriminalbeamten erwartungsvoll an, und Barrabal nickte. »Sie glauben, daß einer von drei Hehlern Sie verraten hat«, sagte er. »Sagen Sie, wie sie heißen, und ich gebe Ihnen mein Wort, daß ich ja sagen werde, sobald der richtige Name fällt.«

Larry schüttelte den Kopf. »Ich kann nicht zwei verraten, um einen zu kriegen. Das wissen Sie so gut wie ich.«

Der Chefinspektor strich nachdenklich über seinen kleinen schwarzen Schnurrbart. »Ich habe Ihnen eine Chance gegeben«, sagte er dann. »Vielleicht komme ich morgen früh noch mal, ehe man Sie zum Polizeigericht bringt. Es wäre sehr klug von Ihnen, mir die drei Namen zu sagen — solange wir unter uns sind.«

»Ich werd' darüber schlafen«, sagte Larry.

Barrabal ging langsam zu seinem Büro zurück, schloß seinen Safe auf, nahm eine Stahlkassette heraus und öffnete sie. Sie enthielt zahlreiche Zettel mit getippten Hinweisen, manchmal nur wenige Worte, manchmal ein Dutzend oder mehr Zeilen. Sie waren alle mit derselben Maschine geschrieben, und jeder von ihnen war ein anonymer Tip. Irgendwo in London saß ein großer Hehler, der seine Finger in jedem krummen Ding hatte, seine Zuträger in allen Vierteln der Stadt. Die kleinen Zettel waren der Preis, den Diebe zahlten, die ihre Beute woanders verkauften.

Er nahm den obersten Zettel: Das war der Hinweis, der zuletzt gekommen war.

»Mrs. van Rissiks Schmuck wurde von Larry Graeme gestohlen. Er ging als Hilfskellner verkleidet auf ihr Fest. Er verkaufte die Ware an Moropoulos, den Griechen aus Brüssel, mit Ausnahme einer Brillantbrosche in Sternform, die Sie in seinem Koffer im Shelton Hotel finden werden. Moropoulos lehnte die Brosche wegen der rosa Brillanten ab, die seiner Ansicht nach zu leicht zu erkennen sein würden.

PS: Die Brosche liegt im doppelten Boden von Larrys Koffer.«

Keine Unterschrift. Der Zettel bestand aus dem gleichen Papier wie die anderen, die der Unbekannte ihm geschickt hatte.

Chefinspektor Barrabal strich sich wieder über den Schnurrbart und betrachtete das Papier unter halbgeschlossenen Lidern.

»Zinker«, sagte er leise. »Ich kriege dich schon noch!«

## 2

Zweieinhalb Jahre nach Larrys ehrerbietiger Verbeugung vor dem Richter — er hatte zu seiner angenehmen Überraschung nur drei Jahre bekommen — ging ein Paar den Kiesweg parallel zu der Straße zwischen Marble Arch und Hyde Park Corner entlang. Das Laub nahm herbstliche Färbung an. Die beiden gingen auffallend langsam; zwar strahlte die Sonne von einem wolkenlosen Himmel, aber der kalte Ostwind brachte einen Vorgeschmack des kommenden Winters.

Der Mann war knapp über vierzig, gut mittelgroß und stämmig. Sein faltenloses, jungenhaftes Gesicht ließ ihn auf den ersten Blick zehn Jahre jünger wirken, aber die grauen Strähnen in seinen schwarzen Haaren korrigierten diesen Eindruck.

»Ich muß schließlich leben«, sagte er gerade. »Und es gibt

nicht mehr so viel Arbeit wie vor dem Krieg. Außerdem ist es eine ganz gute Stellung.«

Beryl Stedman schüttelte den Kopf. »Es ist nichts für Sie, Captain Leslie«, sagte sie. Nach kurzem Zögern fuhr sie fort: »Eines begreife ich einfach nicht. Wenn ich nur wüßte, ob Sie verletzt sind, falls ich es Ihnen sage?«

»Mich kann nichts mehr verletzen«, sagte er. »Schießen Sie los!«

Trotzdem fiel es ihr schwer, die rechten Worte zu finden. »Frank sagt, Sie seien im Büro sehr unbeliebt, und das kann ich nicht verstehen . . . Sie werden ihm doch nicht erzählen, daß ich es Ihnen gesagt habe, nicht wahr? Ich weiß, es ist ein Vertrauensbruch, aber . . .«

Er nickte. »Ich bin unbeliebt, sogar verdammt unbeliebt«, sagte er. »In einem gewissen Sinn bin ich genau das Gegenteil Ihres liebenswürdigen Verlobten.« Die Worte waren sarkastisch, aber ohne Bitterkeit oder Selbstmitleid. »Frank Sutton kann anscheinend nicht anders, er muß sich bei allen lieb Kind machen. Es ist beinahe lustig, wenn man die Kniefälle sieht, mit denen er jeden Morgen begrüßt wird.«

»Sie sind boshaft.«

»Verzeihung, das war nicht meine Absicht«, antwortete er schnell. »Aber es *ist* lustig — lehrreich trifft die Sache vielleicht besser. Ich glaube, wenn er die Leute bäte, eine Woche lang jede Nacht durchzuarbeiten, würden sie es noch als Privileg betrachten! Wenn ich sie dagegen bäte, nach Feierabend noch fünf Minuten zu bleiben, würden sie mir an die Gurgel fahren.« Er lachte vor sich hin. »Nur einer scheint mich zu mögen«, fuhr er dann fort. »Ein gewisser Tillman, er hat erst vor einem Monat angefangen. Aber ich bin nicht sicher, ob seine Bewunderung uneigennützig ist. Und dann ist da noch . . .« Er verstummte plötzlich.

»Sie haben noch jemanden entdeckt, der Sie mag?« fragte sie ironisch.

Er lächelte. »Ich weiß nicht. Suttons Sekretärin ist immer nett zu mir, beinahe freundlich. Vielleicht arbeitet sie schon so lange für den guten Frank, daß seine Gefallsucht abgefärbt hat.«

»Jetzt sind Sie ausgesprochen gemein.«

»Ich weiß.« Er sagte es so fröhlich, daß sie ihm nicht böse sein konnte.

Irgendwo auf der Welt gibt es für jede Frau einen Mann,

bei dem Kennenlernen und gegenseitiges Verstehen eins sind. Schon bei der ersten Begegnung sind sie einander so vertraut, als hätten sie sich ein Leben lang gekannt. Es ist, als seien zwei voneinander getrennte Teile plötzlich wieder zusammengefügt worden.

Als John Leslie die Verlobte seines Arbeitgebers kennengelernt hatte, war eine unendliche Erleichterung über ihn gekommen, eine unbestimmte innere Freude, als hätte er endlich gefunden, was er unbewußt schon immer gesucht hatte.

Sie war sehr hübsch, aber keine von den Schönheiten, die ins Auge fallen. Ein Mädchen mit grauen Augen und einem sensiblen Mund, der sich gern zu einem halben Lächeln öffnete. Als er erfuhr, daß sie verlobt war, hatte er einen Moment lang gemeint, die Welt gehe unter.

Frank Sutton, ein wohlhabender und einnehmender, glänzend aussehender junger Mann, glich einem lebenden Dynamo. In den Büros seiner Exportfirma in Chalford Chambers ging es zu wie in einem Bienenstock. Er verschmähte keinen noch so kleinen Auftrag. Erfolgreiche Geschäftsmänner mit Suttons Ehrgeiz sind bei ihren Angestellten selten beliebt, aber nicht so Frank Sutton. Sein offenes Lächeln, das Schmunzeln, mit dem er gute wie schlechte Nachrichten quittierte, der Händedruck, mit dem er etwas von seiner Vitalität weiterzugeben schien, all das machte ihn fast unwiderstehlich.

»Ja . . . Es ist sehr interessant«, sagte John Leslie. Es klang halbherzig, aber Beryl nahm es nicht persönlich. Sie fühlte sich vielmehr in ihrer Ansicht bestärkt.

»Wenn er bloß nicht ganz so vollkommen wäre«, sagte sie und seufzte kaum hörbar. Dann fragte sie unvermittelt: »Übrigens, kennen Sie einen Mann namens Barrabal, einen Beamten von Scotland Yard?«

Leslie nickte. »Ich kenne ihn zwar nicht persönlich, das tun nur wenige, aber ich habe von ihm gehört. Er stand vor ein paar Wochen in Zusammenhang mit irgendeinem Fall in allen Zeitungen. Warum?«

»Frank hat gestern abend von ihm gesprochen«, sagte Beryl. »Er fragte Mr. Friedman, ob er ihn kenne. Frank hatte nämlich den Einfall . . .«

Sie zögerte, nur eine Sekunde, aber die Hast, mit der sie weiterredete, sagte Leslie, daß sie etwas ausplauderte, das sie eigentlich für sich behalten sollte. »Im Büro fehlten ein oder zwei Pakete, aber das wissen Sie ja . . . Frank dachte daran,

Barrabal hinzuzuziehen. Aber das wissen Sie sicher auch, nicht wahr?«

»Nein«, sagte Leslie gleichgültig. »Ich glaube allerdings nicht, daß Barrabal sich mit solchen Kinkerlitzchen abgibt. Er ist kaum der Mann, der den Racheengel für kleine Strolche spielt. Apropos Racheengel, da kommt jemand, der ziemlich sauer sein dürfte, wenn er mich mit Ihnen zusammen sieht.«

Zwei Männer kamen ihnen entgegen, beide großgewachsen, obgleich Lew Friedman, der eine, durch seine gebückte Haltung kleiner wirkte. Er hatte ein hartes Gesicht, eine große Nase, einen breiten, dünnen Mund und ein energisches Kinn. In diesem Fall trog das Äußere nicht, denn er war ein Selfmademan, der sich rücksichtslos nach oben geboxt hatte. Sein Begleiter, ein jüngerer Mann mit blonden Haaren und blauen Augen, lächelte beim Anblick der beiden, während Friedman sie streng musterte.

»Ich dachte, du äßest mit Mrs. Morden, Beryl«, sagte er unfreundlich.

»Ich habe Captain Leslie in der Oxford Street getroffen«, erklärte sie schnell.

»Sicher zufällig, nicht wahr? Wie schön«, sagte Friedman, aber der Ton strafte die Worte Lügen. Dann wandte er sich an Leslie. »Sie arbeiten sich anscheinend nicht tot, oder?«

»Wer tut das schon«, lautete die kühle Antwort.

»In meiner Firma soll sich niemand totarbeiten«, sagte Frank Sutton, den es nicht zu stören schien, seine Verlobte zusammen mit seinem Geschäftsführer zu treffen. »Wer zwischendurch mal einen Spaziergang machen möchte, kann das ruhig tun.«

Dann blickte er Beryl lächelnd an.

»Und du läßt dir von Lew keine Angst machen, verstanden? Lew ist ein alter Romantiker. Er bildet sich immer ein, jemand wolle mit seinem kleinen Schatz davonlaufen . . . nicht wahr, Lew?« Er stieß den anderen mit dem Ellbogen in die Rippen und lachte.

Lew Friedman verzog säuerlich das Gesicht. Eine Pause entstand, und dann nahm Sutton seinen Geschäftsführer am Arm.

»Wir haben sicher alles besprochen, Lew, und ich bin sicher, daß du Leslie nicht weiter aufhalten möchtest.«

Leslie versuchte, Beryls Blick auf sich zu lenken, aber sie war verlegen und sah geflissentlich in eine andere Richtung.

Einige Sekunden später ging er mit dem redseligen und gutgelaunten Sutton, der sich über die dummen Vorurteile alter Männer verbreitete, den Weg zurück, den er gekommen war.

»Das Merkwürdige ist, daß Friedman Sie mag, aber er scheint sich in den Kopf gesetzt zu haben, daß Sie ein leichtfertiger Lothario sind! Ich nehme ihm nicht mal übel, was er zu Beryl gesagt hat, denn er hat das Alter erreicht, in dem man ewig mißtrauisch ist. Dagegen kann man nichts machen.«

Leslie hatte eine Zigarette aus einem silbernen Etui genommen und strich sie glatt. Er lächelte unsicher. »Sie selbst haben nichts dagegen, daß ich Beryl dann und wann treffe?«

Interessanterweise machte er weder den Versuch, sich zu entschuldigen, noch wies er darauf hin, daß die Begegnungen mit der Verlobten seines Chefs vollkommen harmlos seien.

Frank Sutton zuckte mit den Schultern. »Großer Gott, nein!« sagte er. »Ich nehme an, Sie hatten die letzten zehn Jahre kaum Gelegenheit, hübsche junge Damen kennenzulernen, und ich denke, es wird Ihnen guttun. Es macht Ihnen doch nichts aus, daß ich ganz offen rede?«

Leslie schüttelte den Kopf.

»Sie sind ein Experiment. Ich mache dauernd Experimente, und die meisten haben mir letztlich geschadet. Ich möchte Sie heilen . . . ich sage nicht ›resozialisieren‹, das klingt so affektiert. Halbe Sachen haben mich noch nie gereizt. Ich glaube an die gründliche Methode.«

Selbst das empfindlichste Ohr hätte nichts Gönnerhaftes aus seinen Worten heraushören können. Seine Begeisterung klang echt.

»Beryl ist ein nettes Mädchen«, fuhr er fort. »Ich würde auch dann so denken, wenn ich ein Außenstehender wäre. Ich bin kein Pascha, der meint, Frauen sollten in Gegenwart von Männern einen Schleier tragen. Ich habe Lew auch schon gesagt, ein Mädchen könne gar nicht genug Männer kennen, aber er ist so verdammt altmodisch . . .«

Er bestritt den größten Teil der Unterhaltung, während sie zur Oxford Street gingen, wo sein Wagen wartete, und auf der Fahrt zum Büro legte er seine Theorien weiter dar.

Die Firma Frank Sutton & Co. nahm drei Stockwerke eines großen Eckgebäudes beim Middlesex-Krankenhaus ein. Es war kein feines, aber ein sehr geschäftiges Viertel, dessen Hauptstraße parallel zur Oxford Street lief. Sutton hatte vor sechs Jahren klein angefangen und es in der Zwischenzeit weit gebracht. Er hatte Niederlassungen in der ganzen Welt und ein Lagerhaus an den East India Docks, und anders als die meisten Exportkaufleute handelte er nicht nur mit einer bestimmten Warengruppe, sondern machte alle möglichen Geschäfte, kleine und große.

Als sie den breiten Flur entlangschritten, von dem die verschiedenen Abteilungen der Firma abgingen, sprach er über die breite Skala seiner Tätigkeiten.

»Da liegt eine große Chance für Sie, Leslie, wenn Sie nur mit dem Herzen dabei sind . . .« Dann änderte sein Ton sich plötzlich, und er sah den anderen an. »Aber Sie müssen aufrichtig mit mir sein!«

John Leslie erwiderte den Blick ohne eine Spur von Verlegenheit. »Ich verstehe Sie nicht recht«, sagte er.

»Ich verstehe *Sie* nicht recht!« entgegnete Frank gelassen. »Ich wüßte gern ein bißchen mehr über sie. Zum Beispiel, wo Sie Ihre Abende verbringen und was für eine Nebenbeschäftigung Sie haben. Ich gehe ein großes Risiko mit Ihnen ein. Lew Friedman weiß das nicht. Sie verbergen etwas vor mir, und ich wüßte gern, was es ist.«

Leslie antwortete nicht. Er senkte kurz den Blick, aber dann sagte er schmunzelnd: »Ich dachte, Sie wüßten genug. Doch um Ihre Neugier zu befriedigen, will ich Ihnen sagen, was für eine Nebenbeschäftigung ich habe. Ich kaufe billige Dinge und verkaufe sie teuer, und wenn mir dann noch Zeit bleibt und etwas für mich herausspringt, zinke ich ein wenig.«

## 3

Frank Sutton starrte seinen Angestellten an.

»Sie kaufen billig Dinge und verkaufen Sie teuer«, wiederholte er langsam. »Und wenn Ihnen dann noch Zeit bleibt . . . zinken Sie? Ich verstehe nur Bahnhof.«

»Kann ich mir denken«, sagte John Leslie lächelnd. »Sie kennen eben nicht die Branche, in der ich früher gearbeitet habe.«

Sutton wurde ernst. »Sie sind mir ein Rätsel. Ich glaube, ich habe noch nie jemanden wie Sie gekannt.«

»Da haben Sie was versäumt«, erwiderte Leslie kühl.

»Ich werde nicht mal fragen, was ›zinken‹ heißt . . . Es klingt alles andere als honorig.«

Leslie war nicht auf den Schlips getreten. »Ich *bin* nicht honorig«, sagte er. »Ich bin so wenig honorig, daß ich den bewundernswürdigen Mr. Friedman sehr gut verstehen kann. An Ihrer Stelle würde ich nicht zulassen, daß ich mich weiterhin mit Beryl treffe. Und an Ihrer Stelle würde ich mir sogar überlegen, dieses Angestelltenverhältnis sofort zu lösen. Verzeihen Sie meine Offenheit, aber Sie sind ein Narr, mich überhaupt eingestellt zu haben, ich meine, in Anbetracht meiner . . . Vergangenheit. Nicht einer von tausend aufstrebenden jungen Kaufleuten hätte ein solches Risiko auf sich genommen. Und nicht einer von einer Million würde zulassen, daß ich mich mit einem reizenden Mädchen wie Beryl Stedman treffe. Sie sind einzigartig.«

Frank seufzte, als bereite ihm seine Einzigartigkeit heftige Gewissensbisse. »Vielleicht bin ich das«, sagte er, um dann unvermittelt zu fragen: »Wie macht sich übrigens dieser Tillman?«

»Ich sehe ihn nicht viel — warum?« fragte Leslie, der wenige Schritte vor seinem Büro stehengeblieben war.

Sutton streichelte nachdenklich sein Kinn. »Ich weiß nicht. Er ist genauso merkwürdig wie Sie. Irgendwie traue ich ihm nicht über den Weg, obgleich seine Papiere in Ordnung waren. Ich wünschte, Sie würden mir sagen, was Sie über ihn denken.«

»Wenn Sie ihm nicht über den Weg trauen, warum werfen Sie ihn dann nicht hinaus?« fragte Leslie kurz, und Sutton verzog das Gesicht.

»Ich bin zu menschenfreundlich, das ist mein schwacher Punkt. Der arme Teufel brauchte Arbeit, und ich konnte ihn schlecht abweisen, nur weil mir sein Gesicht nicht paßte.«

Vom anderen Ende des Korridors rief jemand, und mit einem schnellen Winken eilte er hin. Dann erklang wieder sein fröhliches Lachen, und er verschwand mit dem Mann, der ihn begrüßt hatte, um eine Ecke.

Leslie ging zur Tür, drückte lautlos die Klinke hinunter und betrat sein Büro, einen behaglich eingerichteten Raum, dessen auffallendstes Merkmal ein gewaltiger, in eine Wand eingelassener Geldschrank war. Außer seinem Schreibtisch stand noch ein kleinerer Schreibtisch im Zimmer, denn der Geschäftsführer teilte sich das Büro mit Suttons Sekretärin.

Die Dame war nicht da, aber Leslie erblickte jemand anderen. Ein Mann beugte sich über seinen Schreibtisch und wühlte in den dort liegenden Schriftstücken herum. Leslie beobachtete ihn amüsiert und sagte nach einer Weile: »Haben Sie etwas verloren, Tillman?«

Tillman fuhr herum, und ein ratloser Ausdruck huschte über sein ausgemergeltes, braunes Gesicht. Er fing sich jedoch schnell wieder.

»Ja, ich habe eine Rechnung verlegt.« Seine Stimme war kühl, beinahe herausfordernd.

»Wie lange sind Sie nun schon bei uns, Mr. Tillman?«

Der Mann blickte zur Decke, als rechne er nach. »Einen Monat«, sagte er dann.

Leslie nickte. »Und in dieser kurzen Zeit habe ich Sie zweimal dabei erwischt, wie Sie in meinen privaten Papieren herumschnüffeln! Ich denke, wir werden nicht mehr lange das Vergnügen haben, in derselben Firma zu arbeiten.«

Tillman erwiderte seinen Blick, und seine Mundwinkel verzogen sich zu einem feinen Lächeln. Er gehörte entschieden zu den Leuten, die sich nicht ins Bockshorn jagen lassen.

»Das sollte mir leid tun«, antwortete er. »Ich hatte nämlich gehofft, wir würden uns näher kennenlernen, Captain Leslie.«

Leslie untersuchte die Dokumente auf seinem Schreibtisch. Keines war wichtig, und die Schubladen, in denen er alle Schriftstücke von Belang aufbewahrte, waren verschlossen. Er hielt es für klug, das Thema zu wechseln.

»Ist jemand da gewesen?«

Tillman sah an ihm vorbei. Er hatte noch eine irritierende Angewohnheit: Er pflegte abwesend aus dem Fenster zu starren, wenn er mit jemandem redete.

»Ja«, sagte er. »Ein Mr. Graeme, Larry Graeme.«

Leslie runzelte die Stirn. »Graeme?« sagte er scharf. »Was wollte er?«

»Ich nehme an, er wollte Sie sehen«, erwiderte Tillman, immer noch aus dem Fenster starrend. »Er tat, als ob es sehr dringend sei.«

Nun wandte er den Blick zum erstenmal in Leslies Richtung, und wieder verzogen seine Mundwinkel sich zu dem feinen Lächeln. Leslie war sichtlich beunruhigt. Er zog finster die Augenbrauen zusammen.

»Er sagte, er würde heute abend gegen sechs auf Sie warten«, fuhr Tillman fort, ohne seinen Vorgesetzten aus den Augen zu lassen. »Er scheint gerade aus dem Gefängnis gekommen zu sein — er hielt nicht damit hinter dem Berg. Kennen Sie ihn?«

»Oberflächlich«, sagte Leslie knapp. Dann fuhr er den anderen an: »Was fällt Ihnen eigentlich ein, mich hier ins Kreuzverhör zu nehmen?«

Mit einer Kopfbewegung entließ er Tillman. Kurz bevor dieser die Tür erreichte, sagte er: »Übrigens . . . falls es Ihnen immer noch nicht klar ist, ich kann es nicht vertragen, daß man mir nachspioniert. Sollte ich Sie noch mal an meinem Schreibtisch erwischen, werde ich Sie eigenhändig hinauswerfen. Ist das klar?«

Eine Sekunde lang sah es so aus, als würde Tillman endlich einmal lachen, aber sein Gesicht nahm sofort wieder den unbewegten Ausdruck an. »Das wäre mal was Neues«, sagte er noch, und dann war er fort.

Leslie sah finster hinter ihm her, aber dann siegte die Komik der Situation, und er lachte leise.

Suttons Sekretärin hatte diesen Nachmittag frei, so daß er das Büro für sich allein hatte. Er konnte sich jedoch aus irgendeinem Grund nicht konzentrieren, obgleich mehr als genug Arbeit auf ihn wartete. Er stand alle paar Minuten auf, um ans Fenster zu treten und auf die Straße hinunter zu schauen, doch erst, als es dunkel wurde und die ersten Gaslaternen angezündet wurden, sah er seinen Mann. Larry Graeme war leicht zu erkennen, denn er hatte sich breitbeinig, eine Zigarre zwischen den Lippen und beide Hände in den Taschen, unter einer Laterne aufgebaut. Als Leslie kurz danach wieder hinaussah, stand Larry immer noch so da wie vorher.

## 4

Larry Graeme war in seinem Metier ein Einzelgänger, doch er war nicht ohne Zuflucht. Als er an einem bitterkalten Februarmorgen aus Dartmoor entlassen wurde, erfüllte ihn daher die tröstliche Gewißheit, daß er seine kleine Wohnung in Southwark, unweit der gutbürgerlichen Dover Street, unversehrt vorfinden würde. Nicht einmal der große Barrabal wußte von seinem Junggesellenquartier, sonst hätte er vielleicht festgestellt, daß dort in einer verschlossenen Kassette unter dem Bett eine beachtliche Geldsumme lag.

Graemes Hauswirtin war an seine häufige Abwesenheit gewöhnt, und da er eine Hypothek auf ihr Haus besaß (er war ein überaus sparsamer Mensch, der sein Geld vernünftig anlegte), bestand keine Gefahr, daß sie seine Wohnung an einen anderen untervermietete.

Er fand daher alles genauso vor, wie er es zurückgelassen hatte. Nicht einmal eine Zigarre fehlte aus dem Zedernholzkästchen auf dem Kaminsims.

Zunächst interessierte ihn allerdings weniger das Geld in der Kassette, als sein Smith & Wesson-Revolver und die dazugehörige Schachtel Patronen, denn er war mit einem festen Vorsatz aus dem Gefängnis gekommen. Vielleicht weil ihm sein Aufenthalt dort diesmal gar nicht gutgetan hatte; er wurde wohl allmählich zu alt fürs Gefängnis. Auf jeden Fall hatte er viel gegrübelt, was eigentlich sonst nicht seine Art war. Und der Klatsch in der Gefängniswäscherei hatte ein übriges getan, seinen Groll zu schüren.

Es gab dort nämlich einen Mann, der war zu zehn Jahren verurteilt worden, weil ihn jemand verpfiffen hatte. Und dieser Jemand war der »Chef« gewesen. Aber nur Larry wußte von dem gespaltenen Nagel. Und dieses kostbare Geheimnis behielt er für sich. Wenn er bloß Barrabal nichts davon erzählt hätte. Der Gedanke daran hatte ihm manch schlaflose Nacht bereitet.

Der gespaltene Nagel war aber nur ein Anhaltspunkt. Es gab noch einen zweiten. Der anonyme »Zinker«, wie Larry ihn bei sich nannte, war Großabnehmer für gestohlene Personenwagen und betrieb das Geschäft durch Mittelsmänner in Soho. Larry horchte also dort herum. Schließlich fand er jedoch in der Regent Street, und nur durch einen puren Zufall, den entscheidenden Hinweis: eine Maniküre, die den Mann mit dem gespaltenen Fingernagel und der weißen Narbe auf dem obersten Fingerglied persönlich kannte.

»Ich weiß seinen Namen nicht«, sagte sie, »aber ich habe ihn öfter in ein Bürohaus in der Mortimer Street gehen sehen — ich wohne gleich hinter der Tottenham Road und komme dort immer vorbei. Was für ein komischer Zufall, wenn ich Ihnen wirklich helfen könnte, Ihren verschollenen Bruder wiederzufinden, nicht?«

»Allerdings«, bestätigte Larry. Der »verschollene Bruder« war die Masche, die er bei seinen Nachforschungen angewandt hatte.

Die Maniküre besaß ein gutes Personengedächtnis. Nach ihrer Beschreibung würde Larry den Zinker sofort überall erkennen.

Er begann in der Gegend um die Mortimer Street herum Posten zu beziehen und beobachtete insbesondere genau alle Leute, die in Frank Suttons Büro ein- und ausgingen. Er ging sogar soweit, sich mit einigen der Büroangestellten anzufreunden. Seine letzten Zweifel waren verflogen, als er an diesem Abend im langsam dichter werdenden Nebel unter der Laterne stand, in der einen Manteltasche die geladene Waffe, in der anderen ein Kuvert mit Eisenbahn- und Schiffsfahrkarten. Diese sollten ihn zu dem Hotel im Schwarzwald führen, wo er stets einen Erholungsurlaub zu verbringen pflegte, sobald ihm der Boden in England zu heiß wurde.

Die Büros leerten sich — nach und nach kamen die Firmenangestellten aus dem Tor und verschwanden in der trüben Dämmerung.

Kurz vor sechs Uhr tauchte Sutton plötzlich in John Leslies Büro auf, überschüttete diesen, während er sich die Handschuhe überstreifte, mit einer Flut von Anweisungen und war schon wieder draußen.

Leslie wartete, bis seine Schritte im Korridor verklungen waren, und warf dann abermals einen Blick aus dem Fenster. Der Beobachter dort unten war in den dichter werdenden Nebelschwaden nicht mehr zu sehen.

Leslie sperrte eine Schreibtischschublade auf, holte eine kleine Pistole heraus und ließ sie in seine Hosentasche gleiten. Dann knüpfte er seinen Mantel bis oben hin zu, ging hinaus und sperrte geräuschlos die Tür hinter sich ab.

Am anderen Ende des Korridors befand sich ein Büro, das leer zu sein schien, denn durch die Milchglasscheibe in der Tür war kein Licht zu sehen. Trotzdem befand sich jemand dort.

Tillman stand auf einem Stuhl und beobachtete durch das Oberfenster seinen unmittelbaren Vorgesetzten, wie er davonging, ehe er ihm in den dichten Nebel hinaus nacheilte.

Larry Graeme hatte seinen Beobachtungsposten auf der anderen Straßenseite verlassen und stand an die Hauswand gelehnt, als er gewahrte, wie eine Gestalt aus dem dunklen Gebäude auftauchte und im Nebel an ihm vorbeischritt. Larry warf seine Zigarre weg und eilte hinterher.

»He — Sie!« rief er und klopfte dem anderen auf die Schulter.

Die Gestalt drehte sich um und starrte ihn an. »Ach, Sie sind's, Graeme? Ich habe Sie gesehen . . .«

»So, tatsächlich?« Larrys Stimme klang gedämpft, aber es lag eine gefährliche Drohung darin. »Dann werden Sie mir gefälligst jetzt auch zuhören, verstanden! Endlich hab ich Sie erwischt, Zinker! Ich werde Sie dahin bringen, wohin . . .«

Er sah den roten Feuerstrahl, spürte für den Bruchteil einer Sekunde einen stechenden, alles auslöschenden Schmerz und stürzte zu Boden. Zehn Minuten später fand ein Polizist den Toten.

## 5

Joshua Collie betrat das Redaktionsbüro des *Post-Courier* und ließ sich aufseufzend vor dem Schreibtisch des Nachrichtenredakteurs nieder. Er war sechzig Jahre alt und kahlköpfig, ein gemütlicher, humorvoller Mann, der im Sommer wie im Winter einen Strohhut trug und seinen beigen Regenmantel immer verkehrt zuknöpfte. Seinem Aussehen nach hätte man ihn vielleicht für einen netten pensionierten Butler halten können; seinen wirklichen Beruf hätte auch der beste Menschenkenner nie erraten. Dabei gab es keinen Kriminalreporter in ganz London, der die Abgründe menschlicher Grausamkeit besser kannte als dieser liebenswürdige, behäbige Mann.

Er hängte seinen Regenschirm an den Postkorb des Nachrichtenredakteurs, worüber sich Field wie immer schrecklich aufregte, und kramte umständlich in seinen Taschen, bis er eine zerdrückte Zigarette fand. »Es war Mord«, erklärte er dann feierlich.

Der grauhaarige Field starrte ihn unter seinen buschigen Augenbrauen hervor grimmig an. »Hatten Sie etwa gemeint, es wäre eine Hochzeit?«

Collie war über sarkastische Bemerkungen dieser Art erhaben. »Es wurde zweimal aus nächster Nähe auf ihn geschossen«, fuhr er unbeirrt fort. »Sein Name ist, beziehungsweise war, Larry Graeme. Er wurde am Montag vor einer Woche aus Dartmoor entlassen.«

»Graeme?« wiederholte der Redakteur interessiert. »Ich erinnere mich an den Mann. Das war doch der, der den Van-Rissik-Raub begangen hat.«

Collie nickte bedeutungsvoll. »Und Barrabal meint, man hat ihn damals verzinkert.«

Field blickte ruckartig auf. »Sie haben Barrabal gesehen? Das gibt ja allein schon eine Story.«

»Ich habe Barrabal nicht gesehen, ich habe mit ihm am Telefon gesprochen. Er hat nur ein paar Hinweise gegeben, die möglicherweise sehr nützlich sein können.«

»Aber was meinen Sie mit ›verzinkert‹? Etwa, daß dieser Kerl, den man den ›Zinker‹ nennt, dahintersteckte?«

Collie nickte. »Der Kerl, den *ich* den ›Zinker‹ getauft habe«, verbesserte er milde. »Das Publikum kennt ihn noch nicht unter diesem Namen.«

Er blickte gedankenverloren an dem Nachrichtenredakteur vorbei ins Leere und spitzte den Mund, als wolle er pfeifen. Field beobachtete ihn und dachte wieder einmal darüber nach, wie sehr doch das Äußere von Joshua Collie über seinen kriminalistischen Scharfsinn hinwegtäuschte.

»Barrabal ist ein sonderbarer Mensch«, bemerkte Collie endlich mit vorwurfsvollem Kopfschütteln. »Er spielt den Geheimnisvollen, und das verstößt eigentlich gegen jede polizeiliche Tradition. Normalerweise erzählen einem die Herren von Scotland Yard doch alles, was sie wissen, auch wenn das meistens nicht gar zu viel ist. Ich persönlich stelle immerhin fest, daß mit fortschreitendem Alter mein Spürsinn zunimmt. Erst unlängst . . .«

»Bleiben wir doch beim Thema«, unterbrach ihn Field nervös. »Was hat Barrabal gesagt? Inwiefern ist er sonderbar?«

Collie kramte in seinen Westentaschen — es gab insgesamt sechs — und förderte schließlich ein Stück Papier zutage, auf das er einen Namen und eine Adresse gekritzelt hatte.

»Mr. Barrabal meinte, ich solle doch diesen Herrn hier mal interviewen. Er teilte mir auch gleich ein paar interessante Details über ihn mit.«

Field rückte seine Brille zurecht und las: »›Captain John Leslie‹? Wer ist das?«

Collie nahm den Zettel, faltete ihn zusammen und steckte ihn wieder ein, ehe er antwortete.

»Da eben wittere ich des Rätsels Lösung.« Wieder zündete er seine Zigarette an. »Mir scheint, da läuft ein ganz großes Ding, und ich fürchte sehr, daß das *Megaphone* vor uns dran sein wird. Dem Vernehmen nach haben die bereits vor drei Wochen ihren besten Mann daran gesetzt. Sie werden sich erinnern, Mr. Field, ich hatte damals vorgeschlagen . . .«

Field wünschte jedoch nicht, sich an irgendwelche eigenen Versäumnisse zu erinnern. »Es gibt keinen Kollegen in der gesamten Fleet Street, dem Sie nicht ruhig drei Wochen Vorsprung zugestehen könnten, Joshua«, sagte er aufmunternd.

Joshua Collies Miene hellte sich auf; er war Schmeicheleien gegenüber sehr empfänglich.

Der Mordfall selbst bot trotz seiner Begleitumstände wenig Stoff für einen Kriminalreporter. Ein international bekannter Einbrecher und Dieb war im Nebel erschossen worden, und da lag es auf der Hand, daß die Zeitungen eine Abrechnung unter Bandengenossen vermuteten. Bei derartigen Verbrechen tappte die Polizei meist im dunkeln. Es gab keinen Zeugen, und der Mörder war unbehelligt im Nebel untergetaucht.

»Es muß ganz in der Nähe deines Büros gewesen sein, Frank.« Beryl blickte von ihrer Zeitung auf.

Frank Sutton nickte. »Direkt an der Ecke. Es muß passiert sein, kurz nachdem ich dort wegging. Der Pförtner sagt, er hätte den Schuß gehört, wenige Minuten nachdem Leslie das Haus verlassen hatte.«

Lew Friedman, der in einem tiefen Sessel vor dem Kamin saß, hob ruckartig den Kopf. »Nachdem Leslie das Haus verlassen hatte?« fragte er scharf.

»Der Pförtner war sich nicht ganz sicher, ob es Leslie war oder der Neue, dieser Tillman. Sie gingen ganz kurz hintereinander weg. Ich selbst kann kaum einen Häuserblock entfernt gewesen sein, als der Schuß fiel — ich hatte unterwegs nämlich noch einen Bekannten getroffen und mich kurz mit ihm unterhalten —, aber ich habe nichts gehört.«

Lew Friedman schob die Lippen vor. »Larry Graeme — der Name kommt mir irgendwie bekannt vor. Armer Teufel! Na ja, wahrscheinlich hat er sich mit einer von diesen Verbrecherbanden überworfen, und die haben ihn umgelegt.«

Die große Bibliothek von »Hillford«, Friedmans eleganter Villa bei Wimbledon Common, war ein schöner Raum mit holzgetäfelten Wänden und angenehm gedämpfter Beleuchtung. Im Gegensatz zu den meisten Menschen, die sich aus kleinen Verhältnissen emporgearbeitet haben, besaß Friedman viel Geschmack und hatte in »Hillford« mehr auf wohnliche Eleganz als auf eine Ansammlung protziger Antiquitäten Wert gelegt.

Beryl faltete mit einem leichten Seufzer die Zeitung zusammen. »Es muß ein schreckliches Leben sein«, sagte sie. Als Lew Friedman fragend die Augenbrauen hob, fügte sie rasch hinzu: »Ein Einbrecher zu sein, meine ich — ein Dieb und so. Das Risiko, das man da eingeht, die furchtbare Gefahr, in der man sich fortwährend befindet . . .«

»Raub und Diebstahl, das ist ja noch harmlos«, erklärte Lew fast schroff. Dann lachte er verlegen auf, als sei ihm die unangemessene Schärfe seines Tons bewußt geworden. »Ich meine«, verbesserte er sich, »verglichen mit anderen Verbrechen. Erst unlängst habe ich so eine Geschichte gehört, von einem berufsmäßigen Heiratsschwindler — einem Mann von guter Erziehung offenbar, der schon überall auf der Welt gearbeitet haben soll. Ein Bekannter von mir aus Pretoria hat mir davon erzählt; er war ihm dort im Gefängnis begegnet.«

»Wie entsetzlich!« Beryl verzog angewidert das Gesicht.

»Der Kerl geht immer nach der gleichen Methode vor«, fuhr Lew fort und schnippte die Asche seiner Zigarre ins Feuer. »Er gibt sich als Sohn einer englischen Adelsfamilie aus, macht sich an ein reiches Mädchen heran, nimmt alles Geld, das er irgendwie aus ihr herausquetschen kann, und am Hochzeitstag verschwindet er mitsamt der Kasse. Soll fabelhaft aussehen, der Kerl, direkt faszinierend, und sich mit Vorliebe Frauen aussuchen, die bereits verlobt sind . . .«

»Klingt fast nach unserem Freund John Leslie«, bemerkte Frank. Als er den Ausdruck in Beryls Augen sah, lachte er und fügte rasch hinzu: »Das meine ich natürlich nicht im Ernst. Obwohl — du mußt zugeben, er ist schon ein faszinierender Bursche.«

»Willst du damit sagen, daß er mich fasziniert hat?«

»Na, na, ihr beiden!« brummte Lew Friedman und blickte zur Uhr auf dem Kamin. »Zeit zum Aufbruch, junger Mann. Also wirklich, ihr seid das langweiligste Liebespaar, das mir je begegnet ist!«

Er begleitete Sutton zur Tür. Während sie auf den Wagen warteten, sagte Lew halblaut: »Ich würde an Ihrer Stelle derartige Witze besser unterlassen, Frank. Meine Kleine reagiert auf eine gewisse Art von Humor sehr empfindlich.«

»Aber ich schwöre . . .«

Lew klopfte ihm auf die Schulter. »Selbstverständlich haben Sie's nicht so gemeint. Trotzdem, lassen Sie solche Scherze. Ich kenne die Frauen, mein Junge, und ich gebe Ihnen einen guten Rat: Bringen Sie eine Frau nie in die Situation, einen anderen Mann verteidigen zu müssen.«

Er wartete, bis der Wagen abgefahren war, und kehrte dann in die Bibliothek zurück. Beryl stand, die Hände auf dem Rücken verschränkt, vor dem Kamin und starrte in die Glut.

»Nimm's doch nicht so tragisch, meine Liebe«, sagte er, während er sich wie gewohnt die letzte Pfeife des Abends stopfte.

»Frank ist manchmal richtig grob, findest du nicht?«

»Vielleicht ein bißchen, aber er ist ein anständiger Kerl — und ehrlich.«

Sie drehte sich um. »Was willst du damit sagen? Wer ist nicht ehrlich?«

Er zögerte eine Weile, dann sagte er langsam: »John Leslie zum Beispiel. Ich glaube, ich muß es dir nun doch sagen! Leslie hat wegen Hehlerei dreimal im Gefängnis gesessen.«

## 6

Beryl wurde blaß. Sie starrte Lew Friedman aus weit geöffneten Augen an. »John Leslie war im Gefängnis?« fragte sie ungläubig.

Er nickte langsam. »Setz dich, Beryl«, sagte er ruhig. Sie gehorchte. »Sag mal, meine Liebe, wie lange kennen wir uns nun schon?«

Die Frage kam so unerwartet, daß sie im ersten Augenblick erschrak. »Oh, unser ganzes Leben lang. Ich habe ja nie einen anderen Vater gekannt als dich.«

»Weißt du eigentlich . . .« Die Pfeife fest zwischen den Zähnen, die Augen auf den Teppich geheftet, hatte Friedman begonnen, im Zimmer auf und ab zu gehen. Nach einer Weile blieb er vor Beryl stehen. »Weißt du eigentlich, auf welche Weise du in meine Obhut gekommen bist?«

»O ja, sicher!« rief sie überrascht. »Du warst Vaters Partner, Onkel Lew, und nach seinem Tod hast du dich meiner angenommen.«

Er betrachtete sie mit ernster Miene. »Das ist richtig«, sagte er schließlich. »Dein Vater und ich waren Partner — wir haben zusammen gearbeitet . . . genauer gesagt, wir haben gemeinsam Banken beraubt.«

Fassungslos, ohne ein Wort herauszubringen, starrte Beryl ihn an.

»Schlimm, nicht wahr? Aber es ist leider die reine Wahrheit! Einmal mußtest du es erfahren. Ich hatte mir immer vorgenommen, es dir eines Tages zu sagen, denn ich wollte nicht, daß du irgendwann einmal unvorbereitet selber auf die Wahrheit stößt. Ja, Bill Stedman und ich waren Bankräuber in Südafrika. Deine Mutter starb vor Kummer darüber. Das war fünf Jahre nachdem der arme Billy bei einem Überfall auf die ›Standard Bank‹ in Port Elizabeth erschossen wurde. Ich selber kriegte danach fünf Jahre Zuchthaus, und als ich rauskam, war deine Mutter eine Woche zuvor gestorben. Sie hatte einen Brief für mich hinterlassen, in dem sie mich bat, mich deiner anzunehmen. Du warst damals gerade zweieinhalb Jahre alt.«

Beryl war zuerst vor Schrecken wie gelähmt gewesen. Jetzt blickte sie sich entsetzt in dem eleganten Zimmer um. Als könne er in ihren Gedanken lesen, sagte Lew rasch: »Jeden Penny von da an hab ich ehrlich verdient, Beryl. Ich habe in Johannesburg als Textilvertreter gearbeitet, hab ein bißchen Geld beim Pferderennen gewonnen — und hab dann durch Zufall ein paar Anteile an einer Diamantenmine kaufen können. Als die überraschend stiegen, hab ich weitere auf Kredit gekauft, und als ich schließlich ausstieg, hatte ich ein Vermögen von zweihunderttausend Pfund verdient.«

»Aber warum — warum erzählst du mir das jetzt? Und was hat das . . . was hat das mit John Leslie zu tun? Ach, Onkel Lew, ich kann's einfach nicht glauben . . .«

»Hättest du geglaubt, daß ich ein Dieb, daß dein Vater ein Räuber war?«

Sie schüttelte stumm den Kopf.

»Solche Sachen klingen immer unglaublich, ich weiß. Und dennoch: John Leslie ist mehrfach vorbestraft. Frank hat ihn in seine Firma aufgenommen, um ihm eine Chance zu geben. Er war ihm durch einen Gefängnisdirektor, den Frank kennt, empfohlen worden.«

»Aber bestimmt ist er unschuldig gewesen . . .«

»Ein Mann kann einmal unschuldig verurteilt werden, aber nicht dreimal«, erklärte Lew mit unanfechtbarer Logik. »Leslie ist kein schlechter Kerl — ich mag ihn gern, und es steckt bestimmt ein guter Kern in ihm. Aber, Beryl, ich möchte nicht, daß du dir wegen John Leslie irgendwelche Flausen in den Kopf setzt. Frank ist ein braver Bursche, wie es ihn unter Tausenden nur einmal gibt. Alle haben ihn gern. Und ich danke Gott auf den Knien, daß wir damals die Schiffsreise nach Madeira unternahmen, auf der wir ihm begegnet sind.«

Beryl schwieg. Sie hatte Frank auch gern, aber aus unerklärlichen Gründen galt ihr Interesse momentan mehr dem vorbestraften Leslie als dem gutaussehenden jungen Kaufmann, den sie heiraten sollte.

»Jawohl, ich danke Gott auf den Knien dafür«, wiederholte Lew mit großem Ernst. »Ich möchte dich anständig verheiratet wissen, Beryl, mit einem soliden Mann, und nicht mehr ständig in der Angst leben müssen, daß du womöglich eines Tages dein Herz an einen Luftikus verlierst, der dich doch nur unglücklich machen würde. Ich hab nur für dich gelebt, Beryl, hab nicht einmal geheiratet — was allerdings kein Opfer für mich war, denn ich tauge wohl ohnehin nur zum Junggesellen . . .«

Sie unterbrach ihn plötzlich. »Es ist doch eigentlich schrecklich, nicht wahr, — daß so ein Mann . . .«

Lew lachte ironisch. »Typisch weiblich!« brummte er. »Dir tut weder dein armer Vater leid, noch der arme alte Lew mit seinen fünf Jahren Zuchthaus, dich interessiert nur dieser Kerl.«

Sie errötete, als ihr bewußt wurde, wie sehr er mit seinem Vorwurf recht hatte. »Eigentlich gemein von mir«, gab sie zu und fragte dann rasch: »Weiß Frank davon?«

»Von deinem Vater und mir? Nein. Und er braucht auch nichts davon zu erfahren. Über Leslie weiß er natürlich Bescheid.«

»Natürlich«, wiederholte sie mechanisch. »Wann — wie haben sich die beiden kennengelernt?«

»Frank schrieb ihm einen Brief ins Gefängnis — Wandsworth war es, glaube ich —, in dem er ihm mitteilte, er habe gehört, Leslie sei kaufmännisch sehr talentiert, und fragte, ob er nach seiner Entlassung nicht bei ihm als Abteilungsleiter anfangen wolle. Leslie kam. Frank merkte schnell, daß er ein sehr guter Organisator war, und als Franks letzter Geschäftsführer rausflog — Frank hat wirklich enormes Pech mit seinen Angestellten —, da hat er Leslie den Posten gegeben. Wirklich sehr großzügig von ihm, finde ich.«

So sehr Beryl sich anstrengte, sie vermochte nicht den gebotenen Enthusiasmus aufzubringen.

»Ich mag Frank«, sagte sie gezwungen. »Das weißt du, Lew.« Sie nannte ihn oft nur beim Vornamen. »Er ist ein lieber Kerl, und obwohl ich eigentlich noch nicht so scharf bin aufs Heiraten, wäre mir Frank von allen, die ich bisher kennengelernt habe, bestimmt der liebste Ehemann.« Sie zögerte. »Glaub ich wenigstens.« Sie lächelte gequält. »Für dich ist es eine große Freude, daß ich ihn heirate, nicht wahr?«

Lew legte ihr den Arm um die Schulter und drückte sie an sich. »Er ist der Mann, den ich für dich ausgesucht habe, mein Liebes«, sagte er ohne Umschweife. »Ich habe Frank damals eine Chance gegeben, ihm das Geld für seine Firma vorgestreckt. Das ist durchaus kein Geheimnis. Und ich habe mir seinerzeit gesagt: ›Mein Junge, wenn du's schaffst, hab ich die richtige Frau für dich.‹ Und, Beryl, er hat es geschafft. Es gibt kein Unternehmen in London, das einen solchen Aufschwung genommen hat wie das von Frank. In den sechs Jahren, seit er es hat . . . Ja?«

Ein Diener war hereingekommen.

»Draußen ist ein Herr, der Sie sprechen möchte.«

»Mich sprechen, jetzt um diese Zeit?« Lew runzelte die Stirn. »Wer ist es?«

Er nahm die Visitenkarte vom Tablett und starrte mit seinen kurzsichtigen Augen darauf. »Mr. Joshua Collie, *Post-Courier.* Wer zum Teufel ist Mr. Joshua Collie vom *Post-Courier?*«

Beryl schüttelte ratlos den Kopf.

Lew ging mit raschen Schritten in die Halle und stieß dort auf den freundlichen Collie, der mit allen Anzeichen des Entzückens eine Radierung über dem Kamin betrachtete.

»Ein echter Johns, nicht wahr?« rief er ehrfürchtig. »Welche Farben! Welche Bewegung! Ein wahrer Meister!« Er blickte beifallheischend zu Friedman.

»Ja, ja gewiß«, erwiderte Lew Friedman kurz. »Aber Sie sind bestimmt nicht hier, um über meine Bilder zu sprechen, wie?«

Collies Miene wurde lang. »Du meine Güte, natürlich

nicht! Ja, merkwürdig, beim Anblick dieses Meisterwerks ist mir wahrhaftig alles andere entfallen! Dabei bin ich eigentlich gekommen, um Sie etwas zu fragen. Kennen Sie zufällig einen — einen gewissen . . . einen Mann namens . . .« Er kratzte sich verlegen am Kinn, kramte in seinen Taschen und zog schließlich einen zerknüllten Zettel heraus. » . . . namens John Leslie?«

Er hatte die Angewohnheit, seine Augen flink von einem Gegenstand zum nächsten wandern zu lassen. Nun blickte er so schnell von seinem Zettel auf und in Friedmans Augen, daß dieser zusammenzuckte.

»Ich kenne ihn . . . das heißt, ich bin ihm einmal begegnet. Warum?«

»Dann könnten Sie mir vielleicht eine Auskunft über ihn geben?« Joshuas Stimme klang bescheiden; selbst seine geneigte Kopfhaltung drückte nur eine sanfte Bitte aus.

»Ich weiß sehr wenig von ihm. Mr. Sutton wird Ihnen ohne Zweifel genauere Auskunft über ihn geben können. Leslie ist Suttons Geschäftsführer.«

»Das wußte ich bereits«, entgegnete Collie mit leichter Betonung. »Mich interessiert besonders Mr. Leslies Vorleben.«

»Darüber ist mir nichts bekannt«, sagte Friedman grob. »Spiele niemals den Informanten«, so lautete in Unterweltskreisen das erste Gebot, und selbst in seinem jetzigen gutbürgerlichen Dasein fühlte er sich noch immer an diesen Grundsatz gebunden.

»Verzeihen Sie vielmals«, sagte Collie zerknirscht. »Ich hatte bloß gedacht, Sie könnten mir vielleicht weiterhelfen. Chefinspektor Barrabal, den ich leider nicht persönlich, sondern nur fernmündlich — hübsch formuliert, nebenbei bemerkt —, den ich also, wie gesagt, nur fernmündlich kenne, hat mich auf den Gedanken gebracht.«

»Barrabal, so so!« erwiderte Lew böse. »Dann richten Sie Ihrem Barrabal bitte schöne Grüße von mir aus, ich wüßte nichts von Leslie, und wenn ich etwas wüßte, so würde ich es ihm nicht sagen!«

»Handelt es sich um Leslie?« Beryl war unbemerkt in der Tür erschienen.

»Dieser Reporter hier interessiert sich für ihn«, erklärte Lew.

»Was wollen Sie über ihn wissen?«

»Soviel wie möglich.« Collie machte eine alles umfassende

Handbewegung. »Genauer gesagt, es ist da eine unglückselige Geschichte passiert. Man hat in der Mortimer Street einen Mann namens Graeme aufgefunden — in ziemlich stark beschädigtem Zustand, wenn ich so sagen darf. Und natürlich fahnden wir nun nach Personen, die uns vielleicht behilflich sein könnten.«

»Hat denn Captain Leslie . . .« begann Beryl, doch Lew brachte sie mit einem Blick zum Schweigen.

»Wir wissen nichts über Leslie«, sagte er schroff. »Sie haben Ihre Fahrt hierher vergeblich gemacht.«

»Nicht ganz«, entgegnete Collie mit einer galanten Verbeugung zu Beryl hin. Nach diesem feinsinnigen Kompliment trat er den Rückzug an.

Während er die kurze Auffahrt zur Straße hinabging, wo sein Taxi wartete, schüttelte er den Kopf und sagte vorwurfsvoll zu sich selbst: »Da hast du jetzt vierzehn Shilling und vier Pence fürs Taxi ausgegeben, Joshua, und wenn du die bei der Spesenabrechnung unter ›Untersuchung von Lew Friedmans Fingernägeln‹ aufführst, dann wirst du eins auf den Hut kriegen, vor allem, wenn die erfahren, daß genau der Fingernagel des Mr. Friedman, den du dir ansehen wolltest, säuberlich unter einem Verband versteckt war!«

## 7

Obwohl Joshua Collie und Chefinspektor Barrabal sich nie persönlich begegnet waren, standen sie ständig miteinander in Verbindung. Grund dafür war Collies hervorragende Arbeit bei der Aufklärung des Mordfalls Edmonton, womit er Scotland Yard »ausgezeichnete Dienste« geleistet habe, wie Barrabal in einem seiner Briefe an ihn ausdrücklich feststellte. Inzwischen hatte Joshua schon zweimal versucht, den Chefinspektor persönlich zu sprechen, war aber beide Male abgewiesen worden. Barrabal schien der menschenscheueste Polizeibeamte zu sein, der Joshua je vorgekommen war.

An einem Abend wenig später saß der Chefinspektor in seinem Büro. Vor ihm auf dem Schreibtisch lag die sechs Seiten umfassende Ermittlungsakte über den Mordfall Graeme.

Elford kam herein, während Barrabal gerade zum sechsten Mal die maschinenbeschriebenen Seiten durchblätterte.

»Ich hab Larrys Schlupfwinkel gefunden«, meldete Elford. »Er hatte eine kleine Wohnung nicht weit vom Trinity Square.«

»Haben Sie sie durchsucht?« fragte Barrabal, ohne aufzublicken.

»Da war nichts zu durchsuchen. Am Tag des Mordes hatte er alles ausgeräumt und in zwei Koffern fortgebracht. Die Fahrkarten nach Deutschland hat er bei Cook gelöst, und die Koffer haben wir, wie Sie wissen, in der Gepäckaufbewahrung der Victoria Station gefunden.«

Barrabal lehnte sich auf seinem Stuhl zurück, reckte die Arme und gähnte. »So ein Dummkopf!« sagte er. »Kaum zu fassen. Eine solche Torheit hätte ich dem Mann nie zugetraut.«

»Er scheint schon im Gefängnis einen Racheplan gehabt zu haben«, meinte Elford. »Sie haben ja den Bericht des Direktors gelesen. Ich hab so was schon bei anderen erlebt. Sie haben ihn doch damals am Abend seiner Verhaftung und noch einmal am darauffolgenden Tag gesehen, nicht wahr?«

Chefinspektor Barrabal nickte.

»Was hat er Ihnen denn bei der Gelegenheit erzählt?«

»Alles mögliche, aber nur eine Sache, die mich interessierte.« Barrabal war wie üblich in wenig mitteilsamer Stimmung.

Elford streichelte seinen Bart, trat ans Fenster und starrte auf das Themseufer hinaus. »Ich habe heute um acht Uhr, als ich hereinschaute, einen der gewissen gelben Briefumschläge auf Ihrem Schreibtisch gesehen«, sagte er. »Wieder eine Nachricht von unserem mysteriösen Informanten?«

»Und was für eine!«

Barrabal holte die Kassette aus dem Safe und zeigte seinem Assistenten das neueste Exemplar seiner Sammlung von Briefen des Zinkers.

»Wieder dieselbe Schreibmaschine, das gleiche Papier.« Elford war leicht kurzsichtig. Er hielt deshalb den Brief unter die Schreibtischlampe und las:

Drei Brillantbroschen, vier Smaragd- und Brillantringe und sieben Brillantohrgehänge aus dem Einbruch bei dem Juwelier in der Berners Street werden heute abend weiterverkauft. Nachricht, wo sie zu finden sind, folgt morgen.

»Das bedeutet also«, sagte Barrabal, »daß der Zinker ein Angebot für die gestohlene Ware gemacht hat, das bisher nicht akzeptiert wurde. Er rechnet auch nicht mehr damit, rückt aber noch nicht mit allen Einzelheiten heraus, für den Fall, daß er das Zeug doch noch in die Finger kriegt. Gelingt ihm das, werden wir nichts mehr von ihm hören. Wir hatten schon ein paar solcher Fälle, wo der Dieb, der erst nicht wollte, es sich am Ende doch noch anders überlegte.«

Eine Stunde später verließ Barrabal das Büro und trat mit hochgeklapptem Mantelkragen in die feuchtkalte Nacht hinaus.

Unter einer Laterne am Themseufer sah er einen Mann stehen, und als er selbst sich nach links wandte, tat der andere einen Schritt auf ihn zu. Barrabal konnte das Gesicht in der Dunkelheit nicht erkennen, aber er spürte, daß ihn der Fremde anstarrte. Er hatte den Eindruck, der Mann wollte ihm etwas sagen, aber dann überlegte dieser es sich offenbar anders und ging eilig davon. Inzwischen jedoch hatte ihn Barrabal erkannt. Er beobachtete, wie der andere in Richtung Westminster Bridge verschwand, und kehrte um. Glücklicherweise traf er ein paar Augenblicke später einen Kriminalbeamten, der gerade aus der Wache in der Cannon Row herauskam. Gemeinsam liefen sie über die Straße, und schließlich entdeckte Barrabal den davoneilenden Mann in der Ferne.

»Folgen Sie ihm!« befahl er knapp. »Stellen Sie Wohnsitz und Beruf fest! Morgen früh, halb acht, melden Sie sich telefonisch bei mir in meiner Wohnung!«

Sergeant Browns Aufgabe war verhältnismäßig einfach. Am Südufer der Themse bestieg der Mann, der Scotland Yard beobachtet hatte, eine Straßenbahn. Der Sergeant folgte ihm unbesorgt, denn er war in Zivil und überzeugt, daß er nicht erkannt werden würde. An der Kreuzung Elephant and Castle hielt die Straßenbahn. Der Sergeant überzeugte sich mit einem raschen Blick, daß sein Opfer noch auf dem Ecksitz neben der Tür saß, und vertiefte sich wieder in seine Zeitung. Als die Straßenbahn weiterfuhr, sah er kurz auf. Zu seinem Entsetzen war der Mann in der Ecke verschwunden.

Brown sprang aus dem fahrenden Wagen und spähte in alle Richtungen. Doch von dem Gesuchten war nicht die geringste Spur mehr zu entdecken. Er fluchte laut. Während er noch unschlüssig am Randstein stand, zupfte ihn jemand am Ärmel. Er fuhr herum und blickte in ein bekanntes Gesicht.

»Hallo!« sagte er. »Haben Sie . . .«

» . . . den Mann gesehen, nach dem Sie suchen?« ergänzte

der andere freundlich. »Der ist soeben in die Eingeweide der Erde hinabgetaucht wie ein ruheloser Geist, wenn ich mich mal so ausdrücken darf. Im Klartext . . .« fügte Joshua Collie wohlgelaunt hinzu, » . . . er hat die U-Bahn genommen.«

»Kennen Sie ihn?« fragte der erstaunte Sergeant.

Collie nickte. »Ich kenne ihn flüchtig und wäre ihm unter normalen Umständen durchaus freundlich gesinnt. Im Moment jedoch muß ich mich fürchterlich über ihn ärgern.«

»Wer ist er?« fragte Brown.

Collie lächelte breit und tat, als habe er die Frage nicht gehört.

»Und woher wußten Sie überhaupt, daß ich ihn beschatte?« forschte Brown verärgert.

»Weil ich das gleiche tat«, entgegnete Collie ruhig. »Ich stieg dicht hinter Ihnen in die Straßenbahn. Es wundert mich, daß Sie mich nicht bemerkt haben.«

Joshua Collie schien keineswegs enttäuscht über den Fehlschlag seiner Bemühungen. Wenige Minuten später stieg er selbst in die U-Bahn, nicht ohne einen besorgten Blick auf die Bahnhofsuhr geworfen zu haben.

Frank Suttons Sekretärin aß täglich in einem Restaurant in Haymarket zu Abend und ging anschließend für gewöhnlich ins Kino, wonach sie in der Coventry Street in einem einfachen Lokal abermals einen kleinen Imbiß zu nehmen pflegte. All dieses hatte Collie durch geduldige Nachforschungen herausgebracht. Doch obwohl er an diesem Abend bis Mitternacht ausharrte, wartete er auf Millie Trent vergeblich.

Am nächsten Morgen erzählte Millie Trent John Leslie, daß sie in der Premiere eines Musicals gewesen sei. Sie schwatzte meistens, während sie am Morgen die eingegangene Post öffnete, und Leslie hatte sich angewöhnt, ihr nur mit halbem Ohr zuzuhören.

Sie war eine Frau von vierundvierzig Jahren, mit einem etwas spitzen, aber noch hübschen Gesicht, großen Augen, einem guten Teint und kastanienroten Haaren. Sie mußte früher einmal eine Schönheit gewesen sein, dachte Leslie. Im übrigen hatte Millie selbst schon derartige Andeutungen gemacht.

»Mich wundert, daß Sie nicht öfter ausgehen, Captain Leslic. Ich begegne Ihnen nie.«

»Hm?« Er sah zerstreut von seiner Post auf.

»Ich sagte, mich wundert, daß Sie nicht öfter ausgehen. Sie sind wohl mehr ein häuslicher Typ, wie?«

»Ich habe Ihnen schon ein Dutzend Mal gesagt, ich bin nicht verheiratet.« Leslie wandte sich wieder seiner Korrespondenz zu.

»Deshalb sind Sie trotzdem ein häuslicher Typ«, entgegnete sie unverdrossen. »Wenn das Leben für einen Junggesellen genauso einsam ist wie für eine — na ja, eine alter Jungfer, dann tun Sie mir ehrlich leid! Ich hab, glaub ich, so ziemlich jeden schlechten Hollywood-Film gesehen, den es gibt, manche sogar zweimal. Und dabei würde ich viel lieber zu Hause in meiner kleinen Wohnung sitzen, mich mit jemand unterhalten und zuhören, wenn mir jemand etwas erzählt.«

»Kaufen Sie sich ein Radio«, entgegnete er ohne aufzusehen, sonst hätte er bemerkt, wie sie die Lippen zusammenpreßte.

»Wenn Sie sich einbilden, Sie seien der erste, der mir diesen frommen Rat gegeben hat, dann irren Sie sich«, bemerkte sie kühl. »Mr. Sutton sagt das gleiche, wenn ich ihm erzähle, wie einsam man sich in London fühlt.«

Leslie legte den Brief, den er in der Hand hielt, auf den Schreibtisch. »Wie lang kennen Sie Mr. Sutton eigentlich?«

Sie blickte zur Decke. »Vierzehn Jahre«, antwortete sie endlich. »Ich war schon bei ihm, als er eine Kurzwarenfirma in Rio de Janeiro leitete, und sogar noch früher, in Leeds, als sein Vater noch lebte — der alte William Sutton.« Es war das erste Mal, daß sie ihm von ihrer Verbindung mit der Firma Sutton erzählte.

»Eine gute alte Familie, nicht wahr? Sie haben Sutton gern?«

Sie zuckte die wohlgeformten Schultern. »Gern — ach, ich weiß nicht. Ich mag ihn, das schon. Chefs zeigen unsereinem gegenüber normalerweise keine menschlichen Regungen, und wenn doch — na, dann sucht man sich besser schleunigst eine andere Stelle.«

Leslie lächelte.

»Er ist zwei Jahre älter als ich«, fuhr sie fort. »Man würde es kaum für möglich halten — er sieht so jung aus. Und in gewisser Beziehung ist er auch wie ein großes Kind. Von jedem, der an sein Mitleid appelliert, läßt er sich übers Ohr hauen. Seine Gutgläubigkeit muß ihn schon ein Vermögen gekostet haben.«

Danach gab es eine längere Pause, ehe Millie weiterredete.

»Kennen Sie übrigens die ›Rimington Mansions‹?« fragte sie. »Die sind nicht weit von der Harrow Road. Ich hab dort eine Wohnung im Erdgeschoß. Es ist ganz nett — kein Portier oder so, der hinter einem herspioniert.«

»Für Leute, die sich über einen Besuch bei Ihnen schämen, wäre das sicher sehr praktisch«, bemerkte Leslie trocken.

Er sah, wie ihr Gesicht rot anlief und die Augen eine Sekunde lang vor Zorn sprühten. Dann versteckte sie ihre Verärgerung hinter einem gezwungenen Lachen. »Sie sind ein merkwürdiger Mann«, sagte sie mit leichter Betonung auf dem letzten Wort.

Ein paar Minuten später verließ sie erhobenen Hauptes das Büro, und John Leslie konnte endlich seiner mühsam unterdrückten Heiterkeit freien Lauf lassen.

Trotz allem war ihm Millie Trent nicht unsympathisch. Er mochte ihre burschikose Art. Ob sich dahinter andere, unangenehme Charaktereigenschaften verbargen, war ihm zwar nicht ganz klar, aber im großen und ganzen hielt er sie für ehrlich.

Er beeilte sich mit seiner Arbeit, denn es war Donnerstag, und an jedem Donnerstagnachmittag ging Beryl zu Fuß zum Hyde Park Crescent, wo sie Gesangsstunden nahm.

Er wartete am Wegrand. Der Wind strich durch das Herbstlaub zu seinen Füßen. Nicht lange, und er sah sie mit schnellen Schritten durchs Parktor auf sich zukommen. Ihre Begrüßung jedoch war nicht so unbefangen wie sonst, sondern im Gegenteil fast förmlich.

»Hat es Krach gegeben?« fragte er vorsichtig.

»Mit Onkel Lew?« Sie schüttelte den Kopf. »Nein. Er ist ein Schatz, er streitet nie mit mir.«

»Aber bestimmt hat er sich über mein unmögliches Benehmen geäußert.«

Sie warf ihm einen sonderbaren Blick zu. »Er hat von Ihnen gesprochen, allerdings. Ja, er hat mir eine ganze Menge über Sie erzählt, was ich lieber nicht erfahren hätte.«

Wenn sie erwartet hatte, daß er unter ihrer unausgesprochenen Anschuldigung zusammenzucken würde, so wurde sie enttäuscht. »Das klingt ja reichlich ominös«, sagte er kühl. »Was hat er Ihnen denn erzählt?«

Sie antwortete lange nicht, und als sie schließlich sprach, zitterte ihre Stimme. »Ich wünschte, ich hätte es vorher gewußt — es hätte an unserer Freundschaft bestimmt nichts geändert. Wie konnten Sie bloß so etwas tun? Warum — warum bloß? Ein Mann wie Sie!«

»Beziehen Sie sich damit auf meine unrühmliche kriminelle Vergangenheit?« fragte er mit einer Ironie, die ihr wehtat.

»So sollten Sie nicht sprechen!« stieß sie hervor. »Onkel Lew sagt, Sie seien im Gefängnis gewesen. Ist das wahr?«

Er nickte. »Absolut — und nicht nur hier in England, ich war auch in anderen Ländern im Gefängnis, in Südafrika zum Beispiel — erzählen Sie das ruhig Ihrem Onkel! Und, bitte, glauben Sie nur nicht, ich sei dabei das Opfer übler Machenschaften gewesen. Für jede Stunde, die ich im Gefängnis verbrachte, war ich selbst verantwortlich.«

»Oh!« sagte sie bloß.

Schweigend gingen sie nebeneinander her bis fast zum Hyde Park Corner. Dann faßte er sich ein Herz.

»Es tut mir schrecklich leid, daß Sie sich darüber so aufregen.« Seine Stimme klang freundlicher, als sie sie bisher je gehört hatte. »Ich komme mir richtig niederträchtig vor. Und doch, ich möchte Sie bitten, daß Sie mir trotz alldem vertrauen. Das ist viel verlangt, ich weiß.«

»Heißt das, daß Sie von nun an ein anständiges Leben führen werden?«

»Das werde ich«, versprach er.

Unerwartet schob sie ihren Arm in den seinen. Er spürte sekundenlang einen zärtlichen Druck, und die Freude darüber benahm ihm fast den Atem.

»Ich bin froh«, flüsterte sie. »Und — und jetzt muß ich Ihnen noch etwas sagen, John.«

Er ahnte, was kommen würde, und vor Schreck blieb ihm fast das Herz stehen.

»Ich werde heiraten . . . nächste Woche schon! Ist das nicht — ist das nicht schrecklich!«

## 8

Sollte John Leslie noch Zweifel gehegt haben, spätestens in diesem Augenblick erkannte er, daß er Beryl liebte.

»Heiraten . . . nächste Woche?« wiederholte er mechanisch. »Das ist ziemlich plötzlich.«

Als ihnen das Absurde seiner Worte zu Bewußtsein kam, mußten beide lachen.

»Lew möchte es so«, sagte sie. »Er hat es mir heute morgen vorgeschlagen, und ich . . . ich konnte natürlich nicht nein sagen. Er sagte, er habe es sich wochenlang überlegt und vor zwei Tagen die Heiratslizenz beantragt.«

»Eine Sonderlizenz?«

Sie nickte.

»Ja. Es soll nur eine standesamtliche Trauung sein. Frank wollte kirchlich heiraten — mit Orgelmusik und einem Empfang hinterher und so, aber Lew war dagegen. Ach, John, er war immer so unglaublich nett zu mir — Onkel Lew meine ich. Sie ahnen nicht, was er alles für mich getan hat.«

Zu seiner Verwunderung sah er Tränen in ihren Augen.

»Sie meinen mit der Hochzeit?«

Sie schüttelte ungeduldig den Kopf. »Nein . . . ich meine, als ich ein Kind war. Wie er sich um mich gekümmert hat, wieviele Opfer er für mich gebracht hat . . .« Unvermittelt und echt weiblich sagte sie dann: »Sie haben mir noch nicht einmal gratuliert!«

»Ist mir auch schon aufgefallen«, meinte John Leslie nachdenklich. »Heiraten! Du lieber Gott!«

Sie waren unterdessen im Green Park angelangt. Beryl hatte sich noch immer bei ihm eingehakt und drückte seinen Arm fest an sich.

»Ich werde bestimmt sehr glücklich«, sagte sie überstürzt. »Frank ist so ein guter Mensch und so . . . so vernünftig.« Es klang, als wolle sie sich selbst überzeugen. »Solche Ehen gehen meistens gut. Wahrscheinlich kommen viele auf diese Weise zustande. Man kennt den Mann, den man heiratet, ja sowieso erst richtig, wenn . . . na, eben erst Jahre später. Es wäre mir gräßlich, wenn ich bis über die Ohren in meinen Mann verliebt wäre . . . so was endet fast immer in einer Katastrophe . . .«

»Sie reden Unsinn«, unterbrach Leslie sie grob.

Sie schüttelte fast hysterisch den Kopf. »Das weiß ich ja selbst. Ach, John, ich bin so entsetzlich unglücklich über das Ganze. Ich möchte gar nicht heiraten! Aber Onkel Lew hat nun mal sein Herz daran gehängt. Vor zwei Tagen hätte ich ihm noch gesagt, daß ich überhaupt niemanden heiraten will. Aber jetzt — jetzt geht das einfach nicht mehr.«

»Wegen etwas, das er Ihnen erzählt hat?«

Sie nickte.

»Über Sie selbst? Und Ihre Vergangenheit?« Er wollte noch etwas hinzufügen, besann sich aber. »Ach, Beryl«, sagte er nur, »ich würde mir an Ihrer Stelle über die Zukunft nicht zu viele Sorgen machen. Eine Woche besteht aus sieben Tagen, und sieben Tage sind lang.«

Nun widersprach sie ihm doch. »Wir wollen uns nichts vormachen, mein Lieber. Ich werde heiraten. Nichts, aber auch gar nichts kann das verhindern!«

»Sieben Tage sind lang«, wiederholte er.

Sie zog ihren Arm zurück. »Reden wir nicht mehr davon. Sehen Sie mal!« Sie deutete geradeaus. »Da drüben geht der komische kleine Mann, der neulich abend zu uns ins Haus kam und sich nach Ihnen erkundigte.«

»Welcher komische kleine Mann? Es gibt so viele.«

Sie zeigte auf einen dicklichen, kleinen Mann in einem beigefarbenen Regenmantel.

»Er ist Reporter beim *Post-Courier.* Sein Name ist mir momentan entfallen.«

»Collie«, sagte er. »Joshua Collie. Ein ganz gerissener Spürhund!«

»Kennt er Sie?« fragte sie besorgt.

Er schüttelte den Kopf. »Ich hoffe nicht. Collie interessiert sich nicht für kleine Fische. Um sein Interesse zu wecken, muß man schon etwas wirklich Schlimmes verbrochen haben. Aber dann, das muß ich zugeben, dann ist ein Bluthund ein zahmes Schoßtier, verglichen mit Joshua Collie!«

Wenn Collie sie erkannt hatte, so ließ er es sich nicht anmerken. Er schien derart versunken in seine Gedanken, während er so dahinspazierte, die Hände auf dem Rücken verschränkt, die Augen wie gebannt auf den Boden gerichtet, daß nicht einmal die Beschimpfungen der Passanten, die er unterwegs anrempelte, ihn aus seinen Träumereien wecken konnten.

»Was hat er denn über mich wissen wollen?« erkundigte sich Leslie leichthin. »Ich hatte keine Ahnung, daß er mich mit seinem Interesse beehrt.«

Das wußte sie auch nicht genau. Sie hatte nur die letzten Fragen von Collie gehört, und Lew hatte hinterher nicht über den Besuch gesprochen.

Leslie begleitete sie bis zum Bahnhof und verabschiedete sich dort von ihr. Über seine Vergangenheit wurde kein Wort mehr verloren, und obwohl sie gern über seine Zukunft mit ihm gesprochen hätte, brachte sie den Mut nicht auf. Während sie auf ihren Zug wartete, las sie zum ersten Mal ein Wort, das ihr noch einmal sehr geläufig werden sollte. Eine Zeitungsschlagzeile fragte in Großbuchstaben: WER IST DER ZINKER? Es war das *Megaphone,* ein knallig aufgemachtes, aber immer gut informiertes Sensationsblatt. Beryl kaufte sich aus Neugier ein Exemplar.

Zu ihrer Überraschung wurde in dem Bericht über den Zinker auch der Mord an Larry Graeme erwähnt. Berly las, bis sie zu einem Abschnitt kam, bei dem ihr das Herz im Hals zu klopfen begann.

Unter anderem hieß es da:

Wie unser Sonderkorrespondent berichtet, geht die Polizei von der Annahme aus, daß der Mord von jenem berüchtigten Hehler begangen wurde, der in Unterweltskreisen unter dem Namen »Der Zinker« bekannt ist. Ein Zinker ist ein Verbrecher, der seine Komplicen verrät, und es besteht kein Zweifel daran, daß die Polizei seit geraumer Zeit bei der Verhaftung zahlreicher Krimineller, einschließlich des Ermordeten, durch Hinweise eines anonymen Informanten wesentlich unterstützt worden ist. Man nimmt an, daß es sich bei dem Informanten um jenen Hehler handelt, der in großem Maßstab operiert und durch den ein wesentlicher Teil der Beute aus allen großen Einbruchsdiebstählen in jüngerer Zeit aus dem Land geschleust worden ist. Obwohl die Polizei bisher noch keinen Anhaltspunkt hinsichtlich seiner jetzigen Identität besitzt, ist man ziemlich sicher, daß es sich um einen Mann handelt, der bereits sowohl hierzulande wie in Südafrika mehrere Gefängnisstrafen abgesessen hat. Scotland Yard hat daher aus Johannesburg Fotos und Fingerabdrücke eines Mannes angefordert, der dort unter verschiedenen falschen Namen als Heiratsschwindler aufgetreten und in einem Fall zu zwei Jahren Gefängnis verurteilt worden ist. Wie wir erfahren, soll es nach Eintreffen der angeforderten Beweismittel nicht nur möglich sein, dem langgesuchten Verbrecher auf die Spur zu kommen, man ist auch überzeugt, mit ihm Larry Graemes Mörder zu finden.

Südafrika? John Leslie hatte gesagt, er sei in Südafrika gewesen . . .

In Wimbledon stieg sie aus. Ihr war elend zumute. Sie versuchte sich einzureden, daß ihre Befürchtungen grundlos waren. Aber hatte ihr Lew Friedman vor zwei Tagen nicht ähnlich unmögliche Dinge offenbart . . .

Nach dem Tee las Lew die Zeitung, die sie mitgebracht hatte. Einige Minuten später ließ er das Blatt sinken.

»Hast du den Artikel über diesen Zinker gelesen?«

Sie nickte und wartete ängstlich auf seine nächsten Worte, aber offenbar brachte er den Artikel nicht mit John Leslie in Verbindung.

»Wenn das stimmt, und wenn dieser Zinker ein solch skrupelloser Verbrecher ist, wie es hier heißt, dann würde es mich nicht wundern, wenn Barrabal demnächst etwas zustieße.«

»Wieso denn Barrabal?«

»Weil er die Ermittlungen in dem Fall leitet und nach allem, was man hört, der tüchtigste Mann ist, den sie in Scotland Yard haben. Ich bin gespannt, ob er es mit diesem Zinker aufnehmen kann.«

Lew Friedman schien über prophetische Gaben zu verfügen. Am gleichen Abend saß Barrabal nach einem harten Arbeitstag in seinem Büro, als der Kellner eines benachbarten kleinen Restaurants ihm ein bescheidenes Mahl, bestehend aus Tee und Toast, heraufbrachte.

Der junge Mann stellte das Tablett auf einen kleinen Tisch, nahm den Deckel von der Toastschale und schenkte den Tee ein. Barrabal rührte geistesabwesend in der Tasse und nahm eine Scheibe von dem gebutterten Toast. Direkt über ihm brannte eine helle Deckenlampe, und als er das Brot zum Mund führte, sah er auf der zerlaufenen Butter etwas glitzern. Vorsichtig legte er die Toastscheibe zurück auf den Teller.

Wenige Sekunden später telefonierte er mit dem Westminster-Krankenhaus. Als Ergebnis dieses Gesprächs befand sich das ganze Tablett kurz darauf im Kliniklabor. Barrabal wartete im Stationsraum des diensthabenden Arztes, bis der Chemiker hereinkam.

»Ich konnte in der Eile zunächst nur eine oberflächliche Analyse machen«, sagte er, »aber es handelt sich ohne Zweifel um Arsen. Alle Toastscheiben sind damit bestreut. Im Tee selbst konnten wir nichts feststellen. Genaueres werde ich Ihnen erst morgen sagen können . . .«

»Das genügt mir bereits.«

Barrabal kehrte nach Scotland Yard zurück und rief seine Sekretärin herein.

»Sollte sich jemand nach mir erkundigen«, erklärte er dem erstaunten Mädchen, »so sagen Sie ihm bitte, ich sei tot. Nein, noch besser . . .«

Er setzte sich an seinen Schreibtisch und diktierte. Am nächsten Morgen brachten einige Zeitungen die Meldung, daß Chefinspektor Barrabal von Scotland Yard schwer erkrankt sei und sich in stationärer Behandlung im Krankenhaus befinde. Vermutlich werde er seinen Dienst erst in einigen Wochen wieder aufnehmen können. In der Zwischenzeit werde er durch Inspektor Elford vertreten.

»So«, erklärte Barrabal dem höchst unbehaglich dasitzenden Elford, »jetzt wird man's mit Sicherheit auf Sie abgesehen haben. Es würde mich wundern, wenn Sie bis heute in einer Woche noch am Leben sind!«

»Ihren Sinn für Humor möchte ich haben!« sagte Elford melancholisch.

## 9

Niemand empfand für Frank Suttons Geschäftsführer besonders viel Sympathie. Er besaß Organisationstalent und dazu die Gabe, den Finger immer genau auf den wunden Punkt zu legen. Und da es sich dabei für gewöhnlich um einen Angestellten handelte, vergrößerte dies nicht gerade seine Beliebtheit. Man mußte John Leslie allerdings zugute halten, daß ihm die Verschlechterung des Betriebsklimas seit Beginn seiner Tätigkeit bei Sutton & Co. nicht zu Bewußtsein kam, obwohl sich sofort eine unnatürliche Stille ausbreitete, wann immer er ein Büro betrat, und die Lehrlinge wie elektrisiert herumliefen, sobald sie seine Schritte hörten.

An dem Morgen, als die Zeitungen von Inspektor Barrabals plötzlicher Erkrankung berichteten, kam Tillman etwas zu spät. Er klopfte an die Tür von Leslies Büro und trat ein, denn es gehörte zu seinen Pflichten, beim Sortieren zu helfen. Miß Trent saß an ihrem Schreibtisch. Leslie war noch nicht da.

»Sie haben sich verspätet, Tillman!« Sie blickte mißbilligend auf, doch Tillman zeigte keine Spur von Verlegenheit. Für jemanden, der vorläufig nur auf Probe eingestellt war, nahm er sich eine Menge Freiheiten heraus, und sein Verhalten gegenüber der Chefsekretärin, immerhin einer wichtigen

Persönlichkeit in jedem Betrieb, grenzte zuweilen schon an Geringschätzung.

»Zeit ist ein relativer Begriff«, sagte er, während er sich mit der Morgenpost beschäftigte. »Ist Ihnen klar, daß in New York gerade jetzt die Nachtlokale schließen, und in China . . .«

»Ach, seien Sie doch still!«

Tillman grinste.

»Unser Mr. Griesgram ist heute morgen auch ein bißchen spät dran, was?« bemerkte er.

»Er ist schon ganz zeitig hiergewesen«, gab sie zurück, ohne auf seine Frechheit einzugehen. »Der Mann braucht offenbar überhaupt keinen Schlaf! Übrigens, haben Sie schon mal von einem gewissen Barrabal gehört?« fragte sie plötzlich, ohne von dem Brief, in dem sie las, aufzublicken.

Tillman hob ruckartig den Kopf.

»Was?« erwiderte er scharf. »Barrabal? Ja, von dem hab ich schon gehört. Warum?«

»Er ist krank — liegt angeblich im Sterben.«

Tillman grinste in sich hinein. Er besaß einen Sinn für Humor, den normale Sterbliche nicht teilen konnten.

»Wir werden ihm einen Kranz schicken«, meinte er noch immer lächelnd. »Ein Beamter von seinen Verdiensten — den wird man vermissen.«

»Kennen Sie ihn?« fragte sie betont gleichgültig.

»Nein. Ich habe wenig Kontakte mit der Polizei.«

Draußen im Korridor ertönten Schritte. Gleich darauf wurde an die Tür geklopft. Tillman blickte gespannt auf, aber es war nur ein Bürodiener mit einer Karte, die er Millie Trent übergab. Sie las.

»Mr. Leslie ist noch nicht da«, sagte sie dann, »aber bitten Sie den Herrn doch herein. Ich möchte mir so einen Zeitungsmenschen zu gern mal aus der Nähe anschauen.«

»Ein Reporter?« stieß Tillman hervor, als der Bürodiener gegangen war.

Sie nahm die Karte vom Tisch und las laut vor: »Joshua Collie . . .«

»Collie!«

Zum ersten Mal, seit sie ihn kannte, schien Tillman beeindruckt. Sein langes, faltiges Gesicht wurde noch länger.

Das Büro war durch eine Zwischentür mit einem Nebenraum verbunden, in dem Leslie manchmal Geschäftsbesuche empfing. Auf diese Tür eilte Tillman nun mit langen Schritten zu.

»Was haben Sie denn, wollen Sie ihn nicht sehen?« rief Millie Trent erstaunt.

Noch ehe sie ausgesprochen hatte, war Tillman nebenan verschwunden, und ein paar Sekunden später trat Joshua Collie herein. Er machte eine verlegene Verbeugung und gewann durch seine Schüchternheit sofort ihre Sympathie.

»Sie möchten Mr. Leslie sprechen? Er ist zurzeit außer Haus, aber ich denke, er wird bald zurück sein. Wollen Sie sich nicht setzen?«

Joshua ließ sich umständlich auf einem Stuhl nieder.

»Ist Mr. Sutton zugegen?«

Millie teilte ihm mit, Mr. Sutton sei immer zugegen, nur leider momentan ebenfalls außer Haus. Er sei ein vielbeschäftigter Mann und könne es sich nicht leisten, soviel Freizeit zu nehmen, wie das gewisse andere Leute täten. Anscheinend merkte Collie, wem ihre Anspielung galt.

»Ein sehr netter Mann, dieser Mr. Leslie«, murmelte er wie im Selbstgespräch vor sich hin. »Ich bin ihm schon mal begegnet — ich weiß bloß nicht wo.«

Millie verzog spöttisch den Mund.

»Sie gehen wohl nicht viel in Gesellschaft, wie?« bemerkte sie sarkastisch.

Joshua schüttelte den Kopf. »Leider nein. Zu meinem Bedauern muß ich gestehen, daß ich die meiste Zeit meines Lebens in der ungesunden Luft von Gerichtssälen verbringe. Das ist — hm — mein Hobby. Manche Menschen sammeln Briefmarken, andere sammeln Schmetterlinge — ich sammle sozusagen Verbrecher.«

Nun war Millie Trents Interesse geweckt, und sie konnte sich sehr gut vorstellen, wo er Leslie begegnet war.

»Ich finde ihn nicht so nett — eigentlich ist er ein rechtes Ekel, sag ich Ihnen«, erklärte sie in gehässigem Ton.

»Na, jedenfalls hat er einen sehr guten Geschmack in Sekretärinnen.«

Sie wurde rot und erwiderte sein Lächeln. Collie hatte die Erfahrung gemacht, daß eine gewisse Art von Frauen ein Kompliment um so bereitwilliger akzeptierten, je einfältiger und deutlicher es war.

»Ich bin nicht seine Sekretärin, gottlob!« gab sie zurück. »Ich bin die Sekretärin von Mr. Sutton.«

Collie seufzte. »Tja, manche Menschen sind eben schwierig.«

»Mr. Leslie ist nicht schwierig«, entgegnete Millie erbost, »er ist unmöglich!«

Collie schob die Lippen vor, eine typische Angewohnheit von ihm.

»Es tut mir leid, das hören zu müssen«, sagte er ernst.

Sie hatte den Eindruck, daß in diesem Augenblick seine Gedanken ausschließlich um die »Unmöglichkeit« von Mr. Leslie kreisten.

»Sie wollen ihn doch sprechen, nicht wahr? Sie sind nicht ein Einkäufer oder so?«

Collie schüttelte den Kopf. »Ich bin Reporter.«

Sie wurde plötzlich sehr zurückhaltend.

»Eigentlich dürfte ich gar nicht mit Ihnen reden. Ich möchte nicht gern, daß mein Name in der Zeitung erscheint.«

»Das wird er nicht«, entgegnete Collie sehr leise. »Das versichere ich Ihnen.«

»Ich hab das nämlich sehr ungern«, fuhr sie fort. »Mein Name hat schon mal in der Zeitung gestanden, und das war mir gar nicht angenehm.«

Sie wartete darauf, daß ihr Besucher sie nach näheren Einzelheiten fragte, aber augenscheinlich war er mit seinen Gedanken ganz woanders.

Neben anderen Talenten besaß Collie nämlich ein außerordentlich feines Gehör. Während er mit scheinbarer Aufmerksamkeit Millie Trents Geplauder zuhörte, hatte er draußen vor der Tür das leise Knarren eines Schuhs vernommen. Im Korridor brannte Licht, und durch die Milchglasscheibe zeichnete sich ganz schwach ein Schatten ab. Collie erhob sich plötzlich.

»Entschuldigen Sie«, sagte er leise. »Ich kann Zugluft leider nicht vertragen.«

Mit einer für sein Alter und seine sonstige Behäbigkeit erstaunlichen Eile schritt er zur Tür und riß sie auf. Draußen stand Tillman, den Kopf geneigt, die Augen halb geschlossen.

»Verzeihung«, sagte Collie höflich. »Wollten Sie gerade eintreten?«

Tillman jedoch hatte bereits auf dem Absatz kehrtgemacht und verschwand mit eiligen Schritten den Korridor entlang.

Collie machte milde lächelnd die Tür wieder zu.

»Wer war das?« rief Millie. »Die Tür war zu, nicht wahr?«

»Jetzt ist sie zu«, entgegnete Collie.

»Das war doch Tillman, mit dem Sie eben sprachen, nicht? Was wollte er?«

»Tillman, soso.« Joshua Collie grinste breit. »Hm!«

»Kennen Sie den vielleicht auch?«

Collie schüttelte den Kopf. Aber offensichtlich hatte das Auftauchen Tillmans einen tiefen Eindruck auf ihn gemacht. Er zwinkerte wie jemand, der plötzlich durch ein grelles Licht geblendet wird.

»Du meine Güte!« rief er aus. »Wirklich ganz erstaunlich!«

Millie Trent unterdrückte mühsam ihre Neugier. Dann kam ihr plötzlich eine Idee.

»Jetzt versteh ich. Er gehört ebenfalls zu Mr. Suttons Experimenten, und Sie haben auch ihn auf der Anklagebank von Old Bailey gesehen?«

Wieder schüttelte Collie den Kopf.

»Ich habe ihn in der Tat in Old Bailey gesehen«, sagte er, seine Worte vorsichtig wählend, »aber nicht auf der Anklagebank! Nein — dort ganz bestimmt nicht!«

## 10

Die Ankunft von John Leslie hinderte Millie Trent an weiteren Fragen. Er kam eilig ins Zimmer, sah Collie und blieb wie angewurzelt stehen. Dann schloß er ruhig die Tür hinter sich und ging zu seinem Schreibtisch. Collie war aufgestanden und folgte ihm. Eine Sekunde lang sahen sich die beiden in die Augen. Leslies Gesicht war unfreundlich.

»Sie wollten mich sprechen«, fragte er knapp.

»Ja, ich hätte Sie gern kurz gesprochen.«

Leslie warf einen Seitenblick auf Milli Trent.

»Nur ein paar Minuten«, fuhr Collie fort. »Es handelt sich um eine Angelegenheit von öffentlichem Interesse.«

Sonderbarerweise fragte Leslie ihn nicht, ob die Unterredung unter vier Augen stattfinden sollte; er schien das stillschweigend vorauszusetzen.«

»Also gut, Miß Trent«, sagte er.

Mit diesen Worten pflegte er sie für gewöhnlich aus dem Zimmer zu schicken, und sie wurde rot vor Ärger. Manchmal konnte Leslie sie wirklich bis aufs Blut reizen; in solchen Augenblicken hätte sie ihn am liebsten ermordet. Es gab hingegen auch Augenblicke, in denen sie ihn ganz passabel fand.

»Ich fürchte, ich kann jetzt nicht gehen, Mr. Leslie«, widersprach sie unhöflich. »Ich habe noch diesen ganzen Stapel Post durchzusehen . . .«

»Lesen Sie sie woanders«, unterbrach sie Leslie brüsk.

Joshua Collie, der sie verstohlen betrachtete, sah, daß ihre Hände vor Wut zitterten, als sie die Post zusammenraffte und wortlos aus dem Zimmer stürzte. Offensichtlich herrschte nicht gerade eitel Sonnenschein zwischen Suttons Sekretärin und seinem energischen Geschäftsführer. Collie vermerkte diese Tatsache in seinem Gedächtnis; sie würde ihm vielleicht noch einmal nützlich sein.

Er reichte Leslie seine Karte. Dieser warf einen flüchtigen Blick darauf und ließ sie auf den Tisch fallen.

»Setzen Sie sich, Mr. Collie. Also, um was handelt es sich? Ich habe den Mord nicht beobachtet — ich vermute, Sie sind deswegen gekommen —, ich habe nicht einmal die Schüsse gehört und ich weiß auch sonst nicht das geringste, das für einen Reporter von Interesse sein könnte.«

Joshua hüstelte.

»Nein, nein, ich komme in einer ganz anderen Angelegenheit, einer überaus heiklen Angelegenheit. Ich muß gestehen, ich habe mich selten in einer so peinlichen Situation befunden.«

Um John Leslies Mund erschien die Andeutung eines Lächelns. »Es geht also nicht um den Mord. Na, ich bin nicht so leicht zu schockieren — also schießen Sie ruhig los.«

»Tja, die Sache ist nämlich so.« Joshua hüstelte wieder. »Ich bin einer Story auf der Spur, einer ganz anderen Sache eigentlich, die aber vielleicht mit dem erwähnten Mord in Zusammenhang stehen könnte. Wie uns zu Ohren kam, gibt es in London einen — also, ich will nicht sagen, einen Verbrecherkönig, denn das ist ein Ausdruck der Sensationspresse, die ich verabscheue —, nennen wir ihn daher einfach einen sehr raffinierten Verbrecher, der ganz groß im Geschäft ist. Und über den brauche ich unbedingt nähere Informationen, denn unsere Konkurrenz, der *Megaphone,* ist uns scheint's schon um einige Längen voraus und . . .«

»Warum kommen Sie damit zu mir?« fragte Leslie ungeduldig. »Glauben Sie etwa, ich wüßte Bescheid in Hehlerkreisen?«

Joshua biß sich auf die Lippen. Nun kam er zum heikelsten Teil seiner Mission. Die ganze Zeit, während er mit Leslie sprach, hatte er sich den Kopf zerbrochen, wo und wann er den anderen schon einmal gesehen haben mochte.

Wenn Gerichtsreporter in Old Bailey auf den Beginn eines Mordprozesses warteten, achteten sie für gewöhnlich nicht auf die Beteiligten an kleineren Strafsachen, die gleichzeitig dort verhandelt wurden. Möglicherweise hatte er John Leslie bei einer solchen Gelegenheit auf der Anklagebank gesehen und das scharfgeschnittene Gesicht war ihm im Gedächtnis geblieben.

»Ich will ganz offen mit Ihnen sein, Mr. Leslie — oder soll ich Captain Leslie sagen?«

»Das ist mir völlig egal«, erwiderte Leslie.

»Vor ein paar Tagen setzte ich mich mit Inspektor Barrabal in Verbindung«, fuhr Collie fort und sah, wie der andere die Stirn runzelte. »Ich schrieb ihm einen Brief in der Angelegenheit, und er schrieb mir zurück und schlug vor, ich sollte mich an Sie wenden.«

»Wieso an mich?«

Joshua zögerte, bis Leslie selbst ihm aus der Verlegenheit half.

»Er hat Ihnen mitgeteilt, daß ich selbst schon mal im Gefängnis war und mich deshalb vermutlich genau in Unterweltskreisen auskenne, was?«

»Ich danke Ihnen«, sagte Collie erleichtert.

»Und daß ich, da ich vielleicht etwas intelligenter bin als bei Verbrechern im Durchschnitt üblich, Ihnen möglicherweise am ehesten auf die Spur dieses Hehlerkönigs helfen könnte?«

»Wirklich, sehr nett von Ihnen«, murmelte Collie.

»Na, da hat er sich getäuscht«, erklärte Leslie schroff. »Wenn Sie Barrabal das nächste Mal sehen, können Sie ihm von mir ausrichten . . .«

»Bitte«, rief Collie abwehrend. »Über Tote soll man nichts Schlechtes sagen. Er ist zwar noch nicht gestorben, aber nach den Zeitungsmeldungen steht es sehr schlecht um ihn. Wäre es denn gar nicht möglich, Captain Leslie, daß Sie mir wenigstens einen ganz kleinen Hinweis geben, wie ich mit dem Zinker Verbindung aufnehmen könnte?«

Leslie schüttelte den Kopf. »Leider ganz unmöglich.«

Joshua erhob sich.

»Ich werde Barrabal nicht sehen, weil niemand ihn zu sehen

bekommt.« Er drehte sich um und starrte geistesabwesend auf die Tür zum Gang. »Jedenfalls niemand von Wichtigkeit. Schade, daß Sie mir nicht weiterhelfen konnten. Jetzt muß ich mich nach jemand anders umsehen. Eins will ich Ihnen nämlich sagen, Mr. Leslie, ich werde ganz London abklappern, bis ich den Zinker ausfindig gemacht habe, denn ich spüre ganz genau: das wird die tollste Story, die wir jemals gebracht haben!«

Bei diesen Worten sah er Leslie scharf an, aber dieser hielt seinem Blick mit unbeweglicher Miene stand.

»Sie imponieren mir«, bemerkte er trocken. »Nichts wäre mir ein größeres Anliegen, als Ihr geschätztes Blatt mit einer interessanten Story zu beliefern. Daß mir das leider unmöglich ist, wird mir gewiß einige schlaflose Nächte bereiten.«

Sein Sarkasmus prallte an Joshua ab.

»Sie können mir also wirklich keinen Fingerzeig geben — über den Zinker?«

Leslie gähnte hinter vorgehaltener Hand. »Dieser Zinker existiert vermutlich nur in der lebhaften Phantasie gewisser Zeitungsleute«, bemerkte er spöttisch.

Joshua ließ den Kopf hängen.

»Schade. Hoffentlich habe ich Sie nicht gestört.«

»Keineswegs.« Leslie begann in seiner Post zu blättern.

»Das freut mich.« Joshua machte eine Pause. »Man sagt, daß der Zinker als Tarnung für seine Transaktionen ein völlig legitimes Geschäftsunternehmen benützt — als dessen Inhaber oder leitender Angestellter.«

Leslie blickte nicht auf.

»Hat Barrabal Ihnen das gesagt? Reichlich redselig, der Mann, wie? Guten Tag, Mr. . . .«

»Collie«, ergänzte Joshua mit seinem liebenswürdigen Lächeln. »Guten Tag, Captain Leslie.«

Auf halbem Weg zur Tür blieb er stehen und drehte sich um.

»Sie haben sehr interessante Angestellte hier«, sagte er langsam. »Obwohl es mich eigentlich nichts angeht, fühle ich mich doch berechtigt, Ihnen einen guten Rat zu geben. In Ihrer Firma arbeitet ein gewisser Tillman. Ich will beileibe nichts gegen den Herrn sagen, aber . . .«

Hier hob John Leslie den Kopf.

»Vielen Dank für die Warnung — falls es eine Warnung

sein sollte. Ich weiß Bescheid über Tillman: ich habe ihn heute morgen schon selbst zur Rede gestellt.«

Nachdem Collie gegangen war, beantwortete Leslie die eingegangene Post. Er benützte dafür ein Diktiergerät, und da er ein rascher Arbeiter war und prägnant formulierte, brauchte er für die gesamte Geschäftskorrespondenz kaum eine halbe Stunde. Als er fertig war, schlug er die *Times* auf und überflog die neuesten Nachrichten. Besonders interessierte ihn die kurze Meldung über Inspektor Barrabal. Niemand wußte besser als John Leslie, daß Barrabal in diesem Augenblick nicht nur ganz gesund, sondern auch überaus aktiv war. Er blätterte weiter bis zum Anzeigenteil. Unter der Spalte *Verloren* entdeckte er dort eine unscheinbare Annonce:

Freitag abend um 22.30 Uhr wurde vermutlich etwa in der Mitte der Fitzjohn's Avenue eine grün-weiße Brieftasche verloren. Inhalt: vier oder fünf Schatzanweisungen.

Er prägte sich den Text genau ein, dann faltete er die Zeitung zusammen und legte sie wieder an ihren Platz. Am Freitag abend um halb elf würde also in der Fitzjohn's Avenue jemand warten, der Brillanten und Smaragde im Wert einer vier bis fünfstelligen Zahl anzubieten hatte. Vor knapp einer Woche hatte es in Roehampton einen spektakulären Einbruchsdiebstahl gegeben, bei dem vor allem wertvolle Brillanten und Smaragde erbeutet worden waren. Mit einem Blick auf den Kalender vor ihm vergewisserte Leslie sich, daß heute Freitag war.

Er ging zeitig zum Mittagessen und blieb zwei Stunden fort. Als er zurückkam, erfuhr er, daß Frank Sutton nach ihm gefragt hatte.

»Es war nicht so wichtig«, versicherte ihm Millie Trent ungewöhnlich liebenswürdig. »Mr. Sutton hat zwei Karten für den großen Boxkampf heute abend im National Sporting Club und wollte fragen, ob Sie eine davon haben wollen. Die andere behält er für sich selbst.«

»Er kann beide behalten.«

Doch in ihrer gegenwärtigen guten Laune störte Millie Trent diese Abfuhr nicht.

»Mr. Sutton sagt, der Kampf fängt erst zwischen neun und zehn Uhr an.«

Leslie schüttelte den Kopf. »Heute abend um diese Zeit habe ich leider schon etwas anderes vor«, sagte er — für seine Verhältnisse nahezu verbindlich.

## 11

Es war wieder eine regnerische unfreundliche Nacht wie damals, als Larry Graeme in Putney Common auf den Zinker gewartet hatte. Der Wind fegte durch die engen Straßen, riß Ziegel von den Dächern und knickte Äste von den Bäumen.

Die Fitzjohn's Avenue, jene lange Straße von St. John's Wood nach Heath, stieg streckenweise steil bergan und führte durch eine Wohngegend, in der nur wohlhabende Leute lebten. Um halb elf Uhr nachts hielt sich bei solchem Wetter hier kein Mensch auf der Straße auf.

Als die Uhr die halbe Stunde schlug, kam ein Wagen langsam und geräuschlos die abschüssige Straße herunter. Er fuhr dicht am Randstein entlang, während der Mann am Steuer angestrengt aus dem offenen Fenster spähte. Endlich entdeckte er, wonach er suchte. Im Schatten eines der Bäume am Straßenrand stand eine hohe Gestalt. Sonst war weit und breit kein Mensch zu sehen. Der Fahrer verlangsamte sein Tempo noch mehr, ohne jedoch völlig anzuhalten. Im Schneckentempo rollte er auf seinen wartenden Kunden zu.

»Guten Abend«, rief dieser in munterem Ton. »Ich würde gern ein kleines Geschäft mit Ihnen machen.«

Aufgrund seines ausgezeichneten Informationssystems wußte der Mann im Auto nun ganz genau, wer hinter dem Einbruch in Roehampton steckte. Es war eine holländische Bande, mit deren Unterhändler, einem gewissen Jan Bryel, er schon öfter Geschäfte gemacht hatte. Und dieser Mann hier vor ihm war ohne jeden Zweifel ein Engländer.

»Ich weiß nicht, was Sie wollen«, sagte der Zinker und tastete, während er sprach, nach einem kleinen, aber sehr starken Taschenscheinwerfer, der in einer Halterung unterhalb des Handschuhfachs steckte.

»Machen Sie keine Witze«, erwiderte der Fremde. »Sie wissen doch ganz genau was . . .«

Weiter kam er nicht, denn in diesem Augenblick traf ihn ein greller Lichtstrahl mitten ins Gesicht. Ein Blick genügte, und der Fahrer hatte ihn erkannt. Ehe der erschrockene Mann begriff, was geschah, schoß der Wagen mit aufheulendem Motor davon.

Im gleichen Augenblick sprangen drei Männer, die hinter einer niedrigen Gartenmauer verborgen gewesen waren, aus ihrem Versteck hervor, aber es war zu spät. Der Wagen raste in hohem Tempo die abschüssige Straße hinunter. Zwei Polizeibeamte, die auf die Fahrbahn gelaufen waren und mit ihren Stablampen winkten, konnten sich gerade noch mit einem Sprung in Sicherheit bringen, dann war der Wagen vorbei und weiter unten mit quietschenden Reifen um eine Ecke verschwunden.

»Schiefgegangen«, seufzte Inspektor Elford resigniert. »Haben Sie denn wenigstens die Wagennummer erkannt, Sergeant?«

»Nicht richtig«, entgegnete der Sergeant zögernd. »Aber ich glaube, es war ein kleiner Panhard . . .«

»Verdammt«, fluchte Elford.

Wie sich herausstellte, hatten auch die Polizisten, die weiter unten an der Straße postiert waren, nur ein unleserliches Nummernschild gesehen. Offenbar hatte der Fahrer durch irgendeinen Mechanismus das Autokennzeichen abgedeckt. Elford hatte schon alle Hoffnung aufgegeben, als eine Meldung kam, daß ein Wagen, auf den die durchgegebene Beschreibung zutraf, offenbar gegenüber dem Holloway-Gefängnis auf den Straßenbahnschienen ins Schleudern geraten und gegen einen Laternenpfahl geprallt war. Niemand hatte den Unfall direkt beobachtet, doch ein Polizist hatte das Krachen gehört und sich sofort zur Unfallstelle begeben. Der Wagen war ein Trümmerhaufen, der Fahrer selbst jedoch schien nicht ernstlich verletzt worden zu sein. Auf jeden Fall war er spurlos verschwunden.

Ein Polizeiwagen brachte Elford zum Unfallort. Der Wagen lag vollständig zertrümmert auf der Seite.

»Wahrscheinlich gestohlen«, meinte Barrabal, als Elford ihm telefonisch Bericht erstattete. Wie sich später herausstellte, hatte der Chefinspektor wieder einmal recht. Der Wagen war vor etwa neun Monaten in Worcester verschwunden.

Elford untersuchte das Wageninnere sehr gründlich und machte dabei zwei wichtige Entdeckungen. Die erste war ein dicker brauner Briefumschlag, der auf der Klappe den Namen einer Londoner Zweigstelle der Midland Bank trug, und die zweite ein gefalteter Stadtplan von London, auf dessen Rückseite das Etikett einer Buchhandlung klebte. Dies allein hätte vielleicht schon einen Hinweis liefern können, doch daneben entdeckte Elford noch etwas viel Wichtigeres. Der Stadtplan war offenbar als Schreibunterlage verwendet worden, und zwar hatte die betreffende Person einen besonders harten Bleistift benützt, denn bei genauer Betrachtung konnte man deutlich die Abdrücke auf dem Blatt erkennen. Allerdings war die Schrift unleserlich. Elford steckte deshalb den Stadtplan ins Kuvert und nahm ihn mit zu Scotland Yard. Eine Stunde später legte der Sachverständige Chefinspektor Barrabal und seinem Assistenten den entschlüsselten Text vor, der allerdings einige Lücken aufwies. Er lautete:

Treffen Sie mich bitte . . . park von 15.30 bis . . . äußerst dringend. J. L.

Barrabal blickte von dem Text zu Elford auf.

»J. L.? Wer könnte das sein?«

»Vielleicht John Leslie«, meinte Elford. Barrabal starrte abermals auf das Blatt.

»Sie haben recht — John Leslie«, wiederholte er. »Und anscheinend an Miß Beryl Stedman gerichtet. So eine Gemeinheit!«

Merkwürdigerweise dachte er in diesem Augenblick jedoch nicht an John Leslie.

## 12

Am nächsten Morgen erschien Leslie mit einer verbundenen linken Hand im Büro, und obwohl Miß Trent mit ungewohnter Geduld auf eine Erklärung wartete, hüllte er sich in Schweigen. Schließlich hielt sie es nicht länger aus und fragte ihn direkt, was mit seiner Hand passiert sei.

»Nichts!« erwiderte er knapp.

Später ließ er sich jedoch gnädig herbei, ihr mitzuteilen, daß er sich morgens beim Rasieren in die Hand geschnitten habe.

»Komische Geschichte, wie?« bemerkte Millie kurz darauf zu Frank Sutton.

»Was soll das heißen?« gab Sutton scharf zurück, und Millie schwieg.

Die einzige Person, die Sutton nicht mit seiner gewohnten Liebenswürdigkeit behandelte, war nämlich merkwürdigerweise ausgerechnet seine Sekretärin. Und fast ebenso merkwürdig war der Umstand, daß sie sich sein schroffes Benehmen widerspruchslos gefallen ließ.

Leslie dagegen war an diesem Tag ungewöhnlich leutselig, und das hatte seinen Grund. Er hatte sich mit Beryl Stedman zum Mittagessen verabredet. Etwas Heimliches, Verbotenes umgab diese Verabredung, mehr als bei all ihren bisherigen Zusammenkünften.

»Ich mach mir selbst Vorwürfe, denn ich habe Lew regelrecht angelogen«, sagte sie reuig, als sie durch die Schwingtür eines Restaurants an der Piccadilly traten.

»Dann müßte ich mir ebensolche Vorwürfe machen, weil ich meinen hochgeschätzten Chef hintergehe.« Als Leslie ihre bedrückte Miene gewahrte, unterbrach er sich. »Verzeihen Sie mir«, sagte er beinahe demütig. »Ich weiß selber nicht, warum ich vor Ihnen immer etwas Gemeines über Sutton loslassen muß!«

Sie ahnte sehr wohl warum, sagte aber nichts.

Leslie aß sehr wenig. Ihm schien nicht wohl in seiner Haut. Sie fragte ihn, ob er Schmerzen in der Hand habe, aber er versicherte hastig, das sei durchaus nicht der Fall.

»Sie sind heute ganz anders als sonst. Beunruhigt Sie etwas?«

Er zögerte eine Weile mit der Anwort.

»Ja. Sie — und Ihre Heirat.«

Verlegen versuchte sie das Thema zu wechseln. Ihr Herz schlug schneller, denn instinktiv wußte sie, was nun kommen würde.

»Ich lasse es nicht zu, daß Sie Frank Sutton heiraten«, stieß er plötzlich mit Nachdruck hervor.

»Mein lieber John!« Sie schüttelte hilflos den Kopf. »Das ist doch absurd — fangen Sie bitte nicht wieder davon an.«

»Sie können Frank Sutton nicht heiraten, egal was für ein fabelhafter Mensch und was für eine passende Partie er auch immer sein mag!«

Es war ihm todernst damit; in seinen Augen las sie einen Ausdruck, den sie noch nie darin gesehen hatte.

»Aber — warum denn nicht?«

Er wollte antworten, aber die Kehle war ihm wie zugeschnürt, als ihm klar wurde, was für ihn auf dem Spiel stand.

»Aus vielerlei Gründen«, sagte er schließlich in erzwungen unbefangenem Ton. »Für Sie ist mir eben keiner gut genug.«

Sie ließ sich nicht ablenken.

»Warum?« wiederholte sie ruhig.

»Weil Sie überhaupt keinen anderen Mann heiraten sollen!« stieß er hervor. »Selbst wenn es sich nicht um Frank Sutton handelte — und den wünsch ich Ihnen weiß Gott nicht —, selbst wenn es nach menschlichem Ermessen der absolute Traummann wäre — ich würde Sie nicht aufgeben!«

Er sah, wie ihr das Blut in die Wangen stieg, wie sie stumm die Lippen bewegte.

»Ich liebe dich«, sagte er leise.

Ein Geräusch veranlaßte ihn sich umzudrehen. Lew Friedman stand in drohender Haltung hinter ihm. In seinen Augen blitzte kalte Wut.

## 13

Leslie hatte sich gut in der Gewalt. Er blieb mit unbewegter Miene sitzen.

»Wollen Sie nicht Platz nehmen?« fragte er höflich. »Sind Sie allein?«

Lew Friedman zog wortlos einen Stuhl heraus und setzte sich.

»Wir sind schon beim Nachtisch; soll ich Ihnen etwas bestellen?«

»Ich will nichts essen«, antwortete Friedman schroff. »Ich will mit Ihnen reden.«

Augenscheinlich brachte er es nicht über sich, Beryl anzusehen, und als er es endlich doch tat, lag ein so schwerer Vorwurf in seinem Blick, daß ihr die Tränen in die Augen stiegen.

»Vergib mir, Onkel Lew . . .« begann sie.

»Ist schon gut, mein Liebes.« Er streichelte ihre Hand. »Es war eine verzeihliche Lüge. Du wolltest diesen — diesen Herrn treffen, und es ist verständlich, daß du mir davon nichts erzählen mochtest. Vergessen wir die Sache.«

Während der nächsten fünf Minuten litten zwei der drei Menschen am Tisch wahre Seelenqualen. Leslie dagegen verzehrte in aller Gemütsruhe sein Sahnebaiser und plauderte dabei über allerlei unwichtige Dinge. Beryl saß steif auf ihrem Stuhl und wartete auf den unvermeidlichen Zusammenstoß. Als Leslie endlich fertig war, erhob sie sich wie auf ein Signal von ihrem Platz. Aber ehe sie ging, nahm sie Lew beiseite.

»Bitte, du wirst doch nicht zu — zu unfreundlich zu ihm sein? Ich bin an allem schuld — das Ganze war meine Idee.«

Er klopfte ihr auf die Schulter.

»Ich werde sehr freundlich sein — mach dir keine Sorgen, mein Liebling. Als ich euch zusammen sah, wäre ich anfangs am liebsten auf ihn losgegangen, aber dieser Kerl mit seiner verdammten Selbstbeherrschung ist mir über. Ich mach keinen Skandal, glaub mir.«

Er wartete, bis sie durch die Eingangstür verschwunden war, dann drehte er seinen Stuhl um und setzte sich Leslie gegenüber.

»So, junger Mann, jetzt möchte ich Ihnen mal ein paar Dinge sagen.«

Leslie zündete sich eine Zigarette an.

»Je weniger, desto besser, wenn Sie in einem solchen Ton mit mir sprechen. Ich bin in dieser Beziehung etwas empfindlich.«

Lew Friedman preßte die Lippen zusammen.

»Sie wissen, daß meine Nichte mit einem anständigen — ehrenhaften — untadeligen Mann verlobt ist?« Er betonte die Adjektive.

»Ich hab sowas gehört«, entgegnete Leslie ungerührt. »Aber es wäre mir lieb, wenn Sie seine Ehrenhaftigkeit und Anständigkeit nicht gar so sehr betonten. Ich könnte mich sonst in meiner Ehre gekränkt fühlen.«

Lew Friedman würgte eine wütende Antwort hinunter.

»Schön. Sie wissen jedenfalls, daß sie verlobt ist. Das dürfte Ihnen wohl genügen.«

Leslie nickte.

»Und Sie wissen auch, daß sie Sie gern hat — jawohl, ich spreche ganz offen mit Ihnen: sie liebt Sie und wäre imstande, ihr ganzes Lebensglück, alles was ich für sie geplant habe, aufs Spiel zu setzen, um Ihnen zu folgen, und wär's in die Hölle!«

Leslie schüttelte langsam den Kopf.

»Ich wünschte, Sie hätten recht.«

»Wenn Sie das nicht gemerkt haben, dann sind Sie ein Dummkopf!« brauste Friedman auf. »Und ich will Ihnen gleich noch etwas sagen, Leslie — ehe ich zulasse, daß Beryl einen Menschen wie Sie heiratet und sich damit ihr ganzes Leben ruiniert, eher schieße ich Sie über den Haufen! Das meine ich ganz wortwörtlich, verlassen Sie sich darauf. Sollte es Ihnen gelingen, das Mädel zu überreden, daß sie Frank den Laufpaß gibt und sich mit Ihnen zusammentut, dann folge ich Ihnen bis ans Ende der Welt, und glauben Sie mir, ich kriege Sie!«

Leslie streifte die Asche von seiner Zigarette und lachte leise.

»Ich glaub Ihnen gern, daß Sie es ernst meinen, und ich bewundere Sie dafür. Vielleicht würde ich das gleiche bei Frank Sutton tun — falls ich zu der Überzeugung käme, daß er sie unglücklich macht.«

Friedman sah ihn durchdringend an, als versuchte er in seinen Gedanken zu lesen.

»Leslie, ich möchte Ihnen einen Vorschlag machen. Kündigen Sie noch heute Ihre Stellung bei Sutton und verlassen Sie das Land. Ich gebe Ihnen zweitausend Pfund — genug für einen neuen Anfang. Ich weiß Bescheid über Sie, Leslie — Sie sind vorbestraft, und ich werde Ihnen jetzt erzählen, was ich auch Beryl schon erzählt habe. Auch ich habe früher mal im Gefängnis gesessen. Ich kenne das Leben, das Sie führen, aus eigener Erfahrung, und ich sähe euch beide lieber tot, als daß ich zuließe, daß meiner Kleinen einmal vor Kummer das Herz bricht wie ihrer Mutter. Sie sind mir sympathisch, Leslie, das gestehe ich Ihnen ganz offen. Sie sind ein Mann, und ich hoffe, trotz allem ein Ehrenmann. Ich weiß, ich appelliere nicht umsonst an Ihre Anständigkeit. Hier ist der Scheck. Die Banken haben bis drei Uhr geöffnet. Sie können England noch heute abend verlassen.«

Captain Leslie schüttelte den Kopf.

»Das kann ich leider nicht«, antwortete er, »und wenn Sie mir noch so viel Geld anböten. Ich habe einen sehr guten Grund dafür. Aber ich mache Ihnen einen Vorschlag.« Er beugte sich über den Tisch. »Ich verspreche Ihnen, daß ich keinen Versuch unternehmen werde, Beryl bis zum Vorabend ihrer Hochzeit zu sehen. Wann soll die stattfinden?«

»Am kommenden Donnerstag«, erwiderte Friedman nach kurzem Nachdenken.

»Gut. Erlauben Sie mir dann, daß ich am Mittwoch abend in Hillford vorspreche?«

Lew Friedman zögerte.

»Ja«, sagte er schließlich. Daß er keine weiteren Bedingungen an seine Zusage knüpfte, hätte einen Mann von Leslies Erfahrung allerdings stutzig machen sollen.

John Leslie hatte das Restaurant kaum verlassen, als Friedman ein langes Telefongespräch mit Frank Sutton führte. Die Unterhaltung endete zu seiner außerordentlichen Zufriedenheit. Sofort danach stieg er in seinen Wagen und fuhr nach Wimbledon zurück.

Beryl war in ihrem Zimmer, als er nach Hause kam, erschien aber später gehorsam, wenn auch etwas beklommen, zum Tee. Ihre Besorgnis über den Verlauf der Unterredung mit Leslie verflog jedoch rasch, als Friedman sie fast übertrieben herzlich begrüßte.

»Na, Beryl, du bist mir ja eine Schlimme!« rief er, während er ihr den Tee einschenkte. Er bereitete ihn immer selbst zu, denn nach seiner Meinung verstand das keiner besser als er. »Die Geschichte heute — also ich muß schon sagen!«

Bevor sie noch einmal ihr Bedauern äußern konnte, fuhr er fort: »Habe mich mit dem jungen Mann unterhalten — weißt du, Beryl, eigentlich finde ich ihn recht sympathisch. Trotz seiner üblen Vorgeschichte ist etwas an ihm, das mir gefällt. Ich halte es zwar für völlig unwahrscheinlich, daß Franks Versuch, ihn zu einem gesetzestreuen Bürger zu machen, Erfolg haben wird, aber wenn ich je ein solches Experiment unternehmen würde, dann würde ich's, glaub ich, bei Leslie probieren.«

Ihre Miene verdüsterte sich. Das einzige, woran sie nicht gern erinnert wurde, war John Leslies unrühmliche Vergangenheit.

»Hast du schrecklich geschimpft mit ihm?« fragte sie, während sie ihren Tee trank.

»Ganz im Gegenteil, ich war ausnehmend nett.« Er lachte vor sich hin. »Ich habe ihm sogar zweitausend Pfund offeriert, aber er wollte nicht.«

Ihr Herz tat einen Sprung.

»Was hast du von ihm wollen — für das Geld, meine ich?«

»Daß er England verläßt und dir und Frank nicht mehr in die Quere kommt.«

Ein langes Schweigen folgte.

»Aber er wollte das Geld nicht annehmen«, fuhr Friedman endlich fort. »Er wollte sich überhaupt auf keinen meiner Vorschläge einlassen, versprach lediglich, daß er dich weder treffen noch dir schreiben würde, und auch das bloß bis zum Mittwochabend der kommenden Woche — genauer gesagt, bis zum Vorabend deiner Hochzeit.«

Beryl wußte aus Erfahrung, daß er immer die Stimme hob, wenn er auf ein heikles Thema zu sprechen kam. So auch diesmal.

»Aber, liebe Beryl, der Vorabend deiner Hochzeit ist in Wirklichkeit schon morgen. Ich möchte, daß deine Heirat mit Frank am Samstag vormittag stattfindet.«

Er sah, wie das Blut aus ihrem Gesicht wich und wie sie fast hysterisch den Kopf schüttelte, und sprach eilig weiter.

»Du weißt, wie ich darüber denke, Beryl — ich möchte diese Angelegenheit schleunigst geregelt wissen. Ich habe mit Frank telefoniert, und der war zunächst genauso wenig entzückt wie du über diese Vordatierung, da er sich auf Donnerstag eingerichtet hatte. Aber er ist schließlich in der glücklichen Lage, daß er sein Geschäft verlassen kann, wann immer es ihm beliebt. Also, Beryl, wie steht's — willst du mir diesen Wunsch erfüllen?«

»Ich soll schon übermorgen heiraten?«

Er nickte und blickte sie unverwandt an. In ihren Zügen konnte er lesen, welcher Kampf sich in ihr abspielte.

»Vielleicht hast du recht«, sagte sie endlich mechanisch.

Er atmete erleichtert auf und tätschelte unbeholfen ihren Arm. Sie erhob sich ohne ein weiteres Wort und verließ das Zimmer.

Was sollte sie tun? Mit John telefonieren? Und wenn sie ihn anrief, was sollte sie sagen? Sie wurde ja nicht gegen ihren Willen verheiratet. Und es war auch keineswegs so, daß Sie Frank Sutton verabscheute. Im Gegenteil, sie hatte ihn immer recht gern gemocht — bis sie seinen Geschäftsführer kennenlernte. Aber Leslie liebte sie, das hatte sie aus seinem eigenen Mund gehört. Und sie selbst? Sie wagte nicht, ihre Gefühle genauer zu prüfen. Entschlossen biß sie die Zähne zusammen, aber die Zukunft erschien ihr plötzlich düster und unerfreulich.

Sie hörte, wie Franks Wagen vorfuhr, doch es verstrich eine ganze Weile, ehe sie sich aufraffte und hinunterging, um ihn zu begrüßen. Als sie die Tür zur Bibliothek öffnete, vernahm sie Lews Stimme. Anscheinend berichtete er Frank, wie es seine Gewohnheit war, was er in der Abendzeitung gelesen hatte.

» . . . vermutet die Polizei, daß es der Wagen des Zinkers gewesen ist. Anscheinend ist er bei dem Höllentempo auf den Straßenbahnschienen ins Schleudern geraten, und ich finde, es ist geradezu ein Wunder, daß der Kerl dabei nicht ums Leben kam. Die Polizei meint allerdings, er müßte sich verletzt haben, und hört sich derzeit in allen Krankenhäusern um. Man hat nämlich Blutspuren gefunden. Schnittwunden an den Händen höchstwahrscheinlich.«

Beryl stand wie erstarrt, die Hand auf der Klinke. Sie dachte an John Leslies verbundene Hand.

## 14

Lew Friedman war ein scharfer Beobachter. Er bemerkte Beryls innere Erregung, unterstellte ihr verständlicherweise jedoch ganz andere Beweggründe.

»Komm nur herein, mein Liebling. Frank möchte dich sehen.«

Frank war ein wenig nervös, fand Beryl; selbst nachdem ihr Vormund sich mit fast ungehöriger Eile entfernt hatte, schien es ihm schwerzufallen, sich über den Grund seiner Verstimmung auszusprechen. Sie nahm daher an — zu Unrecht, wie sich später herausstellte —, daß Lew ihm von ihrem Mittagessen erzählt hatte.

Ein- oder zweimal ging er aus dem Zimmer, weil er das Telefon läuten hörte oder es sich zumindest einbildete. Er erwarte einen wichtigen Anruf, erklärte er.

»Gehen wir ein bißchen in den Garten, ja?« sagte er schließlich verlegen, nachdem sie soviel über Allgemeinplätze geredet hatten, daß Beryl zumute war, als müßte sie gleich laut herausschreien.

Sie spazierten eine Weile schweigend auf der breiten Steinterrasse hinter dem Haus auf und ab.

»Was sagst du zu dieser Terminänderung, Beryl?« fragte er endlich. »Ich bin etwas bekümmert deshalb.«

»Warum?«

Er warf ihr einen schnellen Blick zu, um zu sehen, ob die Frage ironisch gemeint war. Er war sich dieser Frau nie ganz sicher gewesen, obwohl er sie nun schon seit fünf oder sechs Jahren kannte. Selbst seit ihrer Verlobung waren ihre gegenseitigen Beziehungen von einer geradezu unnatürlichen Formalität.

»Ich will offen mit dir sprechen, liebe Beryl. Wir beide, wir haben einander schrecklich gern, das weiß ich. Was mich persönlich betrifft, ich liebe dich, und der Tag, an dem du meine Frau wirst, wird der glücklichste Tag meines Lebens sein. Aber ich mache mir nichts vor: ich weiß, daß du selbst nicht so fürchterlich aufs Heiraten versessen bist, und daß du wahrscheinlich recht schockiert bist über diesen Vorschlag von Lew. Aber er hat es sich nun mal in den Kopf gesetzt und läßt sich nicht davon abbringen. Ich möchte mal wissen, warum er es so eilig damit hat.«

Offensichtlich hatte Lew also nichts von John Leslie erwähnt, und zumindest dafür war ihm Beryl dankbar.

»Ich hatte mich mit all meinen Plänen darauf eingerichtet«, fuhr Frank fort, »daß wir nächsten Donnerstag abreisen würden, und habe nun noch eine Menge zu erledigen. Das wird umso schwieriger werden, als Lew aus unerfindlichen Gründen partout nicht möchte, daß ich in der Firma irgendwem erzähle, wann unsere Heirat stattfindet. Jetzt sag mir du doch bitte offen, wie du darüber denkst.«

»Ich bin einverstanden«, sagte sie bloß — sie war selbst beschämt über diese lahme Antwort, aber es fiel ihr beim besten Willen nichts Besseres ein.

Er faßte sie unterm Arm, doch trotz ihrer langen Verlobungszeit waren sie einander so fremd, daß selbst diese kleine Vertraulichkeit sie unangenehm berührte. Vielleicht spürte er das, denn wenig später zog er seinen Arm zurück.

»Ich dachte, am besten fahren wir nach Schottland. Ich kenne da ein sehr nettes Hotel in den Highlands. Habe ehrlich gesagt, dort bereits ab nächsten Donnerstag Zimmer bestellt.«

Mit einer gewissen Bestürzung kam ihr zu Bewußtsein, daß sie sonderbarerweise bisher noch nie über ihre Hochzeitsreise gesprochen hatten.

»Ach, Schottland oder woanders — mir ist es eigentlich ganz gleich.«

Ihre Antwort ließ ihn für eine Weile verstummen. Wortlos schritten sie die Terrasse auf und ab. Schließlich ergriff Frank abermals das Wort.

»Lew ist wirklich außerordentlich großzügig gewesen. Er setzt eine sehr beachtliche Summe für dich aus, und mir gibt er einen Scheck über zwanzigtausend Pfund zur Erweiterung der Firma. Wenn es nach mir ginge, würde ich am Samstag am liebsten ein großes Freudenfest veranstalten und das ganze Geld unter meine Leute verteilen. Vor allem unser guter Leslie, der könnte es bestimmt brauchen!«

Er lachte, aber seine Fröhlichkeit fand in ihrem Herzen kein Echo. Sie war froh, als sie Lew Friedmans Stimme hörte, der ihnen Vorwürfe machte, daß sie sich bei der Kälte so lange im Freien aufhielten.

Zu ihrer großen Erleichterung blieb Frank nicht zum Abendessen. Sobald sie konnte, ging sie auf ihr Zimmer, klappte ihren kleinen Schreibsekretär auf und begann einen Brief an John Leslie. Doch so sehr sie sich mühte, sie fand nicht die richtigen Worte. Nach dem vierten Versuch gab sie auf und ging wieder hinunter in die Bibliothek zu Lew Friedman.

»Hast du Frank von Leslie erzählt?« fragte sie ohne Umschweife.

Er setzte die Brille ab und ließ seine Zeitung sinken.

»Ja, aber nur soviel, wie ich für richtig hielt, nämlich daß Leslie versprochen hat, dich bis zum Vorabend deiner Hochzeit nicht zu sehen.«

»Hat er gefragt warum?«

»Nein. Er weiß nicht, warum ich so gegen deine Freundschaft mit Leslie bin, und ich sah keinen Anlaß, ihn aufzuklären.«

Seine Antwort verwirrte sie; sie begriff nicht recht, was er damit sagen wollte.

»Frank sagt, er versteht nicht, warum du nicht möchtest, daß irgend jemand in der Firma erfährt, wann wir heiraten.«

Lew lächelte. »Dann ist er dümmer, als ich dachte.«

Mit dieser rätselhaften Bemerkung war das Gespräch beendet. Als Beryl in die Halle kam, stand der Diener an der Haustür und sprach mit einem Telegrammboten. Er drehte sich zu ihr um.

»Hier ist ein Telegramm für Mr. Sutton«, sagte er. »Wollen Sie es annehmen, Miß?«

Ihr erster Impuls war, das Telegramm Lew Friedman bringen zu lassen, aber dann nahm sie es selbst und riß den Umschlag auf. Vielleicht hatte es mit dem dringenden Anruf zu tun, den Frank erwartete. Sie las den Text:

»Kabinen für Jacksons reserviert. Pacific.«

Sie ging mit dem Telegramm zu Lew. Dieser las es und schüttelte den Kopf.

»Wahrscheinlich Schiffskabinen, die Frank bestellt hat — für einen von seinen Kunden, nehme ich an. Ich geb's telefonisch an sein Büro weiter.«

## 15

Das *Megaphone* war ein smartes, gut informiertes Blatt mit einem smarten, gut informierten Reporterteam, aber wie alle derartigen Zeitungen lebte es von schnell wechselnden Sensationen. Die weltbewegende Neuigkeit, die seine Schlagzeilen am Montag verkündet hatten, war am Dienstag Schnee von gestern, durch eine andere, noch viel weltbewegendere Meldung verdrängt.

Bei einem Thema bewies das Blatt indessen eine ungewöhnliche Ausdauer, und zwar, was den »Zinker« betraf. Hier ließ es nicht locker, und es verging kaum ein Tag, an dem nicht irgendeine phantasievolle Story über den Zinker, sein kriminelles Imperium und seine vermuteten Reichtümer in sensationsträchtiger Aufmachung erschien.

Der einzige Mensch, den diese Ausdauer jedoch wirklich ergrimmte, war Mr. Field, der Redakteur des *Post-Courier*.

»Die hängen uns ab, Collie«, schimpfte er am nächsten Morgen. »Verglichen mit denen sehen wir aus, vor allem Sie, wie fußkranke Schnecken.«

Collie seufzte, tastete verstohlen in seinen Taschen nach einer Zigarette und nahm sich, als er keine fand, eine aus dem Päckchen vom Schreibtisch seines Redakteurs.

»Fußkranke Schnecken . . .« begann er.

»War ja nur bildlich gemeint!« unterbrach ihn Field barsch. »Jedenfalls begeben Sie sich jetzt schleunigst zu Scotland Yard und lassen nicht locker, bis Sie Barrabal persönlich empfängt.«

Collie seufzte abermals.

»In dem Fall wird man dort nicht locker lassen, bis ich rausgeflogen bin. Das ist höhere Gewalt, dagegen kann man nichts ausrichten.«

»Das *Megaphone* behauptet hier . . .« begann Field, und Collie schloß geduldig die Augen.

»Ich bin erstaunt, daß Sie so ein Blatt lesen«, murmelte er. »Welch miserables Beispiel für unsere jungen Kollegen!«

»Kennen Sie den Leopards Club?« fragte Field unvermittelt. Collie sah ihn scharf an.

»Ich kenne ihn nicht nur, ich bin dort Ehrenmitglied«, gab

er zurück. »Das Publikum ist schlecht, aber das Bier ist gut. Warum fragen Sie?«

Field mußte eine Weile überlegen, ehe ihm einfiel, wie er auf die Frage gekommen war.

»Ach ja . . . neulich im Presseklub hat irgendwer die Bemerkung gemacht, daß der Leopards Club so ziemlich die übelste Kaschemme in ganz London sei. Und da dachte ich, ob man dort nicht mal auf die Pirsch gehen sollte.«

»Pirsch — wie elegant«, brummte Collie. »Man sieht, daß Sie sich in den besten Kreisen bewegen. Also, ich war dort bereits auf der Pirsch, Mr. Field, und obschon ich dabei etliches Wild aufgescheucht habe, der Fuchs, hinter dem ich her bin, war leider nicht dabei. Allerdings bin ich mir gar nicht so sicher, ob es wirklich ein Fuchs ist. Nichts ist unangenehmer, als einen Fuchs zu jagen und plötzlich einem Tiger gegenüberzustehen.«

»Reden Sie mit Barrabal«, antwortete Field nur.

Aber Collie machte nicht einmal den Versuch dazu. Stattdessen lenkte er seine Schritte zu Frank Suttons Firma. Er empfand plötzlich den dringenden Wunsch, mit jenem mürrischen Mr. Tillman zu sprechen, denn er war überzeugt, daß Barrabal ihm nichts würde sagen können, was Tillman nicht auch wußte.

Als John Leslie an diesem Morgen sein Büro betrat, sah er sofort, daß Millie Trent sich über irgend etwas schwer geärgert hatte. Sie war in ihrer übelsten Stimmung. Für gewöhnlich ließ sie ihre Launen nur an Untergebenen aus und hütete sich, ihrem Geschäftsführer in die Quere zu kommen. Aber diesmal stand er kaum im Zimmer, als sie schon in höhnischem Ton bemerkte:

»Sie haben heut morgen ja Ihren hübschen Verband nicht mehr an, Captain Leslie.«

Er blickte auf seine Hand: eine dünne rote Narbe lief quer über den Handrücken.

»Der hübsche Verband ist nicht mehr nötig«, erwiderte er leichthin. »Ein bißchen Jod, und der Fall war erledigt. Bei mir heilt alles schnell. Brauchen Sie die Safeschlüssel?«

Gewöhnlich holte sie sich morgens die Schlüssel von ihm, um bestimmte Korrespondenzlisten aus dem Safe zu holen. Zu seiner Überraschung sagte sie: »Nein.«

Lange Zeit arbeiteten sie schweigend an ihren Schreibtischen und hingen beide Gedanken nach, die nichts mit den Briefen und Rechnungen vor ihnen zu tun hatten.

»Gehen Sie zu der Hochzeit?« fragte sie unvermittelt.

Er sah auf. »Welche Hochzeit? Ach, Sie meinen die von Sutton? Ich glaube nicht.«

»Sind Sie überhaupt eingeladen?«

Ihr Ton klang gehässig, und er betrachtete sie genauer. Im Gegensatz zu den meisten Frauen machte Millie Trent der Zorn nicht häßlicher, er verlieh ihr merkwürdigerweise sogar eine gewisse Anziehungskraft.

»Sie sprühen ja förmlich vor Wut heute morgen«, spöttelte er. »Was ist denn los?«

»Ich habe bloß gefragt, ob Sie zu der Hochzeit eingeladen sind.«

»Ich werde nie zu Hochzeiten eingeladen«, erwiderte er liebenswürdig.

»Dann würde ich an Ihrer Stelle Sutton bitten, daß er Ihnen eine Einladung schickt«, sagte sie, und wieder bemerkte er jenes boshafte Lächeln.

»Sie gehen natürlich nicht hin?«

»Wieso natürlich?«

Er stieß seinen Stuhl zurück, vergrub die Hände in den Hosentaschen und schob drohend den Kopf vor. Für einen Augenblick spürte sie Angst.

»Ich kam gestern abend spät noch einmal ins Büro«, bemerkte er vielsagend.

Ihr stockte der Atem. »Na und? Was hat das mit mir zu tun?«

»Auch Sie sind spät gestern abend hier gewesen. Und dem eigenartigen parfümierten Duft seiner ägyptischen Zigaretten nach zu schließen, war auch Frank Sutton hier.«

»Na schön, warum sollte er nicht dagewesen sein? Und wieso ich nicht? Schließlich bin ich seine Sekretärin.« Ihre Stimme bebte vor Zorn. »Haben Sie vielleicht etwas dagegen?«

»Wie lang kennen Sie Frank Sutton?« fuhr er ungerührt fort. »Viele, viele Jahre, nicht wahr? Sie müssen ein sehr hübsches Mädchen gewesen sein, als Sie Ihre erste Stellung bei ihm antraten.«

Am ganzen Leib zitternd sprang sie auf. Ihr Gesicht war bleich vor Wut.

»Was zum Teufel wollen Sie damit sagen?« stieß sie hervor.

Wenn sie geglaubt hatte, ihr Wutausbruch würde ihn zum Schweigen bringen, so hatte sie sich verrechnet.

»Ich will damit sagen«, erklärte er bedächtig, »daß Sie sich zweimal in der Woche hier mit ihm treffen, und ich glaube nicht, daß das dienstlich geschieht. Ich kenne die Geschäftsvorgänge in dieser Firma recht gut, und es besteht ganz sicher keine dringende Notwendigkeit für einen Mann, der immerhin verlobt ist, sich heimlich nachts mit seiner Sekretärin im Büro zu treffen . . .«

»Sie meinen wohl, man sollte sich lieber heimlich in einem Lokal treffen, was?« unterbrach sie ihn mit schriller Stimme. »Oder im Park — hinter dem Rücken des Verlobten — und versuchen, ihm die Braut abspenstig zu machen, stimmt's?«

»Ich rede nicht von mir, ich rede von Ihnen«, gab er zurück. »Und zwar, weil ich's gut mit Ihnen meine. Zufällig bin ich über Frank Suttons Privatleben recht gut informiert. Wenn Sie sich einbilden, Sie seien die einzige Frau, die er nach Dienstschluß in diesem Büro trifft, dann haben Sie sich kräftig geschnitten.«

Er dachte, sie wollte sich auf ihn stürzen. Ihr Gesicht war jetzt nicht mehr hübsch, es war wutverzerrt und bis zur Unkenntlichkeit entstellt.

»Sie Lügner! Sie Lügner!« schrie sie mit überschnappender Stimme. »Es gibt keine andere Frau . . . jedenfalls trifft er sich mit keiner anderen . . . Sie gemeiner Dieb! . . . Aus der Gosse hat er Sie geholt, aus der Zelle, und einen ehrlichen Job hat er Ihnen gegeben . . . Sie Dieb!«

Sie verstummte und rang nach Luft. Leslie benützte die Pause, um selber in seiner Rede fortzufahren.

»Ich will Ihnen mal was sagen — vielleicht interessiert es Sie. Frank Sutton steht im Begriff, eine wunderbare Frau zu heiraten — zumindest hat er das vor. Mag sein, er ist wirklich so anständig, wie alle Leute sagen. Wenn er das aber nicht ist und Beryl Stedman auch nur das geringste Leid geschieht, dann können Sie sich nach einem neuen Liebhaber umsehen, meine Teuerste, denn dann bring ich ihn um, und wenn ich in die Todeszelle einbrechen müßte, um ihn zu kriegen!«

Sie starrte ihn sprachlos an. In ihrem Gesicht arbeitete es, ihre Hände zitterten. In diesem Augenblick kam Frank Sutton herein. Er blickte rasch von Leslie zu seiner Sekretärin und schien zu erraten, was vorgefallen war.

»Hallo, hallo!« rief er scharf, zu Millie gewandt. »Was ist

denn hier los? Haben wir wieder mal einen unserer kleinen Wutanfälle, wie? Was war denn, Leslie?«

John Leslie zuckte die Achseln.

»Miß Trent ist ein bißchen schwierig«, antwortete er, nicht ganz wahrheitsgemäß.

Sie wollte etwas sagen, rannte dann aber wortlos aus dem Zimmer und knallte die Tür hinter sich zu.

»Mein lieber Freund —« Franks Stimme klang vorwurfsvoll, aber in seinen Augen blitzte es amüsiert, »warum streiten Sie mit meiner Millie?«

Leslies Lippen zuckten ironisch.

»Ihre Millie? Na, genau darum ging es ja! Genauer gesagt, ich habe ihr erklärt, daß sie sich nicht spätabends mit Ihnen im Büro treffen dürfte, wenn ihr ihr guter Ruf lieb sei.«

Frank brach in schallendes Gelächter aus.

»Das haben Sie gesagt?« fragte er ungläubig. »Großer Gott, ich bewundere Ihren Mut!«

»Und dann hab ich ihr noch etwas gesagt, was vielleicht nicht stimmt, aber sie hat mich so gereizt, daß ich ihr eins auswischen wollte.«

»Um Himmels willen, lassen Sie sie doch in Frieden«, mahnte Frank, noch mit lächelnder Miene. »Sie wird zu einer wahren Furie, wenn man sie reizt, die gute Millie. Und überhaupt, das Ganze ist wirklich zu dumm von Ihnen, Leslie! Selbstverständlich ist sie hier gewesen — nicht bloß gestern abend, sondern schon Dutzende von Abenden. Ich werde nach meiner Heirat die Firma vergrößern, und dafür sind allerhand streng vertrauliche Vorarbeiten nötig. Wenn die Sache steht, werden Sie sehen . . . Die arme Millie!« schloß er kopfschüttelnd, aber es lag ein breites Lächeln auf seinem Gesicht, als er hinausging.

Wie gewöhnlich wandte sich Leslie, sobald er seine Arbeit erledigt hatte, der Zeitung zu, die er jeden Morgen mit ins Büro brachte. Bestimmte Spalten studierte er stets mit besonderer Aufmerksamkeit. Unter den Verlustanzeigen fand sich diesmal nichts Lohnendes, aber im Lokalteil entdeckte er zwei hochinteressante Meldungen.

In London operierten derzeit drei internationale Banden von Juwelendieben: die Holländer, die hinter dem letzten spektakulären Raub steckten, sowie zwei gemischte amerikanisch-englische Organisationen, auf deren Konto ebenfalls etliche große Schmuckdiebstähle gingen. Was Leslies Interesse erweckt hatte, war zum einen der Bericht über einen neuen Coup, der sich gerade ereignet hatte: Ein raffinierter Einbruchsdiebstahl in der Park Lane, wobei ein Brillantenhalsband im Wert von achttausend Pfund, Eigentum der alten Lady Creethorne, gestohlen worden war, während die Familie beim Abendessen saß. Nach dem Zeitungsbericht handelte es sich um ein ziemlich altmodisches Schmuckstück — die Fassung war vor etwa achtzig Jahren angefertigt worden —, doch die Steine selbst waren gut. Dem Artikel war eine Fotografie des Halsbands sowie eine genaue Beschreibung jedes Brillanten beigefügt.

Die zweite Meldung, die Leslie interessierte, umfaßte knappe zwei Zeilen. Sie enthielten die Mitteilung, daß sich Chefinspektor Barrabal auf dem Weg der Besserung befand.

Leslie faltete die Zeitung zusammen. Er trat ans Fenster und starrte hinunter auf die Straße wie an jenem Abend, an dem Larry Graeme den Tod gefunden hatte, als Millie Trent hereinkam.

Niemand hätte in ihr die Furie wiedererkannt, die vor weniger als einer halben Stunde wutschnaubend aus dem Zimmer gestürzt war. Sie begrüßte Leslie mit einem verzeihungheischenden Lächeln.

»Tut mir leid, daß ich vorhin derartig aus der Haut gefahren bin, Captain Leslie. Ich hoffe, Sie werden mir verzeihen. Mir ist heute morgen nicht so besonders wohl, und da bringt mich jede Kleinigkeit in Rage. Sie waren aber auch ekelhaft!«

»Das geb ich zu«, gestand Leslie lächelnd.

»Keine Frau hat es gern, wenn man Anspielungen auf ihren Charakter macht«, fuhr sie hastig fort. »Ich bitte auch um Entschuldigung für alles, was ich über Miß Stedman gesagt habe. Sie wird in ein paar Minuten hier sein, und es wäre mir höchst unlieb, wenn Sie . . .«

»Sie kommt hierher ins Büro?« fragte er ungläubig. »Sind Sie sicher?«

Sie nickte. Das flüchtige Lächeln, das dabei über ihr Gesicht huschte, sah er nicht.

»Sie ist in der Stadt, und Mr. Sutton hat sie gebeten, auf einen Sprung heraufzukommen — sie und Mr. Friedman.«

Mit dieser Nachricht hatte Leslie zu allerletzt gerechnet. Nach seinem Versprechen, das Mädchen nicht wiederzusehen, hätte er zumindest erwartet, daß man sie geflissentlich von seinem Büro fernhalten würde.

»Um welche Zeit waren Sie gestern abend hier, Captain Leslie? Wir sind nicht vor halb zwölf von hier weggegangen?«

»Ungefähr um Viertel vor zwölf«, entgegnete er kurz.

»Wieso sind Sie überhaupt nochmal im Büro gewesen?« fragte sie in anzüglichem Ton. »Sie haben doch bestimmt kein Techtelmechtel hier — womit ich Sie nicht beleidigt haben wollte.«

»Durchaus nicht«, erwiderte Leslie kalt. »Ich kam auf dem Heimweg vom Theater vorbei, um ein paar Unterlagen mitzunehmen, an denen ich noch zu arbeiten hatte. Warum interessiert Sie das?«

»Ich habe ja bloß gefragt.«

Auf Suttons Klingeln eilte sie hinaus und kehrte nach wenigen Minuten in Begleitung eines großen, hageren Mannes mit dunklem Schnurrbart zurück, dem der Polizeibeamte auf Meilen anzusehen war, von den plumpen Schuhen bis zu den sauber gescheitelten, glatt aufgeklebten Haaren.

»Dieser Herr möchte Sie sprechen«, verkündete sie.

In diesem Augenblick eilte auch schon Frank Sutton ins Zimmer.

»Hören Sie, mein lieber Leslie«, sagte er in besorgtem Ton, »dieser Herr — äh, ich meine, Sergeant Valentin von Marylebone kommt mit einer geradezu unglaubwürdigen Geschichte zu uns.«

»Sergeant Valentin, C.D.J.«, verbesserte der Beamte mit fester Stimme. »Ich möchte Ihnen gern ein paar Fragen stellen, Captain Leslie, wenn Sie nichts dagegen haben.« Er blickte sich um. »Die Anwesenheit der Dame ist nicht unbedingt erforderlich.«

»Besser, sie bleibt«, meinte Sutton, »falls das, was Sie sagen, stimmt.«

»Gewiß«, murmelte der Sergeant.

Er wirkte sehr würdevoll, sehr achtunggebietend, wie die leibhaftige Verkörperung der Gesetzesmacht.

»Mir liegen gewisse Verdachtsmomente vor, Captain Leslie — übrigens weiß ich über Ihr — äh, Vorleben Bescheid.«

»Na klar, als Sergeant der Kriminalpolizei wissen Sie natürlich alles«, sagte John Leslie kühl.

»Ich arbeite an der Aufklärung eines Juwelendiebstahls in der Park Lane 804, bei welchem ein Brillanthalsband von Lady Creethorne gestohlen wurde. Nach meinen Informationen befindet sich das Halsband in Ihrem Besitz.«

Leslie sah ihn fest an.

»Tatsächlich?« sagte er.

»Ich muß Ihnen mitteilen, daß der Mann, der das Halsband gestohlen hat, heute morgen verhaftet wurde — zumindest einer der Täter. Nach seinen Angaben hat er das Collier gestern abend um elf Uhr einem Mann übergeben, der den Beinamen ›Zinker‹ trägt.«

»Captain Leslie ist um Viertel vor zwölf Uhr hier im Büro gewesen!«

Die Auskunft kam von Millie Trent, die ihre Befriedigung nicht zu verhehlen suchte.

»Um Viertel vor zwölf? Nun, da hätten Sie ja reichlich Zeit gehabt. Das Halsband wechselte gestern abend um elf Uhr am Themseufer seinen Besitzer. Der Käufer zahlte dem Mann neunhundert Pfund dafür; die Banknoten befinden sich jetzt im Gewahrsam der Polizei. Nach meinen Informationen waren Sie dieser Käufer.«

»Mit Ihren Informationen liegen Sie leider schief«, gab Leslie grob zurück. »Wollen Sie mich durchsuchen?«

Der Beamte sah ihn nachdenklich an.

»Sie sind um Viertel vor zwölf hierhergekommen.« Er blickte im Zimmer herum. »Wer hat den Schlüssel zum Safe.«

»Ich habe den Schlüssel zum Safe.«

»Hat sonst noch jemand einen Schlüssel?«

»Niemand«, erklärte Millie rasch.

»Quatsch!« warf Sutton ein. »Ich selber habe irgendwo noch einen Schlüssel. Ich benütze ihn nie, aber . . .«

»Der Schlüssel befindet sich zurzeit in Ihrem Besitz, Mr. Leslie?«

»Captain Leslie«, verbesserte der andere. »Ja, hier ist er.«

Er holte seinen Schlüsselbund aus der Tasche und löste einen langen Schlüssel von der Kette. Der Kriminalbeamte nahm ihn, drehte ihn im Schloß und öffnete die beiden Stahltüren des Safes. Die drei Stahlfächer im Inneren waren leer bis auf einige Kontobücher und — einen Gegenstand, der in silbernes Geschenkpapier eingewickelt war.

Der Sergeant zog das Päckchen hervor und löste die Umhüllung. Frank Sutton stieß einen Ausruf der Überraschung aus: in der Hand des Sergeants blitzte das Brillantcollier der alten Lady Creethorne.

Frank stürzte zur Tür und riß sie auf.

»Lew!« rief er heiser. Lew Friedman und Beryl traten eilig

ins Zimmer. »Lew, hier liegt ein schrecklicher Irrtum vor. Man beschuldigt Leslie, er wäre der Zinker! Er habe das da in seinem Besitz gehabt.« Frank deutete auf den glitzernden Gegenstand in der Hand des Beamten.

»Sind Sie von Scotland Yard?« ließ sich Leslie mit fester Stimme vernehmen. Er allein blieb von der allgemeinen Aufregung so unberührt, als handele es sich um das Mißgeschick eines anderen.

»Das braucht Sie nicht zu kümmern«, erwiderte der Sergeant würdevoll. »Ich muß Sie bitten, mich zur Marlborough Street zu begleiten.«

»Hoffentlich im Auto«, meinte Leslie. »Ich gehe höchst ungern zu Fuß!«

Beryl blickte mit totenblassem Gesicht zu ihm herüber. Er sah ihr in die Augen und schüttelte lächelnd den Kopf.

»Ich bin der ›Zinker‹«, sagte er leichthin. »Ist das nicht eine erstaunliche Neuigkeit?«

Sie gab keine Antwort, schien den Sinn seiner Worte gar nicht recht zu begreifen. Plötzlich schwankte sie, und Lew konnte gerade noch den Arm um sie legen, ehe sie ohnmächtig zusammenbrach.

## 16

Beryl konnte sich an ihre Heimfahrt nur sehr vage erinnern. Wie Lew ihr erklärte, hatte sie zwar sofort, nachdem er sie zum Wagen gebracht hatte, die Besinnung wiedererlangt, doch vollständig zu Bewußtsein kam sie erst, als sie zu Hause in der Bibliothek in einem tiefen Armsessel saß.

Zu ihrer eigenen großen Verwunderung hörte sie sich sagen: » . . . nicht heute, nicht heute.«

»Mein Liebling!« Lews Stimme schien aus weiter Ferne zu kommen, aber sie nahm wieder wahr, daß er schrecklich aufgeregt und bestürzt klang. »Frank hält es für das beste . . . nach Lage der Dinge. Du mußt hier heraus . . . Frank hat bereits alles arrangiert . . . zwei Uhr auf dem Standesamt . . .«

Hier hielt er inne und rüttelte sie sanft an der Schulter.

»Liebling, so hör doch zu!«

Sie schlug die Augen auf und wurde gewahr, daß sie ein längliches, violettes Etui in ihren zitternden Händen hielt. Sie öffnete es mechanisch, starrte auf die Perlen und hörte Friedman sagen, dies sei sein Hochzeitsgeschenk, ohne daß sie richtig begriff, was diese Worte bedeuteten.

»Ich habe heute morgen den Termin festgelegt.«

Jetzt verstand sie allmählich.

»Heute morgen — bevor — bevor John verhaftet wurde?«

Er nickte. »Ja, und ich bin froh darüber.«

»Aber nicht heute!« rief sie mit schriller Stimme. »Doch nicht heute, Lew! Du hast gesagt am Samstag.«

»Heute«, gab er fest zurück. »Ich hielt es für das beste.«

Sie begriff, sein Entschluß stand unerschütterlich fest. Einen Augenblick lang regte sich Widerstand in ihr, doch dann nahm sie sich zusammen. Sie mußte den Tatsachen ins Auge sehen. John Leslie war verhaftet . . . er war der »Zinker« — ein Hehler, der Diebesgut verschob, ein Mensch, der trotz guter Herkunft und Erziehung rettungslos auf die schiefe Bahn gekommen war, ein Betrüger, der das Vertrauen seiner Mitmenschen schmählich mißbrauchte. Bei dem Gedanken wurde ihr übel. Sie streckte Lew die Hand entgegen, und er half ihr aus dem Sessel.

»Also gut«, sagte sie leise. »Ich tu's . . . wann immer du bestimmst. Heute . . . morgen, mir ist alles gleich . . .«

Man servierte das Essen, aber sie brachte keinen Bissen herunter. Lew öffnete eigenhändig eine Flasche Champagner, aber Beryl nippte bloß an ihrem Glas. Als Frank erschien, um sie abzuholen hatte sie jedoch einigermaßen ihre Fassung wiedergefunden. Frank sah ihr besorgt ins Gesicht.

»Wollen wir aufbrechen?« fragte sie.

Sie stiegen zusammen in Friedmans Rolls-Royce, und zehn Minuten später fand sie sich in einem Amtszimmer vor einem Schreibtisch wieder, hinter dem ein bärtiger Mann saß. Irgend jemand sagte etwas von einem fehlenden Zeugen.

»Nehmen wir doch den Chauffeur«, erklärte Lew ungeduldig. »Warten Sie!«

Er eilte aus dem Zimmer. Der Wagen war nirgends zu sehen. Ein Polizist hatte beanstandet, daß er vor dem Eingang parkte, und der Chauffeur war daraufhin in eine Seitenstraße gefahren. Doch plötzlich fiel Lews Blick auf einen Mann, der ihm irgendwie bekannt vorkam — einen Mann mit einem kleinen schwarzen Schnurrbart.

»Heda!« rief er. »Sind Sie nicht Mr. Tillman?«

Tillman lächelte breit mit blitzenden Zähnen.

»Der bin ich.«

»Rasch, kommen Sie mit.« Lew ergriff ihn am Arm. »Wir brauchen einen Zeugen für die — für die Eheschließung meiner Nichte. Haben Sie etwas dagegen?«

»Ganz und gar nicht«, erwiderte Tillman erfreut.

Selbst in ihrer augenblicklichen Verfassung merkte Beryl, daß ihr zukünftiger Ehemann nicht eben erbaut war, als er sich plötzlich seinem Angestellten gegenüber sah, und sie erinnerte sich, daß er von Tillman nicht viel hielt.

»Machen wir schnell«, drängte Lew und schaute unruhig zur Tür. Beryl hatte das Gefühl, als fürchtete ihr Onkel selbst jetzt noch, daß plötzlich John Leslie zur Tür hereinspaziert käme, um die Heirat zu verhindern, und der Gedanke erfüllte sie mit einer fast hysterischen Heiterkeit.

Es war alles so schnell vorüber. Die Zeremonie hatte kaum begonnen, da war sie auch schon zu Ende, und Beryl schrieb mit zitternden Fingern ihren neuen Namen ins Register. Jetzt war sie Mrs. Beryl Sutton, für ihr ganzes Leben an diesen Mann gebunden, der ihr gerade liebevoll den Arm tätschelte. Sie drückte Mr. Tillman die Hand. Er hatte einen erstaunlich festen Griff.

»Ich möchte Ihnen lieber nicht gratulieren, Mrs. Sutton«, sagte er, »und meine Glückwünsche für Ihren Mann werde ich mir für einen passenderen Moment aufheben.«

»Mrs. Sutton!« Sie empfand den Namen wie eine Ohrfeige. Und dabei gab es eigentlich gar keinen Grund dafür. Sie war mit einem ordentlichen Mann verheiratet — der Mann, den sie wirklich liebte, der war ein Verbrecher und saß hinter Schloß und Riegel . . . Sie schloß die Augen, um die Vorstellung zu verdrängen. Als sie sie wieder öffnete, verschleierten Tränen ihren Blick.

Selten hatte wohl eine Jungvermählte das Standesamt mit so wehem Herzen verlassen. Beryl hatte das Gefühl, als sei alle Freude aus ihrem Leben gewichen, als habe sich die Welt für sie in eine trübselige Wüstenei verwandelt.

» . . . ob dir Schottland gefallen wird?« vernahm sie Franks eifrige Stimme.

»Oh, sicherlich«, erwiderte sie gleichgültig.

## 17

Der Zinker war gefaßt — eine Abendzeitung brachte die Meldung, allerdings in knapper Form und in vorsichtiger Umschreibung.

»Auf der Polizeistation Marlborough Street wurde ein Mann eingeliefert, der mit dem Juwelendiebstahl in der Park Lane in Verbindung stehen soll . . .«

Joshua Collie setzte sich zwar nicht direkt auf die Eingangsstufen vor der Polizeistation in der Marlborough Street — das hätten die diensttuenden Beamten dort selbst einem sonst so beliebten Reporter verübelt — aber er wandelte wie ein ruheloser Geist unermüdlich vor dem Eingang auf und ab, wobei er, wie es in aufregenden Momenten seine Gewohnheit war, unablässig seinen Mantel auf- und zuknöpfte. Auf diese Weise befand er sich jedoch direkt am Schauplatz des Geschehens, als Inspektor Elford in der Marlborough Street aus seinem Wagen stieg.

»Hallo, Joshua!« begrüßte ihn der Inspektor fröhlich. »Erst heute morgen hab ich mit Barrabal über Sie gesprochen — beziehungsweise er mit mir. Er hat eine sehr hohe Meinung von Ihnen, und es würde mich nicht wundern, wenn Sie vor der lästigen Konkurrenz an diese Story herankämen!«

»Wer ist denn dieser Leslie?« Collie wies mit dem Kopf auf die Eingangstür der Polizeistation.

»Haben Sie das nicht gewußt? Suttons Geschäftsführer. Wir haben ihn mitsamt dem Schmuck geschnappt, mein Lieber.«

Elford war offenbar in bester Stimmung, und das mit gutem Grund, wie es schien.

»Ist er der Zinker?«

»Es würde mich nicht wundern«, erwiderte Elford. »Aber warten Sie bis heute abend, dann kann ich Ihnen mehr sagen.«

Collie bezog vor der Polizeistation Aufstellung. Eine halbe Stunde später kam Elford wieder heraus und marschierte vergnügt vor sich hinpfeifend in Richtung Regent Street davon. Collie eilte ihm nach.

»Kommt Barrabal auch her?« fragte er atemlos.

»Der ist schon vor einer Stunde hiergewesen und hat Leslie gründlich ins Kreuzverhör genommen.« Elford blieb plötzlich stehen und sah Collie an. »Hören Sie, Collie, ich verhelfe Ihnen jetzt zur Story Ihres Lebens. Kennen Sie eine gewisse Beryl Stedman?«

Collie nickte.

»Am Tag, an dem die heiratet, heften Sie sich an ihre Fersen, und ich glaube, Sie werden den interessantesten Mord miterleben, den es jemals gegeben hat!«

Collie starrte ihn entgeistert an.

Das Sonderbarste aber war, daß er in der Redaktion mit nahezu den gleichen Worten empfangen wurde.

»Kennen Sie eine Miß Beryl Stedman?« rief ihm Field beim Eintreten entgegen.

»Ja, warum?«

»Sie hat heute nachmittag geheiratet. Fahren Sie sofort nach Wimbledon und sehen Sie zu, daß Sie die genaue Story kriegen!«

Collie nahm seinen Strohhut ab und wischte sich die Stirn. »Geheiratet?« stöhnte er. »Du meine Güte!«

Tillman war nicht nach Hillford eingeladen worden. Dennoch tauchte er dort auf — in dieser Beziehung kannte er keine Hemmungen. Als Millie Trent in höchster Eile mit dem Taxi vorgefahren kam, fand sie ihn in der Halle sitzen. Er hatte die Hände auf den Knien gefaltet und schien zu schlafen.

»Was machen Sie denn hier, Tillman?« fauchte sie. »Niemand hat Sie eingeladen.«

»Mich lädt überhaupt nie jemand ein«, entgegnete Tillman betrübt. »Das ist eben so, wenn man nur ein kleiner Angestellter ist. Für Sie, in Ihrer bedeutenden Position als Chefsekretärin, bin ich natürlich ein unpassender Gast bei dieser glücklichen Hochzeitsfeier.«

»Reden Sie nicht so viel dummes Zeug!« fuhr sie ihn an.

»Aber ich kann Sie beruhigen«, erklärte Tillman ungerührt. »Ich kam mit einem Brief für den Chef hierher, und da sagte man mir, er sei soeben zum Standesamt gefahren. Na, und dort kam ich gerade zurecht, um bei dieser romantischen Eheschließung als Zeuge zu fungieren. Darauf wurde ich zum Hochzeitsessen eingeladen, und da bin ich natürlich gekommen.«

»Wer hat Sie eingeladen?«

»Ich mich selbst«, erwiderte er gelassen. »Da sonst niemand auf die Idee kam, habe ich das Versäumte nachgeholt. Mr. Friedman kam meine Hilfe immerhin sehr gelegen. Allerdings war er ein wenig im Zweifel, ob ich mit den Dienstboten oder am Tisch der Herrschaften speisen sollte, aber wir lösten das Dilemma, indem ich eine kalte Platte im Billardzimmer serviert bekam.«

Sie war bestürzt über seinen sarkastischen Ton.

»Ich habe Sie noch nie so reden hören.«

»Dann haben Sie etwas versäumt!«

»Auf wen warten Sie hier eigentlich?«

»Auf Mr. Friedman. So sonderbar Ihnen das erscheinen mag, er ist der Eigentümer dieses schönen Hauses und hat insofern das Vorrecht, wen immer er will einzuladen, sich im Vestibül besagten Hauses niederzulassen. Diesem seinem Wunsch kann sich nicht einmal eine einflußreiche Privatsekretärin widersetzen!«

Sie hegte den Verdacht, daß Tillman sich über sie lustig machte, und dieser Gedanke erhöhte noch ihre Reizbarkeit.

»Wo ist Mr. Sutton?«

»Er ist noch nicht zurück.«

Sie öffnete den Mund. »Noch nicht zurück?« wiederholte sie ungläubig.

»Er mußte aus irgendeinem Grund in die Stadt. Als er fort war, läutete das Telefon, und ich ging hin. Es war eine Nachricht für ihn, beinahe schon poetischer Natur. Vielleicht richten Sie sie ihm selber aus.«

Das war ein ganz anderer Mensch als der Tillman, den Millie vom Büro her kannte. Dort war er schwierig, benahm sich ihr gegenüber aber doch mehr oder weniger, wie es sich gehörte, und redete vor allem niemals in diesem überheblichen Ton mit ihr. Am liebsten wäre sie ihm ordentlich über den Mund gefahren, aber dann siegte ihre Neugier. Soweit ihr bekannt war, erwartete Frank Sutton keine Nachricht, schon gar keine poetischer Natur.

»Was für eine Nachricht?« fragte sie stirnrunzelnd.

Er zog ein ledergebundenes Notizbuch aus der Tasche und blätterte darin.

»›Die Empress läuft mit der ersten Flut morgen aus‹«, las er mit dramatischer Betonung vor. »Haben Sie je schon so einen Text gehört?«

»›Die Empress läuft mit der ersten Flut morgen aus‹«, wiederholte sie langsam. »Ich werde es ihm ausrichten.«

Kurz nachdem sie gegangen war, kam Friedman die Treppe herunter. Er hatte ein paar Telegramme aufgesetzt, und

Tillman hatte sich, dienstbeflissen wie selten, erbötig gemacht, diese für ihn aufzugeben.

»Das wäre alles, Tillman. Und hier sind fünf Pfund für Ihre Mühe . . .«

Tillman hob protestierend die Hand. »Nein, vielen Dank, Mr. Friedman. Das ist wirklich nicht nötig. Aber wenn es Sie nicht stört, würde ich anschließend gern wieder herkommen. Vielleicht kann ich Ihnen noch irgendwie behilflich sein.«

Lew Friedman überlegte kurz. »Meinetwegen. Aber ich weiß wirklich nicht recht, was ich mit Ihnen anfangen soll. Amüsieren Sie sich im Billardzimmer, wenn Sie wollen — spielen Sie Billard?«

Tillman erwiderte ohne Begeisterung, daß er gelegentlich ein paar Bälle in Bewegung setze, und brach zu seiner Besorgung auf. Lew Friedman wanderte eine Weile unschlüssig von einem Zimmer ins andere, stieg schließlich langsam die Treppe empor und klopfte an Beryls Tür.

Sie saß am Fenster und blickte in den Garten, als er hereinkam.

»Nun, mein Liebling?« Er setzte sich neben sie und nahm ihre Hand. »Es wird schon alles gut werden. Übrigens möchte ich dir etwas sagen, das dich freuen wird.«

Sie sah ihn teilnahmslos an; sie konnte sich nicht vorstellen, worüber sie sich in diesem Augenblick hätte freuen sollen.

»Ich habe meinen Anwalt beauftragt, den tüchtigsten Verteidiger für Leslie zu engagieren, den er finden kann.«

Er sah, wie ihre Augen aufleuchteten und sich dann mit Tränen füllten.

»Wie anständig von dir, Lew!« sagte sie leise und drückte seine Hand. »Ist es nicht einfach unvorstellbar, daß ein Mann wie John Leslie so unsagbar gemein sein soll? Ich glaube, das schmerzt mich am meisten — nicht daß er ein . . .« sie zögerte, » . . . ein Dieb ist, sondern, daß er dieser . . . wie lautet noch der scheußliche Name? . . . dieser Zinker sein soll. Das finde ich am Allerschlimmsten. Menschen, die ihm vertraut haben, einfach zu verraten, wenn es ihm gerade paßte.« Sie starrte wieder eine Weile in den Garten hinaus und sagte dann plötzlich: »Und ich glaub es auch nicht!«

Friedman war erstaunt.

»Du glaubst es nicht? Aber, Liebes, er hat es selbst zugegeben — du hast es doch mit eigenen Ohren gehört!«

Sie schüttelte den Kopf. »Nein. Ich erinnere mich jetzt wieder — dieser sarkastische Ton, in dem er das gesagt hat. Das ist so eine Art, wenn Leute ihm mit dummen Vorwürfen kommen. Wo ist übrigens mein — mein Mann? Das klingt schrecklich sonderbar, nicht wahr?«

»Er mußte nochmal in die Stadt«, entgegnete Friedman hastig. »Du weißt ja, mein Liebes, es ging alles so schnell, und jetzt, wo Leslie nicht mehr da ist, hat Frank noch eine Menge zu tun. Vor allem muß er einen Ersatz für Leslie finden.«

Es regnete, ein feines unaufhörliches Nieseln aus tiefhängenden Wolken. So würde es die ganze Nacht weiterregnen . . . wenn sie auf dem Weg nach Schottland waren. Beryl schloß krampfhaft die Augen. Friedman ahnte sofort, woran sie dachte.

»Mein Liebling, weißt du, was du mich heute gekostet hast?« fragte er scherzend, um sie von ihren trüben Gedanken abzulenken. »Ein kleines Vermögen! Vierzigtausend Pfund! Und das außer der Summe, die ich für dich persönlich ausgesetzt habe. Ich gab Frank einen Scheck über zwanzigtausend Pfund, und er hat seine Sekretärin sofort damit zur Bank geschickt — ein cleverer Bursche, dieser Frank. Er hat mir den Plan für die Erweiterung seiner Firma gezeigt — paß auf, der wird noch mal Millionär werden!«

Plötzlich unterbrach sie ihn und zeigte aus dem Fenster.

»Wer ist das?«

In einiger Entfernung sahen sie eine mitleiderregende Gestalt in durchweichtem Strohhut und tropfnassem Regenmantel am Gartenzaun stehen und zum Haus heraufblicken.

»Mein Gott, daß ist doch dieser kleine Reporter vom *Post-Courier*!«

»Der Ärmste, er sieht völlig durchnäßt aus. Laß ihn doch hereinholen und ihm eine Tasse Tee anbieten, Lew. Er ist bestimmt gekommen, um uns wegen der Hochzeit zu interviewen.«

Friedman wunderte sich ein bißchen über ihr plötzlich erwachtes Interesse. Trotz all seiner Klugheit kam er nicht auf den Gedanken, daß Beryl den Reporter nur deshalb hereinrufen lassen wollte, um ihn nach den neuesten Nachrichten von Leslie auszufragen.

Friedman ging hinunter und schickte einen Diener hinaus, um den Mann ins Haus zu bitten. Collie war zwar pudelnaß, aber das schien ihm nichts auszumachen. Sein Strohhut, bemerkte er liebevoll, habe schon fünf Winter durchgehalten und werde bestimmt noch weitere fünf seinen Dienst tun. Im übrigen mußte sich diesmal jemand seiner Garderobe angenommen haben, denn sein Mantel war ausnahmsweise vollständig korrekt zugeknöpft.

»Ich kann Ihnen nichts Neues erzählen«, sagte Friedman, »außer der Tatsache, daß Mr. Sutton geheiratet hat, und das wissen Sie wohl schon. Wenn Sie nähere Einzelheiten erfahren wollen, wenden Sie sich am besten an Mr. Tillman.«

»Tillman?« Die Frage klang hohl — ob aus Entsetzen oder aus bloßem Interesse war Collies Miene schwer zu entnehmen. »Ist der hier? Du meine Güte!«

Inzwischen war Beryl heruntergekommen. Sie ergriff Collie beim Arm und führte, ja zog ihn beinahe gewaltsam in einen kleinen Salon nebenan. Friedman war so dankbar und erleichtert, daß sie wieder Anteil an ihrer Umgebung nahm, daß er sich eilig zurückzog, obwohl ihm allmählich klarwurde, was der eigentliche Grund für ihre plötzliche Lebhaftigkeit war.

Noch ehe er außer Hörweite war, platzte sie mit ihrer Frage heraus.

»Nein, ich habe nichts von ihm gehört«, antwortete Collie.

»Ach, Mr. Collie, könnten Sie mir bitte einen Gefallen tun?« drängte sie. »Würden Sie ihm ein bißchen Geld von mir bringen? Vielleicht braucht er etwas — Extraverpflegung oder so? Vielleicht können Sie ihn sprechen. Würden Sie ihm dann bitte sagen, daß Mr. Friedman einen Verteidiger für ihn engagieren will? Aber erzählen Sie ihm lieber nicht, daß ich . . . verheiratet bin. Das erfährt er noch früh genug. Würden Sie das für mich tun?«

Collie kratzte sich nachdenklich am Kinn.

»Ich tue selbstverständlich gern alles, was in meinen Kräften steht. Aber es ist gut möglich, daß man mich nicht zu ihm läßt. Das ist der Nachteil bei meinem Beruf — bei wirklich interessanten — äh — Fällen, da kriegt man meist keine Sprecherlaubnis.«

»Aber bestimmt können Sie ihm eine Nachricht zukommen lassen. Bitte, versuchen Sie's. Und sagen Sie mir anschließend, was Sie ausrichten konnten. Vielleicht hat auch er eine Nachricht für mich.« Sie nahm ein paar Banknoten aus der Handtasche.

»Eine genügt«, sagte Collie rasch. »Ich werde sie dem dortigen Polizeiinspektor zu treuen Händen übergeben. Wie ich höre, kann man sich auf diese Weise ein paar Extras besorgen lassen. Ach übrigens, war Mr. Tillman bei Ihrer Trauung?«

Sie nickte.

»Ja, er war sogar Trauzeuge. Kennen Sie ihn denn?«

Collie wich ihrem Blick aus. »Sie haben mit ihm nicht etwa über Captain Leslie gesprochen?«

»Ich?« rief sie überrascht. »Nein, wieso? Würde das etwas nützen?«

Er überging ihre Frage.

»Wenn ich Sie wäre, Miß Stedman« (sie segnete ihn innerlich dafür, daß er ihren Mädchennamen benützte), »so würde ich Captain Leslie am besten gar nicht erwähnen. Das wird Ihnen bestimmt nicht leicht fallen; ich weiß, wie Sie sich um den Captain sorgen. Aber gerade deshalb hielte ich es im Interesse aller Beteiligten für unbedingt ratsam . . . Sie verstehen?«

Beryl nickte.

»Also abgemacht«, flüsterte Collie triumphierend. »Sie schweigen wie ein Grab!«

## 18

Collie war bereits wieder fort, als Tillman von seiner Besorgung zurückkehrte. Beryl betrachtete Frank Suttons Büroangestellten mit neuerwachtem Interesse. Offenbar war er ein überaus fähiger Mann; jedenfalls kam er ihr ganz und gar nicht wie jemand vor, der für die »Chance«, die Frank ihm gegeben hatte, dankbar sein mußte. Er besaß etwas von der sprungbereiten Vitalität eines Tigers, und auf seinem gebräunten Gesicht lag ständig ein forschender, rastloser Ausdruck.

Sie hatte reichlich Zeit für ihre Beobachtungen, denn Frank war noch nicht aus der Stadt zurück. Millie Trent, die einen großen Aktenkoffer voll von Papieren mitgebracht hatte, nahm das ganze Wohnzimmer für sich allein in Anspruch. Beryl konnte sie nicht leiden, und es machte ihr Spaß, die offene Animosität zwischen Franks Sekretärin und Tillman zu beobachten. Sooft die beiden einander begegneten, gab es Streit, der allerdings meist von Millies Seite ausging.

Tillman hatte es sich in der Halle bequem gemacht, ein Umstand, der Millie zu irritieren schien.

»Können Sie nicht irgendwo anders sitzen?« hörte Beryl sie sagen.

»Doch, im Wohnzimmer, aber da sitzen Sie schon«, kam die prompte Antwort.

Als sie ein anderes Mal durch die Halle kam, rief Tillman ihr nach: »Kein Anruf!«

»Was soll das heißen, ›kein Anruf‹?«

»Sie warten doch auf einen Telefonanruf, und es ist keiner gekommen.«

»Kümmern Sie sich gefälligst um Ihre eigenen Angelegenheiten!« fauchte sie erzürnt.

Beryl hörte all dies durch die offenstehende Tür der Bibliothek und war froh über die Ablenkung, denn dadurch kam sie nicht dazu, über gewisse Dinge nachzudenken.

Ganz hinten in der Halle befand sich ein Telefonanschluß, und Tillman hatte offenbar recht mit seiner Annahme, denn als es endlich klingelte und er hinging um abzuheben, kam Millie Trent aus dem Wohnzimmer gestürzt und erreichte den Apparat vor ihm.

Es war eine Nachricht von Frank Sutton, daß er auf dem Weg nach Wimbledon sei.

»Oh, welch frohe Kunde!« murmelte Tillman spöttisch, als sie an ihm vorbeikam. Sie fuhr herum.

»Ich verstehe nicht«, sagte sie drohend.

»Niemand versteht mich«, entgegnete er. »Das ist mein Schicksal.«

»Sehen Sie sich vor, sonst werden Sie bald Ihren Job los sein«, schimpfte sie, und Beryl hörte, wie er auflachte.

»Das wäre kein solcher Verlust, wie Sie sich einzubilden scheinen. Ich bin's ohnehin ziemlich leid, sinnlose Zahlen über nicht existente Exportwaren zusammenzuzählen.«

Beryl runzelte die Stirn und erwartete eine bissige Antwort, aber es kam nichts außer einem lauten Türenschlagen.

Nach drei oder vier Minuten jedoch ließ sich Millies Stimme wieder vernehmen, und diesmal klang sie erheblich sanfter.

»Was meinten Sie eigentlich vorhin mit den ›nicht existenten‹ Exportwaren?«

»Alle Exporte sind nicht existent, wenn man sie nicht sehen kann«, erwiderte Tillman ruhig. »Zahlen bedeuten mir nichts; ich kann mir nichts darunter vorstellen. Ich muß die Ballen und Kisten greifbar vor mir sehen, sonst, wie gesagt, existieren sie für mich nicht.«

»Sie sind ein Dummkopf!« fauchte sie.

Danach fiel zwischen den beiden kein Wort mehr, bis Frank Sutton zurückkehrte. Beim Knirschen seiner Autoreifen vor dem Haus begann Beryls Herz heftig zu klopfen.

»Hallo, Tillman, was zum Teufel machen Sie denn hier?«

»Ich bin sozusagen im Dienst.«

Frank lachte. »Bei dem Fleiß werde ich Sie eines Tages noch mal zum Geschäftsführer ernennen.«

»Gott bewahre!« sagte Tillman fromm. Frank schien das außerordentlich witzig zu finden, denn er lachte noch aus vollem Hals, als er zu Beryl in die Bibliothek trat.

»Ich habe einen gräßlichen Nachmittag hinter mir, mein Schatz.« Er setzte sich neben sie und legte ihr den Arm um die Schultern. »Du hast keine Ahnung, was für ein Durcheinander bei uns im Büro herrscht. Glücklicherweise kennt sich Miß Trent in fast allen Geschäftsvorgängen aus und wird mir die Dinge einigermaßen im Lot halten. Zu allem Übel bestand schließlich auch noch einer meiner weniger feinen Kunden darauf, daß ich mich mit ihm im Leopards treffe . . .«

»Im Leopards?« fragte Lew Friedman, der gerade eingetreten war, überrascht. »Du meinst doch nicht etwa den Leopards Club?«

Frank nickte.

»Du lieber Gott!«

»Kennst du ihn?« fragte Frank, ob entrüstet oder erstaunt, konnte Beryl nicht unterscheiden.

»Hm . . . ja.« Lew zögerte. »Ich kenne den Mann, der ihn leitet — ein ehemaliger Soldat namens Anerley. Ich hab ihm vor Jahren mal ein bißchen geholfen.«

»Bist du je dort gewesen — in letzter Zeit, meine ich?« fragte Frank neugierig.

Lew wich einer direkten Antwort aus.

»Ich traf Anerley nach dem Krieg in Johannesburg — ein netter Kerl in vielerlei Hinsicht, aber ein fürchterlicher Raufbold. Vor ein paar Jahren bin ich ihm hier wiederbegegnet. Er hatte die Chance, das Lokal zu kaufen — der vorherige Besitzer hatte Schwierigkeiten mit der Polizei und man hatte ihm die Lizenz entzogen. Bill meinte, als ehemaliger Kriegsteilnehmer würde er Aussicht haben, die Lizenz wiederzukriegen, und das war dann auch so.«

Aber Frank ließ sich von seiner Frage nicht abbringen. »Bist du in letzter Zeit mal dort gewesen?«

Wieder wich Lew aus.

»Ach, es muß an die zwanzig Jahre her sein, daß ich zum ersten Mal in dem Lokal war! Es liegt doch im dritten Stock, hab ich recht? Man fuhr mit dem Aufzug hinauf, und dann gab's hinten eine fabelhafte Feuerleiter, die man hinunterklettern konnte, wenn die Polizei eine Razzia machte, und das tat sie damals so ungefähr jede zweite Woche.«

Beryl wünschte verzweifelt, die beiden Männer möchten noch lange bei dem Thema bleiben. Sie wollte um jeden Preis vermeiden, daß die Rede auf ihre Heirat oder gar die gefürchtete Hochzeitsreise käme.

»Jaja, es kann wohl kein sehr feines Lokal sein«, stimmte Frank zu.

Plötzlich fiel Lew Friedman das Telegramm ein, das am Abend zuvor gekommen war. Er kramte zwischen den Papieren auf dem Tisch.

»Ich kann das Telegramm im Moment nicht finden«, murmelte er, »aber der Text lautete so ungefähr: ›Kabinen für Jacksons belegt. Pacific.«

»Kabinen belegt für wen?« Lew hörte die scharfe Frauenstimme und drehte sich überrascht um. Millie Trent war unbemerkt in die Bibliothek gekommen und starrte mit finsterer Miene auf die drei Anwesenden.

»Die Angelegenheit hat nichts mit Ihnen zu tun!« wies Frank sie barsch zurecht. »Ich brauche Sie jetzt noch nicht, Miß Trent.«

Lew hatte den Eindruck, daß sie innerlich vor Wut kochte und nur mit äußerster Anstrengung die Beherrschung wahrte.

»Ich bin im Wohnzimmer, falls Sie mich brauchen«, stieß sie hervor und ging.

»Hm!« Lews Miene verfinsterte sich. »Eine merkwürdige Person!«

Frank zuckte die Achseln. »Sie arbeitet seit vierzehn Jahren für mich«, meinte er entschuldigend. »Manchmal hat sie so ihre Launen, das stimmt.«

»Allerdings«, sagte Lew schroff.

Beryl entschuldigte sich kurz darauf und ging auf ihr Zimmer. Lew Friedman horchte, bis er die Tür oben zufallen hörte, dann fragte er unvermittelt: »Was hast du mit dieser Frau?«

»Ich?« sagte Frank entgeistert. »Du meinst doch nicht etwa Millie Trent?«

»Doch, ich meine Millie Trent!«

»Was ich mit ihr . . . aber, um Himmels willen, du bildest dir doch nicht etwa ein . . .«

»Ich bilde mir gar nichts ein, ich habe dich lediglich etwas gefragt«, entgegnete Lew hart. »Eins will ich dir sagen, Frank, sollte etwas zwischen dir und Miß Trent gewesen sein, so ist das mit dem heutigen Tag zu Ende! Ich weiß ganz genau, wie leicht man als Mann in so eine Affäre hineinrutschen kann. Wenn das der Fall ist und du Geld brauchst, um diese Person abzufinden, dann leihe ich dir das gern. Aber merk dir eines, mich interessiert einzig und allein Beryls Glück.«

Frank faßte ihn freundschaftlich am Arm.

»Mein lieber Lew«, sagte er, »ich würde es dir übelnehmen, wenn es anders wäre. Ihr habt in letzter Zeit allerhand durchgemacht, du und Beryl. Herrgott, wie wünschte ich, ich könnte diesem Leslie aus der Patsche helfen!«

»Das sieht dir wieder mal ähnlich.« Lew lächelte versöhnt.

Als sie durch die Halle gingen, erblickte Frank den dort sitzenden Tillman.

»Brauchst du den Mann noch?« fragte er.

»Er bat mich, ob er nicht bleiben dürfe. Vielleicht können wir ihn noch brauchen.«

»Ich wüßte nicht wofür?« Frank trat lachend an den Billardtisch.

Sie hatten kaum fünf Minuten gespielt, als Lew wieder auf die wartende Sekretärin zu sprechen kam.

»Ach, soll sie doch warten«, meinte Frank unbekümmert. »Ich hab noch eine Menge langweiliges geschäftliches Zeug mit ihr durchzugehen, aber das hat Zeit bis nachher.«

Aber Millie Trent gehörte nicht zu den Frauen, die geduldig im Hintergrund warten. Zweimal erschien sie in der Tür zum Billardzimmer, und ihre Miene verkündete Unheil, als Frank sie kurzangebunden auf später vertröstete. Endlich ertönte der Gong zum Abendessen.

## 19

Die Unterhaltung bei Tisch schleppte sich mühsam dahin. Franks Nervosität war nicht zu verkennen, und schließlich steckte er auch seinen Gastgeber damit an.

Sie waren beim Kaffee angelangt, als Mr. Joshua Collie gemeldet wurde. Beryl sprang eilig auf.

»Ich glaube, er will zu mir«, rief sie und rannte aus dem Zimmer.

Aber Lew ging kein Risiko ein: sie war kaum draußen, als er auch schon hinter ihr hereilte. Zu seiner Überraschung war Tillman verschwunden, und außer dem Diener befand sich nur Joshua Collie in der Halle.

Lew kam Beryl mit seiner Frage zuvor: »Nun, Mr. Collie, was gibt's Neues?«

Damit bugsierte er Collie zur Bibliothek und half ihm persönlich aus dem Mantel. Beryl durchschaute das Manöver — er wollte verhindern, daß sie Nachricht von Leslie bekäme. Für einen Augenblick wurde ihr heiß vor Zorn. Dann kam ihr die Hoffnungslosigkeit ihrer Situation zu Bewußtsein. Was spielte es schon für eine Rolle — was spielte überhaupt noch eine Rolle?

Zu ihrem Erstaunen fragte Friedman jedoch plötzlich ohne Umschweife: »Na, haben Sie eine Nachricht von Leslie?«

Joshua hüstelte verlegen.

»Nein«, sagte er, seine Worte vorsichtig wählend, »ich habe keine Nachricht von Captain Leslie — für niemanden.«

»Hm«, brummte Lew zufrieden, »das ist ja gut . . .«

»Und zwar«, fuhr Joshua fort, »weil niemand da war, der mir eine Nachricht hätte auftragen können. Captain Leslie wurde auf Kaution entlassen.«

In Lews Gesichtszügen malte sich Bestürzung.

»Auf Kaution entlassen?« wiederholte er ungläubig. »Ein Mann mit einem solchen Vorstrafenregister und bei einem solchen Verdacht?«

»Ja, ich fand es selbst höchst eigenartig«, gestand Joshua. »Das habe ich übrigens auch dem diensthabenden Polizeiinspektor gesagt. ›Das finde ich aber eigenartig‹, sagte ich . . .«

»Er ist nicht mehr im Gefängnis?« unterbrach ihn Beryl. »Gott sei Dank!«

»Er ist weder im Gefängnis, noch in seiner Wohnung, noch im Büro. Genauer gesagt«, fügte Joshua strahlend hinzu, »ich weiß nicht, wo er ist.«

Frank Sutton war ihnen gefolgt und hatte die erstaunliche Nachricht ebenfalls vernommen. Die Wirkung auf ihn war merkwürdig. Er war sehr blaß geworden, und seine Augen schienen plötzlich tiefer in den Höhlen zu liegen.

»Leslie aus dem Gefängnis entlassen?« fragte er mit belegter Stimme. »Sie müssen sich irren!«

»Ich irre mich nie«, erwiderte Joshua vorwurfsvoll. »Entweder weiß ich etwas oder ich weiß es nicht. Und ich weiß mit unumstößlicher Gewißheit, daß Captain Leslie auf Kaution aus der Haft entlassen wurde. In der Tat erstaunlich. Wie ich dem diensthabenden Polizeiinspektor sagte . . .«

»Ja, ja«, fiel ihm Lew ungeduldig ins Wort, »wir wissen schon, was Sie ihm sagten. Aber wann ist denn das geschehen?«

»Angeblich nach dem Besuch von Inspektor Barrabal. Aber ob ein solcher Besuch überhaupt stattgefunden hat, oder ob dieser Inspektor Elford, dessen mangelnde Wahrheitsliebe nebenbei bemerkt Scotland Yard wirklich nicht zum Ruhme gereicht, ob Elford also mir — mir einen Bären aufgebunden hat, das kann ich beim besten Willen nicht sagen. Ich weiß nur eines: daß nämlich Leslie aus der Polizeistation in der Marlborough Street herausspazierte und in einem Taxi mit unbekanntem Ziel davonfuhr.«

Ein tiefes, fast bestürztes Schweigen folgte seiner Erklärung.

»Erstaunlich!« brachte Lew schließlich mit einiger Anstrengung heraus, als sehe er unerfreuliche Konsequenzen auf sich zukommen. Er schaute auf die Uhr und nickte. »Na, es wird wohl nicht so wichtig sein. Wollen Sie etwas trinken, Mr. Collie?«

Collie bejahte eifrig.

»Gehen Sie bitte ins Wohnzimmer; ich lasse Ihnen von Tillman etwas bringen.«

Gleich darauf fand sich der unglückliche Reporter in Gesellschaft einer Person, die bei seinem Anblick nur mühsam die Fassung behielt.

»Hallo, was wollen Sie?« fragte Millie Trent unfreundlich.

»Eine kleine Stärkung.« Collie rieb sich erwartungsvoll die Hände.

Auf dem Tisch standen eine Flasche Whisky, ein Siphon mit Sodawasser und etliche Gläser. Offensichtlich hatte sich Miß Trent bereits selbst bedient, denn eins der Gläser war benutzt.

»Was wollen Sie hier?« fragte sie noch einmal.

»Ich bringe allerlei frohe Kunde.« Er lächelte liebenswürdig. »Frohe und unfrohe.«

Sie horchte auf. »Worin besteht die unfrohe Kunde?«
Er blickte sie sinnend an.
»Captain Leslie wurde auf Kaution aus der Haft entlassen.«
Sie zuckte zusammen, als hätte er sie geschlagen.
»Das glaube ich einfach nicht!«
Das Eintreten von Tillman hinderte sie an weiteren Fragen. »Besorgen Sie Mr. Collie etwas zu trinken«, befahl sie ihm und eilte aus dem Zimmer.
Tillman machte die Tür hinter ihr zu.
»Also, was wollen Sie hier?« fragte er fast im Befehlston. »Sie vergeuden nur Ihre Zeit.«
Joshua lächelte harmlos.
»In gewissem Sinn will ich hier dasselbe wie Sie. Darüber hinaus betreibe ich auch noch ein paar kleine Nachforschungen, so auf meine eigene handgestrickte Weise, wissen Sie. Sozusagen nebenberuflich. Und wenn Hillford für Sie interessant ist, dann ist es wohl auch für mich ein lohnendes Jagdrevier.«
Er nahm das volle Glas aus Tillmans Hand und hielt es kritisch gegen das Licht.
»Na, dann trink ich auf die glückliche Braut — falls sie glücklich ist.« Joshua lächelte. »Ich habe Sie übrigens sofort erkannt — ich brauche einen Menschen bloß ein einziges Mal zu sehen, dann vergesse ich ihn nie mehr.«
Tillman starrte ihn mißvergnügt an.
»Ich habe mich schon gefragt, ob Sie mich wohl erkennen. Mir war, als seien wir uns bereits irgendwo begegnet.«
»Beim Mordprozeß Corthurst«, murmelte Joshua. »Ich sah Sie damals im Gerichtssaal. In Chelmsford, vor drei Jahren . . . oder sind es schon vier. Im ›Red Lion‹ dort kriegte man sehr gutes Bier, ach ja . . .«
Tillman schenkte sich eine kleine Portion Whisky ein, goß reichlich Sodawasser dazu und probierte vorsichtig einen Schluck.
»Sie trugen damals noch keinen Schnurrbart«, fuhr Collie nachdenklich fort. »Aber ich vergesse nie den Gang eines Menschen.«
Tillman nahm ihm das Glas aus der Hand.
»Trinken Sie noch einen?« fragte er.
»Danke, nein. Wissen Sie, heute abend war schon jemand recht neugierig — wollte unbedingt wissen, ob ich Sie schon

mal gesehen hätte. Warten Sie, wer war das noch? . . . Ah ja, diese Miß Trent. Sie werden rausfliegen; aber das wissen Sie vermutlich bereits.«

Beide brachen in Gelächter aus.

»Da bin ich bestimmt nicht böse darüber«, bemerkte Tillman trocken.

Joshua blickte sich um und rückte näher an seinen Gesprächspartner heran.

»Sie würden mir nicht erzählen, was Sie entdeckt haben? In Ordnung, ich sehe schon an Ihrem gequälten Gesichtsausdruck, daß Sie nicht wollen.«

Joshua machte eine kurze Pause. »Aber vielleicht darf ich Ihnen eine kleine Neuigkeit berichten — Captain John Leslie ist aus der Haft entlassen worden.«

Er hatte das in dramatischem Tonfall vorgebracht und war ein bißchen enttäuscht über die Wirkung: Tillmans Gesicht überzog sich mit einem leisen, wissenden Lächeln.

»Das war zu erwarten«, sagte er. »Ich hätte mich sehr gewundert, wenn es nicht so gewesen wäre.«

Er vernahm ein Geräusch in der Halle, ging zur Tür und schaute hinaus.

»Das Gepäck der Jungvermählten wird gerade fortgebracht«, sagte er und trat beiseite, um Beryl eintreten zu lassen.

Sie ging sofort auf Joshua zu.

»Mr. Collie«, sagte sie leise, »wenn ich einen Brief für Sie an den *Post-Courier* schicke, würden Sie den auch bekommen?«

Joshua lächelte trübe. »Ja. Schreiben Sie ›Privat‹ drauf, dann wird er höchstens zweimal aufgemacht.«

Sie wollte noch mehr sagen, aber Lew Friedman, der sie kaum noch aus den Augen ließ, war ihr auf dem Fuß gefolgt.

»Nun, Mr. Collie«, erklärte er in seinem liebenswürdigen Ton, »ich wüßte nicht, was wir Ihnen noch an Neuigkeiten bieten können. Ich habe leider keine Sensationen für Sie.«

Joshua lächelte schief. »Die würde ich auch nicht annehmen, Mr. Friedman; wir fabrizieren unsere Sensationen selbst.« Er richtete einen listigen Blick auf Lew. »Seit zehn Jahren haben wir keine mehr in unserer Zeitung gehabt — seit damals, als die Polizei eine Razzia im Leopards Club machte und etliche würdige ältere Herren über die Feuerleiter verduften mußten!«

Lew Friedmans Gesicht war aufschlußreich zu beobachten. Schließlich lachte er.

»Donnerwetter, Sie haben vielleicht ein Gedächtnis! Sind Sie damals zusammen mit der Polizei gekommen?«

Joshua schüttelte den Kopf. »Nein, ich war kurz vor ihr da. Ich kam gerade noch weg, ehe die mich erkannten — ich erinnere mich, daß ich auf der Feuerleiter an Ihnen vorbeikam.«

Lew schüttelte den Kopf. »Das waren verrückte Zeiten, was? Der Leopards Club! Komisch, ich habe gerade heute mit meinem — mit Mr. Sutton über den Club gesprochen. Er ist dort Mitglied; er sagt mir, das Lokal geht immer noch fabelhaft.«

Beryl hatte das Zimmer verlassen; auch Tillman war unbemerkt verschwunden, und die beiden waren allein.

»Ja, es geht fabelhaft«, bestätigte Collie. »Sie haben übrigens eine neue Feuerleiter eingebaut — da kann man jetzt zu viert nebeneinander hinunter.«

Sie gingen in die Halle und trafen dort auf Frank Sutton. Im Hintergrund wartete mit grimmiger Miene Millie Trent. Sutton sah den Reporter stirnrunzelnd an.

»Du wirst doch keine Informationen an die Presse geben, Lew?« sagte er rasch. »Ich meine, hinsichtlich der Heirat.« Zu Collie gewandt fügte er mißtrauisch hinzu: »Was werden Sie über diese Hochzeit berichten?«

»Nichts. Vielleicht kriegen Sie eine kleine Notiz im Lokalanzeiger, aber in der Weltstadt London wird das frohe Ereignis keine besonderen Wellen schlagen, fürchte ich.«

Collies spöttische Rede wurde abrupt durch einen Diener unterbrochen, der eilig in die Halle kam.

»Nun, was gibt's?« fragte Friedman ungeduldig.

»Es wünscht Sie jemand zu sprechen, Sir . . . Captain Leslie!«

Im ersten Augenblick herrschte tiefes Schweigen. Collies Blick war unverwandt auf Sutton gerichtet; er sah, wie dieser die Farbe wechselte.

»Führen Sie ihn herein«, befahl Lew Friedman mit harter Stimme.

Frank wollte protestieren, aber Friedman brachte ihn mit einer Handbewegung zum Schweigen.

»Führen Sie ihn herein«, wiederholte er. »Und Sie, Collie, Sie gehen jetzt lieber.«

Collie verließ widerspruchslos das Haus.

## 20

John Leslie kam langsam herein und sah von einem zum anderen.

»Nun?« fragte Friedman.

»Ich möchte mit Sutton sprechen.« Leslies Stimme klang drohend.

»Bitte, da steht er«, entgegnete Friedman. »Ich habe Sie ins Haus gelassen, Leslie, weil ich Ihnen traue. Aber ich muß Sie bitten, sich zu benehmen. Andernfalls bekommen Sie es mit mir zu tun.«

»Sie steigen in meiner Achtung, Friedman.«

Friedman nickte bedächtig. »Schon gut — machen Sie mir nur keine Dummheiten. Sie können ohnehin von Glück sagen, daß Sie auf freiem Fuß sind. Die Gesetzespraxis hat sich wohl ein bißchen geändert, was?«

Leslies Blick war fest auf Sutton gerichtet.

»Durchaus nicht — immer noch gibt es Zuchthaus für Hehler und große Unannehmlichkeiten für Zinker.«

Friedman war auf der Hut. Ihm lag in diesem Augenblick vor allem daran, einen peinlichen Auftritt zu vermeiden.

»Ich dachte immer, die Polizei ist für diese sogenannten Zinker«, bemerkte er scherzhaft.

»Ja, für eine Weile. Man benützt sie immer wieder — bis es eines schönen Tages dann heißt: ›So, der Kerl hat seine Schuldigkeit getan, jetzt setzen wir ihn fest! Falls man weiß, wer er ist, selbstverständlich.«

»Hören Sie, Leslie«, sagte Friedman. »Ich möchte Ihnen gern helfen. Wäre Ihnen mit tausend Pfund gedient?«

Hier mischte sich auch Sutton ins Gespräch.

»Ich bin Ihnen nicht böse, Leslie . . .« begann er, aber Leslie unterbrach ihn brüsk.

»Das kann ich mir vorstellen!« Er wandte sich wieder an Friedman.

»Ich möchte zur Abwechslung mal Ihnen einen Rat geben. Wenn Sie ein paar tausend Pfund übrig haben, dann geben Sie sie Sutton! Und dann soll er schleunigst dieses Land verlassen. Morgen früh geht ein Dampfer nach Kanada — er hat noch Zeit, den Anschlußzug zu erreichen.«

Lew Friedman seufzte. »Sie wollen also keine Vernunft annehmen?«

Leslie deutete plötzlich mit ausgestreckter Hand auf den totenblassen Sutton.

»Sie wissen doch, wen Ihre Pflegetochter da heiratet, nicht wahr? Den Zinker — den größten Hehler von London! Einen Schuft, der mehr arme Teufel hinter Gitter gebracht hat als jeder Polizeibeamte.«

»Hat er etwa auch Sie ins Gefängnis gebracht?«

»Das habe ich allerdings selbst besorgt«, sagte Leslie grob. »Das war ganz allein mein Werk.«

»Sehen Sie doch mal, Leslie«, begann Friedman beschwichtigend. »Ich möchte nicht mit Ihnen streiten. Sie sind wegen einer ganz anderen Geschichte auf Sutton böse. Wir wollen das jetzt nicht näher erörtern, doch ich kann verstehen, wie Ihnen zumute ist. Aber ich muß an das Glück einer gewissen Person denken.«

»Ich auch!« stieß Leslie hervor. »Sutton, nehmen Sie sich in acht! Wenn Sie Beryl Stedman heiraten, bei Gott, dann bring ich Sie um!«

Er trat drohend auf Frank Sutton zu, aber Friedman stellte sich zwischen die beiden.

»Sie sind ja verrückt!« schimpfte er. »Sie haben total den Verstand verloren! Wie wär's, wenn Sie sich selber ein bißchen in acht nehmen würden? Ich bin für gewöhnlich ein friedfertiger Mensch, aber das geht zu weit, Leslie. Ich habe in dieser Angelegenheit schließlich auch noch etwas zu sagen, wie?«

Zum ersten Mal sah er John Leslie weiß werden vor Wut.

»Lassen Sie Sutton doch selbst reden — oder ist der stumm? Müssen Sie die ganze Zeit das Kindermädchen für ihn spielen?«

Sutton lachte, aber sein Lachen war gezwungen.

»Nur keine Sorge, ich kann selbst für mich einstehen!«

»Können Sie das?« höhnte Leslie. »Allerdings — so wie bei Ihren faulen Geschäften, was? So wie bei dem schäbigen Trick, mit dem Sie mich hochgehen ließen, genauso wie alle Ihre früheren Geschäftsführer auch.«

»Sie sind ein verdammter Lügner!« schrie Sutton.

Lew Friedman schüttelte hilflos den Kopf.

»So reden Sie sich's schon von der Seele, Leslie, aber dann gehen Sie bitte!«

»Ein Schwindelgeschäft mit gefälschten Büchern!« fuhr Leslie heftig fort. »Ihre wirklichen Geschäfte, die machen Sie in Ihrem Auto oder im Leopards Club.«

Er sah, wie Friedman zusammenzuckte.

»Dort treffen Sie sich mit Ihren Mittelsmännern und kaufen ihnen die Klunker ab — so ist es doch, Sutton, wie?«

Friedman hörte draußen ein Geräusch, öffnete rasch die Tür und horchte. Dann drehte er sich um.

»Jetzt ist Schluß!« sagte er scharf. »Raus!«

Aber Leslie hörte nicht auf ihn.

»Bleiben Sie bei Ihrem Geschäft, Sutton«, drohte er. »Und lassen Sie die Finger von Beryl Stedman!«

Da fiel Friedmans Hand schwer auf seine Schulter.

»Bitte, Leslie, verschwinden Sie durch den Garten«, flüsterte er. »Um die Hausecke ist ein Lieferanteneingang.«

Leslie zögerte unschlüssig.

»Ich bitte Sie darum«, drängte Friedman nervös.

»Meinetwegen.« Leslie nickte. »Ich nehme an, Miß Stedman wird gleich hereinkommen, wie?« Er schritt zur Terrassentür. Dort drehte er sich noch einmal um. »Sie wissen gar nicht, was ich für Sie tue, Sutton.«

Eine Sekunde später war er in der Dunkelheit verschwunden.

Sutton atmete schwer; er tat einen Schritt auf die Terrassentür zu, doch Friedman hielt ihn am Arm fest.

»Das reicht«, knurrte er. »Das hättest du dir eher überlegen sollen. Jetzt mach gefälligst ein freundliches Gesicht!«

»Hast du das gehört . . . was der behauptet hat?« stotterte Sutton. »Mich hat er beschuldigt . . . Was für eine kolossale Frechheit dieser Kerl besitzt . . .«

Friedman kniff ihn schmerzhaft in den Arm, daß er zusammenzuckte. Beryl war ins Zimmer getreten. Sie ging stumm zum Schreibtisch, setzte sich und suchte in den Schubladen zwischen alten Papieren. Die beiden Männer sahen, daß sie schon reisefertig angezogen war, und auf ihrem Gesicht lag ein Ausdruck, der Friedman ins Herz schnitt.

»Kann ich dir helfen, Liebling?« fragte er mit belegter Stimme.

Sie schüttelte den Kopf. »Nein, ich möchte das lieber selbst erledigen, wenn du nichts dagegen hast.«

Sie hatte also Leslies Stimme nicht gehört. Friedman atmete erleichtert auf.

»Du hast noch viel Zeit, Beryl«, sagte er begütigend. »Ihr müßt erst in zwei Stunden aus dem Haus.«

Sie nickte nur stumm, nahm ein Blatt Schreibpapier und wartete. Sutton begriff, daß sie allein sein wollte.

»Kannst du das nicht lassen bis später, Beryl?« fragte er, und etwas von seiner inneren Erregung machte sich auch in seiner Stimme bemerkbar. So sehr er sich bemühte, er fand nicht mehr recht zu seinem früheren verbindlichen Ton.

»Komm mit.« Friedman nahm ihn beim Arm. »Wir gehen und schicken Tillman fort. Dann sind wir endlich wieder unter uns, ohne Büropersonal und Zeitungsreporter.«

Ehe Frank Sutton Einspruch erheben konnte, wurde er aus dem Zimmer geschoben, und die Tür fiel ins Schloß.

Beryl war allein. Einen Augenblick lang starrte sie hinter den beiden her, dann griff sie mit resigniertem Achselzucken zum Federhalter. Das war das sechste Mal, daß sie versuchte, an Leslie zu schreiben; diesmal mußte es gelingen. Ihr Herz war voll Dankbarkeit, daß der Mann, den sie liebte, wieder in Freiheit war. Diesen Trost wenigstens konnte sie mit auf die Reise nehmen.

Sie hatte erst wenige Zeilen geschrieben und kämpfte schon wieder mit dem überwältigenden Bedürfnis, den angefangenen Brief zu zerreißen, als sich die Terrassentür öffnete. Erschrocken schaute sie auf.

Im ersten Moment traute sie ihren Augen nicht, dann stieß sie einen leisen Schrei aus, sprang auf und lag eine Sekunde später schluchzend in John Leslies Armen. Er hielt sie fest an sich gedrückt und flüsterte ihr unzusammenhängende Worte ins Ohr.

»Oh, mein Liebster, mein Liebster!« stammelte sie. »Du bist frei!«

Er warf rasch einen Blick zur Tür. Draußen war kein Geräusch zu hören.

»Ja. Sie waren doch nicht so ganz überzeugt davon, daß ich der Schuldige bin.«

»Ich hab mir solche Sorgen um dich gemacht. Ach, ich war ja so unglücklich. Gerade wollte ich dir einen Brief schreiben und ihn durch Mr. Collie irgendwie an dich weiterleiten lassen.«

Seine Augen hingen noch immer an der Tür.

»Ist es möglich, daß jemand kommt?«

Sie schüttelte den Kopf. »Nein. Sie sind ins Billardzimmer

gegangen.« Behutsam machte sie sich aus seiner Umarmung frei, ging zur Tür, öffnete sie einen Spalt und horchte. Das Klicken von Billardkugeln drang an ihr Ohr. Sie drückte die Tür wieder fest ins Schloß und schob nach kurzem Überlegen den Riegel vor.

»Miß Trent ist hier, aber die ist in der Bibliothek. Oh, John, du weißt gar nicht, wie sehr ich mich freue!«

Er hielt sie fest und schaute ihr ins Gesicht.

»Daß ich gekommen bin?«

Sie nickte. »Und daß du wieder frei bist.« Mit einem mühsamen Lächeln fügte sie hinzu: »Ach John, das war wirklich arg von dir. Wie konntest du nur so etwas tun?«

»Ein Mann wie ich muß manchmal Dinge tun, die andere kränken«, antwortete er. »Beryl, ich muß dir etwas sagen.«

Sie wußte, was das war, und versuchte sich von ihm loszumachen, aber er hielt sie an den Schultern fest.

»Nein, bitte! Sag's nicht.«

»Ich kann nicht anders — ich hab's dir schon einmal gesagt, Beryl: ich liebe dich! Ich kann dich nicht so einfach kampflos aufgeben.«

»Nicht!« murmelte sie.

»Doch, ich muß es dir noch einmal sagen. Und selbst wenn du mich nicht heiraten willst, diesen Mann darfst du auf keinen Fall heiraten!«

Er sah die Verzweiflung in ihren Augen und das Herz blieb ihm stehen. Er wußte was geschehen war, noch ehe sie es aussprach.

»Ich habe ihn schon geheiratet«, flüsterte sie.

Er ließ die Hände sinken.

## 21

»Du hast ihn geheiratet?« wiederholte er entsetzt. »Das ist doch wohl ein Scherz!«

Sie schüttelte stumm den Kopf.

»Wann?«

Sie erzählte ihm alles.

»Wir hatten eine Sonderlizenz«, schloß sie. »Es sollte eigentlich erst morgen sein, aber Lew wollte unbedingt, daß es schon heute stattfindet, weil — wegen dem, was heute morgen passiert ist. Er weiß — er kennt meine Gefühle für dich, John.«

Sie sah den Haß in seinen Augen. Er wollte zur Tür, aber sie hielt ihn am Arm fest.

»Nicht! Nicht! Was hast du vor?«

»Ich will mit diesem Kerl abrechnen«, stieß er zwischen zusammengebissenen Zähnen hervor.

»Nein, bitte! Tu's nicht!« Verzweifelt klammerte sie sich an ihn. »Merkst du denn nicht, daß es für mich genauso schlimm ist wie für dich?«

Sie schluchzte leise, und sein Zorn verwandelte sich in Reue. Ungeschickt versuchte er sie zu trösten. Plötzlich hörte sie auf zu weinen und schob ihn von sich fort.

»Ich liebe dich«, sagte sie tonlos. »Das ist die Wahrheit — ich kann mir nicht länger selbst etwas vorlügen. Aber ich kann auch meinen Onkel nicht enttäuschen — es würde ihm das Herz brechen, wenn ich meinem Gefühl folgen würde. Es hat keinen Zweck, John, ich muß es nun einfach durchstehen. Das siehst du doch ein, nicht wahr — ich muß es durchstehen?«

Er schüttelte langsam den Kopf. »Mein Liebes, wir alle . . . müssen es durchstehen. Wann fährst du?«

Sie trocknete sich mit einem Taschentuch die Augen.

»Um kurz nach zehn von King's Cross«, erwiderte sie. »John, du wirst keine Dummheiten machen, nicht wahr?«

»Um kurz nach zehn«, wiederholte er bloß.

»Bitte, John, du wirst doch nichts Unüberlegtes tun, nein? John! Warum antwortest du mir nicht?«

Er schien sie nicht zu hören.

»Der Schuft!« flüsterte er wie in Trance vor sich hin. »Wenn er das nicht getan hätte, ich hätte ihm vielleicht manches erspart — aber so, nein!«

Er flößte ihr Angst ein. Da hörte sie eilige Schritte die Treppe herunterkommen.

»Geh in den Garten — es kommt jemand! Bitte, bitte, mach schnell!«

Sie küßte ihn hastig zum Abschied. Sobald er über die Terrasse verschwunden war, rannte sie zur Zimmertür, zog geräuschlos den Riegel zurück und setzte sich wieder auf ihren Platz am Schreibtisch — gerade noch rechtzeitig, ehe Millie Trent ins Zimmer kam. Sie hatte eine große Aktentasche unter dem Arm und war offensichtlich im Begriff zu gehen, denn sie war bereits in Hut und Mantel. Als sie Beryl erblickte, fuhr sie erschrocken zusammen.

»Ach, ich wußte nicht, daß Sie hier sind, Miß — Mrs. Sutton«, sagte sie verlegen. »Sie haben mich erschreckt.«

»Wollten Sie Mr. Sutton sprechen?«

Millie nickte, und Beryl hatte das Gefühl, daß ihr das Sprechen schwerfiel.

»Ich habe schon den ganzen Nachmittag mit ihm sprechen wollen.«

Ihre Stimme klang schrill und fremd; hätte Beryl sie besser gekannt, so hätte sie gewußt, daß Millie Trent halb wahnsinnig war vor Wut.

»Immer wenn ich mit ihm reden will, geht er ins Billardzimmer.« Fast verzweifelt setzte sie hinzu: »Ach, Miß — Mrs. Sutton, wären Sie vielleicht so gut und würden ihn bitten, daß er sich endlich sprechen läßt?«

Beryl stand auf. »Ja natürlich, gern. Ich werde ihn rufen.«

»Ich danke Ihnen sehr.« Eine Pause. »Ich muß jetzt wohl ›Gnädige Frau‹ zu Ihnen sagen, wie?«

Beryl verzog spöttisch den Mund und ging hinaus. Millie Trent hörte, wie sie in der Tür zum Billardzimmer Suttons Namen rief. Rasch legte sie ihre Aktentasche auf den Schreibtisch, setzte sich auf Beryls Platz und starrte neugierig auf die drei Zeilen, des angefangenen Briefes. In diesem Augenblick kam Frank Sutton mit eiligen Schritten ins Zimmer.

»Hast du das gesehen?« Sie hielt ihm den Brief entgegen.

Er nahm ihn ihr aus der Hand und las:

»Mein lieber John,
ich werde Dich nicht wiedersehen, aber ich möchte Dir wenigstens sagen, daß ich nie vergessen werde . . .«

»›Mein lieber John‹? Damit ist wohl Leslie gemeint.«

»Keine Angst, sie wird ihn wiedersehen«, erklärte Millie grimmig.

Die Atmosphäre war geladen. Sutton spürte das und wurde noch nervöser.

»Wo ist das Geld?« fragte er hastig.

Sie öffnete die Mappe und nahm drei dicke Bündel von Banknoten heraus.

»Einhundertundzweitausend Dollar«, sagte sie. »Um ein Haar hätte ich Friedmans Scheck nicht mehr einlösen können — ich kam erst ganz kurz vor Schalterschluß zur Bank.«

»Hast du das andere Geld nach Rom überwiesen?«

Sie nickte. »Zu schade, daß du nicht auch noch die Firma verkaufen konntest.«

»Wirklich zu schade«, stimmte er zu.

Ihre Worte kamen ihm vor wie das bedrohliche Zischen einer glimmenden Lunte — gleich mußte die Explosion erfolgen.

»Wo wird mich der Wagen abholen?« Sie sah ihn nicht an, sondern spielte mit dem Brieföffner, der auf dem Schreibtisch lag.

»Hm? Ach so, der Wagen. Ja, der erwartet dich an der Ecke der Lower Regent Street. Du schaffst es dann gerade noch rechtzeitig zum Schiff nach Le Havre.«

»Ich schaffe es rechtzeitig?« wiederholte sie. »Und du?«

»Ich treffe dich in Southampton. Hier, du brauchst sicher Geld.« Er blätterte hastig ein paar Banknoten aus einem der Bündel und gab sie ihr. Sie steckte sie in ihre Handtasche.

»Du kommst also nach, ja?« Plötzlich sagte sie laut und deutlich: »Die Empress läuft mit der ersten Flut aus!«

Er zuckte zusammen.

»Was soll das heißen?«

»Die Empress läuft mit der ersten Flut aus — das heißt es, du verräterischer Schuft!« Ihre Augen sprühten vor Zorn. »Hör mir gut zu, Mr. Zinker! Was habe ich deinetwegen alles durchgemacht! Bei allen deinen schmutzigen Geschäften hab ich dir geholfen, und fünfmal hab ich zugeschaut, wie du eine andere geheiratet hast — aber die hast du alle gleich an der Kirchentür stehengelassen.«

Er befeuchtete sich mit der Zunge die trockenen Lippen, entgegnete aber nichts.

»Ich hab dir überall geholfen, bei deinen dreckigen Hehlergeschäften, wenn du deine Kumpane hast hochgehen lassen. Jeden anonymen Brief an die Polizei hab ich dir auf der Maschine geschrieben! Kiloweise Brillanten hab ich für dich nach Antwerpen und Paris gebracht und ich weiß nicht wieviele Jahre Zuchthaus für dich riskiert!«

»Ich weiß überhaupt nicht, was du willst.« Seine Stimme zitterte. »Was ist denn los mir dir, Millie?«

Keiner von beiden bemerkte die Gestalt, die aus dem dunklen Garten aufgetaucht war und lauschend hinter der Terrassentür stand.

»Ich werde dir sagen, was ich meine«, fauchte Millie. »Du schickst mich nach Southampton. Glaubst du etwa, ich falle darauf rein? Und wo fährst du hin? Du fährst mit dem Mädchen nicht nach Schottland — du bringst sie nach Kanada. Du hast die Passage auf den Namen Jackson gebucht. Der Anschlußzug für das Schiff fährt heute abend ungefähr um die gleiche Zeit von Euston, wie der Zug, der von King's Cross nach Schottland fährt. Ich habe deine anderen Heiratsschwindeleien gedeckt, weil ich wußte, daß du die Frauen sitzenlassen würdest, sobald du Papas Scheck in der Tasche hattest, aber das jetzt — da mache ich nicht mit!«

»Pst!« zischte er verzweifelt. »Red doch leise, du dumme Gans! Willst du, daß uns einer hört?«

»Die werden bald noch was ganz anderes zu hören kriegen! Du wirst mit dem Mädchen weder nach Kanada noch nach Schottland fahren — hast du mich verstanden, Mr. Zinker! Ich bin deine Frau, deine einzige rechtmäßige Frau, und du fährst mit mir nach Southampton, sonst hole ich Tillman.«

»Tillman?«

»Aha!« Sie lächelte böse. »Du weißt also nicht, wer Tillman ist. Aber ich, ich kann's mir sehr gut denken.«

Er wurde kreideweiß im Gesicht.

»Du bist verrückt, Millie! So eine Gemeinheit, die würdest du mir doch niemals antun . . .«

»Kommst du mit mir oder nicht?«

Frank Sutton, der Zinker, war ein Mann, der auch in kritischen Situationen nicht den Kopf verlor. Seine Gedanken arbeiteten blitzschnell.

»Der Zug fährt erst nach zehn Uhr«, sagte er. »Wir wollen die Sache in Ruhe besprechen. Millie, aber nicht hier. Triff mich in einer Stunde im Leopards Club.«

Er sah den Argwohn in ihren Augen, und seine Stimme nahm einen beschwörenden Klang an.

»Überleg doch, wenn ich nicht dort erscheine, kannst du immer noch zum Bahnhof kommen. Du hättest noch über eine Stunde Zeit, mich einzuholen, wenn ich mein Versprechen nicht halte.«

»Aber . . .« protestierte sie.

Er hielt ihr plötzlich mit der Hand den Mund zu.

»Still, man kann dich in der Halle hören!« flüsterte er.

Die Tür zur Halle stand einen Spalt breit offen. Er eilte fast im Laufschritt durchs Zimmer und machte sie zu. Als er zu Millie zurückkam, sah er an ihrem Gesicht, daß er das Spiel gewonnen hatte.

»Also, in einer Stunde im Leopards Club. Ich schwöre dir, Millie, du tust mir unrecht. Ich will dich bestimmt nicht . . .«

»Du lügst«, unterbrach sie ihn in gefaßterem Ton, »aber ich will's noch einmal mit dir versuchen. Wenn du nicht in genau sechzig Minuten im Club erscheinst, dann warte ich auf dem Bahnsteig von Euston auf dich, mit zwei Bullen im Schlepptau und mit genug Belastungsmaterial, um dich lebenslänglich nach Dartmoor zu schicken! Und jeder soll es erfahren — John Leslie und Lew Friedman . . .«

»Pst!« Er öffnete vorsichtig die Tür, spähte hinaus, zog Millie dann mit sich zum Hauseingang und begleitete sie ein paar Schritte nach draußen. Sein Wagen stehe unten an der Auffahrt, erklärte er ihr.

»Ich muß mich hier noch unter irgendeinem Vorwand entschuldigen, dann komme ich nach. Laß den Wagen am Bahnhof von Wimbledon stehen und nimm dir von dort ein Taxi. Aber nicht wahr, Millie, das hast du doch eben nicht so gemeint. Du würdest doch einen alten Freund nicht in den Knast schicken . . .«

»Und ob ich das würde!« stieß sie hervor. »Und vielleicht könntest du noch froh sein darüber.«

»Was willst du damit sagen?«

»Was ich damit sagen will?« Sie blickte ihm direkt ins Gesicht. »Wenn John Leslie vorher davon erfährt, dann dreht er dir noch heute abend den Hals um!«

## 22

Am frühen Abend kam Joshua Collie in die Redaktion zurück, wo sich Redakteur Field förmlich auf ihn stürzte, in der irrigen Erwartung, Collie habe ihm eine saftige Sensation für die Morgenausgabe mitgebracht. Da er Collie kannte, hätte er zwar eigentlich wissen müssen, daß das höchst unwahrscheinlich war. Collie gehörte nämlich zu der Sorte von Reportern, die das Sammeln von Nachrichten mit wahrer Passion betrieben, aber ebensoviel Abscheu davor empfinden, diese dann zu Papier zu bringen. Stets tat er so, als wollte man ihm ein strenggehütetes Geheimnis entreißen, und selbst wenn seine Manteltaschen von beschriebenen Notizzetteln förmlich überquollen, ließ er sich zumeist erst in letzter Minute herbei, seinen fertigen Artikel abzuliefern. So mußte Field auch diesmal alle seine Überredungskünste aufbieten, ehe Collie sich zu einer Antwort bequemte.

»Eine Zeitungsreportage«, orakelte er, »gleicht in manchem einem Puzzlespiel. Man müht sich ab, die einzelnen Teile ineinanderzufügen, man ahnt vielleicht auch schon, wie das Bild einmal aussehen wird, aber ehe nicht alle Teile an ihrem richtigen Platz sind . . .«

»Ich will keinen Vortrag von Ihnen«, sagte der Redakteur aufgebracht, »ich will einen Bericht. Nicht einmal ortographisch richtig muß er sein — für sowas haben wir einen Lektor. Wir wollen nichts als einen ordentlich recherchierten Bericht, den dann einer unserer schriftstellerisch talentierten Herren in einen lesbaren Artikel von einer halben Spalte umsetzen kann.«

Collie sah ihn schmerzlich berührt an.

»Nicht eine halbe Spalte, Mr. Field«, erklärte er mit Würde. »Drei Spalten! Den letzten Teil der Story allerdings muß ich mir noch im Leopards Club besorgen.«

»Was ist denn das wieder für eine üble Spelunke?«

»Ausnahmsweise«, entgegnete Collie, »haben Sie da ein wahres Wort gesprochen. Es ist tatsächlich eine üble Spelunke. Aber oft eine sehr brauchbare, und auch in diesem Fall scheinen mir die Fäden unserer Story dort zusammenzulaufen. Ich weiß nicht, was sich ereignen wird — leider ist mir die Gabe der Prophetie nicht zuteil geworden —, aber wenn es nicht ein ganz dickes Ding ist, dann freß ich meinen Hut!«

Field verzog angeekelt den Mund.

»Ich brauche Sie wohl nicht daran zu erinnern, Mr. Collie, daß eine Person, die Strohhüte wie den Ihren frißt, in einer ordentlichen Zeitungsredaktion eher fehl am Platz sein dürfte. Ich akzeptiere Ihre Entschuldigung, möchte Ihren Bericht aber auf jeden Fall bis zehn Uhr heute abend hier in der Redaktion haben. Wenn Sie ihn nicht mehr zu Papier bringen können, dann geben Sie ihn notfalls telefonisch durch. Das *Megaphone* . . .«

»Hol doch der Teufel das *Megaphone*!« sagte Collie mit kalter Überlegung, was bei ihm, der sich sonst stets einer überaus gewählten Ausdrucksweise bediente, in Erstaunen setzte.

Wie alle guten Reporter besaß Collie jedoch einen untrüglichen Sinn für das Wesentliche, und er spürte genau, daß sein gehaßter Rivale vom *Megaphone* bisher noch nicht zum Kern der Dinge vorgestoßen war.

Nachdem er die Redaktion verlassen hatte, galt sein erster Besuch Frank Suttons Büro. Für gewöhnlich arbeiteten dort stets zwei oder drei Angestellte bis spät in den Abend hinein, und auch diesmal erfuhr er vom Pförtner, daß in der Buchhaltung zwei Angestellte und ein Abteilungsleiter noch Überstunden machten.

»Sagen Sie mal, Mr. Collie«, fragte der Portier dann, »was höre ich da von Mr. Leslie? Erst hat es geheißen, er wäre verhaftet, und dann taucht er heute nachmittag hier auf und geht seelenruhig in sein Büro.«

Das war eine interessante Neuigkeit für Collie.

»Wie lange ist er geblieben?«

»Ungefähr eine halbe Stunde, meint der Abteilungsleiter. Er hätte gesagt, er wollte seine Papiere holen.«

»War heute nachmittag sonst noch jemand hier?«

Der Portier sah in seinen Eintragungen nach und erklärte, um kurz nach drei sei Miß Trent dagewesen, und Mr. Sutton selbst sei gerade eben auf einen Sprung vorbeigekommen.

»Sutton?« fragte Collie erstaunt.

»Ja, er war in Eile und ist gleich wieder fort.«

Collie ging die Treppe hinauf zu den erleuchteten Büros, wo noch gearbeitet wurde. Der Abteilungsleiter kannte ihn nicht und verhielt sich zunächst abweisend, bis er von Collies Zugehörigkeit zur Presse erfuhr. Dann erklärte er bereitwillig, daß er Überstunden machen müsse, um die Bombay-Abrechnungen fertigzustellen. Die Sutton Company exportiere eine große Anzahl von Gebrauchtwagen dorthin, und er habe heute nachmittag ausdrücklich Anweisung erhalten, soweit wie möglich sämtliche Außenstände der Firma einzuziehen und in bar bereit zu halten, bis Frank Sutton diesbezügliche Anweisungen gebe.

»Wir werden mit den Abrechnungen bestimmt nicht vor Mitternacht fertig«, erklärte der Mann ärgerlich. »Wenn Tillman da wäre, hätten wir es leicht bis zehn geschafft. Aber der Kerl hat vor einer halben Stunde kurz hereingeschaut und ist dann seelenruhig wieder verschwunden.«

»Ist er noch im Haus?« fragte Collie rasch.

»Wenn er im Haus wäre, würde er hier mitarbeiten«, antwortete der Mann sarkastisch. »Ich habe Mr. Sutton gesagt . . .«

»Merkwürdig!« unterbrach ihn Collie. »Daß sich jemand ausgerechnet an seinem Hochzeitstag noch ums Geschäft kümmern muß!«

Mr. Sutton leide häufig an Kopfschmerzen, erklärte der Abteilungsleiter, und habe sich aus dem Apothekerschränkchen in seinem Büro sein Spezialmedikament holen wollen.

Collie äußerte sein Mitgefühl. Er könne sich kaum etwas Unangenehmeres vorstellen, meinte er, als Kopfschmerzen.

»Ich wußte gar nicht, daß er darunter leidet, ehe er es mir sagte«, erwiderte der Abteilungsleiter — und genau diese Auskunft interessierte Collie.

Der Mann schwärmte offenbar für seinen Chef. Er berichtete Collie von Suttons Liebenswürdigkeit und seiner rücksichtsvollen Behandlung des Firmenpersonals.

»Die Mädchen im Büro zum Beispiel«, erzählte er, »die haben sogar eine Sammelkasse eingerichtet, aus der sie regelmäßig Blumen für Mr. Suttons Büro kaufen.«

Collie hatte Suttons Privatbüro noch nicht gesehen. Er ließ durchblicken, daß es ihm für einen Artikel, den er über diesen vorbildlichen Unternehmer zu schreiben gedenke, von großer Wichtigkeit sei, einen Blick in dessen Allerheiligstes zu werfen.

»Wenn das herauskommt, fliege ich«, brummte der Abteilungsleiter, holte aber doch die Schlüssel und geleitete Collie durch den dunklen Korridor zu einer Tür am anderen Ende.

Es war ein schöner Raum. In der Mitte stand ein großer, wertvoller Schreibtisch, und der Fußboden war fast völlig von einem kostbaren Teppich bedeckt. Direkt hinter dem gepolsterten Schreibtischstuhl befand sich ein kleines Mahagonischränkchen, das mit Messingbändern an der Wand befestigt war. Collie blickte sich bewundernd in dem Raum um und zog dabei wie in Gedanken an der Tür des Wandschränkchens. Sie war verschlossen.

»Bitte, nichts berühren!« mahnte sein Begleiter.

»Ein prachtvolles Büro!« murmelte Collie. »Und so sauber und ordentlich.

Auf dem Schreibtisch lag nichts, und auch der Papierkorb war leer — bis auf ein zusammengeknülltes Stück Papier. Collie warf einen verstohlenen Blick darauf und erkannte, daß es sich um die äußere Umhüllung einer Medikamentenpackung handelte. Es interessierte ihn außerordentlich zu erfahren, welcher Art Suttons Wundermedizin war.

»Wie zieht man denn diese Vorhänge zu?« erkundigte er sich.

Der Abteilungsleiter zog bereitwillig an der Seidenkordel, und als er sich wieder seinem Besucher zuwandte, war der Papierkorb leer und das Papierknäuel steckte in Collies Manteltasche.

Bald darauf verabschiedete sich Collie und machte sich allein auf den Rückweg zur Treppe. Als er an Leslies Büro vorbeikam, rüttelte er probeweise an der Tür. Zu seinem Erstaunen war sie unversperrt. Noch größer aber war sein Erstaunen, als er das Licht einschaltete. Der offene Kamin war angefüllt mit verbranntem und verkohltem Papier, die Tür zum Safe stand weit offen, und sogar der Schlüssel steckte im Schloß.

»Du meine Güte!« sagte Collie halblaut.

Er schaute in den Safe — dieser war vollkommen leer. Von seinem Inhalt war nicht das kleinste Stück Papier mehr übrig.

Nachdenklich schloß er die Safetür, sperrte ab und legte den Schlüssel auf Leslies Tisch. Irgend jemand hatte hier in aller Eile verschwinden wollen und belastende Dinge vernichtet — aber welche?

Er stocherte in der Asche, fand aber nichts, bis er am Ende ganz zuunterst zwei nur halb verkohlte, maschinenbeschriebene Briefbögen entdeckte. Er versuchte den übriggebliebenen Text zu entziffern:

John Leslie, mehrfach vorbestraft . . .
derzeit in der Firm . . .
seit längerer Zeit verdächtig ge . . .
Brillantkollier, Eigentum von L . . .
Safe in seinem Büro.

Der Text auf dem zweiten Blatt war fast der gleiche, jedoch wiesen beide gewisse Tippfehler auf. Collie faltete die Papierstücke vorsichtig zusammen und verstaute sie in seiner Tasche.

Dies hier also war das Büro des Zinkers. Elford hatte ihm nämlich einmal mit besonderer Erlaubnis von Barrabal eine jener anonymen Mitteilungen des Zinkers gezeigt, die dieser an Scotland Yard zu schicken pflegte.

Er sah auf die Uhr. Höchste Zeit für's Abendessen — Collie haßte es, seine Mahlzeiten in ungebührlicher Eile hinunterzuschlingen —, ehe er mit der mühseligen Aufgabe beginnen mußte, eine Reportage niederzuschreiben, deren Schluß er noch nicht kannte.

Er begab sich zu einem kleinen Restaurant hinter dem Empire Theatre, einem Lieblingslokal vieler Zeitungsreporter, entledigte sich seines Mantels und machte es sich voll Vorfreude auf kommende kulinarische Genüsse an einem Tisch bequem.

Plötzlich erinnerte er sich an Suttons Kopfwehmedizin. Er eilte hinaus zur Garderobe und kramte in seinen Manteltaschen. Mit dem zerknüllten Papier in der Hand kehrte er zu seinem Tisch zurück. Er strich es glatt und las den Aufdruck des Herstellers und den Namen des Medikaments. Darunter stand in großen Buchstaben: »Gift!«

Collie stieß einen leisen Ruf des Erstaunens aus. Er kannte das Präparat: es handelte sich um eines der stärksten Narkotika, das es auf dem Markt gab, ein Mittel, das sich in Unterweltskreisen wegen seiner schnellen Wirkung großer Beliebtheit erfreute.

Der Kellner kam gerade mit der Speisekarte, als Collie sich eilig von seinem Stuhl erhob.

»Lassen Sie sie da«, rief er und lief hinaus zum Telefon.

Joshua Collie kannte eine Reihe von ausgezeichneten Ärzten, die ihm nur zu gern gefällig waren. Der erste, den er anrief, war nicht im Haus, aber schon beim zweiten hatte er Glück.

»Hier spricht Joshua Collie vom *Post-Courier*. Ich hätte gern eine kurze Auskunft von Ihnen. Was wäre die Wirkung folgenden Präparats?« Er nannte den Namen, den er auf dem Papier gelesen hatte.

Der Arzt lachte.

»Aha, Sie sind wohl wieder einem Verbrechen auf der Spur, Joshua. Was die Wirkung wäre? Das Zeug ist geruchlos und geschmacklos. Wenn Sie einen halben Teelöffel davon nähmen, würden Sie zunächst überhaupt keine Wirkung spüren — bis Sie eine plötzliche Bewegung machen, die Hand heben zum Beispiel, oder schnell den Kopf drehen. In dem Moment würden Sie umkippen, als hätte Ihnen einer eine Eisenstange über den Kopf gehauen. Sie bleiben für Stunden bewußtlos, und wenn Sie aufwachen, haben Sie das Gefühl, Ihnen platzt der Schädel! Warum wollen Sie das eigentlich wissen?«

»Ich schreibe gerade einen Artikel«, erwiderte Collie liebenswürdig. »Er soll heißen: ›Wie vergifte ich meine Braut?‹«

# 23

Nach ihrer Begegnung mit John Leslie und dem kurzen Wortwechsel mit Millie Trent hatte Beryl zunächst keinen anderen Wunsch gehabt, als sich in ihr Zimmer zurückzuziehen und allein zu sein. Ihr Kopf schmerzte zum Zerspringen, und ihr war merkwürdig schwach in den Knien. Es blieb ihr nur noch etwas über eine Stunde Zeit, um Ordnung in ihre verwirrten Gedanken zu bringen, die letzte Stunde wahrscheinlich, die ihr selbst gehörte.

Neben ihrem Schlafzimmer befand sich ein kleiner Ankleideraum. Beryl sperrte die Tür hinter sich ab,warf sich auf die Couch und vergrub den Kopf in den Kissen.

John Leslie war frei, und sie war verheiratet. In weniger als zwei Stunden würde sie sich mit Frank Sutton auf dem Weg nach Schottland befinden. Sie war jetzt Mrs. Frank Sutton, sagte sie sich mindestens ein dutzendmal vor, aber ihr Verstand weigerte sich, diese Tatsache zu akzeptieren. Sie war verheiratet, aber sie fühlte sich nicht verheiratet. Irgendwo da draußen in der Dunkelheit wartete der Mann, den sie liebte und dem das Herz jetzt gewiß ebenso schwer war wie ihr.

Sie versuchte sich aus ihrer Lethargie aufzuraffen, zum Fenster zu gehen und hinauszuschauen. Vielleicht konnte sie ihn sehen. Aber sie brachte es nicht über sich. Eine tödliche Müdigkeit befiel sie, und sie versank in einen tiefen traumlosen Schlaf. Sie schlief so fest, daß sie nicht einmal Lew Friedmans Stimme hörte, der von ihrem Schlafzimmer aus nach ihr rief, und auch nicht das Knirschen der Autoreifen auf dem Kies . . .

Sie erwachte vom Prasseln des Regens, der gegen ihr Fenster klatschte. Mit einem Ruck fuhr sie auf. Der Raum war stockdunkel, aber es war schon dunkel gewesen, als sie heraufkam, und sie hatte kein Licht gemacht. Wie lang hatte sie geschlafen. Es schien ihr unglaublich, daß sie überhaupt hatte schlafen können.

Sie erhob sich mit steifen Gliedern. Ihr war kalt, sie fröstelte. Vorsichtig tastete sie sich an der Wand entlang zum Schalter, knipste das Licht an und sah auf den kleinen französischen Reisewecker auf ihrem Schreibtisch. Viertel vor elf!

Viertel vor elf! Der Zug ging um zehn Uhr zwanzig von King's Cross. Sie hielt den Wecker ans Ohr; er ging. Rasch warf sie einen Blick auf ihre Armbanduhr: sie zeigte die gleiche Zeit. Was war geschehen?

Sie sperrte die Tür auf und lief durch ihr Schlafzimmer ins Treppenhaus. Unten hörte sie den Diener mit einem Stubenmädchen sprechen.

» . . . hab sie nicht weggehen sehen. Als ich sie zuletzt sah, hatte sie bereits den Hut auf . . . er ist ganz aus dem Häuschen. Vielleicht denkt er, sie sei diesem Kerl nachgelaufen . . .«

Da hielt sie den Augenblick für gekommen, sich bemerkbar zu machen. Sie rief nach unten und hörte einen erschrockenen Ausruf.

»Sind Sie das, Miß? O Gott, haben Sie uns allen einen Schrecken eingejagt!«

Sie ging die Treppenstufen hinunter.

»Was ist geschehen? Wo ist Mr. Friedman?«

»Ich weiß nicht, Miß. Ich glaube, er ist Sie suchen gegangen.« Der Diener machte ein betretenes Gesicht.

»Hat Mr. Friedman denn gedacht, ich sei ausgegangen? Hat er telefoniert?«

»Nein, Miß.«

In diesem Augenblick schlug die Standuhr in der Halle die Dreiviertelstunde.

»Ist das dreiviertel elf?«

»Ja, Miß. Ihr großes Gepäck ist schon vor Stunden zur Bahn gebracht worden. Aber ich wußte nicht, was mit dem Handgepäck geschehen sollte.«

Ihre beiden Handkoffer, sah sie, standen noch in der Halle. Die Hand auf dem Treppengeländer blieb Beryl stehen und starrte sie nachdenklich an.

»Ist Mr. Sutton zurückgekommen?«

»Nein, Miß — äh, Mrs. Sutton.« Der Diener erinnerte sich mit einem Mal, daß sie verheiratet war.

»Und —« Sie zögerte. »Und Mr. Leslie?«

»Der auch nicht. Es ist überhaupt niemand hier, außer dem Personal — soll ich ein Taxi bestellen?«

»Warum?«

Plötzlich ging ihr auf, daß die Frage des Dieners berechtigt war. Ihr Platz war an der Seite ihres Mannes — wie sonderbar das klang!

»Ja, bitte«, sagte sie verlegen. »Ich glaube, das wäre das beste. Sind alle Wagen unterwegs?«

»Ja, Miß, nur noch Ihr kleiner Zweisitzer ist da.«

Die Möglichkeit, daß sie ihren eigenen Wagen benutzen konnte, schien ihm offensichtlich gar nicht in den Sinn zu kommen. Doch zu seiner Überraschung rief sie sofort eifrig: »Ach, bitte, würden Sie mir den aus der Garage holen?«

Wenige Minuten später stand der kleine Wagen vor der Haustür.

»Ich hab das Verdeck hochgeklappt«, sagte der Diener. »Es regnet in Strömen, Miß — äh, Mrs. Sutton. An Ihrer Stelle würde ich mir etwas Warmes anziehen.«

Sie lächelte ihn an.

»Sie meinen wohl, in Abwesenheit meines Onkels müßten Sie sich um mich kümmern, Robert«, sagte sie vergnügt. Der Grund für ihre plötzliche Fröhlichkeit war nicht schwer zu analysieren, wenn sie ehrlich sein wollte. Sie war glücklich, weil sie den Zug nach Schottland verpaßt hatte. Ganz egal, was weiter geschah — diese Reise jedenfalls mußte verschoben werden, und war es auch nur bis morgen.

»Wenn Mr. Friedman anruft, sagen Sie ihm bitte, es täte mir schrecklich leid, ich sei in meinem Ankleidezimmer eingeschlafen, und Mr. Sutton sagen Sie dasselbe. Ach ja, Robert, und richten Sie Mr. Friedman aus, daß ich nach London gefahren bin . . .«

Sie stockte. Warum wollte sie denn überhaupt nach London? Wenigstens sich selbst mußte sie die Wahrheit eingestehen: sie fuhr nach London, um Leslie zu suchen. Was dann geschehen würde, wußte sie nicht — und es kümmerte sie auch nicht. Sie hatte nur einen Wunsch — einen Ort aufzusuchen, an dem Frank Sutton sie nicht finden konnte. Der Gedanke an Lew Friedman, der so lange ihr Handeln bestimmt hatte, galt plötzlich nichts mehr. Sie dachte im Augenblick nur noch an sich selbst und empfand nicht die leisesten Gewissensbisse dabei.

Sie kletterte in ihren Wagen und fuhr in Richtung London davon. Selbst der peitschende Regen und die nächtliche Kälte konnten ihrer fieberhaften Fröhlichkeit nichts anhaben. Nicht einmal ihr Pflichtgefühl band sie mehr an Frank Sutton; sie haßte ihn nicht, er war ihr vollkommen gleichgültig, eine Trennung von ihm eine reine Formalität.

In dieser Stimmung kam Beryl in London an.

Vor dem düsteren Gästehaus im Bloomsbury, wo John Leslie wohnte, hielt sie an. Sie wußte selbst nicht, was sie vorhatte, was sie mit ihrem Besuch eigentlich bezweckte. Dennoch hatte sich ihre Laune, je näher sie London kam, immer mehr gebessert. Sie hatte Geld dabei; wenn nötig würde sie die Nacht eben in einem Hotel verbringen. Ein Entschluß jedenfalls stand für sie fest: sie würde nicht nach Wimbledon und zu Frank Sutton zurückkehren.

Der Nachtportier des Gästehauses schüttelte auf ihre Frage den Kopf.

»Captain Leslie kommt nur sehr selten her, und dann meist nur zum Schlafen«, erklärte er zu Beryls Erstaunen. »Ich habe ihn seit Mittwoch nicht mehr gesehen.«

»Ist er letzte Nacht nicht hiergewesen?«

»Nein, schon seit zwei oder drei Tagen nicht mehr, Miß.«

»Und was machen Sie mit seiner Post?«

»Er bekommt keine, Miß«, erwiderte der Portier sanft.

Beryl war über diese Nachricht wie vor den Kopf geschlagen. Sie hatte nie daran gezweifelt, Leslie hier anzutreffen. Nun war schon der erste Teil ihres Plans gescheitert.

»Er arbeitet bei der Firma Sutton & Co., ich kann Ihnen die Adresse geben«, sagte der Portier.

»Danke, die habe ich«, erwiderte sie eilig. »Vielleicht ist er dort.«

Als sie bei Suttons Firma ankam, konnte ihr der dortige Pförtner nichts anderes sagen, als er bereits dem »Zeitungsmenschen« gesagt hatte.

»Einem Mr. Collie?« fragte Beryl hastig.

Das war jemand, der ihr vielleicht weiterhelfen konnte! Merkwürdig, daß sie bisher nicht an ihn gedacht hatte. Sie steuerte ihren kleinen Wagen durch die dunklen Straßen zum Stadtzentrum und stand zehn Minuten später in der Redaktion des *Post-Courier*.

»Miß Stedman?« rief Field bei ihrem Eintritt erstaunt. »Sind Sie nicht die Dame, die heute geheiratet hat?«

»Doch, das bin ich.« Sie nickte ein wenig verlegen. »Aber ich bin an den neuen Namen noch nicht gewöhnt.«

»Collie ist leider nicht im Haus«, sagte Field höflich. Trotz seines Alters und seiner grauen Haare war er nicht unempfänglich für weibliche Reize. Auch Zeitungsredakteure haben menschliche Schwächen. »Ich weiß nicht, wo Sie ihn finden könnten, es sei denn . . .« Er schüttelte zweifelnd den Kopf.

»Wahrscheinlich ist er in einem Nachtklub, einem ziemlich anrüchigen Lokal namens ›Leopards‹, und ich würde Ihnen nicht raten, dorthin zu gehen, Mrs. Sutton. Aber ich kann ihn dort anrufen.«

Er ging hinaus und kam nach fünf Minuten zurück.

»Er ist noch nicht da«, berichtete er, »aber wenn Sie mit unserem Redaktionsbüro in Verbindung bleiben, können wir Ihnen Bescheid geben, wenn er dort auftaucht.«

Beryl befand sich in einem Zwiespalt. Eigentlich galt ihr Interesse an Collie ja bloß dem Umstand, daß er sie möglicherweise zu John Leslie bringen konnte. Vielleicht wußte auch Field Bescheid. Aber auf ihre Frage schüttelte er den Kopf.

»Nein, ich weiß nur, was auch in unserer Zeitung steht — daß er heute festgenommen wurde. Ist er ein Freund von Ihnen, Mrs. Sutton?«

»Ja«, erwiderte sie leise. »Ein sehr guter Freund.«

»Er wurde gegen Kaution wieder auf freien Fuß gesetzt. Erstaunlich. Da steckt Barrabal dahinter. Welches Interesse allerdings Barrabal an der Freilassung dieses Individuums haben sollte . . .« Er geriet ins Stottern, denn ihm war eingefallen, daß die hübsche junge Dame besagtes Individuum als ihren Freund bezeichnet hatte. Er versuchte seinen Schnitzer wiedergutzumachen, und verhedderte sich dabei noch mehr.

»Es würde mich nicht wundern, wenn Sie Leslie auch in dem Klub finden. Die haben dort die merkwürdigsten Mitglieder . . .«

Jetzt verstummte er völlig, aber Beryl dachte gar nicht daran, gekränkt zu sein. Die Aussicht, Leslie an jenem Ort zu treffen, ließ ihr Herz höher schlagen.

»Kann ich meinen Wagen hier stehen lassen?« fragte sie rasch.

Field nickte und sagte dem Pförtner Bescheid. Beryl parkte ihren kleinen Zweisitzer zwischen zwei großen Zeitungslieferwagen, ging zu Fuß zur Fleet Street und winkte ein Taxi heran.

»In den Leopards Club, Miß?« wiederholte der Fahrer ungläubig.

»Wissen Sie, wo er ist?«

»O doch, Miss, das weiß ich schon — ich weiß auch, was das für ein Lokal ist!« Er grinste anzüglich. »Na gut, Miß, wenn Sie unbedingt wollen, ich fahr Sie hin.«

Es regnete noch immer in Strömen. Der Wagen fuhr durch

Kingsway und hielt nach einer Weile an der Einmündung einer engen Seitengasse. Durch die regenbeschlagenen Scheiben sah Beryl zwei Männer vorbeilaufen und hörte das Schrillen einer Trillerpfeife. Eine schreckliche Vorahnung ergriff sie. Sie riß die Wagentür auf und sprang hinaus.

»Warten Sie hier!« rief sie dem Chauffeur zu und rannte die enge Gasse entlang.

Sie hatte keine Ahnung, wo der Leopards Club war, aber sie erblickte in einiger Entfernung einen Menschenauflauf und wußte instinktiv, daß dort etwas Furchtbares geschehen war. Über das Gepolter von Schritten hinweg ertönte wieder durchdringend das Schrillen einer Trillerpfeife.

Plötzlich packte sie eine Hand am Arm und drehte sie herum, und sie blickte in das magere Gesicht von Tillman.

»Wo wollen Sie hin, Miß Stedman?« fragte er barsch.

Sie starrte ihn verstört an.

»Ich weiß nicht. Es ist etwas passiert . . .«

Ihr versagte die Stimme.

Zwei Polizisten rannten an ihnen vorbei, auf ein Gebäude zu, vor dessen Eingang sich ein Menschenknäuel gebildet hatte. Und dann fing plötzlich jemand furchtbar an zu schreien. Beryl preßte beide Hände an die Ohren.

Tillman lockerte für einen Augenblick seinen Griff. Sie riß sich los und rannte auf die Menschenansammlung zu. Sie hörte, wie Tillman ihr nachrief, aber sie achtete nicht auf ihn. Gleich darauf drängte sie sich durch die Menge und sah gerade noch, wie zwei Polizeibeamte eine gellend schreiende und um sich schlagende Frau aus dem Haus schleppten.

Es war Millie Trent!

»Mörder! Mörder!« kreischte sie. »Er ist tot! Leslie hat ihn ermordet!«

Beryl wurde schwarz vor Augen. Sie wäre umgefallen, hätte Tillman sie nicht festgehalten.

Tot? Frank Sutton war tot, und sie selbst nach wenigen Stunden einer Ehe, die keine war, eine Witwe. John Leslie hatte seine Drohung wahrgemacht.

## 24

Obwohl der Leopards Club der Polizei nach wie vor wohlbekannt war, hatte er in den letzten Jahren etwas wie eine anrüchige Berühmtheit erlangt. Junge Lebemänner der besten Kreise, die ihre weibliche Begleitung mit einem Eindruck in die Londoner Unterwelt beeindrucken wollten, pflegten im Leopards einen Tisch zu bestellen und sich mit wohligem Gruseln inmitten stadtbekannter Ganoven auf der Tanzfläche zu tummeln.

Der Klub befand sich im obersten Stock eines großen Gebäudes in der Shaftesbury Avenue und verfügte neben dem engen Speise- und Tanzraum über eine Reihe von Nebenräumen, die die Klubmitglieder für Privateinladungen mieten konnten.

William Anerley, der Inhaber und zugleich Portier des Klubs, nannte den größten dieser Räume »Konferenzsaal« und empfahl ihn in Zeitungsannoncen sowie am klubeigenen Schwarzen Brett Geschäftsleuten für ihre Tagungen. Soweit bekannt, hatte jedoch noch niemand von seiner Empfehlung Gebrauch gemacht.

Es gab merkwürdige Vorkommnisse im Leopards, doch achtete der Inhaber streng darauf, daß alle polizeilichen Auflagen eingehalten wurden. Nach der Polizeistunde wurde kein Tropfen Alkohol mehr ausgeschenkt, und jedes Glücksspiel war verboten — zumindest offiziell. Daß gewisse Klubmitglieder in den Nebenräumen zu aufregenderen Spielen als etwa einer Partie Bridge zusammenkamen, war anzunehmen. Aber Bill Anerley verwies stets mit Stolz auf ein Sitzungsprotokoll des Klubvorstands, in dem der Ausschluß zweier Klubmitglieder wegen Übertretung der Vorschriften vermerkt wurde.

Dieser Klubvorstand war vorschriftsmäßig gebildet worden, da aber die Sitzungen für gewöhnlich um ein Uhr morgens stattfanden, zu einer Stunde also, in der die meisten Mitglieder schon im Bett lagen, und da ferner nach den Statuten des Klubs bereits die Anwesenheit von zwei Vorstandsmitgliedern zur Beschlußfähigkeit genügte, wurde der Leopards Club praktisch allein von Mr. Anerley und seinem etwas linkischen Sohn Jim geführt, welchem es neben seiner aufreibenden Tätigkeit im Vorstand oblag, für die Mitglieder und ihre Gäste den Lift zu bedienen.

Bill Anerley gab sich in bezug auf den Charakter seines

Klubs und die gesellschaftliche Stellung der Mitglieder keinen Illusionen hin. Als er einmal einen gewissen Herrn, der einen unerfahrenen Mitspieler mittels gezinkter Karten um seine Reisekasse erleichtern wollte, kurzerhand aus der Mitgliederliste strich, hatte er dies in unmißverständlicher Weise ausgesprochen.

»Und das soll ein Klub für Gentlemen sein?« hatte der Mann erbost gefragt.

Bill hatte ihn bloß mit einem kühlen Blick gemessen.

»Wenn es ein Klub für Gentlemen wäre, lieber Harry, so wären Sie hier bestimmt nie Mitglied gewesen!«

Anerleys hartes Gesicht und sein energisch vorspringendes Kinn ließen nicht ahnen, daß es in seinem Charakter eine weiche Stelle gab, und zwar war dies sonderbarerweise eine geradezu zärtliche Zuneigung zu zwei Männern, von denen er den einen nicht einmal mit Namen kannte. Wenn im Lokal einmal wenig Betrieb herrschte, erzählte er seinem Sohn immer wieder gern seine Lieblingsgeschichte.

»Er hat mich immer ›Percy‹ genannt; ich hab ihn in einem Granattrichter auf Höhe sechzig kennengelernt, damals im Krieg, wir lagen dort drei Tage. Er war Offizier und ich bloß ein gemeiner Soldat . . . und er hat mich ›Percy‹ genannt. ›Achtung, Percy‹, hat er gerufen, wenn eine Granate über uns wegflog, ›die hätte uns beinahe erwischt!‹ Er hat mir das Bein verbunden und mir seine ganze Ration Wasser zu trinken gegeben, obwohl er selber Durst hatte. Das Leben hat er mir damit gerettet. Ich gäbe tausend Pfund darum, wenn ich ihn nochmal wiedersehen könnte. Wäre ich damals bloß rechtzeitig aus dem Bus gekommen . . .«

Er bezog sich auf eine gemeinsame Busfahrt mit Jim an einem Julinachmittag des vergangenen Jahres. Am Piccadilly Circus hatte er damals plötzlich seinen bewunderten Kriegsgefährten auf der Straße vorbeigehen sehen, aber trotz seines eifrigen Winkens hatte dieser ihn nicht bemerkt, und bis Anerley den Bus verlassen hatte, war der andere im Menschengewühl verschwunden gewesen.

Von dem anderen Mann sprach Anerley dagegen nie, aber es gab wohl kaum etwas, das er nicht für den Geldgeber getan hätte, der ihm damals in seiner schwierigsten Zeit geholfen hatte, den Klub zu erwerben. Für Mr. Lewis Friedman empfand er Hochachtung — für jenen unbekannten Offizier dagegen fast etwas wie Verehrung.

Es war neun Uhr und ein sehr ruhiger Abend — so ruhig, daß Anerley junior Erlaubnis erhalten hatte, eine Kinovorstellung zu besuchen. Als er zurückkam, fand er seinen Vater tief in Gedanken.

Es hatte Schwierigkeiten mit der Kapelle gegeben, und Anerley hatte ein elektrisches Grammophon neben der Tanzfläche installiert, dessen schrille Töne bis zum Eingang drangen.

»Sind schon Gäste in der Tanzbar?« erkundigte sich Jim, während er in seine schlechtsitzende Pagenuniform schlüpfte.

»Noch nicht, mein Junge.« Anerley blickte über seine Brille hinweg. Seine goldbetreßte Portiersuniform aus lila Tuch saß wie angegossen. »Und ich fände es besser, du würdest nicht immer so viel fragen.«

Jim seufzte. Er war jung und hatte es gern, wenn etwas los war.

»Könnten wir nicht irgendwas tun, um's ein bißchen lustiger zu machen«, meinte er.

Sein Vater musterte ihn streng.

»Was meinst du — willst du etwa ein paar Luftballons aufhängen und einen bunten Abend veranstalten?« erkundigte er sich ironisch. »Nein, laß mal, Jim, es gibt keinen Grund zur Beunruhigung. Zurzeit sind alle Leute verreist.«

Das Telefon auf dem Empfangspult klingelte. Er nahm den Hörer ab. Eine aufgeregte Frauenstimme schallte ihm entgegen.

»Nein, Mrs. Lattit, Ihr Mann ist nicht hier . . . nein, er ist heute gar nicht im Klub gewesen — ich habe ihn zumindest nicht gesehen. Jawohl, Mrs. Lattit, ich werd's ihm ausrichten.«

Er legte auf, drückte auf eine Klingel, und sofort erschien ein Kellner.

»Sagen Sie Mr. Lattit, seine Frau habe nach ihm gefragt. Er ist in Nummer vier — ach nein, in Nummer drei. Passen Sie auf, daß Sie Nummer vier nicht stören — der will schlafen.«

»Wer ist das?« fragte Jim.

Anerley rückte seine Brille gerade, was ganz unnötig war, da er seinen Sohn stets darüber hinweg anblickte.

»Wer ist was?« fragte er streng.

»Wer ist in Nummer vier?«

»Wenn du es unbedingt wissen willst, es ist eins unserer Mitglieder, das nicht gesehen werden will. Und wenn du jetzt auch noch fragst, was du gegebenenfalls der Polizei sagen sollst, dann kriegst du eins hinter die Ohren!«

Jim konnte sich eine Antwort sparen, denn in diesem Augenblick erklang die Liftglocke. Er fuhr hinunter und kehrte nach wenigen Minuten mit einem Gast zurück.

»Guten Abend, Mr. Sutton.«

Anerley bedachte den Neuankömmling mit einem wohlwollenden Blick, denn Sutton war zwar kein sehr häufiger, aber ein sehr spendabler Gast, der sich zuweilen auch seiner Privaträume bediente. Als er jetzt einen Blick auf den wartenden jungen Mann warf, begriff Anerley sofort, und er machte Jim ein Zeichen zu verschwinden, was für einen Liftboy nicht weiter schwierig war.

Sutton wartete, bis das Summen des abwärtsfahrenden Lifts verstummt war, ehe er zu sprechen begann.

»Ich brauche ein Zimmer. Ist der Konferenzraum frei?«

»Ja, Sir«, entgegnete Anerley. »Erwarten Sie jemand?«

Er wollte zur Klingel greifen, als Sutton ihn aufhielt. Dabei rempelte er versehentlich gegen seinen Gast. Frank Sutton stieß einen Schmerzenslaut aus und betastete vorsichtig seinen Arm.

»Ist schon gut«, sagte er mit zusammengebissenen Zähnen. »Ich hatte bloß neulich abend einen kleinen Autounfall und hab mir dabei eine ziemlich böse Schnittwunde zugezogen.«

Anerley entschuldigte sich umständlich, aber Sutton fiel ihm ins Wort.

»Also, bitte keine Kellner! Ich möchte, daß Sie sich selbst um die Sache kümmern. Zwei Flaschen Champagner, zwei Gläser — und keine Störung, verstanden?«

Das war an sich keine unübliche Bestellung.

»Eine Dame, Mr. Sutton?«

Frank Sutton nickte.

»Ja — Sie kennen sie übrigens; sie ist schon einige Male mit mir hier gewesen.

»Miß Trent?«

»Ganz richtig, Miß Trent.«

Es mußte noch etwas anderes kommen, das war Anerley jetzt klar. Sein wahres Anliegen hatte Sutton noch gar nicht genannt. Denn bestimmt hatte er den Jungen nicht weggeschickt, bloß um Champagner und ein Separée zu bestellen.

In dem breiten Korridor herrschte Stille, nur aus der Tanzbar drang schwache Musik herüber.

»Offengestanden, Bill — ich befinde mich in einer scheußlichen Klemme.«

Bill Anerley neigte wohlwollend das Haupt. Die meisten seiner Gäste befanden sich irgendwann einmal in einer scheußlichen Klemme und wandten sich dann um Rat und Hilfe an ihn. Dennoch konnte er nicht umhin sich zu wundern, daß ein Mann von Frank Suttons Vermögen und Einfluß in eine solche Situation geraten sein sollte, es sei denn . . .

Andeutungsweise war ihm zu Ohren gekommen, daß Sutton in dunkle Geschäfte verwickelt sein sollte. Es war in der Tat einige Male vorgekommen, daß sich dieser angesehene Geschäftsmann im Konferenzsaal mit Leuten getroffen hatte, von denen Anerley zufällig genau wußte, daß es sich um Juwelendiebe handelte. Sollte Sutton Schwierigkeiten mit der Polizei haben?

»Ich will Ihnen die Sache erklären!« sagte Sutton. »Ich hatte eine kleine Auseinandersetzung mit unserer lieben Miß Trent — Sie sind doch ein Mann von Welt, Anerley, Sie verstehen gewiß, was ich meine.«

Eine »kleine Auseinandersetzung«, das konnte für Anerley alles mögliche bedeuten, von einem Wortwechsel bis zu einer ausgewachsenen Schlägerei.

»Um die Wahrheit zu sagen«, fuhr Sutton fort, »ich habe nämlich heute geheiratet!«

»Oh!« entfuhr es Anerley.

»Und Miß Trent, mit der ich wie gesagt, sehr eng befreundet gewesen bin, hat das ein bißchen übelgenommen. Ich habe es ihr übrigens erst hinterher erzählt. Nun will ich heute mit dem Nachtzug nach Schottland fahren, und Miß Trent hat mir gedroht, am Bahnhof zu erscheinen und mir eine Szene zu machen. Na, Sie können sich vorstellen, was das bedeutet.«

»Wie unvernünftig von ihr«, bemerkte Anerley vorwurfsvoll. »Aber ich bin sicher, die Sache läßt sich leicht regeln. Ein paar hundert Pfund . . .«

»Es handelt sich nicht um Geld«, erklärte Sutton ungeduldig. »Sie verstehen mich nicht. Ich habe feststellen müssen, daß sich Miß Trent unglückseligerweise — äh, daß sie eine heftige Zuneigung zu mir gefaßt hat. Begreifen Sie jetzt, was ich meine?«

»Vollkommen«, erwiderte Anerley und fragte sich im stillen, was nun noch alles kommen würde. Ob er etwa die wütende Millie beruhigen sollte? Aber das war es offenbar nicht.

»Sie wird im Lauf der nächsten Viertelstunde hier auftauchen«, fuhr Sutton fort, »und ich will mich ein bißchen mit ihr unterhalten. Wenn ich gehe« — er machte eine Pause und blickte Anerley fest in die Augen —, »wird sie wahrscheinlich sehr fest schlafen. Ich möchte nicht, daß Sie vor — sagen wir, vor vier Uhr morgens geweckt wird.«

## 25

Bill Anerley schüttelte den Kopf: er hatte verstanden.

»Das ist mir ein bißchen zu gefährlich, Mr. Sutton«, sagte er. »Ein solches Risiko kann ich nicht auf mich nehmen. Angenommen, sie singt bei den Bullen, wie steh' ich dann da?«

Sutton hielt seinem Blick stand.

»Angenommen, jemand anders fängt an zu singen«, gab er ruhig zurück. »Ich sehe nicht ein, inwiefern man Sie für etwas verantwortlich machen soll, was ich tue, und abgesehen davon wäre das bestimmt nicht das erste Mal in diesem Klub, daß jemand frühmorgens mit Kopfschmerzen aufwacht.«

»Es wäre das erste Mal, daß hier eine Frau mit Kopfschmerzen aufwacht«, entgegnete Anerley trocken. »Tut mir leid, das kann ich nicht machen.«

»Was, das können Sie nicht? Was wäre denn, wenn ich einfach wegginge und Sie fänden die Dame schlafend vor? Würden Sie dann die Polizei rufen? Das glaube ich nicht, Bill. Ich hätte Ihnen gar nichts davon zu sagen brauchen. Wenn ich einfach davonspaziert wäre und Ihnen gesagt hätte, ich käme in ein bis zwei Stunden wieder zurück, dann hätten Sie mir bestimmt auch keine Schwierigkeiten gemacht.«

»Ich kann nicht zulassen, daß jemand in meinem Klub ein Betäubungsmittel verpaßt kriegt«, beharrte Anerley eigensinnig. »Aber natürlich, wenn sie ein Theater machen will . . . ich kann schon verstehen, wie Ihnen zumute ist, Mr. Sutton.«

Sutton zog ein Bündel Banknoten aus der Tasche, nahm drei davon herunter und legte sie auf das Pult.

»Freilich«, murmelte Anerley, die Augen auf dem Geld, »wenn ihr kein Leid geschieht . . .«

Geistesabwesend sammelte er die Geldscheine ein, faltete sie zusammen und schob sie in seine Tasche.

»Wann werden Sie zurück sein?« fragte er, als Sutton auf die Liftglocke drückte.

»Entweder vor ihr oder kurz nach ihr. Führen Sie sie in den Konferenzraum, wenn er frei ist.«

Anerley nickte.

»Falls sie vor mir eintrifft, sagen Sie ihr bitte, ich käme gleich.«

Nachdem Sutton verschwunden war, setzte sich Anerley hinter das Empfangszimmer und fuhr sich nervös mit der Hand durch die grauen Haare. Jim fand ihn bei seiner Rückkehr, wie er mit finsterem Blick über seinen Geschäftsbüchern brütete.

»Was ist denn los, Vater?«

»Wie? . . . Gar nichts ist los. Frag nicht so viel!«

Anerley gab sich einen Ruck und stand vom Pult auf. Er holte zwei Flaschen Champagner aus dem Kühlschrank, füllte eine Silberschale mit Gebäck und brachte alles zusammen mit zwei Gläsern in den Konferenzraum. Er schaltete die Lampe ein, entzündete die Gasheizung und winkte einem Kellner.

»Es kommt gleich noch jemand hier herein. Der Betreffende will ungestört sein, also bitte ich den Raum nicht zu betreten. Ach ja, und wenn der Herr gegangen ist, brauchen Sie nicht mehr hineinzugehen, um aufzuräumen, haben Sie verstanden?«

»Jawohl, Sir.«

»Wenn ich sage, Sie sollen nicht mehr hineingehen, um aufzuräumen«, fügte Anerley, um sich von jeder Verantwortung reinzuwaschen, eilig hinzu, »so meine ich damit bloß, daß der betreffende Herr den Raum bis zum Schluß gemietet hat, klar?«

»Jawohl, Sir.« Der Kellner war an mysteriöse Anweisungen dieser Art gewöhnt. »Und Nummer vier . . .«

»Der schläft — das hab ich Ihnen bereits gesagt«, antwortete Anerley barsch. »Der darf nicht gestört werden. In diesem Klub kann jeder schlafen, so lang er will, verstanden?«

Er kehrte zu seinem Empfangspult zurück und lehnte sich dagegen.

»Oft frage ich mich, Jim«, sagte er melancholisch, »was Er wohl sagen würde, wenn Er wüßte, was für ein Lokal ich hier betreibe.«

»Der liebe Gott, meinst du, Vater?« fragte Jim in verzeihlicher Verwirrung.

»Aber nein, du weißt doch, wen ich meine«, erwiderte Anerley gereizt. »Der Mann, der mich immer ›Percy‹ genannt hat.«

»Vielleicht ist er längst tot«, bemerkte Jim. »Es sind damals viele gefallen.«

Anerley funkelte ihn böse an.

Hinter dem Samtvorhang, der den Korridor zu den Privaträumen verdeckte, ertönten plötzlich zornige Stimmen. Gleich darauf kam ein langer junger Bursche im Abendanzug mit hochrotem Kopf und zerzausten Haaren herausgestürzt, dicht gefolgt von einem breitschultrigen, untersetzten Mann.

»Nanu, was ist los?« rief Anerley streng.

Die Frage war eigentlich überflüssig; er konnte sich denken, was passiert war. Der für seine Taschenspielertricks berühmte Walters und seine Kumpel hatten den jungen Mr. Weatherby in einem der Privaträume auf ihre Art »unterhalten«.

»Dieser junge Lackaffe . . .« begann Walters erregt.

»Sie haben eine Karte aus der Tasche gezogen — ich hab's genau gesehen!« schrie der junge Mann.

Walters holte mit der Faust aus, doch Anerley trat dazwischen.

»Aufhören!« befahl er mit schneidender Stimme.

»Ich brech' ihm den . . .«

»Gar nichts werden Sie.« Anerley grinste gefährlich. »Haben Sie verstanden, Walters?«

»Soll ich mir vielleicht gefallen lassen, daß der mir vorwirft, ich . . .«

Anerley hörte ihm gar nicht zu.

»Wieviel haben Sie verloren, Sir?« fragte er den jungen Mann.

»Fünfundzwanzig Pfund. Das würde mich ja nicht . . .«

»Sie haben also fünfundzwanzig Pfund verloren.« Anerley hielt dem finsterblickenden Dicken die offene Hand vor die Nase. »Los, raus damit«, befahl er lakonisch.

»Was soll das heißen?«

»Sie haben mich genau verstanden!« brüllte Anerley plötzlich los.

Widerstrebend schob Walters die Hand in die Tasche, zog langsam fünf Geldscheine heraus und übergab sie Anerley, der sie kritisch untersuchte. Einen gab er zurück.

»Blüte!« knurrte er.

»Hm?« machte der Dicke unschuldsvoll.

»Falsch. Widersprechen Sie mir nicht!«

Walters ersetzte den falschen Geldschein.

»Das hätten wir, Sir.« Anerley faltete die Fünfpfundnoten zusammen und überreichte sie dem aufgebrachten Verlierer.

»Ich danke Ihnen, Bill!« Weatherby reichte dem vermeintlichen Portier einen der Geldscheine. Anerley steckte ihn wortlos ein und öffnete die Aufzugtür.

»Jim, hol Mr. Weatherbys Hut.«

Es herrschte Schweigen, bis Jim zurückkam und der Lift mit Walters' gerupftem Opfer nach unten verschwunden war.

»Was soll das, wieso stecken Sie Ihre Nase da rein?« schimpfte Walters dann wütend.

»Das will ich Ihnen genau erklären. Aus diesem Klub geht mir keine Anzeige an die Polizei, verstanden? Solange sich keiner beschwert, sag ich nichts. Aber sobald einer Stunk macht, da schreite ich ein, klar?«

»Geben Sie wenigstens den Fünfer zurück, den er Ihnen zugesteckt hat«, bat Walters kleinlaut.

Anerley lachte dröhnend. »Ich geb Ihnen eins auf die Nase, sonst gar nichts«, sagte er ruhig, was den Dicken zu der schon stereotypen Frage veranlaßte:

»Und das soll ein Klub für Gentlemen sein? Ich werde Sie dem Vorstand melden!«

»Der Vorstand bin ich. Kommen Sie her!« Anerley winkte mit dem gekrümmten Zeigefinger, und Walters folgte ihm wie ein hypnotisiertes Kaninchen. »So, jetzt gehen Sie brav zurück und trinken Ihren Whisky aus. Sollten Sie weiterhin Stunk machen, dann schmeiße ich Sie in den Liftschacht und breche Ihnen das Genick!«

Walters zog den Kopf ein und stapfte wortlos davon.

»Netter Klub, das muß ich schon sagen!« grollte er.

»Der einzige jedenfalls, in dem Sie je Mitglied sein werden«, rief Anerley ihm nach. »Abgesehen vielleicht vom Altherrenklub in Dartmoor!«

Jim hatte sich beeilt zurückzukommen, um das Ende der Auseinandersetzung mitzuerleben. Szenen wie diese ereigneten sich zwar häufig, aber sie machten ihm immer wieder Freude. Außerdem hatte er eine Neuigkeit für seinen Vater.

»Vater, du weißt doch, dieser Herr, den du mir damals vom Bus aus gezeigt hast — der Offizier, von dem du mir immer erzählst?«

Anerley nahm seine Brille ab und legte sie auf das Pult.

»Ja, was ist mit dem?«
»Ich hab ihn eben gesehen.«
Anerley fiel der Unterkiefer herab.
»Ist doch nicht möglich!«
»Doch.«
»Wo?«
»Unten vor der Tür.«
Anerley schüttelte ungläubig den Kopf.
»Ach was, das bildest du dir bloß ein!«
»Nein, wirklich!« beharrte Jim. »Er stand drüben auf der anderen Straßenseite, als ich den jungen Herrn runterbrachte. Ich hab ihn ganz genau gesehen und wollte gerade rüber, um ihn anzusprechen, aber genau in dem Moment hat er sich umgedreht und ist weggegangen.«
Anerley starrte seinen Sprößling an.
»Was hättest du denn zu ihm gesagt?«
»Ich hätte gesagt: ›Sind Sie der Herr, der meinem Alten das Leben gerettet hat? Wenn ja, würde es Ihnen was ausmachen, mal auf 'nen Sprung raufzukommen und ihn zu begrüßen?‹«
»›Auf 'nen Sprung raufkommen‹«, schnaubte Anerley verächtlich. »Das sind mir vielleicht Manieren! Nach all dem Geld, das ich für deine Erziehung ausgegeben habe!« Er musterte seinen Sohn prüfend. »Wie war er angezogen?«
Jim überlegte. »Er war grau.«
»Hatte er eine Hose an?« fragte sein Vater sarkastisch.
»Ich meine, seine Haare waren grau. Angehabt hat er so einen dunklen Anzug.«
Anerley schüttelte den Kopf. »Ausgeschlossen, das kann er nicht gewesen sein.« Er lächelte plötzlich, als er sich an frühere Zeiten erinnerte. »Weißt du, Jim, was damals seine letzten Worte zu mir waren? ›Percy‹, hat er gesagt, ›wenn wir je lebendig hier herauskommen, dann lad ich dich zu einem fabelhaften Essen im Carlton ein.‹«
Jim kannte das Carlton nicht. War es das Hotel neben Lyons? Sein Vater verstummte vor so viel Unwissenheit.
Die Liftglocke klingelte. Jim stürzte los und kam wenige Minuten später mit dem neuen Gast wieder nach oben. Bei seinem Anblick grinste Anerley unangenehm berührt.
Joshua Collie war kein häufiger Gast im Leopards Club, und Anerley hatte die Erfahrung gemacht, daß der Reporter eigentlich immer nur dann in Erscheinung trat, wenn sich Unheil zusammenbraute. Dennoch war Collie Ehrenmitglied des

Klubs, denn Anerleys Leitspruch lautete: Mit der Presse muß man sich gutstellen! Man konnte schließlich nie wissen, wann man einmal in eine Situation geriet, wo man ihre Macht und ihren Einfluß dringend brauchte.

»Guten Abend, Mr. Collie.« Er schüttelte dem Reporter die Hand. »Was für ein seltener Anblick. Hab Sie schon ewig nicht mehr gesehen — lese aber oft Ihre Sachen in der Zeitung.«

Collie betrachtete ihn ernst.

»Sehen Sie, ich dachte mir gleich, Sie wirken noch gebildeter als bei unserer letzten Begegnung.« Er blickte sich um. »Du meine Güte, hier ist wirklich noch alles beim alten!« Er tippte an die Wand. »An den Bierfleck hier kann ich mich zum Beispiel noch genau erinnern. Wer hat damals noch gleich die Flasche nach Ihnen geworfen?«

Anerley grinste höflich über den alten Witz und erkundigte sich dann im Vertrauen: »Sagen Sie, Mr. Collie — ist irgendwas los?«

Doch Collies Aufmerksamkeit schien ganz von seiner Umgebung in Anspruch genommen.

»Ein neuer Teppich, wie? Vor drei Jahren war der noch nicht da.« Dann fragte er unvermittelt: »Ist jemand hier?«

»Niemand, den Sie kennen, Mr. Collie. Erwarten Sie jemand?«

Collie blickte zur Decke und rieb sich das Kinn.

»Hm. Ja und nein. Falls meine Redaktion anruft, würden Sie bitte sagen, daß ich . . . Sie wissen schon.«

Anerley wußte. »Daß Sie nicht hier sind. Jawohl, Sir. Möchten Sie ein Privatzimmer?«

Dieser Gedanke schien Collie noch gar nicht gekommen zu sein, denn er dachte angestrengt nach. Anerley fragte sich oft, was diesem listigen Zeitungsmenschen in seinen langen Redepausen wohl durch den Kopf gehen mochte. Dabei dachte Collie lediglich darüber nach, ob er die Kosten für ein Separée mit einiger Aussicht auf Erfolg auf sein Spesenkonto setzen konnte. Seine Überlegung fiel positiv aus.

»Ja, geben Sie mir eins.«

Anerley klingelte. »Sind Sie allein, Mr. Collie?« fragte er anzüglich.

»Das will ich hoffen. Und sollten hier gerade irgendwelche lärmenden Veranstaltungen stattfinden, so geben Sie mir bitte ein Zimmer möglichst weit entfernt davon.«

Der Kellner trat hinter dem Vorhang hervor.

»Geben Sie Mr. Collie Nummer neun. Haben Sie sonst einen Wunsch?«

Collie bestellte ein Bier. Dann kam ihm plötzlich ein Gedanke.

»Ist zufällig ein gewisser Mr. Tillman auch Mitglied des Klubs?«

Anerley runzelte die Stirn, schlug das Mitgliederverzeichnis auf und fuhr mit dem Finger die Seite hinunter.

»Nein, Sir!«

»Gott sei Dank!« seufzte Collie fromm.

## 26

Vater und Sohn blickten dem Reporter nach, wie er mit schlurfenden Schritten den Korridor entlang schritt und schließlich in Nummer neun verschwand.

»Der kommt wohl nicht oft hierher, was, Vater?« meinte Jim.

Anerley schüttelte den Kopf.

»Nein, und immer, wenn er kommt, gibt's Verdruß.« Er blickte auf die Uhr. »Geh mal eben runter und schau dich um. Möchte gern wissen, wo dieser Sutton bleibt.«

Während er noch sprach, klingelte die Liftglocke, und kurz darauf trat Sutton aus dem Lift. Anerley fiel auf, daß er sich umgezogen hatte.

»Ist die Dame schon gekommen?«

»Nein, Sir.«

»Sie ist noch nicht da?« fragte Sutton überrascht zurück.

Anerley senkte die Stimme. »Was ich noch sagen wollte, Sir, in der bewußten Angelegenheit müssen Sie wirklich sehr vorsichtig sein.«

»Mit dem Einschlafen, meinen Sie? Da machen Sie sich mal keine Sorge.«

Anerley zuckte die Achseln. »Schon gut, Sir, das Ganze ist Ihr Bier. Ich weiß von nichts.«

»In Ordnung. Ach, noch etwas, Anerley, kennen Sie einen Captain Leslie?«

»Nein, Sir«, antwortete Anerley kopfschüttelnd.

»Ist er nicht Mitglied hier?«

»Nein, Sir. Wir haben viele Captains, aber keinen Leslie.«

Sutton überlegte. »Höchstwahrscheinlich lautet sein Name auch gar nicht Leslie, sondern ganz anders, und er hat sich unter seinem richtigen Namen eingetragen.«

»Ach, ich fürchte, unsere meisten Captains sind auch nicht echt. Wer soll das denn sein?«

»Leslie?« sagte Sutton nach einigem Zögern. »Oh, ein ehemaliger Sträfling.«

Anerley kicherte amüsiert. »Na, dann wäre er für unseren kleinen Verein ja qualifiziert. Erwarten Sie ihn hier?«

»Ob ich ihn hier erwarte?« wiederholte Sutton langsam. »Das weiß ich eben nicht so ganz genau. Auf jeden Fall, wenn er kommt und nach mir fragt, ich bin nicht da. Offengestanden, Bill, er ist mein Feind und hat mir gedroht . . .«

»Überlassen Sie ihn nur ruhig mir, Sir«, beruhigte ihn Anerley. »Ich werde so ziemlich mit jedem fertig, wenn's nicht ausgerechnet der Weltmeister im Schwergewicht ist. Außerdem hab ich 'nen alten Schlagring hier; wenn ich den einem überziehe, dann fällt der um wie ein nasser Sack.«

Er lüftete kurz die Schöße seiner Portiersuniform und ließ einen metallischen Gegenstand aufblitzen.

»Captain Leslie . . . jawohl, den Namen merke ich mir. Wünschen Sie etwas, Sir?«

Seine Frage galt Collie, der hinter dem Vorhang aufgetaucht war. Wie lange er schon dort stand, wußte Anerley nicht. Sutton, der sich, Anerleys Blick folgend, umgedreht hatte, fuhr beim Anblick des Reporters erschrocken zusammen.

Die Überraschung war offenbar gegenseitig. Auch Collie riß erstaunt die Augen auf.

»Ist das nicht ein merkwürdiger Zufall!« stieß er hervor.

»Ich habe nicht erwartet, Sie hier zu finden«, stotterte Sutton.

»Das geht mir ganz genauso«, meinte Collie liebenswürdig. »Wissen Sie, das ist das Sonderbare bei meinem Beruf — man findet sich immerfort an den unerwartetsten Orten.«

Er habe lediglich um ein Streichholz bitten wollen, erklärte er dann. Anerley kramte in seinem Pult, bis er eines fand, worauf ihm Collie eröffnete, er brauche es nur, um eine Fliege aus seinem Bier zu fischen.

Anerley sah dem Reporter belustigt nach, bis Suttons Stimme ihn aus seinen Gedanken riß.

»Kennen Sie einen Mann namens Barrabal?«

»Doch nicht etwa den Inspektor Barrabal?«

Sutton nickte.

»Ja, von dem hab ich gehört.«

»Aber er ist noch nie hier gewesen?«

Anerley spitzte gedankenvoll die Lippen.

»Schon möglich. Aber ich hätte ihn wohl kaum erkannt. Er zeigt sich nicht viel in der Öffentlichkeit, wie man hört.«

Nach einer Weile verschwand Sutton endlich im Konferenzraum. Anerley war beunruhigt. Er hatte das unangenehme Gefühl, daß sich etwas zusammenbraute, und wünschte sich, Collie käme noch einmal zurück. Bestimmt wußte der Mann mehr, als er zugab. Sein Wunsch ging in Erfüllung, denn wenige Minuten nachdem Sutton in seinem Zimmer verschwunden war, tauchte Collie im Türrahmen auf. Das Streichholz trug er mit spitzen Fingern vor sich her.

»Was tut man mit toten Fliegen?« erkundigte er sich.

»Gehen Sie zu meinem Sohn«, sagte Anerley. »Der sammelt sowas!« Er spielte damit auf Jims Gewohnheit an, mit weitoffenem Mund anderer Leute Gespräche mitanzuhören. »Sagen Sie, Mr. Collie, ist Mr. Sutton ein Freund von Ihnen?«

Collie gab eine ausweichende Antwort. Und dann stellte er selbst eine Frage, bei der es Anerley fast den Atem verschlug.

»Haben Sie in Ihrer Mitgliederliste übrigens einen gewissen Captain Leslie?«

Bill Anerley starrte ihn an.

»Das ist aber ein komischer Zufall, Mr. Collie! Sie sind heute bereits der zweite Herr, der mich das fragt.«

Collie lächelte.

»Wobei es sich bei dem anderen Herrn gewiß um Mr. Sutton handelte, nicht wahr?«

»Dieser Leslie ist wohl ein alter Knastbruder?« sagte Anerley ausweichend.

»Kein sehr feiner Ausdruck, aber möglicherweise zutreffend. Welchen Raum hat Mr. Sutton?«

Damit jedoch stellte Collie ein Ansinnen an Anerley, das gegen die geheiligten Klubregeln verstieß.

»Das kann ich Ihnen leider nicht sagen, Sir; wir geben niemals Auskunft über unsere Mitglieder.«

»Aha, der Konferenzraum«, murmelte Collie, was Anerley ziemlich aus der Fassung brachte. »Na, dann werde ich mal wieder gehen und nachschauen, wieviel Fliegen inzwischen in mein Bier gefallen sind.«

»Das war die einzige Fliege, die hier verkehrt!« rief Anerley ihm erbost nach. Aber Collie behielt das letzte Wort.

»Also, wenn ich das gewußt hätte, hätte ich etwas Besseres bestellt, als Ihr unappetitliches Bier!«

Der Lift war schon vor einer Weile mit Jim nach unten verschwunden, und für ein paar Minuten war Anerley allein. Er nahm das Mitgliederverzeichnis aus dem Regal, schlug die Seite mit den L's auf und fuhr mit dem Finger die Reihe entlang.

»Lane, Larry, Leach, Larkley, Lando . . .« Er schüttelte den Kopf. Einen Leslie gab es nicht, das hatte er ja gleich gewußt.

Plötzlich hörte er den Fahrstuhl rumpelnd anhalten, die Tür wurde aufgerissen, und Jim sprang mit einem Satz heraus.

»Er ist's, Vater!« schrie er aufgeregt und deutete dabei auf den Mann, der hinter ihm aus dem Fahrstuhl trat.

»Wer?«

Dann erblickte Anerley das Gesicht des Besuchers, und er eilte mit ausgestreckten Armen auf ihn zu.

»Oh, Sir, was für eine Freude! Erkennen Sie mich nach all diesen Jahren noch? Ich hab immer gesagt, tausend Pfund täte ich darum geben, Sie wiederzusehen.«

John Leslie runzelte die Stirn.

»Ich kann mich nicht erinnern«, sagte er kopfschüttelnd.

»Auch nicht an den Granattrichter, Sir, auf Höhe sechzig?« fragte Anerley ungläubig.

Plötzlich ging ein Lächeln über Leslies Gesicht.

»Großer Gott — Percy!« rief er aus.

»Percy!« Anerley strahlte vor Freude. »Da hörst du's, Jim — Percy!«

Er lachte, und gleichzeitig traten ihm Tränen der Rührung in die Augen.

»Komm her, Jim, gib dem Herrn, der deinem Vater das Leben gerettet hat, die Hand.«

Jim gehorchte mit verlegenem Grinsen.

»Sie glauben gar nicht, wie froh ich bin, Sie zu sehen, Sir! Ich danke unserem lieben Herrgott dafür, daß ich Ihnen noch einmal begegnen durfte. Wissen Sie noch, wie die Dinger über uns wegbrummten und Sie sagten: ›Aufpassen, Percy! Wenn du zuerst in den Himmel kommst, dann sag denen bitte, ich hab noch zu tun!‹ — Percy ist seitdem für mich ein Name, den ich heilig halte, jawohl.«

Leslie lachte leise.

»Wie schön, Sie wiederzusehen«, sagte er endlich. »Wie heißen Sie denn nun wirklich?«

»Bitte, Sir, nennen Sie mich doch weiter Percy«, bat Anerley.

Leslie nickte. »Sie sind ein bißchen älter geworden — seit damals. Sind Sie der Portier von diesem Klub?«

Anerley hüstelte.

»Ehrlich gesagt«, begann er entschuldigend, »ich bin selbst der Klub. Hab ihn seinerzeit einem Italiener abgekauft — das Geld dafür, das hat mir ein prima alter Freund geliehen. Neun Monate Bau hat er gekriegt — der Italiener natürlich, nicht der alte Herr. Man hat mir seinerzeit die Lizenz wiedergegeben und — na ja, ein Nobelklub ist es gerade nicht, wissen Sie. Man muß schon manchmal ein Auge zudrücken, Sir, aber man muß ja schließlich leben.«

Leslie schüttelte den Kopf.

»Wenn Sie damals in dem Granattrichter ums Leben gekommen wären«, sagte er leise, »dann wären Sie wenigstens mit sauberen Händen gestorben.«

»Das schon, aber mit Schulden bis über beide Ohren!« erwiderte Anerley, der für falsche Sentimentalität nichts übrig hatte. »Sie sind natürlich nicht Mitglied hier, Sir, oder?«

»Nein, allerdings nicht.«

»Ich könnte Sie einschreiben, Sir — aber nein, lieber doch nicht. Das ist nichts für einen Herrn wie Sie. Dürfte ich Ihren Namen erfahren, Sir? Ich hätte ihn schon immer gern gewußt.«

»Mein Name ist Leslie — Captain Leslie.«

## 27

Auf Bill Anerleys Gesicht malte sich tiefe Bestürzung.

»Captain Leslie?« flüsterte er verstört. »Aber bestimmt sind Sie nicht derjenige, den ich meine. Kennen Sie einen Mr. Collie?«

»Den Zeitungsreporter? Ja.«

Anerleys Blick ging ratlos zwischen seinem Sohn und dem Besucher hin und her.

»Jim, mach daß du nach unten kommst!« befahl er schließlich barsch. Als der Fahrstuhl verschwunden war, fuhr er fort: »Der Junge braucht nicht alles zu hören. Darf ich jetzt eine sehr unhöfliche Frage an Sie richten, Sir — bitte, entschuldigen Sie, wenn ich . . .«

»Reden Sie schon«, sagte Leslie, der genau wußte, was kommen würde.

»Jemand hat heute abend hier von Ihnen gesprochen.«

»Sutton?«

Es war also keine Verwechslung. Anerley spürte einen schmerzhaften Stich in seinem für gewöhnlich wenig empfindsamen Herzen. Dies also war Leslie — Leslie, ein alter Knastbruder! Himmelweit entfernt von dem Idol, das er all diese Jahre hindurch verehrt hatte!

»Er hat Ihnen vermutlich erzählt, daß ich einmal im Gefängnis gesessen habe.«

»Tja, Sir, so ungefähr. Es tut mir furchtbar leid, Sir.« Anerleys Stimme war voll Zartgefühl. »Wahrscheinlich hatten Sie Probleme — haben wir ja alle manchmal. Tut mir wirklich sehr leid.«

»Verschwenden Sie Ihr Mitleid nicht an mich, Percy«, entgegnete Leslie. »Es geht mir ausgezeichnet.«

In Anerleys verdüstertem Gemüt wurde es wieder licht. Das war eine frohe Nachricht. Ein Mensch, der über seine Sünden lachen konnte, war ihm tausendmal lieber als ein sittsam gewordener Gauner.

»So ist's recht, Sir, nur nicht unterkriegen lassen! Soll ich Ihnen jetzt mal den Klub zeigen? Es ist nicht gerade ein Palast, aber unser Keller kann's mit jedem in New York aufnehmen.« Er lachte. »Ein kleiner Witz, Sir.«

»Ist Mr. Sutton hier?«

Einem Mr. Collie gegenüber würde Anerley natürlich niemals gegen die Klubregeln verstoßen, aber bei diesem Mann lag der Fall anders.

»Er ist im Konferenzsaal.«

»Im Konferenzsaal? Wo liegt der? Ach ja, das ist das Eckzimmer. Ich habe einen Plan des Klubs gesehen. Ist Sutton allein?«

»Er erwartet eine Dame, Sir.«

Leslie nickte.

»Er sagte, Sie seien ein Feind von ihm, Sir«, Anerley senkte die Stimme. »Jawohl, das hat er wörtlich gesagt. Aber wenn er Ihr Feind ist, dann ist er auch mein Feind.«

Er zog den Schlagring aus der Tasche und drückte ihn Leslie in die Hand.

»Da, gehen Sie hin und hauen Sie ihm eins über die Rübe!«

Leslie schob die Waffe lachend zur Seite. »Nein, nein, ich habe durchaus nicht vor, ihm eins über die Rübe zu hauen.«

»Doch«, drängte ihn Anerley. »Sagen Sie ihm, der Vorstand hätte es Ihnen ausdrücklich gestattet!«

Leslie lächelte gerührt. »Wo ist Collie?«

»In Nummer neun — da fängt er Fliegen.«

»Ich geh mal zu ihm.« Als Anerley ihm den Weg zeigen wollte, wehrte er ab. »Danke, ich finde schon allein hin.«

Er wandte sich zur Tür.

»Noch ein Wort, Sir«, rief Anerley halblaut hinter ihm her. »Falls es irgendwelche Unannehmlichkeiten geben sollte, genau gegenüber von dem Raum finden Sie eine kleine Treppe, die direkt auf den Hinterhof führt. Eine Frage, Sir — wollen Sie heute abend vielleicht eine alte Rechnung begleichen?«

Leslies Miene verhärtete sich. »Bei Gott, das will ich!« Er drehte sich um und verschwand hinter dem Vorhang.

Der Schläfer in Nummer vier hörte ihn vorbeigehen und öffnete einen Spalt breit die Tür. Er sah, wie Leslie vor einem Nebenzimmer haltmachte und die Tür aufstieß, hörte den überraschten Ausruf von Collie, dann schloß sich die Nebentür wieder, und das Geräusch der beiden Stimmen wurde zu einem unverständlichen Gemurmel.

Im Konferenzraum wartete Sutton unterdessen mit wachsender Ungeduld auf die Ankunft von Millie Trent. Jetzt war jede Minute kostbar. Er hatte seine Absicht, nach Wimbledon zurückzukehren, aufgegeben und sofort nach dieser Änderung seiner Pläne bei Lew Friedman angerufen. Jedes Zimmer im Leopards Club besaß einen eigenen Telefonanschluß, und er war sofort durchgekommen.

»Mr. Friedman ist in die Stadt gefahren, Sir«, hatte ihm der Diener geantwortet. »Und Miß Beryl — ich meine, Mrs. Sutton auch . . . nein, Sir, wohin weiß ich nicht . . . ja, das Gepäck ist abgeholt worden.«

Sutton hatte aus dieser Antwort entnommen, daß Friedman und Beryl gemeinsam zum Bahnhof gefahren waren. Wäre er nicht so ungeduldig gewesen, hätte er leicht erfahren können, daß die beiden Wimbledon zu ganz verschiedenen Zeiten verlassen hatten und keiner von beiden die leiseste Ahnung hatte, wo sich der andere zurzeit befand.

Sutton entkorkte die Champagnerflasche, füllte ein Glas und trank es aus. In das andere Glas hatte er schon vorher aus einem braunen Fläschchen, das er seiner Westentasche entnahm, behutsam dreißig Tropfen einer wasserklaren Flüssigkeit geträufelt. Im Verlauf seiner vielseitigen Karriere hatte er schon zweimal von diesem Mittel Gebrauch gemacht, aber dabei nie mehr als zwanzig Tropfen genommen. Hier jedoch lag ein Fall vor, in dem er kein Risiko mehr eingehen durfte.

Lew Friedman wäre sehr überrascht gewesen, hätte er erfahren, daß die Vorverlegung des Hochzeitstermins in Wirklichkeit nicht seine, sondern Frank Suttons Idee gewesen war. Und zwar aus dem simplen Grund, weil Sutton zu seinem Schrecken entdeckt hatte, daß er sich bei der Abfahrt der *Empress of India* von Liverpool im Datum geirrt hatte.

Den einzigen Mann, der die Hochzeit hätte verhindern können, den hatte er planmäßig ausgeschaltet. Es war kein Zufall gewesen, daß Leslie an diesem Morgen verhaftet worden war. Und Sutton hätte sich nie auch nur für einen Augenblick träumen lassen, daß man Leslie gegen Kaution sofort wieder auf freien Fuß setzen würde. Nach seiner Rechnung hätte es Tage dauern müssen, bis Leslie seine Unschuld beweisen konnte, und bis dahin hatte Sutton gehofft, längst über alle Berge zu sein.

Er hörte ein Klopfen an der Tür und zog hastig das leere Glas dichter an das seine heran, ehe er laut »Herein!« rief.

Freilich hätte er wissen können, daß Millie sich die Formalität des Anklopfens schenken würde. Es war Bill Anerley, der ins Zimmer trat. Sutton fiel auf, daß der Mann ungewöhnlich blaß war.

»Alles in Ordnung, Sir?« erkundigte sich Anerley verlegen und mit belegter Stimme. Dabei starrte er Sutton an, als sehe er einen Geist.

»Warum sollte etwas nicht in Ordnung sein?«

Anerley gab ihm keine Antwort. Stattdessen fragte er plötzlich in gedämpftem Ton: »Wegen diesem Leslie — was haben Sie dem eigentlich getan?«

Es lag Sutton auf der Zunge, dem Frager zu antworten, er möge gefälligst seine Nase nicht in fremder Leute Angelegenheiten stecken, aber dann dachte er daran, daß Anerleys Hilfe ihm unter Umständen sehr nützlich sein konnte. Außerdem fiel ihm ein, daß er jetzt ja nicht mehr länger die Rolle des erfolgreichen Kaufmanns zu spielen brauchte.

»Ich hab ihm sein Mädel weggenommen — natürlich ist er da sauer«, entgegnete er lächelnd.

»Aha, Sie haben ihm das Mädel weggenommen«, wiederholte Anerley langsam. »Jetzt verstehe ich.« In der Tat verstand er vieles, nur die fragliche Dame, die konnte er wirklich nicht verstehen, womit er ihr in Gedanken bitter Unrecht tat. »Das erklärt natürlich alles.«

»Erklärt was?« fragte Sutton scharf.

»Warum er hinter Ihnen her ist — haben Sie 'ne Waffe?«

»Nein«, erwiderte Sutton, aber Anerley wußte, daß er log. Er warf einen prüfenden Blick auf den Tisch, sah die beiden Gläser und nickte.

»Also dann, Sir.«

Damit zog er sich zurück, schloß die Tür hinter sich und machte sich auf die Suche nach Leslie. Aber Leslie war nicht mehr im Zimmer des Reporters, und Anerley mußte seine Warnung auf später verschieben.

Frank Sutton blickte unterdessen abermals auf seine Uhr und fluchte leise vor sich hin. Er zog eine Abendzeitung aus der Tasche und versuchte zu lesen, aber er konnte sich nicht auf den Text konzentrieren. Während er las, schenkte er sich nervös noch ein Glas Champagner ein.

In diesem Moment klingelte das Telefon. Er riß den Hörer ans Ohr. Es war Millie. Sein Gesicht wurde rot vor Wut, als ihm zu Bewußtsein kam, daß sie demnach noch nicht im Haus war.

»Was fällt dir ein, mich hier warten zu lassen?« fragte er erregt. »Ich bin sowieso schon viel zu spät dran . . . nein, nicht am Telefon! Komm sofort herauf . . . Ach was, Polizei! Kein Mensch beobachtet dich. Wo steckst du überhaupt?«

Sie befand sich in einem Restaurant direkt gegenüber. Das beruhigte ihn etwas.

»Also, jetzt komm sofort herauf! . . . Ich sag doch, nicht am Telefon! Komm rauf — ich muß dich unbedingt sprechen, ich hab dir etwas Wichtiges mitzuteilen.«

Heftig knallte er den Hörer auf die Gabel. Er war so wütend, daß er Millie am liebsten ins Gesicht geschrien hätte, daß es sich diesmal nicht um eines jener Abenteuer handelte, die an der Kirchentür zu Ende waren.

Nie zuvor hatte ihm das Schicksal eine so begehrenswerte Person wie Beryl Stedman über den Weg geführt. Die Kabine war reserviert, bald würden sie sich zusammen auf dem Weg nach Liverpool befinden, und es würde Monate dauern, ehe Friedman die Wahrheit erfuhr. Er brauchte ihm bloß vom Schiff aus zu telegrafieren, er habe es vorgezogen statt nach Schottland nach Kanada zu reisen, weil er der Affäre mit seiner ehemaligen Sekretärin ein Ende machen wollte. Und Millie würde schließlich schon Vernunft annehmen. Sie konnte zwar furchtbar in Rage geraten, aber wenn sie am Morgen aufwachte und begriff, daß sie nichts mehr ändern konnte . . .

Sutton lächelte. O ja, mit Millie würde er schon fertigwerden.

Er hob den Kopf. Draußen vor der Tür wurden Männerstimmen laut. Sie verstummten jedoch sofort wieder. Sutton leerte nervös das zweite Glas Champagner.

Abermals hörte er ein Geräusch. Er blickte auf. Leise öffnete sich die Tür. Eine Hand mit einer Pistole erschien. Für den Bruchteil einer Sekunde starrte Sutton in die kreisrunde schwarze Mündung eines Schalldämpfers und in das bleiche Gesicht des Mannes, der jetzt im Türrahmen erschien. Dann sprang er blitzartig auf, riß den Revolver aus der Hüfttasche . . .

Den Knall des Schusses hörte er nicht mehr, er sah nur noch flüchtig das rötliche Aufblitzen aus der Schalldämpfermündung — dann stürzte er schwer zu Boden.

Nach einer kleinen Weile wurde die Tür ganz aufgestoßen, und John Leslie trat herein. Er hielt eine rauchende Pistole in der Hand. Nach einem Blick auf die regungslose Gestalt am Boden steckte er die Waffe ein und drehte den Körper herum. Er starrte in das verzerrte Gesicht.

»Zinker«, sagte er laut. »Du wirst keinen mehr verzinken!«

## 28

Captain Leslie hielt es nicht für ratsam, das Haus auf dem Weg zu verlassen, auf welchem er es betreten hatte. Stattdessen eilte er die Hintertreppe hinunter und gelangte durch das offene Tor an ihrem Fuß auf die Straße. Auf diese Weise entging er einem Zusammentreffen mit Millie Trent, die etwa zur gleichen Zeit droben im Klub aus dem Fahrstuhl trat.

Bill Anerley, der kurz zuvor einen dumpfen Knall und unmittelbar darauf einen Fall gehört hatte, wischte sich mit einem Taschentuch über die schweißfeuchte Stirn. Bestimmt nur ein tüchtiger Kinnhaken . . . Der Captain hatte dem Kerl eine tüchtige Abreibung verpaßt, das war alles. Und recht war ihm geschehen, wo er dem Captain doch das Mädel weggenommen hatte.

»Guten Abend, Miß«, entgegnete er mit gepreßter Stimme.

»Wo ist Sutton?« fragte Millie Trent.

»Sutton?« Er fuhr sich mit zitternden Fingern an den Mund. »Sie meinen . . . Mr. Sutton?«

»Sie wissen ganz genau, wen ich meine«, entgegnete Millie mißtrauisch. »Was ist denn los mit Ihnen?«

»Gar nichts!« Anerleys Stimme klang überlaut. »Ich werde ihn holen.«

»Nicht nötig, ich kenne mich hier aus. Er ist im Konferenzraum, nehme ich an.«

Sie wollte an ihm vorbei, aber er verstellte ihr den Weg.

»Was soll denn das?« Ihre Stimme vibrierte bedrohlich.

»Es ist vielleicht besser, wenn ich Sie vorher anmelde.«

»Ist jemand bei ihm?« fragte sie rasch.

»Nein!« Es war beinahe ein Schrei.

»Aha. Sagen Sie mal, Anerley — haben Sie etwa irgendwelche mich betreffenden Anweisungen bekommen?«

Er war offensichtlich erleichtert über die kurze Gnadenfrist, die ihre Frage ihm gewährte.

»Ich weiß nicht, was Sie damit meinen, Miß Trent. Man hat mir nur gesagt, daß ich Sie zu ihm führen soll.«

»Man hat Ihnen nicht etwa Anweisungen gegeben, was Sie zu tun haben, falls Sie zufällig nach Suttons Weggehen den Konferenzraum betreten und mich schlafend finden sollten, nein?« fragte sie mit einem sarkastischen Auflachen.

Anerley schluckte mühsam.

»Aha, dacht ich's mir doch! Na, ich werde Ihnen die Mühe ersparen, mich aufzuwecken oder meinen Schutzengel zu spielen. Wenn Sutton geht, geh ich mit ihm — So ein alter Hut, dieser Trick mit dem Wein!« fügte sie verächtlich hinzu. »Und da glaubt der, ich geh ihm auf den Leim. Das war doch die Idee, wie?«

»Ich habe keine Ahnung, wovon Sie sprechen«, stotterte

Anerley. »Sie dürfen nicht einfach solche Anschuldigungen erheben. Wir sind ein anständiger Klub . . .«

»Gewiß, Sie sind ein anständiger Klub und wissen von nichts«, spottete sie. »Und wenn Sie was wüßten, würden Sie's nicht sagen.« Sie drehte sich zu Jim um. »Wer war der Mann, den Sie vorhin heraufgebracht haben? Ich habe Sie nämlich aus dem Restaurant gegenüber beobachtet. Es war Leslie, stimmt's?«

»Ich kenne den Herrn nicht«, antwortete Anerley anstelle seines Sohnes.

»Sie lügen«, sagte Millie verächtlich. »Und jetzt kriegen Sie zur Abwechslung einen Auftrag von mir, Bill Anerley. Wenn ich in einer Viertelstunde nicht aus dem Konferenzzimmer draußen bin, rufen Sie sofort Inspektor Barrabal an. Wenn Sie das nicht tun, mach ich einen solchen Skandal bei der Polizei, daß Sie Ihre Lizenz los sind.«

»Was für 'ne reizende Dame!« knurrte Jim, als Millie verschwunden war.

Anerley sagte nichts. Er wartete beklommen.

Da ertönte auch schon der erste Schrei. Anerley zuckte zusammen, winkte seinen Sohn heran und erteilte ihm einen Auftrag, von dem er genau wußte, daß er das Ende seines Klubs bedeutete.

»Geh auf die Straße, such einen Polizisten und bring ihn her«, sagte er mit heiserer Stimme. »Und wenn sie mich verhaften, gehst du zu deiner Mutter und sagst ihr, sie soll sich keine Sorgen machen. Sag ihr, heute abend bin ich ›Percy‹ — dann versteht sie schon.«

## 29

Als Beryl wieder zu sich kam, saß sie im Taxi. Der Chauffeur war ihr aus Angst um sein Fahrgeld gefolgt und hatte geholfen, sie in den Wagen zu tragen. Ein Unbekannter reichte ihr ein Glas Wasser durch die offene Autotür.

»Vielen Dank, es geht schon wieder«, stammelte Beryl. In ihrem Kopf drehte sich alles. »Hat man — hat man ihn erwischt?«

»Den Mörder? Den kriegen die jetzt nicht mehr so schnell. Es ist der gleiche Kerl, den sie heute morgen verhaftet und nachher auf Kaution wieder freigelassen haben. Ich wette Barrabal rauft sich jetzt jedes Haar einzeln aus deshalb!«

Wer sprach da zu ihr? Überrascht stellte sie fest, daß es ein Polizeibeamter war. Zwar durften auch Polizisten einmal indiskret sein, aber eine schlimmere Indiskretion, als in aller Öffentlichkeit einen hohen Beamten von Scotland Yard zu kritisieren, konnte man sich schwerlich vorstellen.

»Wo soll ich Sie hinfahren, Miß?« fragte der Taxichauffeur.

Sie versuchte nachzudenken. Irgendwo hatte sie doch ihren Wagen stehenlassen . . .

»Zur Redaktion des *Post-Courier*«, sagte sie schließlich.

An ihrem Ziel angelangt, schickte sie ihre Visitenkarte hinauf. Diesmal bemühte sich Mr. Field persönlich zu ihr hinunter. Ehe sie etwas sagen konnte, platzte er mit der Frage heraus: »Waren Sie etwa im Leopards Club, als der Mord passierte?«

Sie schüttelte den Kopf. »Nein . . . ich war draußen vor der Tür. Es war furchtbar!« Schaudernd hielt sie die Hand vor die Augen.

»Und Collie haben sie nicht gesehen?«

Wieder schüttelte sie den Kopf.

»War er dort?«

»Allerdings«, antwortete Field grimmig. »Und wenn er nicht besoffen ist und die Geschichte, die er uns durchtelefoniert hat, auch nur halbwegs stimmt, dann haben wir den größten Knüller, den unser Blatt während meiner Zeit je gebracht hat. Haben Sie Barrabal gesehen — kennen Sie ihn?«

»Diesen Inspektor von Scotland Yard? Nein. Der einzige Mensch dort, den ich kannte, war ein Mann namens Tillman.«

»Oh!« Er betrachtete sie mit einem sonderbaren Blick. »Sie haben Tillman gesehen, soso. Hm! Der war also auch zur Stelle. Ob Collie das gewußt hat? Am Telefon hat er nichts davon erwähnt.«

Plötzlich bemerkte er, in welch erbärmlichem Zustand sie sich befand.

»Meine liebe junge Dame, wo wollen Sie denn nun hin?« fragte er freundlich. »Sind Sie allein von Wimbledon hereingefahren?« Als sie nickte, fuhr er fort: »Sie dürfen mir aber auf keinen Fall allein zurückfahren! Sie sind ja vollkommen fertig.«

»Das stimmt«, sie lächelte schwach, »und ich habe auch ganz bestimmt nicht vor, nach Wimbledon zurückzufahren. Hat irgend jemand nach mir gefragt?« Gleich darauf kam ihr das Sinnlose dieser Frage zu Bewußtsein: Warum sollte jemand ausgerechnet beim *Post-Courier* nach ihr fragen. »Ach, sagen Sie mir doch bitte«, fuhr sie eilig fort, »hat man den — den Mann, der Frank Sutton ermordet hat, schon gefunden?«

Auf Fields Gesicht malte sich Bestürzung. Erst jetzt kam ihm zu Bewußtsein, daß er mit der jungen Witwe des Mordopfers sprach.

»Es tut mir schrecklich leid, Mrs. Sutton«, stotterte er beschämt, aber sie unterbrach ihn.

»Schon gut, darum geht es mir nicht. Ich weiß, es klingt scheußlich herzlos, aber ich empfinde keine große Trauer darüber. Hat man also den Mann verhaftet, der ihn getötet hat? Und auf welche Weise wurde er — getötet?«

»Er wurde erschossen. Collie hat den Schuß gehört — vorausgesetzt, er hat nicht geträumt. Die Polizei fahndet nach einem Verdächtigen, aber sie hat ihn noch nicht gefaßt.«

»Sie meinen — Captain Leslie?«

»Ganz richtig. Collie hat das allerdings nur gerüchteweise erwähnt.«

Field wurde langsam ungeduldig. Er mußte unbedingt vor Redaktionsschluß zurück in sein Büro, denn der ausführliche Bericht von Collie konnte jeden Augenblick eintreffen.

»Ich glaube, Sie sollten doch lieber wieder nach Hause fahren«, meinte er. »Wir haben oben sicher den einen oder anderen unserer jungen Herren, der dienstfrei hat und Sie heimfahren könnte. Wären sie damit einverstanden?«

Sie dachte nach. »Ja, wahrscheinlich ist es das beste«, gestand sie schließlich. »Ich muß irgendwo sein, wo man mich finden kann.«

Field verschwand nach oben und kehrte gleich darauf mit einem rothaarigen jungen Mann zurück.

»Dieser junge Kollege wohnt auch in Wimbledon. Sie würden ihm sogar einen Gefallen tun, wenn Sie gestatten, daß er Sie nach Hause fährt.«

Beryl war froh, daß ihr die Entscheidung auf diese Weise aus der Hand genommen wurde. Glücklicherweise war der rothaarige Reporter an Mordfällen gänzlich desinteressiert; er war ein Sportenthusiast und plauderte während der ganzen

Fahrt fröhlich über das unerschöpfliche Thema Fußball. Als sie vor dem Hauseingang von Hillford ankamen, hatte sie jedoch kaum Zeit, sich von ihrem Fahrer zu verabschieden, als mit einem Ruck die Tür aufgerissen wurde.

»Sind Sie es, Miß!« rief der Diener Robert. »Mr. Friedman ist wieder da . . . ich habe ihm alles genauso ausgerichtet, wie Sie mir aufgetragen haben . . . und, Miß, da war noch ein Anruf von einer Zeitung, vom *Megaphone* . . .«

Sie rannte an ihm vorbei in die Bibliothek. Lew Friedman stand vor dem Kamin, die Arme auf das Gesims gelegt, den Kopf auf den verschränkten Händen. Beim Geräusch der sich öffnenden Tür fuhr er herum, und Beryl war erschüttert über sein Aussehen. Sein Gesicht war grau und alt geworden, seit sie ihn zuletzt gesehen hatte.

Er stolperte wie blind auf sie zu und schloß sie in die Arme.

»Oh, Gott sei Dank, mein Liebling!« stammelte er. »Gott sei Dank, daß du wieder zu Hause bist!«

»Lew!« Sie blickte ihm ins Gesicht. »Weißt du, was geschehen ist?«

Er gab keine Antwort.

»Frank Sutton ist tot«, flüsterte sie.

Er starrte sie noch immer wortlos an.

»Und, Lew, weißt du, wer ihn getötet hat? . . . Ich muß es dir sagen . . . morgen früh wird es in allen Zeitungen stehen. Es war John Leslie!«

Er runzelte die Augenbrauen. »John Leslie? Wer hat dir das gesagt?«

»Das wissen alle . . . ich war doch dort.«

»Im Leopards Club?« fragte er bestürzt.

»Nein, draußen auf der Straße. Ich wollte Mr. Collie suchen, aber als ich hinkam, hatte man gerade entdeckt, daß . . . daß es einen Mord gegeben hatte. Oh, Lew, es war entsetzlich, einfach entsetzlich!«

»Aber wer hat dir gesagt, daß es John Leslie getan hat?«

»Sie hat's gesagt — Millie Trent. Du weißt doch, seine Sekretärin. Ich hab's mit eigenen Ohren gehört, wie sie es immer wieder geschrien hat!« Beryl verzog gequält das Gesicht. »Ich werde diesen Schrei niemals vergessen.«

»Wo war sie?«

»Man schleppte sie gerade aus dem Leoparde Klub. Dabei schrie sie ununterbrochen, John Leslie hätte Frank Sutton ermordet.«

Er schob sie von sich fort und legte ihr die Hände auf die Schultern.

»Das war eine Lüge«, sagte er. »Der Mann, der ihn umgebracht hat, war nicht John Leslie. Wenn nötig, werde ich vor Gericht beschwören, daß Leslie unschuldig ist!«

## 30

Im Geschäftsgebäude der Firma Sutton war es dunkel und still; die letzten Angestellten hatten sich inzwischen auf den Heimweg gemacht. Der Nachtportier blickte verschlafen aus seinem Glaskasten, als John Leslie eilig die Straße herunter kam, den Haupteingang aufsperrte und das Gebäude betrat. Im Treppenhaus brannte kein Licht außer einer Notbeleuchtung im Obergeschoß, die gerade genug Helligkeit verbreitete, damit der Nachtwächter seine Runden machen konnte.

Leslie ging direkt zu seinem Büro, steckte den Schlüssel ins Schloß und wollte aufschließen, doch zu seinem Erstaunen fand er dir Tür offen. Er trat ein und machte Licht. Von seinem schwarzen Regenmantel troff das Wasser in kleinen Rinnsalen. Er zog ihn aus und hängte ihn über einen Stuhl, ehe er sich zu seinem Schreibtisch wandte. Beim Anblick des Schlüssels auf der Schreibunterlage runzelte er die Stirn. Jemand war vor ihm hier gewesen. Er schaute in den Kamin; die verkohlten Papierfetzen, die da weithin verstreut lagen, sprachen eine deutliche Sprache. Jemand hatte auf der Suche nach Beweismaterial darin herumgestochert. Merkwürdigerweise richtete sich sein Verdacht sofort gegen den richtigen Mann, denn er hatte keine geringe Meinung von Joshua Collies kriminalistischen Fähigkeiten.

Das Wichtigste jedoch war unentdeckt geblieben. Aus der untersten Schreibtischschublade, die er mit einem Spezialschloß versehen hatte, holte er eine schwere Stahlkassette, die er auf den Tisch stellte und aufsperrte. Sie enthielt so viele Papiere, daß beim Aufspringen des Deckels einige davon auf die Schreibtischplatte rutschten. Er schaltete die Tischlampe ein und begann systematisch alle diese Zeitungsausschnitte und Dokumente durchzusehen, die er im Verlauf seiner Tätigkeit in der Firma gesammelt hatte.

Manches darunter war unwichtig, aber einige Dokumente

waren stumme Zeugen menschlicher Tragödien. Da waren zum Beispiel zwei Heiratsurkunden — die eine von einem gewissen Henry Whigton, die andere von einem Rudolph Stahl, beides bevorzugte Decknamen von Frank Sutton. Die eine Ehe war in Kapstadt, die andere in Bristol geschlossen worden.

Auf der zweiten Urkunde ruhte Leslies Blick besonders lange. Mr. Rudolph Stahl, vermählt mit Miß Gwendoline Alice . . . Der Name, in der flüssigen Handschrift des Standesbeamten geschrieben, war Leslie wohlbekannt. Es war der Name seiner eigenen Schwester. Er selbst war damals in Frankreich gewesen und hatte weder den Bräutigam kennengelernt, noch überhaupt von der ganzen Angelegenheit erfahren, ehe diese bereits ihr unglückseliges Ende gefunden hatte: eine verlassene Braut, deren bescheidenes Vermögen von ihrem Vormund zur Hälfte an jenen unbekannten Mr. Stahl überschrieben worden war. Inzwischen war sie gottlob darüber hinweg und hatte einen erfolgreichen Rechtsanwalt aus Neuseeland geheiratet, aber ihr Mißgeschick war für Leslie zum Anlaß geworden, die Verfolgung des Zinkers aufzunehmen.

Unter den Papieren befand sich auch ein kleines Notizbuch, dessen stenografische Eintragungen Millie Trents Qualitäten als Sekretärin bewiesen. Sie hatte dabei eine ungebräuchliche Kurzschrift verwendet, die zu entschlüsseln selbst Leslie Monate gebraucht hatte. Es war ein Tagebuch des Verbrechens, das über viele Jahre reichte.

Ferner enthielt Leslies Sammlung einen Ausschnitt aus einem offiziellen Polizeirundschreiben, der vor allem deshalb von Interesse war, als er auch ein Fahndungsfoto aufwies. Die Ähnlichkeit mit Frank Sutton war nicht zu verkennen.

»Jan Stefasson, vermutlich schwedischer Nationalität, gesucht wegen Bigamie und versuchten Mordes . . .« Es folgte eine Personenbeschreibung, und bei der sprichwörtlichen Eitelkeit von Verbrechern erstaunte es Leslie nicht, daß Sutton und seine Frau dieses belastende Stück Papier aufbewahrt hatten. Die Beschreibung schloß nämlich mit den Worten: »Spricht mehrere Sprachen, sieht sehr gut aus, ist wortgewandt und gilt als raffinierter Geschäftsmann.« Offensichtlich hatte diese schmeichelhafte Bemerkung das Papier vor der Vernichtung bewahrt.

Leslie legte die Papiere in die Kassette zurück und verschloß sie, um sie mitzunehmen. Er hätte dies schon am Nachmittag getan, aber durch eine Verkettung unglücklicher Umstände hatte er den Schlüssel, der ihm bei seiner Verhaftung abgenommen worden war, zu spät wiederbekommen. Er blickte sich noch einmal im Zimmer um, als er Schritte auf dem Gang vernahm. Offenbar war der späte Besucher nicht mit der Örtlichkeit vertraut, denn ab und zu blieb er stehen. Vermutlich suchte er sich an den Türschildern zu orientieren. Schließlich machten die Schritte vor Leslies Zimmer halt. Die Klinke wurde herabgedrückt, und die Tür ging langsam auf.

Es war Bill Anerley. Er trug einen Mantel, der bis zum Kinn zugeknöpft war und unter dem die goldbetreßten Hosenbeine seiner Portiersuniform zum Vorschein kamen. Sein Atem ging in raschen Stößen, als wäre er gelaufen.

»Nun, mein Freund?« fragte Leslie mit schwachem Lächeln.

Anerley jedoch war es offenbar nicht zum Scherzen zumute. Seine Mundwinkel hingen traurig herab, und seine Augen standen voller Tränen.

»Ich hab' Sie überall gesucht!« stieß er hervor. »Einer von den Bullen hat zufällig erwähnt, daß Sie hier gearbeitet haben, und da hab ich gedacht, ich versuch's mal.« Seine Stimme kippte. »Was machen Sie denn bloß noch hier, Captain — Sie müßten längst auf und davon sein. In so einem Moment sitzt man doch nicht ausgerechnet an einem Ort herum, wo einen jeder findet.«

»Sie glauben also, man ist hinter mir her«, erwiderte Leslie belustigt. »Wie kam es überhaupt, daß mein Name genannt wurde?«

»Das war Millie, dieses Biest!« Anerley schüttelte verzweifelt den Kopf. »Sie hat alles der Polizei verpfiffen. Ich hatte meinen Jungen nach einem Polizisten geschickt, und ehe ich's mich versah, kamen sie in ganzen Scharen. Ich hab noch nie so viele Bullen auf einem Haufen gesehen!«

Er griff in die Tasche und zog eine Handvoll Banknoten heraus.

»Hier, das werden Sie brauchen — es sind genau achtundzwanzig Pfund, die Tageseinnahmen.«

Er hielt Leslie das Geld hin, aber dieser rührte sich nicht.

»Aber warum, Percy?« fragte er sanft. »Was soll ich damit?«

Anerley senkte den Kopf. »Ich hör's so gern, wenn Sie mich

Percy nennen, Sir.« Mit einer bittenden Bewegung streckte er Leslie die Hand mit den Geldscheinen entgegen. »Ich wünschte, es wäre mehr. Aber ich helfe Ihnen schon, daß Sie heil ins Ausland kommen.«

Leslie schob die Hand mit dem Geld sanft von sich weg.

»Nein, Percy, vielen Dank, alter Freund.« Er klopfte Anerley auf die Schulter. »Ich hab genug Geld — mehr als ich im Augenblick brauche.«

»Gott sie Dank!« brummte Anerley erleichtert. »Das soll nicht heißen, daß ich Ihnen nicht alles geben würde, was ich habe. Aber, Captain, Sie dürfen hier nicht mehr herumtrödeln. Diese Millie ist derartig in Fahrt, die hetzt Ihnen in kürzester Zeit die gesamte Polizei auf den Hals!«

»Wo ist sie denn jetzt?«

Das wußte Anerley nicht.

»Sie war als erste draußen. Dann kam die Ambulanz, und sie haben Sutton ins Krankenhaus gebracht. Warum die allerdings einen Mausetoten noch ins Spital schaffen, das weiß der liebe Himmel. Bitte«, fügte er hastig hinzu, »ich mach Ihnen bestimmt keinen Vorwurf. Aber Sie müssen unbedingt weg, Captain. Worauf warten Sie denn noch?«

Leslie hatte es sich in einem Sessel bequem gemacht.

»Ich warte, daß etwas passiert, Percy«, sagte er freundlich.

»Da werden Sie nicht lange zu warten brauchen«, entgegnete Anerley düster. »Drei Sonntage nach dem Urteil — Sie wissen doch! Was ist los?«

Leslie war aufgesprungen; er legte den Kopf schräg, um zu horchen. Es kam jemand den Gang entlang.

»Heut nacht ist hier scheint's allerhand los. Gehen Sie dort rein, Percy!« Er wies auf die Tür zum Nebenzimmer. »Sobald mein neuer Besucher hereinkommt, verschwinden Sie durch die Vordertür.«

Er streckte dem anderen die Hand entgegen.

»Viel Glück, Captain!« sagte Bill Anerley mit erstickter Stimme.

»Danke, Percy, und wenn Sie vor mir in den Himmel kommen . . .«

»Dann sag ich denen, Sie hätten noch zu tun«, ergänzte Anerley flüsternd.

Er war kaum nebenan verschwunden, als Leslie die Tür zum Korridor aufriß. Der Mann im Regenmantel, der draußen stand, begrüßte ihn mit einem ironischen Lächeln.

»Na, Tillman, was wollen Sie — Ihr Gehalt abholen?«
Tillman schaute sich aufmerksam im Zimmer um.

»Wo ist Miß Stedman?«

»Zu Hause, nehme ich an. Aber ich kann Ihnen sagen, wo Sie bestimmt nicht ist — auf dem Weg nach Schottland.«

Aber Tillman schüttelte den Kopf.

»Sie ist nicht mehr in Wimbledon.« Tillman starrte Leslie mißtrauisch an. »Sie haben sie nicht gesehen?«

»Nicht mehr in Wimbledon?« wiederholte Leslie erstaunt. »Mit wem ist sie weggefahren? Wer hat Ihnen das gesagt?«

Tillman zögerte mit der Antwort. Er ließ sich auf der Schreibtischkante nieder; offenbar richtete er sich auf ein längeres Verweilen ein.

»Angeblich ist sie mit Ihnen weggefahren«, sagte er schließlich. »Zumindest haben mir das die Angestellten erzählt. Ich hab sie inzwischen getroffen, und wenn sie nicht mit Ihnen gefahren ist, wieso war sie dann vor dem Leopards Club, als jener — sagen wir, unglückliche Vorfall passierte?«

Leslie fuhr auf. »Das ist doch nicht Ihr Ernst? Sie war vor dem Klub?«

Tillman nickte. »Ich habe sie selbst dort gesehen. Ich war auf dem Weg zum Klub, um dort gewissen Berufspflichten nachzugehen, leider etwas zu spät, wie sich herausstellte, denn als ich kam, hörte ich bereits die Trillerpfeifen der Polizei. Und da sah ich Miß Stedman. Ich habe sie sogar zu ihrem Taxi zurückbringen helfen, ohne daß sie es merkte allerdings, ehe ich mich in den Klub begab, um dort meine Arbeit zu tun.

Leslie atmete tief ein.

»Dürfte ich Sie vielleicht höflichst fragen, was in Wimbledon geschehen ist, daß Miß Stedman bewog, das Haus zu verlassen?«

Tillman breitete die Arme aus.

»Wenn ich das nur selber wüßte! Ich weiß bloß, daß bald nach Ihrem Weggang Miß Stedman spurlos verschwunden war und Mr. Friedman wie ein Verrückter im Garten auf und ab lief, nach seinem Wagen brüllte und Racheschwüre ausstieß — gegen Sie, nehme ich an.«

»Natürlich«, antwortete Leslie. »Und was geschah dann?«

»Mehr weiß ich nicht. Bloß daß ich später dann die junge Dame vor dem Leopards traf. Ich komme übrigens direkt von dort«, schloß er bedeutungsvoll.

Leslie blickte ihn scharf an.

»Ihr Kommen und Gehen interessiert mich nicht.«

»Nein? Ich sage Ihnen doch, ich war kurz nach dem Mord im Leopards Club.«

»So?« erwiderte Leslie gleichgültig.

Tillman wartete einen Augenblick.

»Und das interessiert Sie nicht?«

»Nicht besonders.«

»Interessiert es Sie vielleicht zu erfahren, daß Frank Sutton ermordet wurde?«

»Auch nicht sonderlich«, gab Leslie kühl zurück. »So etwas war zu erwarten.«

Tillman nickte. »Ich glaube, das sagten Sie schon heute morgen.«

John Leslie ging langsam auf ihn zu.

»Würden Sie mir vielleicht endlich erzählen, wer zum Teufel Sie eigentlich sind?«

»Das tut nichts zur Sache. Wer hat Sutton umgebracht?«

»Das zu klären ist wiederum Sache der Polizei.«

Tillman lachte. »Sie sind vielleicht kaltschnäuzig!«

»Sagen Sie mal, haben Sie nichts zu tun?« fragte Leslie höflich.

»O doch.«

»Dann lassen Sie sich bitte nicht aufhalten.«

In diesem Moment fiel Tillmans Blick auf Leslies Hand. Quer über den Handrücken lief eine Narbe, und daneben befand sich ein verschmierter roter Fleck.

»Was haben Sie da an der Hand?«

Leslie besah sich den Fleck, spuckte auf sein Taschentuch und rieb ihn weg.

»Blut«, stellte er fest. »Ich habe mir irgendwo die Hand verletzt. Beruhigt?«

»Sie sind heute abend im Klub gewesen«, erklärte Tillman plötzlich in verändertem Ton. »Man hat Sie beobachtet, wie Sie aus dem Hoftor kamen. Haben Sie dort jemand getroffen, den Sie kannten?«

Leslie brach in schallendes Gelächter aus.

»Ich weiß wirklich nicht, warum ich Ihre dämlichen Fragen beantworten soll, aber meinetwegen. Ja, ich traf Collie.

»Collie?« rief Tillman ungläubig. »War der auch im Klub?«

»Allerdings. Das scheint Sie zu beunruhigen.«

Tillman verlor für einen Augenblick die Fassung.

»Wieso sollte es mich beunruhigen, daß ein . . .« Er verstummte.

»Daß ein Reporter dort war«, ergänzte Leslie trocken. »Ich weiß genau, was Sie so aufregt, mein Freund. Sutton hat es leider versäumt, sich genauer über Sie zu informieren, als er Sie einstellte. Aber ich, ich bin von Natur aus neugierig . . . Gehen Sie nach Hause, mein Bester. Hier haben Sie nichts mehr verloren.«

Er öffnete die Tür.

»Wir sehen uns wieder«, drohte Tillman im Hinausgehen.

»Hoffentlich nicht«, rief Leslie hinter ihm her.

Tillmans Schritte waren kaum im Korridor verhallt, als Leslie schon wieder jemand kommen hörte. Er erkannte den neuen Besucher augenblicklich am Schritt, lief zur Tür und riß sie auf. Beryl warf sich in seine Arme.

»O John, John, mein Liebster!« flüsterte sie.

»Wo kommst du her?«

»Von Wimbledon — nein, nicht allein. Lew wartet draußen im Wagen. Er sagt, er würde heraufkommen, wenn du ihn sprechen willst.«

»So, er wartet draußen im Wagen. Und du, du warst heute abend im Leopards Club, nicht wahr? Weißt du es schon?«

»Das mit Frank? Ja. Ist es auch wirklich wahr?«

»Mein Liebling«, sagte Leslie ausweichend, »es tut mir alles so schrecklich leid für dich.«

Er sah, wie sie mit sich rang, die entscheidende Frage zu stellen.

»Du hast doch nicht . . . du hast doch bestimmt nicht . . . oh, John, sag mir doch bitte, wer hat ihn getötet?«

## 31

Leslie blickte an Beryl vorbei.

»Sutton hat den Tod verdient. Auf den Mörder des armen Larry Graeme wartete der Galgen. Beryl, mein Liebling, es fällt mir nicht leicht, dir alles zu erklären. Aber du hast ein Anrecht auf die Wahrheit. Setz dich, Liebes. Du siehst blaß und müde aus. Warum bist du heute abend von zu Hause weggelaufen?«

»Ich war in meinem Ankleidezimmer eingeschlafen, und

Lew konnte mich nicht finden. Er dachte, ich wäre wegen Frank davongelaufen. Als ich aufwachte, waren alle weg, und da fuhr ich los, um — um dich zu suchen. Aber bitte, sag mir jetzt, was du mir eben sagen wolltest.«

»Ich will erst wissen, wie du mich gefunden hast.« Er setzte sich neben sie auf die Stuhllehne und legte den Arm um sie.

»Ich ging zu dem Gästehaus, wo du wohnst, und dann zum *Post-Courier*. Dort meinte man, du seist vielleicht im Leopards Club, und da bin ich eben hingefahren.« Sie schauderte zusammen.

»Mein armer Liebling.« Er drückte sie fest an sich. »Ich wünschte bloß — aber das hilft jetzt auch nichts mehr.«

»Nicht wahr, du hast es nicht getan?« Ihre Stimme war schrill vor Erregung. »Lew schwört, daß du unschuldig bist. Du hast ihn nicht erschossen, John — du könntest niemals kaltblütig einen Menschen umbringen, nicht wahr?«

»Pst«, sagte er beschwichtigend. »Du solltest nicht hier sein, Liebling. Ich bring dich jetzt hinunter. Friedman hätte dir nicht erlauben sollen herzukommen.« Zärtlich fügte er hinzu: »Ich liebe dich. Und ich hätte dir so gern alles erspart. Ich wollte deinen Namen aus der ganzen Sache heraushalten — und es wäre mir geglückt, wenn er — wenn er dich nicht schon heute geheiratet hätte.«

Sie machte sich aus seiner Umarmung frei und stand auf. Nie war sie ihm liebenswerter erschienen als in ihrer jetzigen Hilflosigkeit, die sie so tapfer zu verbergen suchte.

»Ich werde jetzt ganz vernünftig sein, John — wirklich. Was willst du tun? Du darfst keine Minute länger hier bleiben. Hast du Geld?«

»Alle Welt will mir Geld geben«, entgegnete er lächelnd. »Sogar der gute Percy.«

»Percy?«

»Du kennst ihn nicht. Sein richtiger Name ist Bill Anerley. Ein alter Kriegskamerad.«

»Weiß er Bescheid?«

»Ich glaube schon.« In plötzlicher Erregung fügte er hinzu: »Ich wünschte, ich könnte dir jetzt schon alles sagen. Ich war ein Idiot! Ein Idiot! Und dabei dachte ich, ich hätte es ganz besonders schlau angefangen. Ja, Percy weiß alles . . . er bildet es sich zumindest ein. Er ist der Portier im Leopards Club. Der arme Percy!«

»Der arme Percy? Kannst du nicht mal an dich denken?«

»Das tu ich.«

Schon wieder ertönten Schritte im Korridor. Jetzt hatte man ihn entdeckt, dachte Beryl, und wurde totenblaß.

»Ist das die Polizei?«

»Versteck dich nebenan, schnell«, drängte Leslie und deutete auf das Nebenzimmer, durch das vorher schon Anerley verschwunden war. »Dann gehst du entweder leise zu deinem Vormund hinunter oder du bleibst und verhältst dich ganz still.«

Damit lief er zur Tür und schob den Riegel vor, gerade noch rechtzeitig, bevor an der Klinke gerüttelt wurde und eine schrille, haßerfüllte Stimme seinen Namen rief.

»Es ist Millie Trent«, flüsterte er befriedigt. Sie hatte er erwartet.

Er beugte sich zu Beryl hinunter, küßte sie und schob sie sanft auf das Nebenzimmer zu. Er wartete, bis sie verschwunden war, dann ging er zur Tür und zog den Riegel zurück.

Millie Trent fiel beinahe der Länge nach ins Zimmer. Ihre Haare hingen wirr herunter, ihre Augen schienen unnatürlich groß in dem kalkweißen Gesicht. Bebend vor Wut deutete sie mit ausgestrecktem Finger auf Leslie.

»Feigling!« kreischte sie mit überschnappender Stimme. »Mörder!«

Sie trug keinen Mantel, ihre Bluse war vom Regen durchweicht, ihre grauen Strümpfe mit Schmutz bespritzt.

»Was wünschen Sie?« fragte er kühl.

»Sie Mörder! Sie haben ihn umgebracht! Hinterrücks erschossen haben Sie ihn, Sie gemeiner Feigling! Niedergeknallt wie einen Hund!«

»Ja, wie einen tollwütigen Hund. Etwas Besseres war er auch nicht.«

Sie rang krampfhaft nach Luft. Dann riß sie plötzlich mit einem wilden Aufschrei einen Revolver aus der Handtasche, aber ehe sie ihn auf Leslie richten konnte, hatte dieser mit hartem Griff ihr Handgelenk gepackt, so daß die Waffe polternd zu Boden fiel.

»Feigling!« wimmerte sie. »Aber das werden Sie am Galgen büßen! Hängen sollen Sie, dafür werde ich sorgen. Ich geh zur Polizei. Ja, kommen Sie nur her, Sie Schlächter. Ich habe keine Angst vor Ihnen. Ich hab jemand mitgebracht, der wird dafür sorgen, daß bald kein Hund mehr ein Stück Brot von Ihnen nimmt.«

»Halten Sie endlich den Mund.« Er drückte sie auf einen Stuhl, und für den Moment war sie zu erschöpft, um sich zu wehren. »Was sind Sie eigentlich für eine Frau? Jahrelang sind Sie seine Komplizin gewesen. Bei all seinen Betrügereien haben Sie mitgemacht — seelenruhig haben Sie mitangesehen, wie er junge Mädchen verführt und ihnen das Leben ruiniert hat, Mrs. Sutton!«

»Das ist nicht wahr! Er hat mit keiner von ihnen — glauben Sie, das hätte ich jemals geduldet? . . . Mrs. Sutton? Sie wissen also Bescheid?«

Er nickte. »Heute morgen wollte ich Sie dazu bringen, daß Sie mit der Wahrheit herausrücken, erinnern Sie sich? Ich habe Sie absichtlich gereizt, bis Sie drauf und dran waren, alles zuzugeben.«

Plötzlich sprang sie in die Höhe, lief zur Tür und riß sie auf.

»Ich geh jetzt zur Polizei und sage denen, wo Sie sind«, schrie sie. »Die suchen nämlich schon nach Ihnen.«

»Nach Ihnen auch«, entgegnete er.

Sie machte kehrt und trat dicht vor ihn hin.

»Glauben Sie, es kümmert mich, was mit mir geschieht? Mir ist nur noch wichtig, daß man Sie schnappt, Leslie . . . Sie gemeiner Schuft . . . Sie Mörder! O Gott, wie ich Sie hasse.«

Leslie hob ihren Revolver vom Boden auf und legte ihn auf den Schreibtisch.

»Ist das die Waffe, mit der Ihr Mann Larry Graeme erschossen hat?«

»Es war Notwehr«, rief sie schrill. »Hat man bei Graeme nicht eine geladene Waffe gefunden? Jawohl, er hat ihn erschossen — hätte er bloß auch Sie erschossen. Aber ich lege Ihnen das Handwerk, Leslie, und wenn ich dafür an den Galgen komme. Sie haben Frank umgebracht —«

»Das ist nicht wahr!«

Beryl war unbemerkt hereingekommen und stellte sich vor die tobende Frau.

»Ah, Sie sind bei ihm — das hätte ich mir denken können«, schrie Millie außer sich vor Wut.

»Ich bin den ganzen Abend mit ihm zusammen gewesen«, erklärte Beryl, aber Leslie fiel ihr schroff ins Wort.

»Das stimmt nicht, sie war nicht mit mir im Leopards Club.«

»Ah, er will Ihre kostbare Person nicht in die Sache hineinziehen, was?« Millie grinste haßerfüllt. »Aber daraus wird nichts! Sie werden genauso in den Dreck gezerrt werden wie alle anderen, Beryl Sutton.«

»Etwas Schlimmeres, als diesen Namen zu tragen, kann es nicht geben«, antwortete Beryl tonlos.

»Mir war er gut genug.«

»Warum haben Sie ihn dann nicht benutzt?« fragte Leslie hart. »Weil Sie sehr gern bei seinen schmutzigen Geschäften mitgemacht haben — jawohl, unterbrechen Sie mich nicht! Weil Sie sich genauso daran bereichert haben wie er . . .«

»Dafür werden Sie mir büßen!« stieß Millie halb erstickt hervor.

»Na los, gehen Sie schon. Gehen Sie und holen Sie die Polizei. Und nochmals schönen Dank hierfür.« Er deutete auf ihren Revolver. »Der hatte mir in meiner Sammlung nämlich noch gefehlt.«

Er knallte die Tür hinter ihr zu und drehte sich zu Beryl um. Sie war blaß vor Entsetzen.

»Bist du verrückt?« fragte sie atemlos. »Du mußt auf der Stelle verschwinden. Ist dir nicht klar . . .«

»Ich möchte mir nur noch schnell den Mann ansehen, der Millie hierher begleitet hat. Ich glaube nämlich, ich weiß, wer es ist.«

Er öffnete leise einen Spalt breit die Tür und spähte den matt erleuchteten Korridor entlang. Ein paar Schritte weit entfernt lehnte Joshua Collie an der Wand. Von seinem müde herabhängenden Mundwinkel baumelte eine halb zerquetschte Zigarette.

## 32

»Kommen Sie nur herein, Mr. Collie. Haben Sie diese reizende Dame hierher gebracht?«

»Eigentlich war es eher umgekehrt«, entgegnete Collie betrübt. »Sie ist eine Frau, der man schwer widersprechen kann.« Er erblickte Beryl und verbeugte sich. »Ich fürchte, ich komme ein wenig ungelegen.«

»Ich würde lieber sagen unerwartet«, meinte Leslie, worauf Collie lächelte, als habe man ihm ein Kompliment gemacht.

»Ich bin eben überall und nirgends«, sagte er selbstgefällig und setzte dann mit traurigem Kopfschütteln hinzu: »Arme Person! Ich meine natürlich das unglückselige Frauenzimmer, das vor ein paar Sekunden aus diesem Zimmer gestürzt kam.«

Er blickte an seinem regenfeuchten Mantel hinab.

»Ist es nicht eigenartig, daß interessante Morde regelmäßig in Nächten verübt werden, wo es so regnet, daß man weder für Geld noch für gute Worte ein Taxi auftreiben kann?« Er lächelte resigniert. »Ach übrigens, wußten Sie, daß der Klub geschlossen wurde?«

»Der Leopards Club?«

Collie nickte. »Eine etwas unbedachte Entscheidung seitens der Polizei, würde ich sagen. Glücklicherweise blieb die Bar noch ein Weilchen geöffnet. Das hatte einen guten Grund — dort saß nämlich ich mit dem Polizeiinspektor, der vorläufig die Ermittlungen leitet. Ein sehr netter Mensch — und sehr interessiert an mir. Ich war nämlich ein Augenzeuge.«

John Leslie trat einen Schritt zurück und starrte Collie an.

»Ja, denken Sie, ich war ein Augenzeuge und doch auch wieder nicht«, fuhr Collie fort, die Augen fest auf Leslie gerichtet. »Ich sah, wie jemand einen Schuß abfeuerte, und trotzdem könnte ich nicht schwören, daß ich die Person, die schoß, wiedererkennen würde.«

Leslie begegnete schweigend seinem Blick.

»Eines möchte ich Sie gern fragen, Collie«, sagte er nach einer Weile, »muß Miß Stedmans Name in dieser ganzen Angelegenheit unbedingt erwähnt werden?«

»Miß Stedmans Name läßt sich leider nicht ganz heraushalten.«

»Aber die Geschichte könnte doch mit ihrer Heirat enden?«

Collie nickte. »In meinem Bericht wird sie ohne jeden Zweifel mit der Heirat enden. Aber wie verhält es sich mit der Polizei?«

Eine kurze Pause trat ein.

»Tillman hat sie gesehen«, bemerkte Leslie dann trocken.

»Tillman!« Collie schrie auf, als hätte ihn etwas gestochen. »War der etwa auch dort?«

»Er stand draußen auf der Straße, und dabei hat er leider Miß Stedman gesehen.«

»Draußen sagen Sie? Und er hat Miß Stedman gesehen? Hm! Das ist unangenehm. Wirklich sehr unangenehm! Ich kann mir kaum etwas Unangenehmeres vorstellen.« In Collies Gesicht malte sich tiefe Betrübnis.

»Komm, Liebling«, sagte Leslie abrupt zu Beryl. »Wir gehen jetzt hinunter zum Wagen, und ich begleite euch bis Wimbledon.«

»Aber . . .« protestierte sie.

»Ich bestehe darauf. Ich werde bis Wimbledon mitfahren, aber danach muß ich schnell wieder weg. Ich möchte mich heute nacht nämlich noch einmal mit Mr. Collie unterhalten — und vor allem auch mit Mr. Tillman. Mit dem ganz besonders«, setzte er grimmig hinzu. »Ich fürchte leider, der wird mir Schwierigkeiten machen.«

»Er ist ein sehr netter Mensch«, fiel ihm Collie ins Wort. »Ich meine jetzt nicht in seiner beruflichen Eigenschaft, sondern als Mensch. Vielleicht kein Heiliger, aber ein sehr netter Mensch.«

»Das werden wir ja sehen«, sagte Leslie.

Beryl starrte verständnislos von einem zum anderen.

Lew Friedman saß zusammengesunken in einer Ecke des Wagens und sprach die ganze Fahrt nach Wimbledon kaum ein Wort. Er grüßte Leslie nur knapp, redete auch nicht mit Beryl, sondern hielt nur ihre Hand. Leslies Bemühungen um Konversation hatten keinen Erfolg.

Er war heilfroh, als sie in Hillford waren.

In seinem Haus lebte Friedman wieder ein bißchen auf. Die Ereignisse des Abends hatten ihn furchtbar mitgenommen, und Beryl wurde sich zum erstenmal bewußt, wie alt er war.

»Kommst du mit in die Bibliothek, oder möchtest du zu Bett gehen?«

Sie schüttelte den Kopf. »Ich habe genug geschlafen.«

»Gott sei Dank!« sagte er grimmig.

Er öffnete die Tür zur Bibliothek, und sie gingen hinein. Sie redeten kein Wort, bis Robert mit Kaffee und einer großen Karaffe erschien. Lew schenkte sich einen doppelten Cognac in den Kaffee und trank die Tasse schnell aus.

»Das tut gut«, sagte er, ließ sich in seinen alten Sessel fallen und hielt seine leicht zitternden Hände über die verglimmenden Scheite. »Mein Gott, was für eine Nacht!«

»Du weißt doch Bescheid, oder?«

»Über Sutton? Ja, ich weiß alles.« Er schaute zu Leslie. »Haben Sie es ihr erzählt?«

»Ich habe ihr gesagt, Sutton sei tot.«

»Und . . . haben Sie ihr auch gesagt, wer er war?«

»Nein«, antwortete Leslie.

Beryl sah ihn überrascht an. »Wer er war? Was soll das heißen?«

»Er war der Zinker«, sagte Leslie rauh. »Und er war noch etwas anderes, Beryl. Erinnerst du dich an den Abend, als wir in eben diesem Zimmer saßen und über einen Mann sprachen, dessen Hobby Bigamie war?«

Sie nickte. »Ja, du sagtest, Stehlen sei ja noch vergleichsweise harmlos, und ich wunderte mich. Und dann hast du von diesem gemeinen Menschen gesprochen . . . Oh! Das war doch nicht . . .«

»Es war Frank Sutton«, sagte Lew. »Als ich es erfuhr, dachte ich, ich würde verrückt.«

»Wie haben Sie es eigentlich erfahren, Friedman?« sagte Leslie. Die Frage hatte ihn den ganzen Abend beschäftigt.

»Ich hörte Stimmen im Salon«, erklärte Friedman. »Um die Wahrheit zu sagen, hatten mich einige kurze Gespräche zwischen Sutton und seiner Sekretärin bereits stutzig gemacht. Und dann hörte ich, wie sie sich stritten, ich glaubte jedenfalls, daß sie sich stritten. Ich war ein bißchen besorgt . . . unter normalen Umständen wäre es mir natürlich nie eingefallen zu horchen. Aber ich mußte an dich denken, Beryl.« Er nahm ihre Hand und drückte sie so fest, daß sie zusammenzuckte. »Ich mußte einfach wissen, was diese Frau für ihn war, so daß ich die Tür einen Spalt weit öffnete und die ganze üble Geschichte hörte. Ich hatte meinen Liebling mit dem Zinker verheiratet, einem Betrüger und Hehler — und noch dazu einem Heiratsschwindler!«

Seine Stimme bebte, und er mußte sich räuspern, ehe er fortfuhr. »Ich glaube, daß ich in jenem Augenblick beinahe den Verstand verloren hätte, und es ist ein Wunder, daß ich nicht hineinstürzte und ihn auf der Stelle erwürgte. Hätte ich es bloß getan! Aber es ging um dich, und der Gedanke, daß du oben warst und nichts von der schrecklichen Sache ahntest, brachte mich wieder zu mir. Ich ging nach oben, um es dir zu sagen . . . nicht nur, um es dir zu sagen, sondern auch, um mir selbst gut zureden zu lassen. Weißt du noch, wie ich früher manchmal zu dir kam, wenn ich außer mir war? Du hattest eine wunderbar beruhigende Wirkung auf mich. Es war genauso wie damals. Ich ging in dein Zimmer, aber du warst nicht da. Wenn ich einen klaren Kopf gehabt hätte, hätte ich an die Tür deines Ankleidezimmers geklopft, aber ich war mit den Nerven am Ende, und plötzlich dachte ich, du wüßtest alles über Sutton und seist davongelaufen. Du weißt ja, wenn man außer sich ist, bildet man sich alles mögliche ein. Ich rannte in mein Zimmer und zog mich um — ich hatte immer noch den Bratenrock von der Hochzeit an. In meiner Angst um dich vergaß ich Sutton total. Als ich wieder nach unten kam, war er nicht mehr da. Ich glaubte zu wissen, wo ich ihn finden würde, also fuhr ich in die Stadt. Ich kam nicht darauf, zur Firma zu fahren. Wenn ich es getan hätte, hätte ich ihn dort angetroffen. Aber ich fuhr woanders hin.«

Jetzt verstand sie. »Du bist zum Leopards Club gefahren?« sagte sie und sah ihn entsetzt an.

»Ja. Weißt du, ich kenne Anerley, ich habe ihm einmal geholfen, als es ihm dreckig ging. Ich war seit Jahren nicht mehr dort gewesen, aber jetzt beschloß ich hinzufahren.«

»Dann waren Sie der Schläfer von Nummer vier?« sagte Leslie lächelnd.

Friedman nickte. »Ich dachte immer nur an eines: mit Sutton abrechnen. Außer Anerley sah niemand, wie ich in den Klub kam. Sein Sohn war gerade nicht da. Er war überrascht, mich zu sehen. Ich sagte ihm, ich fühlte mich nicht wohl und müßte unbedingt schlafen, und niemand solle wissen, daß ich im Klub sei. Zum Glück gab er mir das Zimmer neben dem Konferenzraum, und durch die dünne Trennwand hörte ich dann jenes Telefongespräch mit. Ich öffnete die dünne Tür, und da sah er mich. Er sprang auf und zog den Revolver, und ich schoß.«

»Du hast ihn getötet . . . du?« flüsterte sie und starrte ihn an. »Du!« flüsterte sie wieder.

Er nickte langsam. Sein Kopf sank auf die Brust. »Ja, ich habe ihn getötet. Ich bereue es nicht. Ich werde die Konsequenzen tragen. Aber wenn je ein Mensch den Tod verdient hat, dann er.«

Sie sah Leslie verstört an. »Du hast es die ganze Zeit gewußt?«

»Ja«, antwortete Friedman an Leslies Stelle. »In dem Moment, in dem ich abzog, schlug jemand meinen Arm hoch, und ich sah mich um — es war Leslie. Er nahm mir die Pistole ab und schob mich durch eine kleine Tür zu einer Hintertreppe ins Erdgeschoß, die fast nur vom Personal benutzt wird. Ich begegnete niemandem. Unten mußte ich die Tür zum Hof entriegeln, aber zum Glück sah mich auch da kein Mensch.«

»O Lew!«

Sie kniete neben ihm, hielt seine Hand, schmiegte den Kopf an seinen Arm und schluchzte und lachte gleichzeitig wie von Sinnen.

Sie konnten sie erst nach einer Weile beruhigen. Als sie sich wieder gefaßt hatte, war Leslie fort. Er wolle zu Tillman, hatte er Friedman erklärt.

Friedman hatte noch etwas zu erledigen. Als der Arzt, den er herbestellt hatte, wieder gegangen war, ließ er seinen übernächtigten Chauffeur kommen.

»Bringen Sie mich zum Polizeirevier in der Bow Street«, sagte er. »Ich werde Sie dann nicht mehr brauchen. Fahren Sie zurück nach Wimbledon und halten Sie sich Miß Beryl zur Verfügung.«

Es dauerte eine halbe Stunde, bis er alles Nötige geregelt hatte, und dann stieg er in den Wagen. Er hatte das Haus kaum verlassen, als das Telefon zu schrillen begann.

Als der Wagen vor dem düsteren Tor des Reviers in der Bow Street hielt, schlug es halb eins. Lew Friedman gab dem Fahrer noch einige Anweisungen, ehe er ging.

»Sie brauchen wirklich nicht zu warten«, sagte er zuletzt nicht ohne einen gewissen Galgenhumor. »Es kann nämlich sehr lange dauern, bis ich zurückkomme. Sprechen Sie morgen früh mit Captain Leslie. Er wird Ihnen vielleicht raten können, ob Sie in meinen Diensten bleiben sollen oder nicht.«

Er ging die Eingangsstufen erst hoch, als der Wagen fort war, und sagte zu dem Konstabler an der Tür: »Ich möchte den diensttuenden Inspektor sprechen.«

Der Beamte führte ihn in den hellerleuchteten Dienstraum, wo der Inspektor gerade mit dem Polizeisergeant redete.

»Mein Name ist Lewis Friedman«, sagte er.

»Ich kenne Sie, Mr. Friedman«, sagte der Inspektor lächelnd. »Was können wir für Sie tun? Haben Sie etwas verloren?«

»Nein. Ich komme, weil ich jemanden getötet habe«, sagte Friedman ruhig. »Ich habe heute abend gegen halb zehn einen Mann erschossen, der unter dem Namen Frank Sutton bekannt ist, aber Sie kennen ihn wahrscheinlich besser als den ›Zinker‹. Ich habe ihn im Leopards Club getötet.«

Der Inspektor sah ihn verblüfft an. »Nicht schuldig«, sagte er, um dann unvermittelt zu lachen. »Ich fürchte, Sie haben ein bißchen zu tief ins Glas geschaut, Mr. Friedman.«

»Ich versichere Ihnen, daß ich ihn getötet habe«, sagte Friedman ungeduldig.

Der Inspektor schüttelte den Kopf. »Und ich versichere Ihnen, daß Ihr Opfer lebt. Ich komme nämlich gerade vom Middlesex-Krankenhaus, wo Sutton alias Stahl liegt, und er ist nicht mal verwundet.«

Lew traute seinen Ohren nicht. Verwirrt rieb er sich die Stirn. Sutton lebte?

»Ich träume doch nicht?« sagte er mit belegter Stimme. »Wenn er nicht zumindest . . . verwundet ist, warum liegt er dann im Krankenhaus?«

»Weil er nach seinen eigenen Angaben versehentlich ein Betäubungsmittel getrunken hat, das für eine Freundin bestimmt war«, erwiderte der Inspektor. »Er hat, anders ausgedrückt, nur eine kleine Vergiftung, und wenn der Tip seiner Freundin auch nur zur Hälfte stimmt, wird er nach seiner Genesung vor den Henker treten.«

## 33

Normalerweise verließ Field die Redaktion gegen sechs. Aber er war Nachrichtenredakteur, und da kam es oft vor, daß besondere Ereignisse ihn ganze Abende vom Kreis der Familie fernhielten. Heute war es ein Uhr nachts geworden. Field saß in Hemdsärmeln auf einem Tisch, kaute an einem Zigarrenstummel und betrachtete erschöpft, aber zufrieden die neueste Ausgabe des *Megaphone*. Wie er es geschafft hatte, sich das noch druckfrische Exemplar des Konkurrenzblatts zu beschaffen, war ein Geheimnis, das nur er selbst und sein Mittelsmann kannten. Auf Fields geheiligtem Drehstuhl flezte sich Joshua Collie, der einen ganzen Stapel Schinkenbrote und ein großes Glas Bier vor sich hatte.

»Im Leben jedes Mannes gibt es ein paar Sternstunden, Collie«, sagte Field, der zu vorgerückter Stunde immer zum Dozieren neigte. »Zum Beispiel das erste ermutigende Zeichen eines hübschen Mädchens . . .«

»Mich hat noch nie ein hübsches Mädchen ermutigt«, wandte Collie ein und kaute weiter.

»Ich meine auch nicht Sie, sondern *attraktive* Männer«, sagte Field. »Und dann gibt es den erhabenen Augenblick, in dem ein Krieger seinen Feind besiegt.« Field trank einen Schluck aus seinem Glas und stellte es wieder hin. »Aber nichts ist so aufregend, wie die Zeitung von gegenüber zu lesen . . .«

»Um die Ecke«, verbesserte Collie, der Wert auf Genauigkeit legte.

»Meinetwegen. Und festzustellen, daß man sie geschlagen hat.«

»*Ich* habe sie geschlagen«, murmelte Collie.

»Sie sind im Augenblick nur einer von der Mannschaft, Collie. Wenn wir Sie nicht immer wieder in den Hintern getreten hätten, um Sie aus Ihrer angeborenen Lethargie aufzurütteln, hätten Sie diese Story nie bekommen. Aber ich will fair sein. Sie haben den Zinker schneller gekriegt als alle anderen aus der Fleet Street. Dieses Käseblatt« — er schlug auf das unschuldige *Megaphone*-Exemplar — »hatte seinen besten Mann seit Wochen auf die Sache angesetzt. Aber Sie sind ihm zuvorgekommen. Und Sie krönen Ihren . . .«

»Triumph«, unterbrach Collie.

»Nein, ich wollte sagen, Ihre Leistung. Sie krönen sie mit der Meldung, daß der Zinker noch lebt. Das nenne ich eine *tour de force.*«

»Oder ein *chef d'oeuvre«,* murmelte Collie.

Das Telefon auf dem Tisch summte. Field nahm schwungvoll ab.

»Im Moment interessiere ich mich nur noch für mein Bett«, sagte er barsch.

Der Portier — denn er war der Anrufer — redete wieder, und Field lächelte breit.

»Wenn das nicht der Gipfel von allem ist!« sagte er dann. »Er soll bitte raufkommen.«

Er legte auf und sah Collie an. »Ein Freund möchte Ihnen gratulieren.«

Collie war nicht danach, die Glückwünsche von Freunden entgegenzunehmen, doch als die Tür geöffnet wurde und der lächelnde »Tillman« hereinkam, sprang er auf, um den großherzigen Rivalen zu begrüßen. Arthur Tillman Jones vom *Megaphone* galt seit Jahren als der beste Kriminalreporter der Fleet Street.

»Ich ziehe den Hut vor Ihnen, Sie alter Schnüffler!« sagte er und schüttelte Collies Hand. »Ich habe eben Ihre Frühausgabe gelesen.«

Field versuchte hastig, die erste Ausgabe des *Megaphone* zu verstecken.

»Sie sind nicht der einzige, der harmlose Setzer korrumpiert, mein lieber Field«, fuhr Tillman fort. »Jedenfalls ist Ihre Story großartig, Collie, wirklich Klasse. Wir werden jetzt eine Ausgabe nachschieben müssen und uns so viel klauen, wie wir können, aber Sie haben zumindest auf dem Land einen Vorsprung, der meinem Verleger Kopfschmerzen bereiten wird. Übrigens, haben Sie unseren Freund Leslie gesehen?«

Collie blickte zur Uhr an der Wand. »Er hat geschworen anzurufen, bevor er nach Hause fahren würde«, sagte er. »Das ist überhaupt der Grund, warum ich hier noch rumsitze. Toller Bursche! Der Zinker hat ihn einzig und allein wegen seiner bewegten Vergangenheit eingestellt — Sutton wollte nur zweifelhafte Typen um sich haben, also tat Leslie ihm den Gefallen. Sein Vorstrafenregister ist von Scotland Yard gefälscht worden.«

»Warum hat dieser idiotische Sergeant aus der Bow Street ihn nicht erkannt?« fragte Tillman Jones.

»Weil ihn kaum jemand persönlich kennt. Als er sich später auswies, sorgte Elford natürlich sofort dafür, daß er freigelassen wurde.«

»Sich auswies?« sagte Tillman Jones verständnislos.

In diesem Augenblick trat Leslie unangemeldet ins Zimmer. Er beherrschte die Kunst, ungesehen an Portiers und Wachposten vorbeizukommen. Er reichte Collie die Hand.

»Ich gratuliere! Es klingt absolut wahr, sogar die kleinen dichterischen Freiheiten.«

Joshua Collie strahlte über das ganze Gesicht, und dann wandte er sich an Field: »Mr. Field, darf ich Sie mit Chefinspektor Barrabal von Scotland Yard bekanntmachen?«

Zwei Hände trafen sich über dem Schreibtisch des Nachrichtenredakteurs.

»Sehr angenehm«, sagte Field.

»Ganz meinerseits!« erwiderte John Leslie Barrabal.

# MARY FERRERA SPIELT SYSTEM

# 1

Soll ich Trauer tragen, weil ich mir die Mißbilligung von Inspektor Jennings zugezogen habe?

Jedesmal, wenn er mich sieht, faucht er mich an, und wenn er besser gelaunt ist, prophezeit er mir kopfschüttelnd nichts als Mißerfolg. Nun, da kann ich nur wie Billy sagen: »Wir werden ja sehen.«

Im Rang jedenfalls stehe ich ihm heute nicht mehr nach, und mein Chef, der stellvertretende Polizeipräsident, hat seinen vertraulichen Bericht über mich mit der Bemerkung »hervorragende Leistungen« abgeschlossen. Das weiß ich, weil er selbst es mir gestern beim Abendessen erzählt hat. Er ist ein vollendeter Gentleman und hat mit keinem Wort die Ereignisse erwähnt, die sich am 18. Mai am Bahnhof von Tavistock zugetragen haben, noch sprach er von jener Nacht, als Mary Ferrera mit dem Revolver in der Hand leeren Blicks auf die zusammengesunkene Gestalt starrte, die über Billys Schreibtisch lag.

Die Wahrheit ist, daß ich Billy Stabbat, obwohl er ein Freund von mir ist, bei diesem bemerkenswerten Fall kaum eine Hilfe war; die Wahrheit ist ferner, daß die Affäre Stabbat herzlich wenig Ähnlichkeit mit den Sensationsgeschichten hat, die phantasiebegabte Journalisten aus ihr gemacht haben. Es ist beispielsweise eine Lüge zu behaupten, einer der Wärter wäre ermordet worden, und Stabbat und ich hätten bei der Beseitigung der Leiche geholfen. Der gute Mann lebt gesund und munter in Princetown in der Duchy Street 49, und ist heute für Gang 7, Block D, im Dartmoor-Gefängnis zuständig. Im übrigen war ich in London, als der Überfall verübt wurde.

Es ist relativ einfach, die wahre Geschichte über die beiden ungewöhnlichen Verbrechen zu schreiben, die dazu führten, daß zuerst Billy Stabbat und dann Mary Ferrera ins Gefängnis wanderten. Schwieriger ist die Überlegung, wo man mit dem Bericht anfangen soll. Ich könnte natürlich mit der Herkunft Billington Stabbats beginnen, nur weiß ich nicht mit Sicherheit, was für ein Landsmann er ist. Man hielt ihn schon für einen Engländer, Amerikaner, Kanadier und Australier. Doch weiß ich zufällig, daß er in Lima, der Hauptstadt Perus, geboren wurde. Er pflegte oft stundenlang von diesem Land zu erzählen und konnte Prescott, den bedeutendsten Historiker Perus, seitenweise zitieren. Die Namen Gonzalzo Pizarros und des heldenhaften Tupac Amaru Francesco von Toledo waren ihm — ebenso wie hundert andere Namen aus der Geschichte Perus — so geläufig wie die seiner nächsten Freunde.

Wer seine Eltern waren, weiß ich nicht, und habe nie danach gefragt. Auch von den früheren Stationen seines Werdegangs habe ich keine klare Vorstellung. Als ich ihn in Frankreich kennenlernte, war er schon in der ganzen Welt herumgekommen und diente nunmehr — von den Kanadiern »ausgeliehen« — im Obersten Hauptquartier der amerikanischen Armee. Es heißt, er wäre der beste Nachrichtenoffizier gewesen, den General Pershing je hatte.

Diese Art Arbeit war Billy nicht neu. Er war in Toronto bei der Kriminalpolizei gewesen, der cleverste Mann in der ganzen Truppe, und hatte sich gerade eine Beförderung verdient, als der Erste Weltkrieg ausbrach. Die meisten Leute haben schon einmal von der Briscoe-Bande gehört — zumindest die meisten Kanadier. Gerissene Burschen waren das! George Briscoe und sein Bruder Tom waren die Anführer, und von Halifax bis Victoria in British Columbia gab es keinen Bankdirektor, der nicht mindestens einmal am Tag mit Bitterkeit an die Gebrüder Briscoe dachte. Beide waren sie Genies in ihrem Fach. Sie waren Geldschrankknacker, die niemals mit dem Brecheisen arbeiteten. Sie marschierten einfach in die Banken hinein, öffneten den Safe im Tresorraum, nahmen sich, was sie haben wollten und sperrten dann die Türen wieder hinter sich zu.

Nie gab es Anzeichen für einen Einbruch, außer daß eben Geld und Wertpapiere fehlten, und das machte den Bankdirektoren natürlich Angst. Stets sah es so aus, als wäre der Diebstahl von einem Angestellten der Bank begangen worden, der Zugang zu den Schlüsseln hatte oder die Zahlenkombination des Schlosses kannte. Ein Bankdirektor war so außer sich über den Verdacht, den man gegen ihn äußerte, daß er sich eine Kugel in den Kopf schoß.

Es gab nichts, was die Briscoes über den Bau und die Funktionsweisen von Schlössern nicht wußten. Sie waren geduldige, umsichtige, teuflisch geniale Verbrecher. Und Billy schnappte die Bande, ertappte Tom Briscoe auf frischer Tat und mit ihm vier seiner Leute. George nahm er in einem Hotel in Ottawa fest, doch gegen ihn reichten die Beweise nicht aus. Tom bekam zwanzig Jahre und erhängte sich in seiner Zelle. Ich erinnere an Billys spektakulären Erfolg, weil nur ein paar Leute hier, wo unser Interesse den einheimischen Verbrechen und Verbrechern gelten, etwas über den Fall Briscoe wußten, und das nicht einmal, nachdem George im »Old Bailey« der Prozeß gemacht worden war.

Ich glaube, die Geschichte beginnt in dem Augenblick, wo ich, im Begriff Billy zu besuchen, Levy Jones auf der Treppe begegnete. Levy ist ein kleiner Bursche, nur ungefähr einen Meter fünfundfünfzig groß und in den Schultern so ungeheuer breit, daß er noch kleiner, ja beinahe mißgestaltet wirkt. Levy hat ein langes Gesicht mit einer hängenden Nase und einem großen Mund, der sich verdreht, wenn er lächelt. Der eine Winkel steigt dann höher als der andere, so daß sein Lächeln immer etwas Spöttisches hat.

Bei meinem Anblick zog er die buschigen Brauen hoch und streckte mir eine Hand von stattlicher Größe entgegen.

»Ach du meine Güte«, sagte er.

Levys Äußerungen der Überraschung waren stets unerwartet sanft und trafen niemals den Kern der Sache. Selten erlaubte er sich stärkere Flüche als eine alte Dame, der eine Masche von der Nadel gefallen ist.

Ich war überrascht und gleichzeitig erfreut, ihn zu sehen. Vor dem Krieg hatte er bei der Handelsagentur Mosser gearbeitet — als Kreditsachbearbeiter, glaube ich —, und ich hatte in diesem Augenblick keine Ahnung davon, daß er mit Billy zusammenarbeitete.

»Levy, na sowas!« rief ich. »Das ist aber mal eine freudige Überraschung. Ich dachte schon, Sie wären tot.«

»Nein, Sir«, antwortete Levy mit seinem verunglückten Lächeln, »ich lebe noch. Gott sei Dank. Ich arbeite jetzt für Mr. Billington Stabbat.«

»Das gibt's doch nicht!« Ich war ziemlich verblüfft. »Und wie sind Sie ausgerechnet ins Detektivgeschäft geraten? Sagen Sie, Levy, wie kommen Sie eigentlich zu dem Namen Jones?«

Levy krauste schnüffelnd die Nase.

»Das ist eine Kompromißlösung, Mr. Mont. Wenn ich mich Jiwitzki nenne, halten mich die Leute für einen Bolschewiken. Sie sind doch kein Judenhasser, oder, Mr. Mont?«

»Nicht die Spur«, erwiderte ich wahrheitsgemäß. »Ein paar

meiner besten Freunde gehören Ihrem königlichen alten Glauben an.«

»Wie das klingt!« meinte Levy. »Als wäre von einem Golfklub die Rede. Eigentlich tut's mir leid, daß Sie kein Judenhasser sind. Ich habe nämlich ein neues Argument für den jüdischen Glauben, das ich an Ihnen ausprobieren wollte. Bei unserem Rabbi hab ich's schon ausprobiert, aber der hat keinen Funken Humor. Kennen Sie die Geschichte von dem Juden und der Mehlbüchse . . .?«

Levy verfügte, wie die meisten seiner Landsleute, über ein reiches Repertoire an Anekdoten, in denen die angeborene Pfiffigkeit seiner Rasse spöttelnd aufs Korn genommen wurde, und seine Geschichte gefiel mir.

»Aber Levy«, sagte ich, »wie sind Sie denn mit Billy — Mr. Stabbat — in Kontakt gekommen?«

»Nennen Sie ihn ruhig Billy«, versetzte Levy. »Ich tu's auch, er will es so. Ich habe ihn im Krieg kennengelernt. Er hat mir das Leben gerettet.«

»Bei welcher Schlacht? Ich wußte gar nicht, daß Sie an der Front waren?«

»War ich auch nicht«, erklärte Levy. »Trotzdem. An dem Tag, an dem ich eingezogen wurde, lernte ich ihn kennen, und er besorgte mir einen Schreibposten in Plymouth. Doch das war noch nicht alles.« Er sprach in so feierlich ernsthaftem Ton, daß ich mich täuschen ließ. »Als der Krieg vorüber war, bewahrte er mich vor einem Schicksal, das weit, weit schlimmer gewesen wäre als der Tod.«

Da war selbst ich beeindruckt.

»Ich hatte ein Angebot von der ›Vereinigung Reisender Varietétheater, als jüdischer Komiker aufzutreten«, fuhr Levy fort. »Und Billy holte mich da raus.«

Das alles redeten wir am Fuß der Treppe zu Billys neuen Büroräumen.

»Er ist ganz der alte«, antwortete Levy auf meine Frage. »Er hat sich kein bißchen verändert und wird sich wohl auch nie ändern. Einem Freund gäbe er sein letztes Hemd, und eine Frau braucht ihm nur ein bißchen etwas vorzuweinen, und er läßt sich für sie hängen.«

Prophetische Worte. Ich sollte mich an sie noch erinnern.

»Billys Weichherzigkeit Frauen gegenüber wird ihn noch Kopf und Kragen kosten«, fuhr Levy kopfschüttelnd fort. »Erst letzte Woche ging uns deswegen ein dickes Honorar durch die Lappen. Er sollte eine Ehefrau auf Abwegen beschatten, und als er sämtliche Beweise beisammenhatte, tat sie ihm plötzlich leid, und er schuftete Tag und Nacht, um ein Alibi für sie herbeizuzaubern. Die wußte, wie sie ihn zu nehmen hatte! Ein Tränchen rechts, ein Tränchen links, und uns kostete das achthundert Pfund, also vierhundert pro Träne. Als Billy zurückkam, brach ihm dauernd die Stimme, wenn er von ihr sprach, und er erklärte, unser Auftraggeber wäre ein elender, verdorbener Mensch und verdiente eine solche Frau gar nicht. Typisch Billy«, schloß Levy mit schwermütiger Bewunderung. »Vorsicht, Mr. Mont!«

Er zog mich zur Seite, um einem Arbeiter im weißen Kittel Platz zu machen, der die Treppe hinaufwollte.

»Der Innenausbau wird heute fertiggestellt«, bemerkte er. »Das ist der Elektriker.«

Ich warf einen Blick auf den Arbeiter im weißen Kittel. Er war ein blasser Mensch mit einem gestutzten roten Bart.

»Also dann, auf bald«, sagte Levy. »Ich fahre jetzt nach Whitechapel, um da ein bißchen rumzuschnüffeln. Wir haben einen Auftrag von einer Versicherungsgesellschaft — Brandstiftung vermutlich. Ach, übrigens, lassen Sie sich von Billy von unserem neuen Klienten erzählen.«

Er zwinkerte geheimnisvoll, und ich lief die Treppe hinauf, um seinen Brötchengeber zu begrüßen.

Wenn ein Mensch plötzlich ins Rampenlicht gerät, behauptet auf einmal jeder, ihn zu kennen oder ihm persönlich begegnet zu sein, und kann gewandt und zungenfertig seine Erscheinung und seine Eigenarten schildern. Tatsache jedoch ist, daß nur wenige Menschen Billington Stabbat gekannt zu haben scheinen oder auch nur von seiner Existenz wußten, bevor das ganze Unheil begann. Neulich habe ich ihn in einer normalerweise gut informierten Zeitschrift als »bemerkenswert hochgewachsenen Mann« beschrieben gesehen. Das ist absurd. Er ist ungefähr einen Meter fünfundsiebzig groß und wird etwa siebzig Kilo schwer sein. Er war gut gebaut, der Typ, der nie dick wird. Er hat, oder hatte in jenen Tagen, ein glattrasiertes Gesicht mit einer breiten, leicht gewölbten Stirn, ruhigen blaugrünen Augen und einer ziemlich kantigen Kinnpartie. Mich erinnert er immer an McKinnel, den englischen Schauspieler, und er hat auch etwas vom sprunghaften, dröhnenden Vortrag dieses Künstlers. Sein Gesicht konnte maskenhaft starr und unergründlich sein, und die wenigen Leute, die ihn persönlich kennengelernt haben und sich an ihn erinnern, betonen, daß sie ihn niemals lachen oder lächeln sahen. Mir erscheint das seltsam, denn ich kenne ihn vor allem als einen Menschen, der innerlich voll sprudelnden Gelächters war; der die heiteren Seiten des Lebens sah und sie genoß.

Mein erster Eindruck, als ich sein großes Zimmer betrat, war der, daß hier alles funkelnagelneu war. Ein durchdringender Farben- und Kalkgeruch schlug mir entgegen, der neuen Häusern anzuhaften pflegt. Wenn es um seinen Komfort ging, war Billy sehr wählerisch, und er hatte persönlich die Innenausstattung des Zimmers ausgesucht. Es war ein großer Raum, sehr hoch und hell. Drei Fenster blickten zur Bond Street hinunter, außerdem war noch ein ziemlich großes Oberlicht da. Vorher hatte ein Fotograf, der gerade *en vogue* war, sein Atelier in diesen Räumen gehabt. Er hatte Billy den Mietvertrag verkauft, um selbst bequemer gelegene Räume am Piccadilly zu mieten. Es gab keinen Aufzug im Haus, und offenbar hatte es seinen Kunden nicht gepaßt, drei Treppen steigen zu müssen. Der Boden war mit einem Teppich in sattem Blau bedeckt, und auch die Wandtäfelung war in Blau gehalten, in einem lichten, zarten Blau.

Das Prunkstück des Zimmers war zweifellos der riesige offene Kamin, ein Traum aus Marmor. Der gemeißelte Sims wurde von zwei assyrischen Löwen getragen, *sejeant* und *regardant*, wie es in den Heraldikbüchern heißt. Es waren wirklich zwei Prachtexemplare der Bildhauerkunst, und sie sahen, auch wenn sie nur dekorative Zwecke erfüllten, wesentlich überzeugender aus als beispielsweise die plumpen Landseer Löwen am Trafalgar Square oder die merkwürdigen Tiere, die das Postamt in der Fifth Avenue bewachen und die jeder New Yorker dem fremden Besucher voller Stolz zeigt. Sie wirkten erstaunlich echt mit ihren aufgerissenen Mäulern und den über den scharfen Zähnen hochgezogenen Lefzen.

Billy blickte auf, als ich eintrat, und sprang mit einem strahlenden Lächeln des Willkommens auf die Beine.

»Mont!« rief er, während er meine Hand umschloß. »Komm herein und nimm auf dem neuen Teppich Platz — die Stühle sind noch nicht da. Wie findest du es?«

Er wartete nicht auf meine Antwort.

»Mont«, fuhr er fort, »ist dir eigentlich klar, wie groß die Ähnlichkeit des Lebens mit einer Patience ist? Wir spielen und spielen, und nur bei wenigen von uns geht sie auf. Wir lügen uns selbst etwas in die Tasche, Mont. Wir versuchen, uns vorzumachen, daß sich alles in Wohlgefallen aufgelöst hätte, wenn wir die rote Sechs auf die schwarze Sieben gelegt hätten statt auf den Haufen, und schmuggeln sie vom Haufen wieder ins Spiel. — Wie geht es dir?« fragte er unvermittelt.

»Warum diese moralischen Betrachtungen?« fragte ich zurück. »Liegt das an der Pracht deiner Umgebung?«

Mir fiel auf, daß er, nachdem er mich begrüßt hatte, unverzüglich, beinahe überstürzt, an seinen Schreibtisch zurückkehrte.

»Moralische Überlegungen«, erklärte er, »sind die natürliche Folge unmoralischer Erlebnisse — hättest du was dagegen, dich aufs Fensterbrett zu setzen, Mont? So, wie du jetzt stehst, bist du mir direkt in der Schußlinie.«

»In der was?« rief ich und traute meinen Ohren kaum.

»In der Schußlinie«, wiederholte Billy gelassen. »Das ist ein Ausdruck, der von Maschinengewehrschützen verwendet wird, mal mit und mal ohne plastische Adjektive.«

Ich ließ mich auf dem breiten Fensterbrett nieder, allerdings erst, nachdem ich es sehr sorgfältig abgetastet hatte, da Fensterbretter in frisch gestrichenen Häusern meistens das letzte sind, das trocknet. Und dann sah ich ein rotseidenes Taschentuch auf Billys Schreibtisch, und zu diesem rotseidenen Taschentuch strebte gleich darauf seine Hand. Ich brauchte nicht zu fragen, was dieses seidene Tuch verbarg. Ich wußte augenblicklich, daß ein Revolver darunter lag, und ich fragte mich, warum. In der Regel gibt es im täglichen Leben eines Privatdetektivs wenig Dramatik und noch weniger Melodram.

Ich bemerkte, wie seine Augen von mir zur Tür wanderten, und als ich mich umdrehte, sah ich den Arbeiter im weißen Kittel, den mit dem gestutzten roten Bart. Er stand da und blickte zum Türsturz hinauf, während seine Hände mit einem Zollstock fummelten. Dann hörte ich Billington Stabbat sprechen. »George«, sagte er gedämpft, und der Mann drehte sich um. »Kommen Sie her, George«, sagte Billy, »und halten Sie die Hände so, daß ich sie sehen kann. Sollten sie nämlich zu Ihren Taschen wandern, dann muß ich Sie mausetot schießen, und ich bin überzeugt, diesen Zustand würden Sie entsetzlich langweilig finden.«

Die großen braunen Augen unverwandt auf Billy gerichtet, näherte sich der Arbeiter langsam dem Schreibtisch.

»Gestatten Sie, daß ich Sie mit Sergeant Mont von Scotland Yard bekanntmache«, fuhr Billy mit einer schwungvollen kleinen Handbewegung fort. »Das ist Mr. George Briscoe aus Kanada. — Und, meint es das Leben jetzt gut mit Ihnen, George?«

Der Arbeiter leckte sich die Lippen und sagte nichts.

»Ich hatte die Ehre, Georges Bruder auf Lebenszeit ins Zuchthaus zu befördern, oder waren es nur zwanzig Jahre?« bemerkte Billy im Konversationston, als berichte er von einer Banalität. »Natürlich ist George mir deswegen ein wenig gram. Und ich vermute, er ist herübergekommen, um es mir heimzuzahlen. Viele Gelegenheiten dazu haben sich noch nicht geboten, wie, George?«

Noch immer schwieg der Arbeiter.

»Wie geht es übrigens Tom?« erkundigte sich Billington ganz unschuldsvoll.

Da brach der Mann sein Schweigen.

»Tom ist tot — das wissen Sie genau«, zischte er, und seine Stimme zitterte vor Haß.

»Ach du guter Gott, tatsächlich?« fragte Billy. »Der arme alte Tom. Er war ein gescheiter Bursche, George — ich weiß nicht, ob er nicht sogar gescheiter war als Sie. Nun, kein Mensch lebt ewig.«

Der Mann senkte den Blick zum Boden, ehe er wieder sprach.

»Ich mache jetzt keine krummen Sachen mehr, Mr. Stabbat«, sagte er mit leiser Stimme. »Es ist reiner Zufall, daß ich hier arbeite. Ich bin vor zwei Jahren aus Kanada herübergekommen, um neu anzufangen.«

»Sie sind vor sechs Monaten aus Kanada eingetroffen«, versetzte Billy freundlich, »und die Arbeit hier haben Sie nur bekommen, weil Sie dem Polier zehn Pfund zugesteckt haben. Was Ihre Behauptung angeht, daß Sie einen neuen Anfang machen wollen, so kann ich nur sagen, daß Sie in den Raubüberfall bei Roberts, dem Juwelier in der Regent Street, im letzten Dezember verwickelt waren, obwohl ich bezweifle, daß unser ausgezeichneter Freund, Mr. Mont, es Ihnen nachweisen könnte. Aber«, meinte er mit einem Achselzucken, »das ist nicht mehr meine Sache. Ich widme mich heute einer äußerst ruhigen Tätigkeit, bei der ich entweder im Auftrag braver Ehemänner leichtlebige Ehefrauen jage oder, umgekehrt, im Auftrag tränenüberströmter Ehefrauen treulose

Ehemänner. Ich bin nämlich unter die Privatdetektive gegangen, George, eine widerwärtige und abscheuliche Tätigkeit, die zu Recht von allen führenden Scheidungsrichtern verdammt wird.«

George strich sich langsam mit der Hand über seinen Bart.

»Sie sind ein prachtvoller Bursche, Stabbat«, sagte er — seine Ausdrucksweise war die eines gebildeten Mannes —, »aber früher oder später kriege ich Sie natürlich doch.«

»Wir werden ja sehen«, erwiderte Billy.

Diese Wendung, die er mit Vorliebe gebrauchte, war symbolisch für seine Einstellung zum Leben — eine Einstellung erwartungsfroher Neugier. Er war immer auf das Morgen gespannt und auf alles, was der folgende Tag bringen würde, ganz gleich, ob Sorgen oder Freude, Arbeit oder Vergnügen, Spaß oder Gefahr.

»Ich kann verstehen, George«, fuhr er fort, »daß Sie das durchaus natürliche und normale Verlangen haben, mich unter die Erde zu bringen. Und wie ich das verstehe! Wäre ich an Ihrer Stelle, mir ginge es nicht anders. Es ist ein Akt brüderlicher Pietät, und der Geist Ihres verstorbenen Bruders verlangt meine Opferung. In der Tat«, sagte er, und ich weiß, daß er dabei völlig aufrichtig war, »ich finde Ihr Verlangen, mich kaltzumachen, bewundernswürdig, und meine Achtung vor Ihnen ist um das Zehnfache gestiegen. Brüder müssen zusammenhalten, das ist meine Meinung. Es lag bestimmt nicht an mir«, fügte er ohne Lächeln hinzu, »daß Sie nicht zusammen in die nette kleine Anstalt außerhalb von Toronto gewandert sind. Aber ob Sie nun mich ›kriegen‹ oder ich Sie ›kriegen‹ werde — nun, das werden wir sehen.«

»Sie hätten einen guten Geschäftspartner abgegeben, Stabbat«, versetzte George. »Es widerstrebt mir, Sie zu erledigen, aber anders geht es nicht.«

Bill nickte verständnisvoll.

»Das verstehe ich vollkommen«, erwiderte er beinahe entschuldigend. »Nun, dann nur zu, alter Freund.«

George Briscoe schien etwas entgegnen zu wollen, dann jedoch überlegte er es sich anders und ging langsam zur Tür. Die Hand an der Türkante, blieb er in tiefes Nachdenken versunken eine Weile stehen, und als er schließlich sprach, sprühte ein Glitzern in seinen Augen, das mir gar nicht gefiel.

»Ich bin heute hier fertig. Sie sind also von meiner Gegenwart — und Ihrer Angst — erlöst.«

Billington Stabbat warf sich in seinem Sessel zurück und lachte.

»Mal ganz ehrlich, George«, rief er herausfordernd, »und von Mann zu Mann — glauben Sie, daß ich vor Ihnen Angst habe?«

George zögerte. »Nein, das glaube ich nicht«, erklärte er schließlich. »Der Revolver, den Sie die ganze Zeit in Reichweite auf Ihrem Tisch liegen hatten, war wohl nur eine simple Vorsichtsmaßnahme allgemeiner Art?«

Bill nickte.

»Alsdann — auf Wiedersehen«, sagte George.

»Auf Wiedersehen«, gab Billy herzlich zurück.

Damit schloß sich die Tür hinter diesem ungewöhnlichen Verbrecher. Ich blieb ein wenig verdattert zurück, und Billy hatte einen Schimmer lautlosen Gelächters in den Augen.

## 2

Ich darf vielleicht erklären, daß ich aufgrund der äußerst unfreundlichen Behandlung, die mir bei der Festnahme des Canning-Town-Mörders widerfahren war, Krankenurlaub hatte. Die meisten Leser werden sich erinnern, daß wir, Constable Flannatty und ich, den Burschen schließlich auf den Wanstead Marshes stellten, und daß dieser mit einer Eisenstange ausgerüstet war, von der er ausgiebig Gebrauch machte, bis Flannatty ihn mit einem Zufallstreffer seines Gummiknüppels ins Traumland schickte.

Der Krankenurlaub — der Polizeipräsident bestand darauf, daß ich ihn nahm, obwohl Inspektor Jennings, damals mein Vorgesetzter, mir eine solche Erholungspause nicht gönnen wollte — hatte sich in vieler Hinsicht als nützlich erwiesen. Er gab mir Zeit und Gelegenheit, alte Freunde aufzusuchen und meinen kleinen Kommentar zu Lombrosos *Delinquent Woman* zu schreiben.

Ich möchte hier nur kurz erwähnen, daß ich noch in Oxford war, um mich auf eine Laufbahn im diplomatischen Dienst vorzubereiten, als mein Vater starb. Durch die Notwendigkeit, nun selbst meinen Lebensunterhalt zu verdienen, nahm ich mit Scotland Yard Verbindung auf, wo ein alter Freund meines Vaters, Sir John Jordan, sich erbot, seinen Einfluß geltend zu machen, um mir zu einer Karriere bei der Kriminalpolizei zu verhelfen. Zu dieser Zeit nun stand ich gerade vor der Beförderung und wußte, daß der Kommentar zu Lombrosos Werk sich auf meine Chancen, in den engen Kreis der politischen Abteilung einzudringen, günstig auswirken würde. Als ich, die Urlaubsgenehmigung in der Tasche, aus dem Yard hinausmarschierte, hatte ich keine Ahnung, wie dieser Urlaub verlaufen und welches Ende er nehmen würde.

»Was hältst du von George?« fragte Billy, als wir wieder allein waren.

»Ein gefährlicher Mann«, erwiderte ich. »Du sagst, er hat das Juweliergeschäft in der Regent Street ausgeräumt?«

Mit einer Handbewegung fegte Billy das Thema vom Tisch. »Wir wollen doch jetzt nicht fachsimpeln«, meinte er. »Außerdem ist alles, was du hier in diesen vier Wänden zu hören bekommst, vertraulich. Und überführen würdest du George sowieso nie im Leben. Er hätte zehn Alibis für die Tatzeit. Um auf ein freundlicheres Thema zu kommen, wie geht es dem sehr ehrenwerten Jennings?«

»Jennings?« wiederholte ich überrascht. »Kennst du ihn denn?«

»Kenne ich ihn denn?« echote Billy spöttisch. »Und ob ich ihn kenne! Ein Busenfreund von dir ist er nicht gerade, wie?«

»Nein, nicht gerade«, bestätigte ich.

Jennings war einer dieser engstirnigen Vertreter der alten Schule, die nichts dazulernen und nichts vergessen. Ich habe festgestellt, daß die Leute, die sich als »alte Schule« bezeichnen, nur konsequent in ihren Vorurteilen sind.

»Nun, er war vor zwei Tagen hier in diesem Büro. Er ist dick mit einem meiner Auftraggeber befreundet. Mr. Thomson Dawkes.«

Ich nickte. Ich kannte Dawkes vom Hörensagen und wußte auch, daß Jennings auf seine Bekanntschaft mit diesem wohlsituierten Mann sehr stolz war. Er war schon in Dawkes' Landhaus zu Gast gewesen und hatte dort an der Jagd teilgenommen und wurde es niemals müde, die Namen der prominenten Persönlichkeiten ins Gespräch einfließen zu lassen, die er unter Dawkes' fürstlichem Dach kennengelernt hatte.

»Es wäre wohl indiskret zu fragen, warum Dawkes zu deinen Auftraggebern gehört?« bemerkte ich. »Er ist doch nicht verheiratet.«

Billington sah mich mit diesem verschmitzten Zwinkern an, das ich so gut an ihm kannte.

»Wahrscheinlich nicht«, erwiderte er. »Auf jeden Fall handelt es sich nicht um eine Ehegeschichte, es sei denn, es ist eine geplante Verbindung, die ihm Kummer macht.«

Er nahm das Taschentuch weg und legte den Revolver in die Schublade.

»Hier, in diesem Büro, kannst du jede Frage stellen, die dir in den Kopf kommt, Mont«, sagte er. »Sag mal, du könntest dich wohl nicht für ein, zwei Wochen freimachen — Urlaub nehmen?«

»Ich habe Urlaub«, erklärte ich. »Darum bin ich hier.« Und dann erzählte ich ihm, warum ich Urlaub hatte.

»Das ist ja prächtig«, stellte Billy fest. »Keinen hätte ich lieber an meiner Seite als dich. Erinnerst du dich noch an die Nacht, Mont, als die Deutschen oben den Kamm bombardierten und wir beide in einem eiskalten Unterstand hockten . . .«

Er tauchte in ein Meer von Erinnerungen. Es mutete mich seltsam an, daß wir jetzt über diese schrecklichen Tage und grauenhaften Nächte lachen und scherzen konnten, aber das liegt wohl in der menschlichen Natur. Ich bezweifle, ob das Leben lebenswert wäre, wenn wir fähig wären, ständig in den emotionalen Höhen zu leben, die wir in den hektischen Tagen des Krieges erreichten.

So abrupt wie er das Thema zur Sprache gebracht hatte, ließ er es wieder fallen und war schon bei einer ganz anderen Sache, während ich noch krampfhaft versuchte, mir den Oberst ins Gedächtnis zurückzurufen, von dem er gesprochen hatte.

»Thomson Dawkes kennst du natürlich«, sagte er. »Er ist ein Lebemann und Spieler und hat meiner Ansicht nach nicht unbedingt eine reine Weste. Er kam auf Empfehlung von Sir Alfred Cawley zu mir, der ein Freund von ihm ist, obwohl Cawley im Gegensatz zu ihm ein anständiger und ehrlicher Mensch ist.«

Billy drehte sich in seinem Sessel herum und legte seine Füße auf den Schreibtisch, während er sich eine Zigarre anzündete und mir dann die Dose reichte. Billy hat noch nie Manieren gehabt und bedient sich unweigerlich zuerst selbst.

»Die Geschichte beginnt im Frühjahr des vergangenen Jahres«, erklärte er. »Da war Dawkes in Monte Carlo. Im Kasino. Er hatte *Trente-et-Quarante* gespielt, und nachdem er ungefähr vierzigtausend Francs gewonnen hatte, hörte er auf. Du weißt ja, daß die Spielsäle gerade für Forscher der menschlichen Natur, wie Dawkes einer zu sein behauptet, eine merkwürdige Faszination besitzen. Er schlenderte also müßig durch die Säle und beobachtete die anderen Spieler. Ganz besonders wurde seine Aufmerksamkeit von einer jungen Frau gefesselt, die am selben Tisch mit ihm gespielt hatte.

»Wenn man Thomson Dawkes glauben darf, war sie eine ausgesprochen hübsche Person. Er jedenfalls ist ganz von ihr hingerissen. Sie war schlicht und nicht sonderlich elegant gekleidet, und das Bemerkenswerte war, daß sie mit höherem Einsatz spielte als sonst irgend jemand am Tisch. Das heißt, sie setzte dauernd den Höchstbetrag. Sie schien ein festes System zu haben, denn vor sich hatte sie ein ganzes Blatt voller Zahlenreihen liegen, an dem sie sich immer wieder orientierte.

Die junge Frau verlor unentwegt und legte dabei eine Unerschütterlichkeit und Kaltblütigkeit an den Tag, die bei Mr. Thomson Dawkes, der ja auch nicht gerade ein Gelegenheitsspieler ist, zunächst Bewunderung, dann Staunen erregten. Sie spielte ohne Pause von zwei Uhr nachmittags bis fünf Uhr, und dann wieder von sieben Uhr abends bis Mitternacht, wo der *Cercle privé* das Spiel beendete. An dem Tag, an dem sie Dawkes zum erstenmal auffiel, erfuhr er von ihren Tischnachbarn und von einem gesprächigen Croupier, daß sie zwei Millionen Francs verloren hatte. Eine ganz ungeheure Summe!«

Ich nickte. »Und man muß schon besonderes Pech haben, um so viel zu verlieren«, meinte ich.

»Das hatte sie offenbar auch«, sagte Billy. »Als die Säle sich leerten, sprach Dawkes sie an. Das ist so in Monte Carlo üblich, wo jeder über die Angelegenheiten der anderen informiert ist, auch über dessen finanzielle Verhältnisse. Er drückte ihr seine Teilnahme an ihrem hohen Verlust aus. Du weißt ja, daß die Leute in Monte Carlo im allgemeinen nicht steif und distanziert sind. Ganz im Gegenteil. Doch zu Dawkes' Überraschung ließ die junge Dame ihn mit einer eisigen Bemerkung abblitzen, ging auf ein Gespräch mit ihm gar nicht ein und ging augenblicklich in ihr Hotel, das ›Hôtel de Paris‹, das gegenüber vom Kasino ist.

Dawkes fühlte sich in seiner Eitelkeit gekränkt. Er glaubt nämlich unwiderstehlich zu sein und war nach dieser Abfuhr natürlich verstimmt. Er erkundigte sich im Hotel nach der jungen Dame und erfuhr, sie wäre eine gewisse Mademoiselle Hicks. Ich persönlich bin davon überzeugt, daß das ein falscher Name ist, gewissermaßen das Äquivalent für X.

Am folgenden Nachmittag hielt er aufmerksam nach ihr Ausschau, da er vorhatte, genauer auf das System zu achten, nach dem sie spielte; aber sie kam nicht. Er hörte, daß sie am Morgen bereits mit dem Zug nach Calais abgereist war. Wer sie war, konnte ihm niemand sagen. Freunde hatte sie keine. Über ihre Angelegenheiten hatte sie mit niemandem gesprochen, hatte keinen Menschen ins Vertrauen gezogen. Dawkes, der ziemlich hartnäckig sein kann, betrieb weiter seine Nachforschungen und entdeckte, daß sie bei ihrer Abreise eine Handtasche vergessen hatte. Die verschaffte er sich. Sie war ein billiges Ding mit einem Henkel aus imitiertem Schildpatt, anscheinend ganz neu. Von der Art, wie man sie in London für ein paar Shilling kaufen kann. Nur reisen aber junge Damen, die es sich leisten können, an einem einzigen Tag im Kasino von Monte Carlo vierzigtausend Pfund zu verlieren, — das war damals der Wechselkurs — im allgemeinen nicht in billigen Kleidern und Accessoires. Die Tasche enthielt nichts außer etwas französischem Geld, zwei quittierten Hotelrechnungen und einer noch gültigen Rückfahrkarte dritter Klasse Brixton — Victoria-Bahnhof. Auch diese Funde paßten nicht zu den ungewöhnlich hohen finanziellen Verlusten, die die junge Dame hingenommen hatte, ohne mit der Wimper zu zucken, so als verfügte sie über Geld im Überfluß.«

»Mir macht das ganz den Eindruck, als hätte die junge Dame mit fremden Mitteln gespielt«, bemerkte ich, und Billy nickte.

»Das ist auch Dawkes' Theorie, aber wir werden ja sehen. Wessen Geld könnte es sein? Wie kommt eine junge Frau ihres Standes, so wie Dawkes sie einstuft, an solche Summen, ohne Verdacht zu erregen? Und zwar geschah das nicht nur einmal, sondern geschieht regelmäßig immer wieder.«

»Immer wieder?« fragte ich verdutzt.

»Ja, du wirst gleich sehen«, erwiderte Billy. »Dawkes kehrte damals nach England zurück und machte dann eine kurze Geschäftsreise nach New York. Auf der Rückreise ging er in Cherbourg von Bord, nachdem er zuvor telegrafisch einen Schlafwagenplatz von Paris nach Monte Carlo gebucht hatte. Er traf gerade noch rechtzeitig am Gare de Lyon ein, um den

Riviera-Expreß zu erreichen. Da er sehr müde war, legte er sich sofort zu Bett. Als er am folgenden Morgen aufgestanden war und in den Gang hinausschlenderte, fiel sein Blick gleich als erstes auf die geheimnisvolle Miß X, die so adrett und gelassen und selbstsicher wie immer auf einem der Klappsitze saß. Sie erkannte ihn nicht oder tat jedenfalls so. Er machte nicht den Fehler, sich ihr aufzudrängen, und erst am zweiten Abend nach ihrer Ankunft in Monte Carlo sprach er sie wieder an.

Sie hatte gespielt und beinahe ebenso hoch gewonnen wie sie bei ihrem letzten Besuch verloren hatte.

›Sie haben ausgesprochenes Glück heute gehabt‹, sagte Dawkes, und sie sah ganz erstaunt zu ihm auf. Du weißt ja, er ist ziemlich groß.

›Ja‹, antwortete sie ein wenig hastig, ›ich habe heute abend wirklich viel Glück gehabt. Der Tisch hatte eine schwarze Serie.‹

›Und morgen hat er eine rote‹, meinte Dawkes mit einem Lächeln.

Die junge Frau sah ihn mit ernster Miene an. ›Das glaube ich nicht‹, erwiderte sie durchaus ernsthaft. ›Erst übermorgen kommt morgens eine rote Serie und nachmittags eine schwarze.‹

Und das Unglaubliche war, daß ihre Prognose stimmte. Dawkes versuchte, die Freundschaft zu vertiefen, aber Miß X war offenbar nicht übermäßig von ihm angetan, was nur beweist, was für eine klarblickende und intelligente junge Person sie ist. Mr. Thomson Dawkes war inzwischen, wie ich seinen Berichten entnehme, in die junge Dame ganz vernarrt. Nicht mehr das Geheimnis, das sie umgab, interessierte ihn, sondern die Frau selbst. Er schickte ihr Blumen und gab sich alle Mühe, sie zu einer Autofahrt auf der Grande Corniche und über Nizza nach Grasse zu überreden, wo die dummen Touristen alle das Parfüm kaufen, das sie in London viel billiger haben können. Aber sie war überhaupt nicht darauf versessen, seine Einladung anzunehmen.

Was danach geschah, weiß ich nicht, aber ich kann es mir denken. Hinsichtlich seiner eigenen Haltung der jungen Frau gegenüber drückt Dawkes sich sehr vage aus, dafür ist er in bezug auf ihre Haltung ihm gegenüber umso deutlicher. Es steht fest, daß es zu einem unerfreulichen Zwischenfall kam, bei dem sie ihm die Tür vor der Nase zuschlug. Was aber

Dawkes vor ihrer Tür zu suchen hatte und wie er dazu kam, sich in eine so erniedrigende Position zu begeben, darüber läßt er sich in seinem Bericht nicht aus.«

»Aber wir können es uns denken«, warf ich ein, und Billy nickte.

»Auf jeden Fall reiste sie mit einem dicken Bündel Banknoten aus Monte Carlo ab und ließ einen sehr gekränkten und ärgerlichen Mr. Thomson Dawkes zurück. Und das ist die ganze Geschichte«, schloß er so abrupt wie immer.

»Und worin besteht nun dein Auftrag?« fragte ich verwundert, denn ich hatte irgendeine aufsehenerregende Pointe erwartet.

»Mein Auftrag besteht darin herauszufinden, wer Miß X ist«, antwortete er. »Wo sie arbeitet, woher sie ihr Geld bekommt und so weiter.«

»Und mit diesen Informationen ausgerüstet, wird Mr. Dawkes . . .« Ich hielt erwartungsvoll inne, doch in diesem Augenblick wurden wir gestört.

Die Tür flog auf, und ein hochgewachsener, kräftiger Mann stürzte keuchend ins Büro.

»Da ist sie! Da ist sie!« rief er außer Atem vom eiligen Lauf die Treppe herauf und deutete mit wedelnden Armen zum Fenster hin.

»Schauen Sie aus dem Fenster! So eine Gelegenheit bekommen Sie nicht wieder, Stabbat. Da unten ist sie, direkt ihrer Haustür gegenüber.«

Billy lief zum Fenster und schob es hoch.

»Wo?« fragte er.

»Die Frau mit dem blauen Hut, die vor dem Juweliergeschäft steht. Sehen Sie sie?«

Billy beschattete seine Augen. Es war ein warmer, sonniger Tag, und sein Büro lag nach Südwesten.

»Ja, ich sehe sie«, antwortete er langsam.

»Sie geht in den Laden«, rief der hochgewachsene Mann aufgeregt. »Jetzt haben Sie sie, Stabbat.«

Billy hielt unschlüssig inne und streckte schon den Arm aus, um auf die Klingel an der Wand zu drücken. Oft erinnerte ich mich später dieses Moments, als Billington Stabbats geschmeidige Gestalt sich mit ausgestrecktem Arm über den Schreibtisch beugte und, die Fingerspitzen schon auf dem Klingelknopf, zögerte.

Hätte er nur geläutet, dann wäre diese Geschichte nie geschrieben worden. Thomson Dawkes wäre es erspart geblieben, von einem Chirurgen unters Messer genommen zu werden, Billy Stabbat hätte niemals eine Gefängniszelle von innen gesehen, und Sir Philip Frampton nähme weiterhin an seinen vierteljährlichen Banksitzungen teil.

Billy zögerte.

»Ich gehe selbst«, sagte er.

Ach, hätte er nur geläutet!

## 3

Aber er tat es nicht. Stattdessen griff er nach seinem Hut, der auf dem Schreibtisch lag, und stürzte aus dem Zimmer, während wir drei am Fenster stehenblieben.

Nämlich ein dritter Mann hatte im Gefolge von Thomson Dawkes das Büro betreten, und angesichts seines roten Gesichts und seiner schwerlidrigen Augen war mir recht unbehaglich geworden.

Der Mann sah mich anscheinend erst, als wir nebeneinander am Fenster standen. Da wandte er mir langsam sein Gesicht zu.

»Hallo, Mont«, sagte er unfreundlich, »ich dachte, Sie wären im Urlaub.«

»Bin ich auch, Sir«, erwiderte ich. »Aber heute wollte ich mal einen alten Freund besuchen.«

»Ach, der ist ein Freund von Ihnen?« fragte er in so geringschätzigem Ton, daß mir augenblicklich klar war, wie wenig Inspektor Jennings von Billy hielt.

»Ja, Sir«, antwortete ich. »Wir waren zusammen in Frankreich.«

»Hm! Ich persönlich habe für Stabbat nichts übrig. Er ist für meinen Geschmack viel zu unseriös. Niemals hätte ich Mr. Dawkes geraten, gerade diesen Mann zu engagieren. Ich schlug die Firma Seinbury vor, das ist die beste Detektei in der Stadt.«

Ich wußte zufällig, daß Seinbury außerdem Jennings' Schwager war, doch ich hielt den Moment nicht für geeignet, ihn daran zu erinnern.

»Aber«, fügte Jennings achselzuckend hinzu, »es haben eben so viele Leute Stabbat empfohlen. Mein Freund, Sir

Julius Brown, den ich in Mr. Dawkes' Landhaus kennenlernte, und Lord Foley und verschiedene andere Herren, die Sie wahrscheinlich nicht kennen. Sie alle waren ganz begeistert von ihm.«

»Da!« rief Thomson Dawkes aufgeregt. »Da geht sie, und Stabbat ist ihr schon hinterher. So ein Glück, weiß Gott!«

Er drehte sich um und strahlte Jennings an, und dieser Speichellecker bemühte sich heldenhaft, ebenfalls Freude zu zeigen.

Thomson Dawkes war ein sehr großer und sehr gut aussehender Mann. Gutaussehend auf eine gesunde, robuste Weise. Warum er sich allerdings, eitel wie er war, das Gesicht mit einem dünnen, schwarzen Backenbart verunzierte, ist mir schleierhaft. Er hatte einen dichten, seidigen Schnurrbart, in dem nicht ein einziges graues Haar zu entdecken war, eine scharf gebogene Raubvogelnase und gutmütige, träge Augen. Seine Lippen waren voll und rot, sein Kinn ein wenig zu gerundet für einen Mann, doch er sah, das muß ich ihm lassen, wirklich blendend aus.

Seine Ausdrucksweise konnte derb und ungehobelt sein, und von dem Mädchen, das es ihm angetan hatte, sprach er mit Worten, die ein Gentleman niemals in den Mund genommen hätte. Sein Vater war Grubenbesitzer in Staffordshire gewesen und hatte seinem Sohn ein ansehnliches Vermögen hinterlassen. Thomson Dawkes war Anhänger des Boxsports und nannte ein Gestüt, eine Jacht und zwei Landsitze sein eigen. Und doch war es ihm nie gelungen, in den »besseren Kreisen« zu verkehren.

Die Leute spotten über die sogenannte gute Gesellschaft, aber die gute Gesellschaft, so wie ich sie sehe, bedeutet nicht mehr und nicht weniger als ein bestimmter Standard an Manieren und moralischen Grundsätzen. Thomson Dawkes hatte diesen Standard nie erreicht und folglich niemals mit den Männern und Frauen Umgang gepflegt, die ihn erreicht hatten. Es gibt Menschen, die ohne die Schmeicheleien jener, mit denen sie in Berührung kommen, nicht existieren können. In der Welt der guten Gesellschaft hat solche Katzbuckelei keinen Platz, denn ihr System ist demokratisch.

Thomson Dawkes jedoch genoß es, zu diesem und jenem um seine Meinung gefragt zu werden, liebte es, wenn die Leute vor ihm dienerten und ihm schmeichelten. Es ist nur zu natürlich, daß ein Mensch mit solchen Bedürfnissen auf eine niedrige Ebene der Intelligenz absinkt. Die Eitelkeit zeigt sich in keiner abscheulicheren Gestalt als dem ewigen Buhlen um Anerkennung.

Jennings machte mich nicht mit Dawkes bekannt. Ich vermute, er fand es unter seiner Würde auch nur einzugestehen, daß er mit einem simplen Sergeant der Kriminalpolizei bekannt war. Als die beiden Männer aus dem Büro gingen, fing ich noch die Worte: »Einer von unseren Leuten« auf.

Nachdem ich eine kurze Nachricht auf dem Schreibtisch zurückgelassen hatte, wollte ich mich auf den Heimweg zu meiner Wohnung in Bloomsbury machen und stieß auf dem Weg nach draußen genau an der Stelle wieder mit Levy Jones zusammen, an der ich mich zuvor von ihm getrennt hatte — am Fuß der Treppe.

»Sie gehen doch nicht schon, Mr. Mont?« fragte er überrascht. »Ich dachte, Billy hätte nicht sehr viel zu tun.«

»Billy mußte dringend fort«, erklärte ich.

Mit einem »Oh!« des Begreifens warf er den Kopf in den Nacken.

»Es geht wohl um den Dawkes-Auftrag, wie? Ich hab Dawkes zusammen mit dem dicken Jennings die Bond Street raufstolzieren sehen. Sie machten beide einen sehr zufriedenen Eindruck.«

Ich berichtete Levy, was sich soeben abgespielt hatte. Er rieb sich die lange Nase.

»Ich hoffe von Herzen, Billy erwärmt sich nicht für diese Dame«, meinte er mit besorgter Miene. »Wenn sie in einer Dachkammer wohnt und für eine hochbetagte, leidende Mutter sorgen muß, oder wenn sie einen schwindsuchtkranken Bruder hat oder einen Sohn, den sie gern nach Eton schicken möchte, dann bricht Billy spätestens morgen nacht bei der Bank von England ein, um ihr das Geld zu geben, das sie braucht, um ihre Unterschlagungen wiedergutzumachen. Wir werden sehen«, brummelte er. »Ich wette, genau das hat Billy gesagt, als er den Auftrag bekam, und er sagt es bestimmt auch in diesem Moment. Besonders wenn sie interessant ist.«

Ich lachte. »Ich glaube, Sie kennen Billy gar nicht richtig, Levy«, sagte ich.

»O doch«, entgegnete er grimmig. »Und wie ich ihn kenne.«

Doch da hellte sich sein Gesicht plötzlich auf.

»Kennen Sie die Geschichte von dem Juden, der in einer

bitterkalten Nacht den katholischen Priester kommen ließ und ihn bat, seinen sterbenden Bruder zu trösten? Als der Priester ihn fragte, wieso er, ein Jude, nach ihm, einem katholischen Geistlichen geschickt hätte, erwiderte der Jude entrüstet: ›Ja glauben Sie denn, ich würde das Leben unseres alten Rabbi aufs Spiel setzen?‹«

Ich kannte die Geschichte nicht.

»Genau das«, verkündete Levy, »ist Billy!«

Ich begriff den Zusammenhang zwar nicht, aber Levy gab mir dazu keine Erklärung ab, sondern ging gleich zum nächsten jüdischen Witz über, der zwar nicht druckreif war, aber sehr komisch. Levy Jones war ein durch und durch orthodoxer Jude, und doch ließ er keine Gelegenheit aus, sich über seine Landsleute lustig zu machen.

Ehe ich ging, fragte er, ob er mich am Abend besuchen könnte. Da ich nicht besonders viel zu tun und keine Verabredung hatte, bejahte ich mit Vergnügen, denn ich habe Levy sehr gern.

Er erschien pünktlich in der Doughty Street, und wir spielten Cribbage und unterhielten uns dabei über Billington Stabbat. Er erzählte mir etwas, das ich nicht gewußt hatte, nämlich, daß Billy mehr Leuten aus Deutschland herausgeholfen hatte als jeder andere. Er war es gewesen, der die Verteilung von Kompassen in den amerikanischen Gefangenenlagern in Deutschland veranlaßt hatte.

Levy war mitten in einer Lobeshymne auf die vielen Tugenden seines Arbeitgebers, als dieser selbst erschien; das heißt, er platzte einfach herein, und die Wirtin folgte ihm mit vielen Entschuldigungen.

Er strahlte, und ich sah ihm an, daß er ziemlich erregt war.

»Levy!« rief er. »So ein Glück! Ich wollte Sie gerade sprechen.«

»Und ich wollte *Sie* sprechen«, gab Levy in vielsagendem Ton zurück. »Sie baten mich dringend, wichtige Informationen über den Griddlestone-Brand zu sammeln . . .«

»Ach was! Unsinn! Dazu kommen wir schon noch«, unterbrach Billy ihn ungeduldig und setzte sich an den Tisch. »Mont von Monte Carlo«, sagte er unvermittelt.

»Was soll denn das heißen?« wollte ich wissen.

»Du fährst mit mir an die schöne Côte d'Azur — ha, das reimt sich! Miß Hicks reist nämlich morgen früh auch dorthin.«

»Und woher weißt du das?« fragte ich.

»Ich habe sie gefragt«, erklärte er gelassen. »Ich habe eben mit Dawkes gesprochen. Er kommt in zwei Tagen nach. Die ganze Geschichte ist natürlich absurd und hat, da bin ich sicher, eine ganz simple Erklärung. Warum sollte sie kein Geld haben? Warum sollte eine reiche Frau nicht eine Vorliebe für billige Handtaschen haben? Die reichen sind schließlich die einzigen, die es sich leisten können, billiges Zeug zu tragen. Ich sage dir, Mont«, fügte er ernst hinzu, während er sich über den Tisch beugte und mich eindringlich anblickte, »nie bin ich einer Frau mit einem so reinen Herzen und einer so edlen Seele begegnet wie dieser ansprechenden zarten Person, Mary Ferrera! Man braucht ihr nur in die Augen zu sehen«, fuhr er fort, »in die klaren Tiefen . . .«

»Heiliger Strohsack«, stöhnte Levy. »Ich hab's Ihnen ja gleich gesagt, Mr. Mont. Ich hab's gewußt. So eine Frau braucht nur ihren Charme spielen zu lassen, und er ist völlig aus dem Häuschen.«

Billy explodierte meinen Erwartungen entgegen nicht. Sein Lächeln wurde immer strahlender und breiter, bis es einem reinen Ausdruck sprachlosen Entzückens glich.

»Ach Levy!« stieß er hervor. »Sie armer Irrer. Jetzt hören Sie mir mal zu, Leviticus«, bat er. »Diese Frau ist unschuldig, das werden wir noch sehen. Aber hinter der ganzen Sache steckt eine aufregende Geschichte, und der werde ich auf den Grund gehen. Sie kümmern sich hier um die Geschäfte bis ich zurückkomme — bis *wir* zurückkommen«, verbesserte er sich.

»Mensch, alter Junge, ich kann es mir nicht leisten, nach Monte Carlo zu fahren«, bemerkte ich. »Du bildest dir anscheinend ein, daß ein Sergeant der Kriminalpolizei . . .«

»Dir entstehen keine Kosten«, fiel Billy mir ins Wort, »Thomas Dawkes ist damit einverstanden, daß ich einen Assistenten mitnehme.«

Was hatte er zu ihr gesagt? Wie hatte er ihre Bekanntschaft gemacht? Wir stellten ihm beide diese Fragen, und er gab uns beiden nur ausweichende Antworten.

Daß ihre Freundschaft in kürzester Zeit sehr weit gediehen war, merkte ich, als sie zwei Tage später den Speisewagen des Riviera-Expreß zum Frühstücken betrat.

# 4

Der Zug brauste durch das Rhônetal, und wir hatten, glaube ich, gerade Avignon hinter uns gelassen, als ich Mary Ferrera das erstemal sah. Vielleicht sollte ich zunächst einmal erklären, wie es überhaupt kam, daß wir im Riviera-Expreß saßen. Wir hatten den Fehler gemacht, uns für den Elf-Uhr-Zug ab London zu entscheiden, da wir glaubten, sie würde einen Tag in Paris bleiben, wenn sie früher fuhr. Von dem Polizeibeamten auf der Kanalfähre, der alle Pässe überprüfen mußte und daher sämtliche Namen kannte, erfuhren wir, daß eine Miß Ferrera mit dem Schiff gefahren war, das an den Acht-Uhr-Zug Anschluß hatte, und mit dem Zug von Calais nach Mentone weitergereist war.

Daraufhin verfiel Billy natürlich auf eine dieser verrückten Ideen, die seine sprunghafte Natur ihm immer wieder eingeben. Er mietete einen Wagen, und wir fuhren zu einem Flugplatz in der Nähe von Wimereaux, und gleich darauf saß ich zum erstenmal in meinem Leben in einem Flugzeug. Das Erlebnis war angenehmer als ich erwartet hatte. Billy hatte beschlossen, bis Dijon zu fliegen und dort in den Riviera-Expreß umzusteigen. Ein seltsames Gefühl war das, als wir über das alte Schlachtfeld an der Somme flogen, über das wir uns Jahre zuvor so mühevoll hingeschleppt hatten. Als ich hinunterblickte und die Krater und Grabenzüge sah, die noch immer das Land wie Wunden bedecken, überkam mich Niedergeschlagenheit bei dem Gedanken an die grauenhafte Tragik, die Sinnlosigkeit des Geschehens. Mich schauderte, als ich auf das richtige Golgatha von Millionen Erlösern hinuntersah.

Ich war froh, als wir Reims — wo wir die Maschine wechseln mußten — hinter uns ließen. Auf dem alten Flugplatz hier hatten wir, jung und unerfahren, die Meister in dieser neuen Kunst bei ihren Flügen bewundert, die uns so wunderbar schienen.

Ich glaube, Billy kostete dieses Abenteuer an die hundert Pfund, aber in vieler Hinsicht war es sein Geld wert. Durch eine dichte Wolkenbank glitten wir schließlich abwärts und landeten auf einem der beiden Flugplätze in der Nähe von Dijon. Es regnete in Strömen, als wir landeten. Nie hatte ich den Geburtsort Karls des Kühnen so trist und düster gesehen. Als wir uns frischgemacht hatten, war es dunkel geworden. Wir verbrachten den Abend in einem Kino und den größten Teil der Nacht auf einem teuflisch zugigen Bahnsteig, über den eisige Böen hinwegfegten. Ich war heilfroh, als ich endlich den großen Scheinwerfer des Riviera-Expreß erspähte, der sich langsam aus der Finsternis näherte.

Mit viel Glück ergatterten wir zwei freie Schlafwagenplätze. Die junge Frau sah ich, wie ich schon sagte, am folgenden Morgen beim Frühstück zum erstenmal. Ich habe keine Begabung dafür, Frauen zu beschreiben. Ich sehe, daß sie hübsch oder gar schön sind, ohne erklären zu können, welcher Eigenart sie ihre Schönheit verdanken. Das erste, das mir auffiel war, glaube ich, ihr zarter, reiner Teint. Viel später dann, als ich mich ein wenig von dem Zauber ihrer Erscheinung freigemacht hatte, sah ich die tiefe Menschlichkeit in ihren Augen und die klare Linienführung ihrer geraden kleinen Nase.

Es gibt ein altes Bibelwort, das den Geist, der in ihren großen grauen Augen zu wohnen schien, am besten beschreibt — das Wort »liebevolle Güte«.

Ich sah diese »liebevolle Güte«, als sie sich uns gegenüber an den Tisch setzte und sich mit Billy unterhielt. Die Beschreibung, die Mr. Dawkes uns von ihr gegeben hatte, paßte überhaupt nicht zu ihrer Erscheinung. Ich versuchte, sie mir kalt und unnahbar und hochnäsig vorzustellen, und konnte es nicht. Darauf wurde mir mit plötzlicher Bestürzung klar, daß sie dennoch zweifellos eine kaltblütige Spielerin war, und auch diese Neigung schien mir nicht zu ihr zu passen. Ihre Stimme war mädchenhaft und melodisch, und wenn sie lachte, hätte man am liebsten mitgelacht.

Billy stellte mich ihr vor, unterschlug ihr aber meinen Beruf. Vermutlich hatte er ihr auch seinen nicht verraten. Ich fragte mich, wie es ihm gelungen war, sich so gut mit ihr anzufreunden, ohne daß seine Anwesenheit im Zug ihren Argwohn erregt hatte. Im Gegenteil, sie schien Billy erwartet zu haben, und schon ihre ersten Worte bestätigten diesen Eindruck.

»Ich habe Sie gestern abend in Paris gar nicht gesehen«, bemerkte sie. »Ich habe den ganzen Zug entlanggeschaut. Waren Sie schon sehr früh da?«

»Wir sind bis Dijon geflogen. Ich hatte dort geschäftlich zu tun«, erklärte Billy.

»Sie steigen in Marseille aus, nicht wahr?« fragte sie.

»Äh-hm«, erwiderte Billy mit einem Hüsteln, »eigentlich wollte ich, wie ich Ihnen erzählte, bis Montpellier weiterfahren, aber ich denke, ich mache erst einen kleinen Abstecher nach Monte Carlo — nur für ein, zwei Tage.«

Bei diesen Worten verfinsterte sich ihre Miene, und sie wurde blaß.

»Ach, wirklich?« sagte sie, und dann sah ich, daß ihre warmen Augen in der Tat recht unzugänglich blicken konnten. »Entschuldigen Sie«, fügte sie hinzu und stand mit einem ruhigen, ernsten Blick auf Billy vom Tisch auf, um in ihr Abteil zurückzukehren. Ihr Frühstück hatte sie nicht angerührt.

Nicht einmal an jenem historischen 21. März 1918, als Billy und ich westlich von St. Quentin ins Divisionshauptquartier marschierten und das Kasino fest in deutscher Hand vorfanden, habe ich auf Billys Gesicht einen so klaren Ausdruck von Ungläubigkeit und Bekümmerung gesehen. Und ich wußte instinktiv, daß nicht der etwaige Verlust seines beruflichen Prestiges ihm Kummer bereitete. Meiner Ansicht nach hatte er in diesem Moment vergessen, daß er von Mr. Thomson Dawkes beauftragt worden war, diese junge Frau zu überwachen, und hatte nur Angst, ihre Freundschaft zu verlieren.

Auf dem Rückweg vom Speisewagen zu unserem Schlafwagenabteil mußten wir drei Waggons passieren, und unter der Tür eines der Coupés wartete die junge Frau.

»Würden Sie einen Moment hereinkommen?« sagte sie und führte uns in das enge, kleine Abteil. »Sie haben mich wahrscheinlich für schrecklich unhöflich gehalten«, fuhr sie offen fort, »aber ich bekam einen ziemlichen Schreck, als ich hörte, daß Sie nach Monte Carlo wollen. Denn wissen Sie«, fügte sie mit einem schattenhaften Lächeln hinzu, »ich bin eine notorische Spielerin, und es gibt Momente, da schäme ich mich dessen sehr und würde diese Schwäche am liebsten vor meinen Freunden verbergen.«

Ihre ernsten Augen waren auf Billy gerichtet. Mir schenkte sie kaum Aufmerksamkeit.

»Aber Miß Ferrera«, begann Billy, doch sie unterbrach ihn.

»In Monte Carlo gebrauche ich meinen Namen nicht«, erklärte sie. »Da nenne ich mich Miß Hicks. Das klingt so ähnlich wie das französische X.«

»Dachte ich mir's doch«, meinte Billy und verbesserte sich hastig, indem er sagte: »Ja, das glaube ich. Aber wirklich, Miß Ferrera . . .«

»Miß Hicks«, korrigierte sie lächelnd.

»Miß Hicks«, sagte er. »Ich muß es mir merken — Hicks!

Bitte glauben Sie nicht, daß ich das Glücksspiel verurteile. Im Gegenteil, ich spiele selbst ab und zu ganz gern.«

Sie stieß einen tiefen Seufzer aus, und mir schien, daß es ein Seufzer der Erleichterung war.

»Dann ist es gut«, sagte sie. »Spielen Sie auch, Mr. Mont?«

»Ich habe mir diesen Luxus nie leisten können, aber es muß wohl ziemlich aufregend sein«, erwiderte ich, und diesmal drückte ihr Seufzer keine Erleichterung aus.

»Es ist zweifellos die ermüdendste, langweiligste Sache der Welt«, entgegnete sie überraschenderweise und wechselte das Thema, indem sie eine Bemerkung über den Plan der französischen Regierung machte, die Rhône bis Genf schiffbar zu machen.

Nachdem wir das Abteil verlassen hatten, sah ich sie erst ungefähr eine Stunde nach unserer Ankunft wieder, als sie gerade aus »Lloyd's Bank« kam.

Trotz seiner glitzernden Flatterhaftigkeit ist Monte Carlo für mich das hinreißendste Fleckchen auf Gottes Erde. Ich kenne keinen Ort auf der Welt, wo ich lieber als in diesem Paradies mein Leben verbringen und beenden möchte, und ich wäre zufrieden gewesen, lange Spaziergänge am Strand zu machen oder an den Berghängen zu wandern und abends zeitig zu Bett zu gehen. Das Kasino lockt mich nicht sonderlich; die fahlen, gierigen Gesichter, die man an den Spieltischen sieht, haben etwas Abstoßendes und Erschreckendes.

Und doch erinnert mich der *Cercle privé* trotz seiner Rosa- und Goldtöne und trotz seiner weißen Gipskaryatiden merkwürdigerweise immer an das schöne Vorzimmer einer päpstlichen Residenz.

Als wir an diesem Abend in den *Cercle* traten, sahen wir, daß an allen Tischen lebhaft gespielt wurde, besonders am *Trente-et-Quarante*-Tisch, der sich am gegenüberliegenden Ende des Raumes befand.

»Da ist sie«, bemerkte Billy mit leiser Stimme.

Die junge Frau, die an einem der Tische saß, hatte ein dikkes Bündes Tausendfrancscheine vor sich liegen. Kleine Papierstreifen unterteilten das Bündel in Zwölferpacken.

»Sie setzt Maximum.« Ein Unterton der Bewunderung schwang in Billys Stimme.

Man hätte meinen können, die junge Frau wäre dabei, etwas sehr Lobenswertes zu tun, nicht, Geld mit vollen Händen auszugeben, das ihr meiner Überzeugung nach gar nicht gehörte. Beinahe so fingerfertig wie ein Croupier ging sie mit den Scheinen um, schnippte zwölftausend Francs von der einen Seite des Tisches zur anderen, und das so sicher und geschickt, daß die Scheine genau auf die von ihr beabsichtigte Stelle fielen. Und immer wieder blickte sie während des Spieles in ihr Notizbuch.

Sie gewann unaufhörlich — erst zwölfmal hintereinander auf Schwarz, dann vierzehnmal abwechselnd auf Farbe und *Inverse.* Nur einmal sah sie auf, und ihr Blick traf den Billys, doch kein Erkennen und kein Gruß blitzte in ihren Augen auf. Erst als der Tisch geschlossen wurde und ein Run auf den Roulettetisch einsetzte, wo fünf Minuten länger gespielt wurde, zeigte sie uns, daß sie unserer Anwesenheit gewahr war.

Sie schob die Geldscheine zusammen und stopfte sie in ihre große Handtasche. Dann ging sie unverzüglich auf Billy zu.

»Nun?« sagte sie herausfordernd, und ich sah den beinahe trotzigen Ausdruck in ihren Augen. »Bin ich eine Spielerin oder bin ich keine?«

»Sie scheinen gewonnen zu haben«, erwiderte Billy.

»Nur hunderttausend Francs«, antwortete sie. »Aber ich glaube, morgen werde ich hoch gewinnen. Der Tisch hatte eine ganze Woche lang eine schwarze Serie. Am letzten Montag, sagte man mir, wurde er dann wechselhaft und hat sich erst heute wieder beruhigt.«

Es war erstaunlich, sie von einer Anzahl roter und schwarzer Spielkarten sprechen zu hören, als gehorchten sie einem festen Gesetz.

Im Foyer des »Hotel de Paris« wünschten wir ihr gute Nacht und verabschiedeten uns von ihr, da wir im »Hermitage« abgestiegen waren. Und auf dem Rückweg zum Hotel berichtete er mir, wie es ihm gelungen war, mit ihr Bekanntschaft zu schließen. Dank eines überaus glücklichen Zufalls hatte er sie davor retten können, von einem ins Schleudern geratenen Omnibus überfahren zu werden; womit ich sagen will, daß es ein Glück war, daß er zur Stelle gewesen war.

»Eine wunderbare Frau, Mont«, erklärte er feierlich, als wir unseren Schlaftrunk zu uns nahmen. »Eine ganz erstaunliche Person und zweifellos ein mathematisches Genie. Ist dir aufgefallen, wie sie mit den Scheinen umging?«

»Wie eine Kassiererin von der Bank«, erwiderte ich.

»Du bist voreingenommen«, erklärte Billy. »Wir werden ja sehen!«

Doch wir sahen in Monte Carlo herzlich wenig, wovon wir nicht schon gehört hatten. Nach Ablauf eines einwöchigen Aufenthalts wußte Billy über diese seltsame junge Frau so wenig wie zuvor. Es boten sich nur wenige Gelegenheiten, mit ihr zusammenzutreffen. In den Spielsälen ließ sie sich immer erst ab zwei Uhr sehen — ab zwei Uhr fünf, um genau zu sein. Punkt fünf Uhr unterbrach sie ihr Spiel und kehrte in ihre Suite im Hotel zurück. Die Mahlzeiten nahm sie offenbar alle im Salon ihrer Suite ein, und wenn sie Spaziergänge machte, so zu einer Stunde, die wir erst entdeckten, als Billy es sich zur Gewohnheit machte, morgens schon vor acht vor dem Hotel Posten zu beziehen.

Auf dem Platz, der vom Kasino und vom Hotel begrenzt wird, ist in der Mitte eine runde grüne Insel mit Palmen und blühenden Büschen. Dort nun pflanzte sich Billy auf und sah sie tatsächlich von einem frühmorgendlichen Spaziergang zurückkommen.

Dies war am dritten Tag unseres Aufenthalts in Monte Carlo, an dem Tag, an dem Mr. Thomson Dawkes eintraf. Auch er stieg im »Hôtel de Paris« ab, und am Abend seiner Ankunft lud er uns ein, mit ihm zu speisen. Miß Ferrera hatte uns wohl in Dawkes' Gesellschaft gesehen, denn als Billy sie das nächstemal ansprach, war sie äußerst kühl.

»Sie sind mit Mr. Dawkes befreundet?« fragte sie.

»Nicht direkt«, antwortete Billy ausweichend. »Wir sind eher Bekannte.«

»Sehr sorgfältig sind Sie nicht in der Wahl Ihrer Bekannten, Mr. Stabbat.«

Als Billy sich am selben Nachmittag auf der Terrasse mit Mr. Dawkes traf, hätte er beinahe einen dicken Auftrag verloren, weil er mit Nachdruck auf der Integrität der jungen Dame bestand. Offenbar sprach er ein wenig zu emphatisch, denn Dawkes wurde plötzlich wütend auf ihn.

»Sie kosten mich hundert Pfund die Woche, Stabbat, und wenn Sie es nicht für der Mühe wert halten, sich ein bißchen anzustrengen, dann brauchen Sie das nur zu sagen und den Fall niederlegen. Ich finde schon jemand anderen, der ein bißchen mehr Eifer an den Tag legt.«

Unter anderen Umständen hätte Billy Thomson Dawkes unverzüglich geraten, sich zum Teufel zu scheren, und hätte seinem guten Rat wahrscheinlich eine linke Gerade vorausgeschickt oder folgen lassen. In diesem besonderen Fall jedoch zeigte sich Billy überraschend kleinlaut und gestand mir seine Angst, dieses Falles entbunden zu werden.

»Ich werde beweisen, daß Miß Ferrera eine absolut ehrliche und integre junge Frau ist«, erklärte er.

Ich erinnerte ihn daran, daß dies nicht in Dawkes Sinn war.

»Was Dawkes will und was er bekommt, sind zwei verschiedene Paar Stiefel«, erwiderte Billy. »Er ist überzeugt, daß er sich diese Frau gefügig machen kann — nun, wir werden ja sehen!«

Er entschloß sich zu einem kühnen Schritt. Am fünften Abend der Woche, nachdem die Spielsäle ihre Türen geschlossen hatten, begleitete er Mary Ferrera die Treppe des Kasinos hinunter. Als sie stehenblieb und ihm die Hand bot, um ihm gute Nacht zu wünschen, sagte er: »Kann ich Sie einen Moment unter vier Augen sprechen, Miß Hicks?«

Sie war verwundert und argwöhnisch.

»Es ist schon ziemlich spät«, entgegnete sie.

»Besser spät als nie«, versetzte Billy sehr passend, wenn auch recht banal.

Was darauf folgte, berichtete Billy mir in aller Ausführlichkeit, und ich habe es in meinen Worten niedergeschrieben. Natürlich kann ich nicht für die Richtigkeit jeder einzelnen Bemerkung garantieren. Aber im Kern entspricht das Aufgeschriebene dem Inhalt des Gesprächs, das folgte.

Sie schlenderten gemeinsam zur Terrasse hinaus, wo man einen herrlichen Blick aufs Meer hatte. Um diese Zeit war sie völlig verlassen. Nur einer der Wachmänner des Kasinos war da, die die Aufgabe haben, das Gelände rundum zu bewachen.

»Miß Ferrera«, sagte Billy, und ich kann mir vorstellen, daß sein Ton sehr ernst war, »ich möchte Sie in mein Vertrauen ziehen. Wissen Sie, daß Sie beobachtet werden?«

»Von Mr. Dawkes?« fragte sie sofort.

»Von Mr. Dawkes und seinen Beauftragten«, antwortete Billy. »Und ich, Miß Ferrera, bin einer dieser Beauftragten.«

Sie wich einen Schritt zurück. Der Blick, mit dem sie ihn ansah, traf Billy mitten ins Herz, wie er sagte.

»Es macht mich traurig, das zu hören«, erwiderte sie bekümmert. »Warum werde ich beobachtet?«

Billy erklärte ihr, daß Mr. Thomson Dawkes fest überzeugt davon wäre, sie spiele mit Geld, das sie ihrem Arbeitgeber gestohlen hatte.

»Wäre das nicht eher eine Sache für die Polizei als für einen Privatdetektiv?« fragte sie kalt.

»Ja und nein. Dawkes hat einen besonderen Grund für sein Handeln.«

»Das glaube ich«, erwiderte Miß Ferrera.

»Wollen Sie mich jetzt nicht auch ins Vertrauen ziehen, Miß Ferrera?« fragte Billy ernsthaft, und sie lachte.

»Nachdem Sie mir berichtet haben, daß Sie von Mr. Dawkes beauftragt sind?« fragte sie mit einem kleinen Unterton von Verachtung in der Stimme.

Auch das traf Billy offenbar mitten ins Herz. Er wurde an jenem Abend mehrfach verwundet.

Sein Bericht, über das, was danach geschah, war ein wenig wirr und nicht sehr klar. Offenbar flehte er sie an, ihm zu glauben, daß er ihr bester Freund wäre, doch das Gespräch war fruchtlos. Sie erklärte ihm, sie hätte das Recht jederzeit zu spielen, wenn sie es wünsche, und es ginge niemanden außer sie selbst etwas an. Und damit hatte sie ja auch recht. Sie ließ sogar durchblicken, daß sie sich hinsichtlich der Überwachung durch Mr. Dawkes an die Direktion des Kasinos wenden würde.

Ich habe Grund zu glauben, daß sie diese Drohung wahrmachte. Die Kasinodirektion ist ängstlich darauf bedacht, jede Bespitzelung ihrer Kunden zu unterbinden, und am Morgen des siebenten Tages kam Thomson Dawkes wutentbrannt zu uns, während wir beim Frühstück saßen, und teilte uns mit, daß man seine Eintrittskarte zum *Cercle privé* mir nichts dir nichts für ungültig erklärt und ihn informiert hätte, daß seine Anwesenheit im Sportklub unerwünscht war.

»Ich bin überzeugt, da steckt diese verdammte Person dahinter!« sagte er. »Ich habe sie gestern zur Teestunde aus der Verwaltung kommen sehen. Bei Gott, ich werde sie lehren, mir Steine in den Weg zu legen!«

»Was für eine Frau!« rief Billy ekstatisch, nachdem der wutschnaubende Thomson Dawkes uns wieder allein gelassen hatte. »Diese Unerschrockenheit! Diese Resolutheit! Das ist nicht so ein schmachtendes, tränenseliges Dämchen, Mont! Das ist eine Frau mit Charakter!«

Mr. Dawkes, so war zu hören, stürmte ins Hotel, um die Dame ins Gebet zu nehmen, und mußte feststellen, daß sie nicht mehr da war. Sie war mit dem Morgenzug nach Marseille abgereist — als Gewinnerin auf der ganzen Linie.

5

Das Erlebnis in Monte Carlo schien Dawkes noch in seiner Entschlossenheit anzustacheln, Mary Ferrera auf die Schliche zu kommen und sie zu entlarven. Was Billy angeht, so schien er in Ziel und Glauben gekräftigt. Ich hielt das offengestanden nur für eine Demonstration seiner berüchtigten Halsstarrigkeit, denn alle Wahrscheinlichkeit sprach dafür, daß Miß Ferrera eine niederträchtige und gemeine Diebin war.

Das einzige, das ich nicht verstehen konnte, war der völlige Mangel an Nervosität bei ihr. Sie spielte, als gäbe es überhaupt keinen Tag der Abrechnung oder als wäre das Resultat, wenn es einen geben sollte, ausgemachte Sache. Ich sprach Billy auf die Möglichkeit an, daß sie mit irgendeiner Bande zusammenarbeitete, die mit dem Croupier unter einer Decke steckte, doch die bloße Andeutung empörte ihn aufs heftigste.

»Muß denn eine Frau, nur weil sie jung und schön und zartfühlend ist, nur weil sie Geld hat, unbedingt eine Diebin oder Verschwörerin sein?« rief er zornig.

Ich ließ also diese Hypothese fallen, und auf unserer Rückreise nach London erörterten wir alles außer der Möglichkeit, Mary Ferrera könnte in unlautere Geschäfte verwickelt sein.

Levy Jones holte uns am Victoria-Bahnhof mit einer Jammergeschichte von möglichen Auftraggebern ab, die angerufen hatten und die er hatte abwimmeln müssen.

»Die Sessel und die Garderobe sind gekommen«, berichtete er. »Das neue Briefpapier wird morgen geliefert.«

Ich kam am folgenden Morgen um zehn Uhr ins Büro, zur gleichen Zeit mit dem Briefpapier. Billy war noch nicht da, und als er schließlich kam, blieb er nur kurz, um die Fäden eines Versicherungsfalles wiederaufzunehmen, der ihm übertragen worden war, und um Levy Jones Instruktionen zu geben.

Mr. Dawkes hatten wir zu Billys großer Erleichterung in Monte Carlo zurückgelassen. Den Morgen brachten wir mit diversen Erledigungen zu, und in der Oxford Street, wohin wir gefahren waren, weil Billy sich immer noch redlich bemühte, Interesse für den Versicherungsfall aufzubringen, obwohl es ihm einfach nicht gelingen wollte, ereignete sich die erste von drei wichtigen Begegnungen dieses Tages.

Es war ein Zusammentreffen mit George Briscoe, der inzwischen den weißen Kittel des Elektrikers abgelegt hatte. Er war ganz im Gegensatz dazu sehr elegant, ja vornehm gekleidet. Der kleine rote Bart war spitz gestutzt, und er trug ein Monokel. Ich erfuhr hinterher, daß dies kein Theaterrequisit war, sondern daß Georges Monokel von der einen Küste Kanadas zur anderen bekannt war.

Er schwenkte ein Malakkastöckchen mit Goldknauf, um Billys Aufmerksamkeit auf sich zu ziehen, und begrüßte uns gutgelaunt.

»Hallo, George«, sagte Billy mit einem kleinen Lächeln. »Wie geht's, wie steht's?«

»Bestens«, antwortete George. Er hatte eine ganz andere Stimme, und sein Tonfall und sein Gebaren waren so völlig verändert, daß ich ihn nicht erkannt hätte. »Haben Sie schon zu arbeiten angefangen, Stabbat?«

»Noch nicht«, antwortete Billy und schüttelte den Kopf. »Haben Sie die Absicht, mir einen Auftrag zu geben?«

»Nein, nein«, erwiderte George mit einem Lächeln, bei dem sich seine regelmäßigen, weißen Zähne entblößten, während in seinen Augen noch etwas anderes aufblitzte als gutmütiger Humor. »Ich habe auf der ganzen Welt keine Feinde außer Ihnen. Ich fahre morgen für ein paar Tage nach Brighton.«

Alle Detektivinstinkte wach, musterte Billy ihn scharf.

»Das heißt, daß Sie vorhaben, nach Kanada oder anderswohin zu verschwinden, wo man noch schlechter an Sie herankommen kann«, sagte er, und George lachte.

»An Ihnen ist ein guter Polizeibeamter verlorengegangen«, scherzte er, und danach bekamen wir ihn lange, lange Zeit nicht wieder zu Gesicht.

Billy war nach der Begegnung sehr nachdenklich.

»Die gute Laune von diesem Burschen ist mir nicht geheuer«, bemerkte er. »Es würde mich interessieren, was er für mich in petto hat.«

Etwa eine Stunde später spazierten wir auf dem Weg zum Mittagessen die Northumberland Avenue hinunter, als die zweite, oder vielmehr die zweite und dritte Begegnung dieses Tages sich ereigneten. Vor einem der großen Hotels in der Northumberland Avenue stand ein Grüppchen alter, äußerst korrekt gekleideter Herren, die sich, ins Gespräch vertieft, langsam von dem Hotel entfernten. Ich dachte mir, daß da irgendeine Konferenz stattgefunden hatte und rätselte gerade darüber, welcher Art sie gewesen sein könnte, als ich eine vertraute Gestalt auf uns zukommen sah.

Auch Billy sah sie und schnappte verdutzt nach Luft. Sie mußte uns ebenfalls gesehen haben, doch kurz bevor sie das Hotelportal erreichte, drehte sie sich mit einem überraschten Zusammenzucken um und sprach einen mageren, hochgewachsenen Mann an, der flüchtig den Hut über dem weißen Haar lüftete. Sie drehte sich ganz herum, so daß sie nun mit dem Rücken zu uns stand, während sie sich mit dem Mann unterhielt. Billy und ich gingen weiter und gesellten uns zu der kleinen Gruppe betagter Herren, die sich offensichtlich über jene Angelegenheiten unterhielten, die sie am Morgen zusammengeführt hatten.

Ich hörte, wie die junge Frau sagte: »Nein, Sir Philip, ich hatte keine Ahnung, daß Sie in London sind.«

»Schön, schön, Miß Ferrera«, brummte er unwirsch, »ich sehe Sie dann morgen in der Bank. Haben Sie erholsame Urlaubstage in Paris verbracht?«

»Ja, Sir Philip«, antwortete die junge Frau.

»Ich hoffe es, ich hoffe es«, sagte Sir Philip. Seine Stimme war so laut und klar, daß wir sie auch dann noch gehört hätten, wenn wir weiter entfernt gewesen wären. »Es gibt kein besseres Mittel, die französische Sprache zu erlernen als einen Aufenthalt unter Menschen, die keine andere Sprache beherrschen. Ich sehe Sie also morgen in der Bank«, wiederholte er, hob wiederum seinen Hut, zum Zeichen, daß sie entlassen war.

Sie sah uns nicht, als sie vorübereilte, und Billy machte keinen Versuch, ihr zu folgen. Stattdessen stieg er die Stufen zum Hotel hinauf und nickte dem würdevollen Portier zu.

»Was war denn hier los?« fragte er. »Eine Kabinettssitzung?«

Der Portier lächelte. »Nein, Sir. Quartalssitzung der Bank. Sie findet fast immer hier statt. Sind Sie von der Presse?«

Billy nickte. »Wer ist der alte Herr mit dem Backenbart?« erkundigte er sich.

»Welcher?« fragte der Portier trocken. »Sie sind alle alt und sie tragen alle Backenbärte. Meinen Sie den, der da mit dem untersetzten kleinen Herrn spricht?« Er deutete auf den Mann, den Mary Ferrera als Sir Philip angesprochen hatte.

»Genau den meine ich«, bestätigte Billy gespannt.

»Ach, das ist Sir Philip Frampton von der ›Frampton's

Bank‹. Das ist ein Konzern in Westengland, Sie haben wahrscheinlich schon davon gehört.«

»Ah, das ist also Sir Philip Frampton?« sagte Billy leise.

Er stellte noch ein paar andere Fragen, um den Eindruck zu untermauern, daß er im Journalismus tätig war, doch als Sir Philip sich dann auf den Weg zum Trafalgar Square machte, ließ Billy den Portier einfach stehen, und wir folgten diesem vortrefflichen Vertreter der Finanzwelt.

Sir Philip aß im »Carlton« zu Mittag. Wir desgleichen. Und als der alte Herr nach dem Mittagessen mit einer Zigarre und einem Täßchen schwarzen Kaffees im Palmengarten saß, sprach Billy ihn ganz unverfroren an.

»Ach!« rief er und riß erstaunt die Augen auf, »sind Sie nicht Sir Philip Frampton?«

»Das ist mein Name«, bestätigte der alte Herr und musterte Billy mit argwöhnischem Blick.

»Ich glaube, wir sind uns in Elston begegnet«, erklärte Billy.

Er hatte vor dem Mittagessen einige Nachschlagwerke konsultiert und festgestellt, daß die Bank ihren Hauptsitz in Elston hatte.

»Ich kann mich nicht erinnern«, erwiderte Sir Philip recht kühl, doch Billy konnte sehr niedrige Temperaturen vertragen.

Er setzte sich neben dem Bankier nieder, zog sein Zigarrenetui heraus und zündete sich eine Zigarre an, während ich mich bescheiden im Hintergrund hielt.

»Ich habe ein Einführungsschreiben an Sie«, behauptete er. »Ich bin nämlich Buchmacher, wissen Sie, und trage mich mit dem Gedanken, in Ihrem Ort eine Zweigstelle zu eröffnen. Aus diesem Grund halte ich es für das praktischste, bei Ihnen ein Konto einzurichten.«

Diesmal war Sir Philips Ablehnung eindeutig.

»Auf ein Konto dieser Art legen wir keinen Wert«, versetzte er kurz. »Wir sind ein alteingeführtes und, wenn ich das sagen darf, renommiertes Kreditinstitut. Es gehört zu unseren Geschäftsprinzipien dafür zu sorgen, daß der gute Name der Bank nicht mit Leuten in Verbindung gebracht werden kann, die Geschäfte spekulativer oder zwielichtiger Natur machen.«

Ich denke mir, daß es für Billy ein ziemlicher Dämpfer war, diese puritanischen Ansichten über das Glücksspiel zu hören zu bekommen.

Wenige Minuten später wechselte der alte Herr demonstrativ seinen Platz. Mit der Kaffeetasse in der Hand marschierte er würdevoll zu einem Sessel, der weit entfernt war von Billy, und mein Freund zog sich zurück.

»Natürlich glaube ich nicht eine Sekunde lang, daß die Mary Ferrara sich irgend etwas hat zuschulden kommen lassen«, sagte er in beunruhigtem Ton, »aber es sieht merkwürdig aus, nicht wahr? Und ziemlich übel für sie, wenn alles herauskommen sollte. Ich wollte um ihretwillen wissen, was er vom Glücksspiel hält. Ich muß unbedingt morgen nach Elston fahren.«

## 6

Elston ist ein kleiner Marktflecken, doch von größerer Bedeutung als seine bescheidene Ausdehnung und seine niedrige Bevölkerungszahl ahnen lassen. Die kleine Stadt ist eine Art Zentrum für ein sehr weites landwirtschaftliches Gebiet, das von Ackerbau und Schafzucht lebt, und »Frampton's Bank«, in einem alten georgianischen Bau aus rotem Backstein, war bei weiten das imposanteste Bauwerk auf dem altertümlichen Marktplatz. Ich sah mich in diesem verschlafenen Nest um, betrachtete die alten Häuser, deren modernste unter Georg IV. gebaut worden sein mußten, die weißen Schafpferche, die in der Mitte des Platzes ein Schachbrettmuster bildeten, die Verkaufsstände unter den Leinwanddächern, die gewaltigen Ulmen, die die Hauptstraße beschatteten. Und dachte, ja, mit Monte Carlo hat das nichts gemein.

Eine volltönende Glocke rief die Gläubigen zu einem jener Gottesdienste, die während der Fastenzeit zu den ungelegensten Stunden abgehalten werden, und die einzigen Menschen weit und breit waren ein Polizist mit einem Strohhelm und zwei Schulkinder, die ihre Blicke nicht vom Schaufenster des örtlichen Süßwarenhandels reißen konnten.

Wir nahmen uns Zimmer im »The Bear«, einem Gasthaus, das schon zur Zeit Eduard VI. existiert hatte, und Billy ging sogleich los, um Nachforschungen anzustellen. Wir waren vor Mittag in dem Städtchen eingetroffen, aber erst am Spätnachmittag gegen halb sechs kam er in das Café, wo ich meinen Tee trank und dazu ein üppiges Butterbrot verzehrte. Ich sah sofort, daß er bedrückt war; seine Mundwinkel waren herabgezogen und in seinen Augen stand ein Ausdruck tiefer Sorge.

»Mary ist in ›Frampton's Bank‹ angestellt«, berichtete er. »Sie verdient drei Pfund die Woche, ist Sir Philip Framptons Nichte und Adoptivtochter und hat den Tresor unter sich.«

Ich schwieg. Die Bedeutung dieser Neuigkeiten war nicht zu verkennen. Ein Aspekt jedoch verwunderte mich.

»Wie meinst du das, seine Adoptivtochter?« fragte ich. »Und wie kommt es, daß sie in der Bank arbeitet, wenn sie die Nichte oder Tochter eines reichen Mannes ist?«

»Sir Philip ist der Überzeugung, daß Arbeit keinem schadet. Mary Ferrera arbeitet schon seit ihrem fünfzehnten Lebensjahr in der Bank«, antwortete Billy niedergeschlagen. »Sie ist die Tochter seiner verstorbenen Schwester, und Ihre Adoption war wohl nur eine reine Formalität. Im übrigen gibt eine Adoption in England dem adoptierten Kind sowieso keine rechtliche Stellung. Und selbst wenn Sir Philip stirbt, würde ihr das nichts nützen, denn er hat sein Geld diversen wohltätigen Stiftungen vermacht und Mary nur ein bescheidenes Legat zugedacht.«

»Wie hast du das alles nur herausgekriegt?« fragte ich erstaunt.

»Ich habe einen Mann mit gewissen Ressentiments kennengelernt«, antwortete Billy kurz und gab keine weiteren Informationen preis.

Der Mann mit den gewissen Ressentiments speiste an diesem Abend mit uns. Er war klein, sehr knochig, sehr übellaunig und ungeheuer hartherzig. Seine Vorfahren hatten sich einen fraglichen Scherz erlaubt, indem sie ihm den Namen Pontius gaben. Seiner Theorie zufolge stammte er direkt von dem römischen Gesandten ab, der so um das Jahr zwölf herum den Westen Englands regiert hatte, und aus dieser Überzeugung heraus war er Archäologe geworden. Für uns erwies er sich allein dadurch nützlich, daß er Mary Ferrera eine heftige Abneigung entgegenbrachte. Er bezeichnete sie immer nur als »diese Person« und legte eine gehörige Portion Geringschätzung in diese beiden Worte. Es stellte sich heraus, daß er einen Sohn hatte, den Mary Ferrera von seinem Posten in der Bank verdrängt hatte. Ich darf vielleicht nebenbei bemerken, daß Mr. Pontius der Buchhalter der Bank war.

Mir war es immer ein Geheimnis, wie Billy es fertigbrachte, mit allen möglichen Leuten Bekanntschaften anzuknüpfen.

Ich bin überzeugt, seine Begabung in dieser Richtung macht die Hälfte seiner Erfolge als Detektiv aus. Seinen späteren Berichten entnahm ich, daß er Mr. Pontius beim ortsansässigen Herrenfriseur kennengelernt hatte und daß sie über ein Haarwuchsmittel in ein interessantes Gespräch gekommen waren. Billy war stets ein fixer und schlagfertiger Lügner, und ich zweifle nicht, daß er auf der Stelle ein Haarwuchsmittel erfand, das Wunder wirkte. Mr. Pontius' Haarwuchs war ja auch wirklich sehr spärlich.

»Und noch etwas«, sagte der verknöcherte kleine Mann, als wir beim Portwein angelangt waren. »Wieso wird es ihr gestattet, nach Paris zu reisen, um französisch zu lernen. Ich war nie in Paris, und mein Französisch ist perfekt. Immer habe ich die Auslandskorrespondenz der Firma geführt, und es gibt überhaupt keinen Grund, weshalb sie plötzlich dieser Person übertragen werden sollte. Er verzärtelt sie, Sir, er verzärtelt sie! Und was wird das Ende sein? Er wird schließlich nicht ewig leben, und die neuen Direktoren werden wohl kaum zulassen, daß diese Person in der Bank schaltet und waltet, wie sie will. Ich will Ihnen sagen, wie ich das sehe.« Er beugte sich vor und senkte seine Stimme, bis sie nur noch ein heiseres Flüstern war. »Meiner Meinung nach gehen sie ein großes Risiko ein!«

Er stieß dies wie eine schreckliche Prophezeiung hervor und lehnte sich dann zurück, um die Wirkung seiner Worte zu genießen.

»Was für ein Risiko?« fragte Billy, während er sich noch einmal einschenkte.

»Wir sind doch alle Männer von Welt«, erklärte Mr. Pontius mit großer Gebärde. »Wir wissen von den Versuchungen, denen die menschliche Natur ausgesetzt ist, und wenn ein junges Mädchen in ihre Wohnung geheime Briefe geschickt bekommt . . .«

»Geheime Briefe?« fiel Billy ihm hastig ins Wort. »Bekommt sie denn geheime Briefe?«

Mr. Pontius nickte feierlich. »Ihre Zimmerwirtin hat mir erzählt, daß sie eingeschriebene Briefe bekommt, die mit verstellter Schrift adressiert sind, in Druckbuchstaben, verstehen Sie, und jedesmal, wenn sie diese Briefe erhalten hat, geht sie hinterher zu Sir Philip und fragt, ob sie Urlaub nehmen kann, um nach Paris zu fahren und ihr Französisch zu verbessern. Ihr Französisch verbessern! Ha!«

»Und was ist, wenn sie weg ist?« erkundigte sich Billy. »Wer macht dann ihre Arbeit?«

»Wer dann ihre Arbeit macht?« wiederholte Mr. Pontius. »Ich zum Beispiel. Und mein Sohn, ein blitzgescheiter Junge, übernimmt einen Teil der Korrespondenz. Sogar Sir Philip selbst erledigt einen Teil ihrer Arbeit. Wenn das kein Verwöhnen ist!«

Wir begleiteten Mr. Pontius noch zu seinem großen, häßlichen Haus am Ende des Städtchens, und auf dem Rückweg zum Gasthaus sprach Billy nicht ein einziges Wort. Ich konnte deutlich sehen, daß Pontius' Bericht einen tiefen Eindruck auf ihn gemacht hatte. Und doch rang er mit aller Kraft darum, sich seinen Glauben an Mary Ferrera zu bewahren. Er muß gelitten haben, denn sie hatte ihn viel tiefer beeindruckt als mir damals bewußt war.

Liebe auf den ersten Blick bedeutet in Wirklichkeit Faszination auf den ersten Blick. Es würde mir nicht einfallen zu leugnen, daß Mary eine faszinierende Frau ist.

Am folgenden Nachmittag begegneten wir ihr dann selbst. Wir waren zum Bahnhof gegangen, um uns ein paar Londoner Zeitungen zu holen. Der Frühzug aus der Stadt war eine halbe Stunde zuvor eingetroffen, und wir hatten die hochgewachsene Gestalt Sir Philip Framptons gesehen, als er auf dem Weg zur Bank den Marktplatz überquerte. Nachdem wir unsere Zeitungen gekauft hatten, schlenderten wir die Straße hinauf, die zum Bahnhof führt, während wir Vermutungen darüber anstellten, wer der geheimnisvolle, schäbig wirkende Mann sein könnte, der uns den ganzen Morgen über beschattet hatte.

Genau in diesem Moment bog sie um die Ecke und lief uns direkt in den Weg. Wie erstarrt blieb sie stehen und blickte uns aus aufgerissenen Augen an, und ihr Gesicht wurde weiß. Ich dachte, sie würde ohne ein Wort an uns vorübergehen, doch sie trat geradewegs auf Billy zu.

»Sie arbeiten also immer noch für Mr. Dawkes«, sagte sie ruhig, und er wurde brennend rot.

»Ich arbeite mehr für Sie als für Mr. Dawkes«, gab er zurück, und ihre Augen ruhten unverwandt auf ihm.

»Das frage ich mich«, sagte sie leise.

»Glauben Sie mir«, erwiderte Billy lebhaft, »ich bin genau so versessen darauf . . .«

»Das weiß ich. Ich spüre es«, erklärte sie. »Das ist es nicht, worüber ich mir Gedanken mache. Aber ich frage mich, was Sie — was Sie von mir denken.«

Die letzten Worte sprach sie so leise, daß ich sie damals nicht verstand.

»Ich muß mich um Sir Philips Gepäck kümmern. Es ist am Paddington-Bahnhof liegengeblieben«, bemerkte sie und eilte an uns vorüber.

Wir waren schon ein Stück weitergegangen, als wir hörten, daß sie uns rief. Sie kehrte um und kam noch einmal zu uns.

»Mr. Thomson Dawkes braucht Ihre Dienste nicht mehr, Mr. Stabbat«, sagte sie, »er weiß alles.«

»Er weiß, daß Sie hier sind? Wo Sie arbeiten?« stieß Billy verblüfft hervor.

Sie nickte. »Er kam mit demselben Zug wie Sir Philip und ist ihm in die Bank gefolgt. Er war noch in der Bank, als ich wegging«, sagte sie, machte wiederum kehrt und eilte zum Bahnhof.

Und draußen vor dem Gasthaus »The Bear« erwartete uns, mit einem Lächeln des Triumphs auf dem großen, gutaussehenden Gesicht, Thomson Dawkes.

»Na also, Stabbat«, sagte er. »Mit vereinten Kräften haben wir es geschafft.«

Der boshafte Spott in seiner Stimme war unüberhörbar.

»Wie sind Sie dahintergekommen?« fragte Billy.

»*Sie* sind doch dahintergekommen«, entgegnete Dawkes mit einem Auflachen. »Sehen Sie, Stabbat, ich hatte plötzlich den Eindruck, daß Sie versuchten, dieses Mädchen zu schützen. Daraufhin habe ich mich an Seinbury gewandt und einen Mann auf Sie ansetzen lassen. Ich wußte, Sie würden früher oder später herausfinden, wo sie lebte, und ich hatte den Verdacht, daß Sie diese Information womöglich für sich behalten würden. *Quis custodiet ipsos custodes?* Hm? Ich glaube, ich habe Ihnen ein Schnippchen geschlagen, alter Freund.«

Billy rieb sich nachdenklich die Nase.

»Wir werden ja sehen«, gab er zurück. »Was haben Sie denn jetzt vor, wo Sie sie aufgespürt haben?«

Das Lächeln des Mannes war häßlich.

»Was haben *wir* vor«, korrigierte er. »Vergessen Sie nicht, daß Sie in meinen Diensten stehen, Mr. Stabbat. Das beste, was wir tun können, ist, mit der Dame zu sprechen.«

»Hier?« fragte Billy hastig.

»Nein, nicht hier. Ich möchte, daß Sie sie bitten, morgen abend in Ihrem Büro mit uns zusammenzutreffen.«

»Aber warum denn?« fragte Billy, und ich sah, wie ihm die Röte ins Gesicht stieg.

Der gutaussehende Mr. Dawkes war einer gewaltsamen Gesichtsmassage näher als er ahnte.

»Aus vielen Gründen«, erwiderte Dawkes kühl. »Erstens wünsche ich, daß Sie zur Stelle sind, falls . . .« Er hielt inne, als könnte er nicht erklären, für welchen Fall er Billys Anwesenheit wünschte.

»Und falls sie Ihren Vorschlag ablehnt?« fragte Billy. »Ich weiß zwar nicht, was das für ein Vorschlag ist, aber ich vermute, er soll Ihnen gewisse Vorteile einbringen.«

Dawkes betrachtete ihn mit einem seltsamen Ausdruck.

»Ich glaube, Sie tun mir Unrecht«, sagte er, und ich glaube, in diesem Moment dachte er wirklich, seine Absichten würden falsch ausgelegt. »Der Vorschlag, den ich Miß Ferrera machen will, ist folgender: Seit achtzehn Monaten reist sie nunmehr zwischen England und Monte Carlo hin und her. Beinahe jedesmal hat sie beim Spiel gewonnen. Sie spielt nach einem System, das unbekannt ist. Wie Sie wissen, sind für das Kasino Detektive tätig, deren Aufgabe es ist, Systemspieler zu beobachten und die Art des Systems herauszufinden. Es ist ihnen bis jetzt nicht gelungen festzustellen, nach welchem System sie spielt.«

»Ich verstehe«, sagte Billy ruhig. »Und Sie wollen nun von ihr verlangen, daß sie Ihnen das System im Detail erklärt. Und wenn sie es nicht tut?«

»Ich habe nicht die Absicht, ihr zu drohen. Ich drohe auch jetzt nicht. Bitte behalten Sie das im Auge«, entgegnete Dawkes mit Nachdruck. »Meines Wissens ist diese Frau eine durchaus ehrliche Person, die über große private Mittel verfügt. Wenn ich sie für eine Diebin hielte, die die Bank bestiehlt, dann würde ich es als meine Pflicht als gesetzestreuer Bürger ansehen, die Polizei zu unterrichten. Aber das glaube ich nicht. Ich habe über ihre finanzielle Situation keine Nachforschungen angestellt. Wenn«, fuhr er fort und artikulierte jedes Wort mit großer Sorgfalt, »wenn die Dame sich weigern sollte, meine Neugier zu befriedigen, werde ich wahrscheinlich die Sache weiter verfolgen und eventuell bei Sir Philip selbst Erkundigungen einziehen.«

Billy schwieg. Er musterte den Mann mit einem Blick wie

ein Naturforscher, der einen neu entdeckten Käfer vor sich hat.

»Aber wenn Sie natürlich der Meinung sind, daß sie eine Diebin ist«, fuhr Dawkes fort, der die Situation offensichtlich genoß, »und mir das ganz offiziell sagen, dann werde ich mir alle weitere Mühe sparen und die Angelegenheit der zuständigen Polizei melden.«

»Ich halte sie nicht für eine Diebin«, erklärte Billy ruhig und sicher.

»Ich fahre jetzt nach London zurück«, sagte Dawkes mit einem Blick auf seine Uhr, »und überlasse es Ihnen, meine Herren, Miß Ferrera zu überreden, daß sie morgen abend um, na, sagen wir, acht Uhr, zu unserer Verabredung kommt. Das gestattet ihr mit dem Halb-zehn-Uhr-Zug wieder aus London abzufahren, so daß sie kurz vor Mitternacht wieder in Elston ist.«

Billy traf sich am Nachmittag mit Mary Ferrera. Er traf sich allein mit ihr. Er erzählte mir nicht, was sich abgespielt hatte, doch bei seiner Rückkehr ins Gasthaus bemerkte er kurz, Miß Ferrera hätte sich bereit erklärt, am folgenden Abend um acht Uhr in das Büro in der Bond Street zu kommen.

Wir selbst kehrten mit dem letzten Abendzug nach London zurück.

## 7

Ich habe mich oft gefragt, ob Dawkes aufrichtig war, als er uns erklärte, ihm läge einzig und allein daran, das Geheimnis Mary Ferreras zu erfahren. Er war ein reicher Mann, doch das hatte natürlich nicht viel zu sagen; es gibt nur wenig reiche Männer seines Schlags, die nicht gern noch ein bißchen reicher wären, oder die je zufrieden sind mit dem, was sie an weltlichen Besitztümern ihr eigen nennen. Außerdem ist ein gewisser Ruhm damit verbunden, wenn man mit einem erfolgreichen System spielt, und wenn jemand beim Spiel dauernd gewinnt, zieht er daraus einen Genuß, der über die Freude am leicht verdienten Geld hinausgeht. Er wird von Frauen umworben und von Männern beneidet, und für einen Mann wie Dawkes wäre das so wohltuend gewesen wie Weihrauch für die Nasen der Gläubigen.

Vielleicht war er aufrichtig. Ich neige zu der Ansicht, daß er es war, und daß dann die Schönheit des Mädchens und das Gefühl, sie in seiner Gewalt zu haben, die animalische Leidenschaft des Mannes erregten, durch die das tragische Ende des Gesprächs herbeigeführt wurde.

Ich ging am folgenden Morgen nicht direkt zu Billy ins Büro. Ich wollte erst mit Levy Jones sprechen. Er war besserer Stimmung als ich erwartet hatte, denn es war ihm gelungen, die noch fehlenden Beweise in der Versicherungssache zusammenzutragen, und er hatte gerade die Polizei von einigen sehr wichtigen Fakten in Kenntnis gesetzt, die später, wie der Leser sich vielleicht erinnern wird, zu einer ganzen Verhaftungsserie führten.

»Billy hat's schlimm erwischt«, meinte er kopfschüttelnd. »Ist Ihnen klar, daß wir jetzt seit vierzehn Tagen in diesem Büro installiert sind und Billy sich noch nicht ein einzigesmal an seinen Schreibtisch gesetzt und noch keinen Strich redlicher Arbeit getan hat?«

»Und was tut er jetzt?« fragte ich.

»Er rennt unentwegt hin und her. Der neue Teppich ist schon ganz abgetreten«, antwortete Levy bekümmert. »Und seinem grimmigen Gesicht nach zu urteilen studiert er die Schimpftirade ein, die er Bruder Dawkes ins Gesicht zu schleudern gedenkt.«

»Hat er Ihnen erzählt, was vorgefallen ist?« fragte ich.

»Er hat mir nur soviel erzählt wie für mich zu wissen gut ist«, erwiderte Levy mit einem Seufzer. »Aber, mein lieber Mr. Mont, ich bin an diese Extravaganzen von Billy so gewöhnt, daß mir das schon kein Kopfzerbrechen mehr macht.«

Dennoch seufzte er wieder.

»Warum konnte sie nicht schlicht und reizlos sein?« begann er, schüttelte aber sogleich den Kopf. »Das hätte auch nichts geändert«, erklärte er mit Bitterkeit. »Hauptsache, diese Frauenzimmer können richtig auf die Tränendrüsen drükken, dann schmilzt Billy unweigerlich dahin.«

»Sie ist eine sehr reizvolle junge Frau«, erklärte ich im Ton des Verteidigers, und er starrte mich ungläubig an.

»Hat Sie's auch erwischt?« fragte er traurig. »Nun, es ist ja bald vorbei, und ich habe einen Prachtfall für Billy. Um ihn in Hochform zu sehen, muß man ihn auf die Fährte eines rotnasigen Börsenschwindlers mit einer Vorliebe für Zwiebeln setzen.«

Billington Stabbat wußte nicht, was er mit sich anfangen sollte. Das sah ich auf den ersten Blick, als ich sein Büro betrat. Er stand am Fenster und starrte mit düsterer Miene vor sich hin, während er zerstreut an einem kleinen Wandtürchen in der Fensternische herumspielte. Ich sah erst, daß es ein Türchen war, als es sich unter seinen Fingern öffnete. Dahinter zeigte sich eine kleine dunkle Höhle in der rauhen Backsteinmauer.

»Was ist denn das?« fragte Billy, froh um jede Ablenkung. Er spähte in einen, wie es schien, bodenlosen Schacht hinunter, und dann fiel es ihm ein.

»Ach ja, es gab eine Zentralheizung im Haus, aber die hat nicht funktioniert. Ich glaube, das ist das Rohr, das vom Keller heraufführt.« Er schloß das Türchen.

Eine ganze Weile betrachtete er es stumm, dann zog er es wieder auf — er mußte zu seinem Papiermesser greifen, um es aufzustemmen.«

»Das wäre ein gutes Versteck, nicht wahr?« meinte er.

»Ja«, erwiderte ich. »Wenn's einem nichts ausmacht, erst in den Keller zu laufen, um das, was man versteckt hat, wieder zu holen.«

Mit einem Knall schlug er das Türchen zu, warf das Papiermesser krachend auf den Tisch und trat mit großen Schritten zum offenen Marmorkamin mit seinen imposanten Löwen. Auf das grinsende Haupt eines dieser Raubtiere stützte er seinen Ellbogen und ließ den Kopf in die Hände sinken.

»Guter Gott«, stöhnte er. »Wenn es nun doch so ist! Aber das ist absurd.«

»Wenn nun doch was so ist? Und was ist absurd?« wollte ich wissen.

»Stell dich nicht so dumm, Mont«, fuhr er mich an. »Du weißt genau, wovon ich spreche. Wenn nun diese wundervolle Frau das Geld von der Bank ausgeliehen hat, um einem nichtsnutzigen Bruder zu helfen . . .«

»Oder einem nichtsnutzigen Liebhaber«, murmelte ich.

»Sei doch nicht so primitiv«, schrie er mich beinahe an. »Sie hat keinen Liebhaber.«

»Und deines Wissens auch keinen Bruder«, versetzte ich. »Aber nimm einmal an, es ist so, und sie hat sich das Geld von der Bank ausgeliehen.«

Er schwieg lange. Dann sagte er: »Das wäre eine Tragödie.«

Ich ließ mich in einem Sessel nieder und betrachtete ihn voller Verwunderung.

»Ehrlich«, fragte ich, »bist du immer so, wenn du einen Fall bearbeitest, bei dem es um eine Frau geht?«

Ich erwartete einen Ausbruch des Zorns, doch der kam nicht.

»Ich habe immer Mitleid mit den Frauen«, sagte er ruhig, »aber nie zuvor habe ich eine Frau geliebt.«

Die Schlichtheit dieses Geständnisses brachte mich zum Schweigen. Er kam zum Schreibtisch und blieb, die Hände auf die Tischkante gestützt, leicht über mich gebeugt stehen.

»Mont«, sagte er, »wenn Thomson Dawkes diese Frau heute abend kränkt oder beleidigt, erschieße ich ihn.«

Er sprach die Drohung völlig kühl und sachlich aus.

»Ach Quatsch«, gab ich zurück. »Erstens wird er sie nicht beleidigen, und zweitens darfst du ihn nicht erschießen.«

»Er hat mich heute morgen angerufen«, fuhr Billy fort. »Er sagte, er wolle Miß Ferrera allein sprechen.«

»Nun«, meinte ich, »das ist doch nichts Außergewöhnliches. Wenn er die Absicht hat, sie zu erpressen, indem er ihr droht, sie zu entlarven, wenn sie seine Forderungen nicht erfüllt, wird er kaum scharf darauf sein, einen Sergeant der Kriminalpolizei und einen ehemaligen Kriminalbeamten als Zeugen dabeizuhaben.«

»Mir gefällt das nicht«, erklärte Billy.

»Hast du dem Gespräch unter vier Augen zugestimmt?«

Er nickte. »Es spielt keine besondere Rolle. Ich bleibe in Levys Zimmer, und beim ersten Schrei von Mary Ferrera bin ich da. Ich sage dir, Mont . . .« er schlug mit der Faust auf den Schreibtisch, »wenn dieser Schurke sie beleidigt, werde ich — brauchen Sie mich, Levy?«

Die letzten Worten waren an Levy gerichtet, der, die Hände in den Hosentaschen, den Kopf gesenkt, in der Tür stand und Billy direkt ins Gesicht sah.

»Wen wollen Sie umbringen, Billy?« fragte er milde, und Billy lächelte.

»Kommen Sie nur herein, Levy. Bleiben Sie doch nicht in der Tür stehen.«

»Wen wollen Sie umbringen, Billy?« fragte Levy wieder, während er nähertrat.

»Dawkes«, antwortete Billy.

»Prächtig«, erwiderte der sarkastische Levy. »Ich schicke

Lilien, und Mr. Mont kann Rosen schicken, und wir begleiten Sie dann zum Galgen. Ich möchte Ihnen eine Geschichte erzählen, Billy.«

Er hockte sich auf die Schreibtischkante, und Billy, der an die Wand gelehnt stand, zwinkerte ihm zu.

»Bitte. Es geht um einen Juden.«

»Um einen jungen Juden«, verbesserte Levy. »Er war in Glasgow in der Sonntagsschule, und die Lehrerin fragte die Klasse, wer denn gern zu den lieben Englein im Himmel wolle. Sämtliche Hände außer einer schossen in die Höhe. ›Ja, aber Issy Isaacs‹, sagte die Lehrerin verwundert, ›möchtest du denn nicht in den Himmel?‹ — ›Nein, Fräulein‹, antwortete Issy. ›Ich möchte in die Hölle. Mein Papa hat nämlich gesagt, daß unser Geschäft zum Teufel geht, und da möchte ich auch hin.‹«

Billy lachte.

»*Verbum sapienti*«, bemerkte Levy vielsagend.

»Mit anderen Worten, unser Geschäft geht auch zum Teufel?« Billy gab ihm einen Klaps auf die Schulter. »Der Fall kommt heute abend zum Abschluß, Levy, und dann kann kann ich mich voll und ganz den anderen Geschäften widmen.«

»Ich hätte nichts dagegen, wenn er heute zum Abschluß käme«, erwiderte Levy kopfschüttelnd, »aber ich glaube es nicht, Billy. Ich hab das dunkle Gefühl, daß die Geschichte sich über ein ganzes Jahr hinziehen wird, und am Ende wird's Schwierigkeiten geben. Vielleicht auch schon am Anfang«, fügte er bedrückt hinzu und trottete niedergeschlagen davon.

»Erinnerst du dich an die Dritter-Klasse-Fahrkarte, die man in Miß Ferreras Handtasche fand?« fragte Billy, nachdem Levy verschwunden war.

»Nach Brixton?« fragte ich. »Ja.«

»Sie hat dort eine Verwandte, bei der sie übernachtet, wenn sie nach Monte Carlo reist«, erklärte Billy. »Das ist alles.«

Ich bemühte mich, das Gespräch auf anderes zu lenken, doch es gelang mir nur teilweise. Von Zeit zu Zeit kam Billy immer wieder auf Mary Ferrera zu sprechen.

Gerade als ich mitten in einer spannenden Schilderung unseres Kampfes mit dem Mörder auf den Wanstead Marshes war, unterbrach er mich.

»Sie hat einen Revolver in ihrer Handtasche«, sagte er. »Sie trägt so viel Geld mit sich herum, daß sie es sich nicht leisten kann, ein Risiko einzugehen. Ich kam an dem Abend dahinter, als ich in Monte Carlo mit ihr auf der Kasinoterrasse sprach. Da schlug mir nämlich die Tasche gegen die Hand, als sie sich umdrehte.«

»Sie ist eine sehr tüchtige junge Frau«, sagte ich geduldig, denn niemand mag es, wenn er mitten in der Beschreibung seiner eigenen Heldentaten unterbrochen wird. Ich lehnte seine Einladung zum Mittagessen dankend ab und versprach, am Abend um halb sieben spätestens wieder da zu sein.

Tatsächlich kam ich erst um Viertel vor acht an, und Miß Ferrera war bereits da. Ich sah gleich, daß sogar der skeptische und kaltschnäuzige Levy ein wenig in ihren Bann geraten war. Billy war völlig hingerissen; sein Gesicht war rot vor Erregung, und seine Augen, die unverwandt auf ihr Gesicht gerichtet waren, blitzten hell und lebhaft. Mary Ferrera war, wie ich erwartet hatte, vollkommen beherrscht. Wieder sah ich das schöne Gesicht im Licht der liebevollen Güte, die aus den grauen Augen strahlte. Ich weiß, es ist lächerlich, dieses Wort zu gebrauchen, doch sie hatte etwas Mütterliches, und eine weiche Zärtlichkeit schwang in ihrer Stimme, die Billy so wenig galt wie mir, sondern einfach Teil ihrer weiblichen Natur war.

»Er wird auf einer Erklärung bestehen«, sagte Billy gerade, als ich hereinkam, und nachdem sie mir die Hand gegeben hatte, kam sie genau auf den Punkt zurück, an dem er unterbrochen wurde.

»Dann muß er eben darauf bestehen«, erwiderte sie ganz gelassen.

»Könnten Sie ihm das System verraten?«

Sie lächelte. »Es wäre völlig ausgeschlossen, ihm das System zu erklären«, versetzte sie. »Erstens ist es nicht mein System; ich kann es also nicht einfach weitergeben. Und zweitens kann man es unmöglich ohne weiteres erklären. Genau so gut könnte man von mir verlangen, jemandem die Differentialrechnung zu erklären, der glaubt, es handelte sich um ein neues Tier im Zoo.«

Billy lachte leise.

Das Gespräch konnte nicht fortgesetzt werden, da nun Mr. Thomson Dawkes eintraf. Zu meiner Überraschung kam er allein. Ich hatte erwartet, ihn in Begleitung seines Schattens — als etwas anderes konnte man Inspektor Jennings kaum noch bezeichnen — ins Zimmer treten zu sehen.

»Ich bin etwas früh dran«, bemerkte er mit einem jovialen Lächeln in die Runde, »aber ich denke, wir können diese Geschichte am besten gleich hinter uns bringen, da wir ja alle da sind.«

Sein Blick wanderte von Mary Ferrera zu Billy.

»Ich möchte mit Miß Ferrera unter vier Augen sprechen«, sagte er.

Billy nickte und wandte sich der jungen Frau zu.

»Wenn Sie irgend etwas brauchen, Miß Ferrera«, sagte er anzüglich, »brauchen Sie mich nur zu rufen. Läuten Sie einfach hier« — er zeigte ihr den Klingelknopf neben dem Schreibtisch —, »und ich bin augenblicklich da.«

Sie nickte ernst, und Billy, Levy und ich verließen zusammen das Zimmer.

Ob Thomson Dawkes die Drohung ernst nahm, die in Billys Worten durchklang? Ich glaube es nicht. Er war ein Mensch, der einen unerschütterlichen und übertriebenen Glauben an die Macht des Geldes besaß, und überzeugt war, daß Reichtum Überlegenheit bedeutet. In seiner Haltung Billy gegenüber — ja, eigentlich der ganzen Welt gegenüber — lag immer eine Spur gutmütiger Verachtung. Er vermittelte mir den Eindruck, daß er glaubte, lediglich einem launischen und unbedeutenden Mann seinen Willen zu lassen. Billy hatte den gleichen Eindruck von ihm.

Billington Stabbat kannte ich vielleicht besser als jeder andere, denn wir hatten Momente höchster Gefahr gemeinsam erlebt; Momente, wo das nackte Entsetzen über ihre Lage die Seelen der Menschen bis ins Innerste aufgerissen hatte. Und ich wußte, daß das, was bei einem anderen vielleicht eitle Großsprecherei gewesen wäre, aus Billys Mund eine tödliche Bedeutung besaß. So wenig wie Billy zögern würde, einen ekelhaften Käfer zu zertreten, so wenig würde er zögern, diesen robusten, jovial lächelnden Mann zu vernichten.

In dem Augenblick, als wir aus dem Zimmer gingen, betete ich im stillen darum, daß dieser Abend ein gutes Ende nehmen möge. Leider jedoch sollte mein Gebet nicht erhört werden.

In Levys Zimmer, das sich an den größeren Raum anschloß, setzten wir uns zusammen, eine seltsam gespannte kleine Gruppe.

»Ich hoffe, dieses Gespräch wird nicht lange dauern«, bemerkte Billy gereizt. »Wenn er es wagen sollte . . .« Er vollendete den Satz nicht.

Mir fiel nichts ein, was ich hätte sagen können, und so saßen wir schweigend da und sahen zu, wie der große Zeiger der Uhr langsam von zehn vor acht auf fünf vor acht kroch, und noch immer war aus dem Nebenzimmer kein Laut zu hören. Weitere fünf Minuten verstrichen, dann sprang Billy zornig von dem Tisch auf, auf dem er gesessen hatte.

»Ich mach das nicht mehr mit«, begann er. »Ich . . .«

Und da wurde er unterbrochen.

Aus dem Nebenzimmer kam das Krachen eines Schusses!

Billy stürzte zur Tür und riß sie auf. Das Büro war dunkel, doch gleich neben der Tür gab es einen Lichtschalter. Seine suchende Hand fand ihn und drückte ihn herunter.

Niemals werde ich den Anblick vergessen, der sich mir bot. Kreidebleich und mit starrem Blick wie in geistiger Verwirrung stand Mary Ferrera nahe der Tür zum Flur. In ihrer Hand lag ein kleiner Revolver, und als die Lichter aufflammten, hob sie ihn hoch und betrachtete ihn mit einem Ausdruck faszinierten Entsetzens.

Levy brach schließlich das Schweigen. »Wir haben einen Auftraggeber verloren«, erklärte er mit zitternder Stimme.

Selbst in diesem schrecklichen Augenblick ließ sein recht seltsamer Humor ihn nicht im Stich. Ja, wir hatten tatsächlich einen Auftraggeber verloren: über dem Schreibtisch nämlich lag schlaff und leblos Thomson Dawkes mit einem scheußlichen Loch im Kopf, und sein Blut bildete eine Pfütze auf dem Schreibtisch.

## 8

Weder Levy noch Billy sagten ein Wort. Ich selbst fühlte mich schwach und zittrig und merkte, daß mein Erholungsurlaub weit notwendiger gewesen war, als ich geglaubt hatte. Die beiden Männer reagierten auf die für sie charakteristische Weise. Levy zog die Löschunterlage unter dem Kopf des Zusammengesunkenen hervor und legte sie auf den Teppich, auf den jetzt das Blut hinunterzutropfen begann. Billy trat zu der jungen Frau und nahm ihr behutsam den Revolver aus der Hand. Da erwachte sie aus ihrer Trance und klammerte sich schaudernd und klagend an ihn.

»Er hat mich geküßt«, stieß sie hervor. »Er wollte mich

umarmen . . . Ich habe das Licht ausgemacht, um ihm zu entkommen. Ich wollte nicht schreien. Ich dachte, ich könnte heimlich zur Tür hinausschlüpfen, aber sie war abgeschlossen.«

»Ja, ja, natürlich«, sagte Billy tröstend. Er stand ihr an Mütterlichkeit nicht nach. Während er ihr beruhigend auf den Rücken klopfte, winkte er mich mit einer Kopfbewegung zu sich. »Bring sie weg«, sagte er. »Bring sie nach unten und setz sie in ein Taxi.«

Ich zögerte nur eine Sekunde, dann nickte ich.

»Aber bring sie nicht zu dir nach Hause«, warnte er mich. »Setz sie einfach in ein Taxi und schick sie nach Brixton. Dann kommst du wieder rauf. Ich brauche dich hier. — Mary, Sie müssen sich jetzt zusammennehmen«, wandte er sich an Miß Ferrera und umfaßte ihr Gesicht mit beiden Händen. Ich dachte, er wolle sie küssen, aber das tat er nicht. Billys Augen konnten wunderbar weich und gütig blicken, und das taten sie jetzt.

»Sie dürfen keinem Menschen erzählen, was geschehen ist, verstehen Sie? Sie waren überhaupt nicht hier. Sie dürfen niemandem verraten, daß Sie heute abend hier waren.«

»Aber, aber . . .« begann sie.

»Sie müssen tun, was ich Ihnen sage«, drängte er.

»Ist er tot?« flüsterte sie. »Ich wollte ihn nicht . . .«

»Nein, nein«, versicherte Billy beschwichtigend. »Er ist nicht tot.«

Er dachte, er löge, aber er sprach die Wahrheit.

Ich brachte sie nach unten, und wartete mit ihr ein Weilchen auf dem letzten Treppenabsatz, so daß sie sich halbwegs erholen konnte. Dann winkte ich ein Taxi herbei und versprach ihr, sie am folgenden Morgen zu besuchen.

Ich selbst fand mich in einer schrecklichen Situation. Ich, ein Polizeibeamter, war dabei, einer Frau zur Flucht zu verhelfen, die allem Anschein nach einen Menschen getötet hatte, wenn auch in Notwehr. Doch seltsamerweise quälte mich der Gedanke, meiner Pflicht als Polizeibeamter nicht nachgekommen zu sein, nicht so sehr wie meine Sorge um Billy. Ich war mir nämlich völlig darüber im klaren, was er vorhatte.

Als ich wieder in sein Büro kam, — ich mußte durch Levys Zimmer gehen, weil die Flurtür von innen abgeschlossen war —, war Levy dabei, die Wunde des Mannes mit einem Handtuch zu verbinden.

»Zum Glück ist er nicht tot«, sagte Billy, »aber es ist fraglich, ob er durchkommt. Ich glaube, die Kugel muß an seinen Schädelknochen abgeprallt sein. Die Fensterscheibe ist zersplittert.«

Gemeinsam trugen sie Dawkes zu einem Sofa und legten ihn darauf. Levy hatte bereits den Arzt und einen Krankenwagen telefonisch benachrichtigt. Nachdem wir es Dawkes so bequem wie möglich gemacht hatten, ging Billy zu seinem Schreibtisch, nahm den Revolver, den er Miß Ferrera abgenommen hatte, sah sich suchend um und ging dann mit einem Ausruf zur Fensternische, wo er am Morgen das kleine Wandtürchen entdeckt hatte. Er stemmte es auf, warf den Revolver in die Finsternis und klappte das Türchen fest wieder zu. Dann trat er zu seinem Schreibtisch und zog seinen eigenen Revolver aus der Schublade.

»Was hast du vor?« fragte ich.

»Das wirst du gleich sehen«, antwortete Billy.

Schnellen Schritts lief er zu dem imposanten offenen Kamin, hielt den Revolver mit dem Lauf nach oben hinein und feuerte einmal. Es rieselte Staub und Mörtel und Ruß. Dann kam Billy zu mir und drückte mir den Revolver in die Hand.

»Sergeant Mont«, sagte er, »gerade als Sie die Treppe heraufkamen, hörten Sie einen Schuß, und als Sie hier ins Zimmer traten, sahen Sie Mr. Dawkes schwerverletzt über dem Schreibtisch liegen. Ich stand etwa hier.« Er ging zur Tür. »Du hast mich gefragt, was geschehen wäre, und ich sagte dir, ich hätte Streit mit ihm gehabt und im Zorn auf ihn geschossen.«

»Kommt nicht in Frage!« protestierte ich heftig. »Das tue ich nicht.«

»Du mußt es tun«, stieß Billy zähneknirschend hervor. »Hörst du, jetzt kommt schon jemand die Treppe herauf. Wirst du mich nun verhaften, oder willst du warten, bis dieser Fettwanst, dieser Jennings, hier auftaucht? Mont, um Himmels willen, tu was ich dir sage«, rief er. »Wir sind alle erledigt, wenn du es nicht tust. Verhafte mich. Ich bin entschlossen, Mary Ferrera aus der Sache herauszuhalten, und du erweist mir mit meiner Verhaftung den größten Dienst.«

Was sollte ich tun? Ich hatte nur eine Sekunde Zeit zum Überlegen, dann sagte ich, obwohl mir die Worte fast im Hals steckenblieben: »Stabbat, Sie sind wegen versuchten Mordes an Mr. Thomson Dawkes verhaftet.«

In diesem Augenblick kam Jennings herein, schickte einen raschen Blick durch den Raum und fragte dann hastig: »Wo ist die Frau?«

»Sie ist nicht gekommen«, antwortete Billy.

Jetzt erst fiel Jennings' Blick auf die reglos daliegende Gestalt auf dem Sofa.

»Mein Gott, Sie haben ihn getötet!« schrie er beinahe.

»Das will ich nicht hoffen«, versetzte Billy. »Aber es stimmt, ich habe auf ihn geschossen.«

»Waren Sie dabei, Mont? Haben Sie etwas gesehen?« fragte Jennings mit puterrotem Gesicht.

»Ich habe Stabbat soeben verhaftet«, erwiderte ich.

Wenn es überhaupt möglich war, aus dieser schrecklichen Situation irgendeine Befriedigung zu ziehen, so wurde sie mir zuteil, als ich das lange Gesicht sah, das Jennings plötzlich machte. Mit der Verhaftung nämlich hatte ich den Fall zu meinem eigenen gemacht, das heißt, die Ermittlungen lagen damit in meinen Händen. Jennings, der sein Leben lang nach einem solchen publicityträchtigen Fall gelechzt hatte, spie Gift und Galle, als er hörte, daß ihm diese einmalige Gelegenheit durch die Lappen gegangen war.

Der erste Bericht, den ich am folgenden Morgen erhielt, kam aus dem Krankenhaus. Dawkes hatte eine unruhige Nacht hinter sich und das Bewußtsein noch nicht wiedererlangt. Er hatte eine Gehirnerschütterung und vermutlich eine Fraktur des rechten Scheitelbeins. Die Ärzte waren noch dabei, ihn gründlich zu untersuchen, und wenn nötig, würde man noch am selben Morgen operieren.

Schon früh begab ich mich in die Bond Street und fand dort Levy Jones vor, der unter dem wachsamen Auge eines uniformierten Polizeibeamten seine persönlichen Habseligkeiten einsammelte. Ich schickte den Beamten weg.

»Wir müssen das Zimmer versiegeln, und es darf niemand hinein«, sagte ich. »Und Sie, Levy, müssen als Zeuge zur Verfügung stehen.«

»Das weiß ich schon«, antwortete er jammernd. »Der arme Billy! Ich war gerade in der Marlborough Street und habe ihm sein Frühstück gebracht.«

»Wie geht es ihm?« fragte ich.

»Geschlafen hat er wie ein Murmeltier«, erklärte Levy bekümmert. »Typisch Billy. Ich habe den Wärter ein bißchen verkohlt, damit er mich zu ihm ließ, und ihm gesagt, ich wäre sein Diener — und eigentlich bin ich das ja auch, oder?« meinte er.

»Und?«

»Ich habe ihn gefragt, wie er geschlafen hat«, berichtete Levy, »und er sagte, er wäre die ganze Nacht nicht einmal aufgewacht, und dann hat er mich angepfiffen, weil ich ihm keine Nierchen mitgebracht hatte. ›Tja, Billy‹, hab ich gesagt, ›sieht übel aus, die Sache.‹ — ›Wir werden ja sehen‹, hat er geantwortet. Sonst nichts — nur, ›wir werden ja sehen‹«, erklärte Levy ergrimmt.

Danach hatte der mißtrauische Wärter ihn hinausbugsiert.

»Glauben Sie, daß Dawkes sterben muß?« fragte Levy ängstlich.

»Der Bericht vom Krankenhaus war nicht sehr ermutigend«, erwiderte ich.

»Verdient hätte er's natürlich, daß er stirbt«, verkündete Levy. »Er ist ein gemeiner Schurke. Wenn ich mir vorstelle, daß diese Frau in der Gewalt dieses Burschen war — eine so zarte, schöne . . .«

*»Et tu, Brute«*, murmelte ich vorwurfsvoll, und Levy besaß immerhin den Anstand zu erröten.

Ich durchsuchte das Zimmer mit aller gebotenen Gründlichkeit. Mir lag sehr viel daran, die wahren Fakten das Falles aufzudecken, da ich ja später dem Gericht eine Geschichte präsentieren mußte, die überzeugend klang, ohne auch nur den Schatten eines Verdachts auf Billy und Mary Ferrera zu werfen. Ich stellte mich genau an jenen Platz, wo, mit dem Revolver in der Hand, Miß Ferrera gestanden hatte, als wir ins Zimmer gekommen waren, hob meine Hand und streckte den Zeigefinger aus, als wäre er der Lauf einer Schußwaffe. Das erste, das mir schlagartig auffiel, war folgendes: Wenn Thomas Dawkes in dem Moment, als der Schuß ihn getroffen hatte, am Schreibtisch gestanden hatte — was zweifellos der Fall war —, und wenn die Kugel ihn am Kopf getroffen hatte — wie das unstreitig der Fall war —, dann hätte eine der oberen Fensterscheiben von dem Querschläger zerschmettert werden müssen. Es sei denn . . .

Möglich war es natürlich, daß die Kugel, von seinem Schädel abgeprallt, abwärts geflogen war und die untere Scheibe durchschlagen hatte, aber wahrscheinlich war es nicht. Wie kam es also, daß die Scheibe, die sich ein ganzes Stück unterhalb von Dawkes' Kopf befunden hatte, in Scherben war, während die oberen Scheiben ganz geblieben waren?

Es wäre selbstverständlich sinnlos gewesen, nach einem Geschoß zu suchen, das durch das Fenster geflogen war und sich wahrscheinlich in ein Dach auf der gegenüberliegenden Straßenseite gebohrt hatte. Später schickte ich einige Leute los, um die in Frage kommenden Dächer absuchen zu lassen, doch sie fanden die Kugel nicht. Es war daher anzunehmen, daß sie an einer Brüstung oder Mauer abgeprallt und auf die Straße hinuntergefallen war, wo sie in den frühen Morgenstunden von den Straßenkehrern weggefegt worden war.

In dem Bericht, den ich am Morgen vom Krankenhaus erhalten hatte, stand unter anderem, daß Dawkes außer der Kopfverletzung zwei Kratzer im Gesicht davongetragen hatte. Ich glaube, ich hätte die Herkunft dieser Kratzer sehr leicht erklären können, doch es war notwendig, eine Erklärung für diese Verletzungen zu finden. Schwierig war das nicht; denn dort, wo sein Kopf aufgelegen hatte, stand Billington Stabbats Schreibtischgarnitur.

Die Tür zum Flur war abgeschlossen wie schon am Abend zuvor. Nachdem ich die frischgestrichene Tür sorgfältig auf Fingerabdrücke untersucht hatte, zog ich den Schlüssel heraus und steckte ihn ein. Ich hoffte inständig, daß eine dritte Person sich im Zimmer befunden und den Schuß abgefeuert hatte, der Dawkes niedergestreckt hatte.

Blitzartig fiel mir da George Briscoe ein, und seine Drohung, es Billy heimzuzahlen. George Briscoe! Aber schon kam die Ernüchterung. Mir fiel ein, daß Mary Ferrera gar nicht bestritten hatte, den Schuß abgegeben zu haben. Und hatten wir sie nicht mit dem Revolver in der Hand angetroffen? Aber angenommen, sie und Briscoe — der sich irgendwo im Zimmer versteckt gehalten hatte — hatten gleichzeitig geschossen! Das war natürlich eine phantastische Theorie, aber ich konnte mich erinnern, ein Buch gelesen zu haben, dessen Handlung auf einem ähnlichen Zusammentreffen der Umstände beruhte. Mir war klar, daß ich schnellstens Mr. Briscoe ausfindig machen mußte, und bei diesen Bemühungen kamen mir Umstände zu Hilfe, mit denen ich nicht gerechnet hatte.

Mr. Briscoe saß nämlich in einer Gefängniszelle im Polizeirevier Cannon Row, und das schon seit fünfzehn Uhr des vorangegangenen Nachmittags. Ihm wurde vorgeworfen, an dem Einbruch in der Regent Street beteiligt gewesen zu sein.

Ich sprach in seiner Zelle mit ihm, und es gab nicht den geringsten Zweifel daran, daß er das beste aller Alibis hatte.

»Wer hat Sie reingeritten, Briscoe? Ich hatte nichts damit zu tun!«

Ich hielt es für meine Pflicht, Billy zu entlasten, und Briscoe nickte.

»Das weiß ich, Mr. Mont«, sagte er. »Wenn Sie wissen wollen, wer mich verraten hat — *cherchez les femmes!* Warum sind Sie zu mir gekommen?« fragte er neugierig. »Ist etwas passiert?«

»Nichts Besonderes, nur daß man Mr. Thomson Dawkes mit einer Schußverletzung in Stabbats Büro aufgefunden hat. Stabbat ist bereits verhaftet.«

»Du lieber Gott!« rief er. »Billy Stabbat im Kittchen? Das ist ja großartig. Und hat er wirklich auf Dawkes geschossen?«

»Leider ja«, antwortete ich. »Ich war Zeuge des Geschehens.«

»Ist Dawkes tot?« fragte er schnell.

»Nein, aber es geht ihm ziemlich schlecht«, erklärte ich.

»Hoffentlich kratzt er ab«, meinte der fröhliche George Briscoe. »Nichts würde mich mehr freuen, als zuzuschauen, wie er in die Todeszelle marschiert.«

»Sie sind ein reizender Zeitgenosse, Briscoe«, sagte ich und ging.

Mein nächster Besuch galt Mary Ferrera. Ich hatte ihre Adresse in Brixton, doch eingedenk der unangenehmen Erfahrung, die wir in Elston gemacht hatten, wollte ich nicht in ihrer Gesellschaft gesehen werden. Es war Jennings nämlich durchaus zuzutrauen, daß er mich genauso beschatten ließ wie es vorher Dawkes mit Billy gemacht hatte.

Mary Ferrera hatte den Schock der Ereignisse überwunden, und als ich in den Salon trat, in den ich geführt wurde, lag die Abendzeitung vor ihr.

Die Presse brachte nur einen mageren Bericht über die »Schießerei«, wie sie es nannte, doch was da stand, reichte aus, um Miß Ferrera vor Angst und Sorge außer sich zu bringen.

»Ich kann es nicht zulassen, daß Mr. Stabbat mir ein solches Opfer bringt«, sagte sie. »Es ist absurd. Ich kann alles erklären.«

»Genau deswegen bin ich zu Ihnen gekommen«, erwiderte ich. »Sie sollen mir alles erklären.«

»Seit ich hier angekommen bin, versuche ich unablässig, mich zu erinnern, was geschehen ist.«

Sie wanderte rastlos im Zimmer hin und her, und ich sah, daß diese unerschütterliche Spielerin, die Tausende riskierte, ohne mit der Wimper zu zucken, und die einem Mann wie Thomson Dawkes mit ruhiger Gelassenheit gegenübertrat, gebrochen war; nicht durch die Bedrohung, der sie selbst ausgesetzt war, sondern durch die schreckliche Gefahr, in der jener Mann schwebte, für den sie vielleicht etwas von jener Liebe empfand, die er ihr entgegenbrachte.

»Ach, wenn ich doch nachdenken könnte«, rief sie händeringend. »Den ganzen Tag versuche ich schon, alles, was geschehen ist, in einen logischen Zusammenhang zu bringen. Nachdem Sie mich mit Mr. Dawkes allein gelassen hatten, gab er sich sehr freundlich und sagte, er hätte alles über mich herausgefunden und wüßte, daß das Geld, mit dem ich gespielt hatte, der Bank gehöre. Er redete ganz vernünftig über Systeme, und dann kam er plötzlich auf mich zu. Ich hatte keine Ahnung, was er von mir wollte. Das wurde mir erst klar, als er mich in seine Arme nahm.

›Sie können auch auf andere Weise bezahlen, meine Liebe. Sie können nach Monte Carlo reisen, so oft Sie es sich in Ihr hübsches Köpfchen setzen‹, sagte er.

Ich versuchte, mich aus seiner Umarmung zu befreien, aber er war so stark — schrecklich stark. Daraufhin sagte ich, ich würde gleich schreien, aber er lachte mir nur ins Gesicht. ›Sie werden nichts dergleichen tun‹, sagte er. ›Ich glaube, Frauen Ihres Schlags kenne ich. Also, meine Liebe, wie hätten Sie es gern? Soll ich die Gesetzeshüter rufen‹ — er lächelte höhnisch, als er das sagte — ›oder wollen Sie vernünftig sein?‹ Da habe ich ihn mit aller Kraft auf den Fuß getreten, und er hat mich mit einem Aufschrei losgelassen. Im Handgemenge hatten wir uns der großen Tür genähert, die, glaube ich, in den Flur und zur Treppe hinausführt, und sobald er mich freigelassen hatte, lief ich zu dieser Tür und wollte sie öffnen. Aber sie war abgeschlossen. ›Sie kleine Teufelin‹, rief Dawkes und wollte schon wieder nach mir greifen, als mir wie durch ein Wunder plötzlich der Lichtschalter ins Auge fiel. Ich knipste ihn aus. Es gelang mir, Dawkes zu entkommen, aber ich konnte nicht an ihm vorbei, um ins Nebenzimmer zu gelangen, wo Mr. Stabbat war.«

»Warum haben Sie nicht gerufen?« fragte ich.

Sie schüttelte den Kopf.

»So gut kannte mich Dawkes«, sagte sie nachdenklich. »Ich dachte, ich könnte ohne großes Theater und ohne eine unangenehme Szene für Mr. Stabbat entkommen. Das wollte ich einfach nicht. Ich frage mich, ob Dawkes das wußte«, meinte sie nachdenklich.

»Er muß mich im Lichtschein, der durch das Fenster fiel, gesehen haben«, fuhr sie fort. »Blitzschnell wollte er sich auf mich stürzen, und ich hatte gerade noch Zeit, geduckt unter seinen Armen hindurchzukriechen, dann prallte er gegen den Schreibtisch. ›Bleiben Sie, wo Sie sind‹, sagte ich. ›Ich kann Sie vor dem Fenster genau sehen. Ich bin bewaffnet.‹ Bei diesen Worten entsicherte ich den kleinen Revolver, den ich immer bei mir habe, wenn ich auf Reisen bin. Ach, hätte ich ihn nur gestern abend nicht mitgenommen!«

»Was geschah dann?« fragte ich.

»Er geriet in eine Art eiskalte Wut«, berichtete Mary Ferrera. »Ich sehe jetzt noch seine Silhouette vor dem Fenster, und seine Stimme vergesse ich bestimmt nie.« Sie schauderte. »Am liebsten würde ich mich nie mehr in meinem Leben an die gräßlichen Dinge erinnern, die er zu mir sagte! Niemals hätte ich geglaubt, daß ein Mann — ein gebildeter Mann! — so etwas zu einer Frau sagen kann. Ich weiß nicht, was dann geschah. Mir wurde schwindlig. Aber gerade, als ich sagte: Jetzt rufe ich Mr. Stabbat, und der bringt Sie ins Gefängnis, Sie . . . Ich muß einfach völlig außer mir gewesen sein. Ich kann mich nicht erinnern, was dann passierte. Ich weiß nur noch, daß ein Schuß krachte und Dawkes zusammensackte, und dann sah ich mich selbst mit dem Revolver in der Hand. Gleich darauf kamen Sie herein.«

»Das ist alles, woran Sie sich erinnern?« fragte ich. »Sie haben also nicht überlegt auf ihn gezielt. Es könnte ein Unfall gewesen sein. Vielleicht hat sich der Schuß von selbst gelöst.«

Sie schüttelte den Kopf.

»Ich weiß nicht, was geschah«, erwiderte sie schlicht, »aber in meinem Herzen war ein mörderischer Haß auf ihn. Ich wünschte ihm den Tod. Das ist alles, was ich weiß. Wie geht es . . .« fragte sie.

»Er hat eine sehr unruhige Nacht hinter sich und wird heute morgen operiert«, antwortete ich.

Ein Schatten tiefer Beunruhigung glitt über ihr Gesicht,

wurde aber gleich von einem verächtlichen kleinen Lächeln verdrängt.

»Ich meinte nicht Dawkes«, erklärte sie. »Ob er lebt oder stirbt, ist mir gleichgültig. Aber wie geht es Mr. Stabbat? Was hält er von der ganzen Sache, und was will er unternehmen?«

Da sagte ich es ihr. Ich dachte, sie würde zusammenbrechen.

»Sie haben ihn verhaftet — Sie!« rief sie mit blitzenden Augen. »Gerade Sie, der Sie doch angeblich sein Freund sind! Sie haben ihn wegen eines Verbrechens verhaftet, das er, wie Sie ganz genau wissen, nicht begangen hat?«

»Wohin wollen Sie?« fragte ich erschreckt und faßte sie beim Arm, als sie zur Tür ging.

»Ich gehe auf der Stelle zum nächsten Polizeirevier und sage, wie es wirklich gewesen ist«, erklärte sie.

»Und damit werden Sie Billy für immer ruinieren und ihm überdies das Herz brechen«, sagte ich ruhig. »Daß Sie meine Karriere ruinieren, will ich gar nicht besonders betonen, denn das ist nicht von Belang. Billy hat das mit voller Überlegung für Sie getan, weil seine Chancen, aus diesem Dilemma wieder herauszukommen, besser stehen als Ihre; und er möchte unbedingt Ihren Namen aus der Sache heraushalten — ebenso den Namen Ihres Onkels«, fügte ich mit Nachdruck hinzu.

Sie wurde blaß. »Sie wissen es?«

»Billy weiß, daß Sie Sir Philip Framptons Nichte sind«, antwortete ich.

Eine ganze Weile stand sie schweigend da und hing ihren Gedanken nach.

»Wenn es in dieser Sache zum Prozeß kommt — was ja zweifellos der Fall sein wird«, sagte sie unvermittelt, »was geschieht dann mit Billy?«

Sein Vorname kam ihr so natürlich über die Lippen, daß es mir gar nicht auffiel — sie hatte Billy plötzlich beim Vornamen genannt!

»Er wird vielleicht fünf Jahre bekommen, vielleicht auch sieben«, erwiderte ich.

»Fünf oder sieben Jahre«, stieß sie entsetzt hervor. »Aber das geht doch nicht! Sie dürfen ihm nichts tun. Das wäre ungeheuerlich — ein Verbrechen!«

An dieser Stelle mußte ich Mary Ferrera Bewunderung zollen. Jede andere Frau wäre über die Hiobsbotschaft, die ich ihr da gebracht hatte, nicht nur vorübergehend außer sich geraten, sondern hätte stundenlang gezetert. Sie jedoch war innerhalb einer halben Stunde völlig ruhig und gefaßt und konnte sogar die Rolle, die ich dabei spielte, nüchtern sehen.

»Wenn er ins Gefängnis muß«, sagte sie sachlich, als erörtere sie irgendeine Maßnahme in ihrem Haushalt, »müssen wir ihn natürlich herausholen.«

»Herausholen?« stammelte ich. »Wie denn?«

»Er muß ausbrechen. Man kann heutzutage genau so leicht aus dem Gefängnis ausbrechen wie früher; wahrscheinlich noch leichter, wo es doch jetzt Flugzeuge und Automobile gibt. Was erwartet er von mir? Was soll ich tun?«

Ich sagte es ihr. In Wirklichkeit allerdings stammte der Plan gar nicht von Billy, denn er hatte keine Zeit mehr gehabt, Anweisungen zu geben oder Wünsche zu äußern. Aber ich mußte ihr weismachen, es wäre seine Idee; sie hatte schließlich unbegrenztes Vertrauen in ihn.

»Sie haben in Ihrem Reisepaß doch sicher ein Jahresvisum?« sagte ich.

Sie nickte mehrmals, warf mir aber zugleich einen zweifelnden Blick zu.

»Soll ich denn verreisen?«

»Ja, Sie sollen nach Südfrankreich reisen, bis diese Sache hier erledigt ist. Wenn es so weit ist, können sie zurückkehren.«

»Ja, aber wie soll ich denn dann nach Monte Carlo kommen?« fragte sie, und ich starrte sie verblüfft an.

»Sie fahren doch sonst, wann Sie Lust dazu haben«, versetzte ich unverblümt.

»Ich fahre, wenn ich geschickt werde«, entgegnete sie.

Dies war für mich der erste Hinweis darauf, daß sie nicht aus eigenem Antrieb handelte, sondern im Auftrag einer anderen Person das Glück am Spieltisch suchte.

»Dann lassen Sie sich schicken«, versetzte ich. »Und ich würde Ihnen raten, Ihrem Onkel, Sir Philip, die ganze Geschichte zu erzählen.«

»Nein, nein, nein!« rief sie. »Das ist ausgeschlossen — das wage ich nicht. Ich wende mich an jemand anderen.«

Ich fragte mich, wer dieser andere war und beschloß zugleich, Billy diesen Teil des Gesprächs zu unterschlagen, wenn ich ihm berichtete.

In einer Hinsicht konnte ich ihr helfen. Levy Jones hatte mir nämlich dreihundert Pfund gegeben, die er am Morgen von Billys Konto abgehoben hatte, und mich gebeten, das Geld zu verwahren. Ich erbot mich, ihr mit Geld auszuhelfen, und zu meiner Überraschung nahm sie das Angebot an. Ihr Auftraggeber war, wenn ihre Geschichte stimmte, nicht übermäßig großzügig, was die Bezahlung anging.

Sie entschloß sich schließlich, nach Südfrankreich zu reisen und dort so lange zu bleiben, bis ich ihr ein Telegramm schickte. Aber vorher, erklärte sie, müßte sie noch einmal nach Elston zurück.

Ich besuchte Billy am selben Abend in seiner Zelle und berichtete ihm. Er war mir sehr dankbar.

»Du hast ja keine Ahnung, Mont«, sagte er. »Mir fällt ein Stein vom Herzen. Es war wirklich ein genialer Einfall von mir, mich von dir verhaften zu lassen. Auf diese Weise liegt der Fall in deinen Händen, und das macht alles wesentlich einfacher. Wie geht es Dawkes?«

Die Operation, erzählte ich ihm, war erfolgreich verlaufen, aber es würde noch Wochen dauern, ehe Dawkes vernommen werden konnte.

Es vergingen schließlich zwei Monate, ehe er im »Old Bailey« in den Zeugenstand trat, den Kopf noch immer verbunden, und alles erzählte, woran er sich erinnerte. Ich vermute, während der langen Tage seiner Genesung hatte Mr. Thomson Dawkes viel Zeit zum Nachdenken. Billy hatte bei der Voruntersuchung dem Untersuchungsrichter genau geschildert, wie und warum er auf Dawkes geschossen hatte; genau die gleiche Aussage machte nun Dawkes vor Gericht. Ich traute ihm damals schon zu, daß er sich der Rolle, die er gespielt hatte, schämte und sein infames Verhalten der jungen Frau gegenüber bereute; die nachfolgenden Ereignisse gaben mir recht. Auf jeden Fall wurde Mary Ferreras Name vor Gericht nicht erwähnt, und er gab sogar zu, an den Ereignissen selbst eine gewisse Schuld zu tragen, da er Billy heftig provoziert habe. Tatsache ist, daß Dawkes sich im Zeugenstand nobler zeigte als je zuvor in seinem Leben. Das hätte sich auf das Strafmaß auswirken können, doch ich habe nicht den Eindruck, daß Richter Chudleigh sich von der »Hochherzigkeit« Mr. Dawkes' beeindrucken ließ.

» . . . wird über Sie eine Gefängnisstrafe von sieben Jahren verhängt«, lautete das Urteil.

Mit einer knappen Verbeugung zum Richter hin drehte Billy sich um und stieg die Treppe zum Zellentrakt hinunter.

## 9

Ein ungewöhnlicher Zufall wollte es, daß gleich der nächste Fall, der zur Verhandlung kam, der Fall Briscoe war. Wie ich am Abend in der Zeitung las, denn ich blieb nicht, um der Verhandlung beizuwohnen, wurde Briscoe zu drei Jahren verurteilt.

Nun konnte ich Miß Ferrera den Ausgang des Prozesses telegrafisch mitteilen. Ich wunderte mich, daß sie der Bank ohne weiteres so lange hatte fernbleiben können. Am Abend nach meinem Besuch bei Billy setzte ich mich deshalb hin und schrieb einen Brief an Mr. Pontius, den Buchhalter von »Frampton's Bank«. Ich muß sagen, mein Schreiben war ein Musterexemplar füchsischer Diplomatie.

Die Antwort erreichte mich zwei Tage später und enthielt die erstaunliche Neuigkeit, daß Miß Ferrera ihre Stelle bei der Bank gekündigt hatte, nachdem sie zwei Monate unbezahlten Urlaub genommen hatte.

Mr. Pontius berichtete nichts darüber, daß ein Defizit bei der Bank aufgedeckt worden wäre, er schrieb allerdings, geschwätzig wie er war, daß er meinen Brief nicht so prompt hätte beantworten können, da die Buchprüfer da gewesen wären. Man hatte also nichts Nachteiliges über Miß Ferrera entdeckt. Aber weshalb hätte es auch anders sein sollen? Wenn sie tatsächlich mit den Geldern der Bank gespielt hatte, so war nicht zu vergessen, daß sie, abgesehen von einer Ausnahme, immer gewonnen hatte und das Geld, das sie gewonnen hatte, stets hatte unbemerkt zurücklegen können. Vertraute sie diesem außergewöhnlichen System so rückhaltlos, daß sie es wagen konnte, fremdes Geld zu nehmen? Und wenn sie das getan hatte, dann hätte sie wohl kaum an jenem Abend, an dem Dawkes sie verlieren sah, solche Seelenruhe gezeigt.

Der gute Levy Jones führte die Geschäfte weiter, und zwar sehr tüchtig, auch wenn er nicht mit dem Herzen bei der Sache war. Es gibt Geschichten von Frauen, die an ihrem Hochzeitstag sitzengelassen worden sind und das Zimmer, in dem die Hochzeitsfeier stattfinden sollte, jahrelang genau so ließen, wie es am Tag ihrer großen Enttäuschung geschmückt war. Levy ging nicht ganz so weit, aber ich hatte den Eindruck, daß er das Büro, in dem das Verbrechen begangen worden war, ehrfürchtig pflegte, und es wurde genau so gehalten, wie Billy es verlassen hatte, nur Staub gewischt wurde jeden Tag.

Billy saß schon über drei Monate im Gefängnis, als ich eines Tages im Büro vorsprach und mich mit Levy unterhielt. Ich hatte nichts von Miß Ferrera gehört und war mir nicht sicher, ob es klug gewesen war, mich nicht um sie zu kümmern.

Im Lauf des Gesprächs machte ich eine Bemerkung über den Zustand von Billys Zimmer.

»Wenn Billy aus dem Gefängnis kommt, soll er alles so vorfinden, wie er es gernhatte«, sagte Levy unglücklich. »O ja, ich habe Arbeit genug, Mr. Mont, aber ich wäre dankbar, wenn Sie mir ab und zu ein bißchen helfen würden. Ich habe zwei Detektive an der Hand, die für mich arbeiten. Fürchterlich«, sagte er verzweifelt. »Weder sehen sie aus wie Detektive, noch verhalten sie sich so. Sie haben nur einen Vorteil: sie hocken immer im selben Gasthaus, und zwar von früh bis spät. Ich weiß also immer, wo ich sie finden kann.«

Levy konnte sich nicht einmal aufraffen, mir eine Anekdote über eine Schwäche seiner Landsleute zu erzählen.

»Levy«, sagte ich, unmittelbar bevor ich wieder ging, »ich habe einen Auftrag für Sie.«

»Einen Auftrag? Brauchen Sie einen Detektiv, Mr. Mont?« fragte er erstaunt.

Ich nickte. »Es betrifft Billy«, erklärte ich. »Sie kennen Miß Ferreras Geschichte und wissen von ihren Ausflügen nach Monte Carlo?«

Er lächelte ein wenig traurig.

»Und ob«, antwortete er.

»Gut«, meinte ich. »Ich bin überzeugt, daß Miß Ferrera lediglich von einer dritten Person beauftragt war, und ich möchte wissen, wer diese dritte Person ist.«

Er stieß seinen Sessel zurück und schob die Hände in die Taschen seines schäbigen Jacketts.

»Ich bin zweimal in Elston gewesen«, sagte er ruhig.

»Tatsächlich?« entgegnete ich verblüfft.

»Ja, tatsächlich«, erwiderte Levy. »Als Billy auf seinen Prozeß wartete, hab ich nicht rumgesessen und Däumchen gedreht, sondern versucht, Material zu seiner Entlastung aufzutreiben. Billy ist ein wichtiger Mensch in meinem Leben, Mr. Mont«, erklärte er, und seine Stimme zitterte leicht. »Ein ganz wichtiger Mensch«, wiederholte er.

Niemals hätte ich bei Levy Jones Rührung oder derart tiefe Gefühle vermutet, doch ich spürte instinktiv, daß er in diesem Moment den Tränen nahe war. Er hätte es mir allerdings nie verziehen, wenn er in meiner Anwesenheit geweint hätte.

»Was haben Sie in Elston getan, Levy?«

»Ich habe mich so eingehend wie möglich über die Angestellten bei der Bank informiert«, antwortete er. »Und auch darüber, wer ihre Freunde waren. Das erste, das ich seltsam fand«, fuhr Levy fort, »war die Tatsache, daß Miß Ferrera nicht bei ihrem Onkel lebte — bei dem alten Bankier.«

»Ja, das fand ich auch merkwürdig«, sagte ich. »Sie hat früher einmal bei ihm gelebt.«

Levy nickte.

»Sie wohnte ungefähr acht Monate bei ihm. Er besitzt ein großes schönes Haus etwas außerhalb von Elston. Früher hat er die Bank mit seiner Schwester zusammen geführt, aber dann starb die Schwester, und nicht lange danach starb auch sein Schwager, und da adoptierte er die Tochter der beiden.«

»Und warum lebte sie nicht bei ihm?«

»Weil sie ihn nicht ausstehen kann«, lautete die überraschende Antwort. »Es heißt, daß es fast unmöglich ist, mit ihm auszukommen, so ein Teufel ist er. Es gibt nicht einen Angestellten, der ihn nicht haßt.«

Das war mir neu. Der Chef eines großen Unternehmens ist im allgemeinen nicht unbedingt beliebt, aber es kommt höchst selten vor, daß seine Angestellten ihn hassen.

»Er ist ein kleinlicher, engstirniger Mensch«, berichtete Levy weiter. »Einer von denen, die etwas dagegen haben, daß Männer rauchen oder Frauen im Herrensitz reiten. Die Leute, die ihn kennen, waren verwundert, als er Mr. Ferrera — also Miß Ferreras Vater — seinen letzten Wunsch erfüllte. Die beiden waren zwar miteinander verwandt, aber Verwandtschaft bedeutet Sir Philip herzlich wenig. Doch er adoptierte Miß Ferrera und nahm sie in seinem Haus auf. Sie hielt acht Monate bei ihm aus, dann suchte sie sich ein Zimmer, arbeitete jedoch weiter in der Bank. Und hier ist noch was Sonderbares: Miß Ferrera bekam wöchentlich drei Pfund zehn Shilling ausbezahlt und drei Pfund zehn wurden jede Woche Sir Philips Konto gutgeschrieben.«

Ich ließ mich in den Sessel fallen und starrte Levy entgeistert an.

»Soll das heißen, daß sie über sieben Pfund pro Woche verdiente, und die Hälfte davon an Sir Philip gezahlt wurde?«

Levy nickte. »Ich bin der Meinung, daß damit eine alte Schuld von Mr. Ferrera abgetragen werden solle, die dieser bei seinem Tod noch nicht beglichen hatte.«

»Natürlich! So ist es!« rief ich. »So ein knausriger alter Geizhals!«

»Sie sagen es«, stellte Levy fest. »Da reden die Leute immer über uns Juden! Dilettanten sind wir in der Kunst der Wucherei im Vergleich zu gewissen Halsabschneidern! Und ich sage Ihnen noch etwas: Während der letzten zwei Wochen ihrer Tätigkeit bei der Bank wurden Miß Ferrera sieben Pfund gutgeschrieben. Das kann nur bedeuten, daß die Schuld abbezahlt war, und das war vermutlich der Grund, weshalb sie kündigte.«

»Ich melde mich wieder bei Ihnen«, sagte ich und wollte aufstehen.

»Nein, bleiben Sie noch«, bat Levy. »Trinken Sie eine Tasse Tee mit mir. Ich schicke den Jungen.«

Seinem Büro schloß sich ein Vorzimmer an, wo Besucher sich anmelden mußten, und auf seinen Ruf erschien ein schlaksiger Junge, um Levys Bestellung entgegenzunehmen. Wenn man bedenkt, wie gern die Jugend ihre Zeit verbummelt, brachte er uns den Tee in bemerkenswert kurzer Zeit.

Beim Tee erzählte mir Levy das Neueste von Billy. Er war in Wormwood Scrubbs gewesen, doch diese Woche hatte man ihn nach Dartmoor verlegt, weil das Londoner Gefängnis derzeit mit politischen Häftlingen aus Irland überbelegt war.

»Und er ist so fröhlich wie ein Vogel«, berichtete Levy ganz verzweifelt. »Er arbeitet in der Schneiderwerkstatt, übrigens George Briscoe auch.«

»Da sollte Billy sich vorsehen.«

»Aber Briscoe sollte sich auch vorsehen«, meinte Levy vielsagend. »Es täte mir wirklich leid um ihn, wenn er sich mit Billy anlegen sollte.«

»Eines kann ich bei Sir Philip Frampton nicht verstehen«, begann ich gerade, als es an der Tür klopfte und der schlaksige Junge hereintrat.

»Ein Herr möchte Sie sprechen«, sagte er zu Levy. »Geschäftlich.«

»Gib mir mal die Karte«, sagte Levy und nahm dem Jungen die Visitenkarte aus der Hand. Er warf einen Blick darauf und schnaubte laut durch die Nase. »Sir Philip Frampton«, las er vor, und wir sahen uns verblüfft an.

## 10

Ich hatte Sir Philip immer nur ganz flüchtig gesehen. Da hatte er irgendwie würdevoll gewirkt; bei näherem Hinsehen jedoch hatte ich einen wenig angenehmen Eindruck von ihm. Er überragte Levy um mehr als Haupteslänge, und seine stattliche Größe allein bewahrte ihn davor, als unscheinbar bezeichnet zu werden. Er hatte einen schmalen Kopf, und sein Gesicht war so welk wie sein Körper. Ein Paar unsteter brauner Augen, die jetzt zu einer Farbe verblichen waren, die weder braun noch grau schien, blickte bald mich, bald Levy an, während sich der Mann nervös die Hände rieb.

Levy schob ihm einen Sessel hin.

»Guten Morgen, meine Herren«, sagte Sir Philip Frampton, mit harter, unmelodischer Stimme. »Wer von Ihnen ist Mr. Stabbat? Mr. Stabbat wurde mir vor einigen Monaten von einem Bekannten empfohlen, doch ich hatte bisher keinen Anlaß, mich an ihn zu wenden.«

»Mr. Stabbat ist auf dem Land«, behauptete Levy gelassen. »Inzwischen führe ich seine Geschäfte.«

Der alte Herr musterte Levy mit skeptischem Blick. »Sind Sie berechtigt, auch Aufträge entgegenzunehmen?« frage er.

»Ja, Sir«, antwortete Levy.

Ich stellte meine Tasse nieder, weil ich gehen wollte, doch Levy bedeutete mir noch zu bleiben, und der alte Herr fand es offenbar nicht ungewöhnlich, daß bei dem Gespräch eine dritte Person zugegen war. Er musterte mich scharf und sagte: »Das ist wohl ein Detektiv?«

»Richtig, Sir, das ist ein Detektiv«, erwiderte Levy, und es stimmte ja auch beinahe.

»Hm«, meinte Sir Philip. »Macht einen intelligenten Eindruck.«

Ich errötete. Levy krümmte sich förmlich vor lautlosem Gelächter, doch Sir Philip schien gar nicht zu merken, daß seine Bemerkung zu großer Erheiterung Anlaß gegeben hatte.

»Da er im Rahmen seines Dienstes vielleicht bald die Person beschatten muß, von der ich gleich sprechen werde, ist es wahrscheinlich von Nutzen, wenn er alles mitanhört, was ich zu sagen habe.«

Er sprach zögernd, so, als hätte er Schwierigkeiten, die Sätze zu formulieren.

»Sie wissen wahrscheinlich, daß ich Bankier bin — Eigentümer einer der größten Banken im Westen Englands«, begann er. »Vor einigen Jahren starb ein alter Freund von mir, ein Mann, der mir sehr viel Geld schuldete . . .«

Levy warf mir einen raschen Seitenblick zu.

» . . . und vertraute seine verwaiste Tochter meiner Obhut an. Obwohl ich keine Familie habe, sondern Junggeselle bin, übernahm ich diese Verpflichtung umso bereitwilliger, als etwa zur gleichen Zeit meine liebe Schwester starb, und ich mich sehr einsam fühlte. Das junge Mädchen entpuppte sich als sehr schwierig, obwohl sie in der Tat eine entfernte Verwandte ist und mir in mehr als einer Hinsicht verpflichtet war. Sie war das, was man eine emanzipierte Frau nennt — ich glaube, das ist der richtige Ausdruck dafür. Er beschreibt jedenfalls einen Typ von Frau, der mir äußerst widerwärtig ist, verstehen Sie, äußerst widerwärtig!«

Er wackelte bei diesen Worten nachdrücklich mit dem Kopf, und angesichts seiner Miene hätte niemand daran gezweifelt, daß die emanzipierte Frau ein Typ Frau war, der ihm äußerst widerwärtig war.

»Es gab ein oder zwei unerfreuliche Zusammenstöße, und schließlich erklärte ich mich damit einverstanden, daß sie aus meinem Haus auszog und sich ein Zimmer im Ort nahm. Ich sollte vielleicht hinzufügen, daß sie einen sehr verantwortungsvollen Posten bei der Bank innehatte. Vor etwa einem Monat nun schickte sie mir ihre Kündigung, obwohl ich ihr immer mit Güte und Großzügigkeit entgegengekommen bin. Sie hatte die Gewohnheit, häufig nach Paris zu reisen, allem Anschein nach, um sich in der französischen Sprache zu vervollkommnen, und ich hatte ihr versprochen, ihr den wichtigen Posten der Fremdsprachensekretärin bei unserer Bank zu geben.«

Frampton hätte das nicht wichtigtuerischer vortragen können, wenn er die Absicht gehabt hätte, Miß Ferrera das Außenministerium des britischen Empires anzuvertrauen.

»Nur höchst ungern nahm ich ihre Kündigung an, und damit wäre die Angelegenheit vielleicht erledigt gewesen, hätte ich nicht in der vergangenen Woche, als ich einen Safe in meinem privaten Tresor öffnete, die Entdeckung gemacht, daß dem Safe ohne mein Wissen zwanzigtausend Pfund entnommen worden waren.«

Levy kritzelte die Summe automatisch auf ein Blatt Papier, das neben seinem Ellbogen lag.

»Zur gleichen Zeit«, fuhr Sir Philip mit düsterem Ernst fort, »erfuhr ich von einem anonymen Briefschreiber, daß meine Pflegetochter auf ihren Reisen nach Frankreich nicht etwa nach Paris gefahren ist, wie ich geglaubt hatte, sondern regelmäßig nach Monte Carlo, wo sie jedesmal mit hohen Einsätzen spielte.«

Wir schwiegen beide.

Armer Billy! Es war also doch wahr! Aber es gab eine dritte Person, einen Auftraggeber, der hinter ihr stand, für den sie arbeitete. Wer war der anonyme Briefschreiber, der Mary Ferrera verraten hatte? Augenblicklich fiel mir Thomson Dawkes ein; doch eine solche Tat war mit seinem Verhalten vor Gericht unvereinbar.

»Und was erwarten Sie nun von mir?« fragte Levy.

»Tja, die Frage ist schwer zu beantworten«, erwiderte der alte Herr nach einer Minute des Zögerns. »Ich denke, man sollte ihr empfehlen, besser nicht mehr nach Elston zu kommen. Sie soll nicht wissen, daß ich von ihrem Diebstahl weiß. Das würde nur ihren Stolz verletzen.«

»Vorausgesetzt, sie hat das Geld genommen«, warf ich ein.

»Was heißt hier, vorausgesetzt, sie hat das Geld genommen?« gab Sir Philip scharf zurück. »Es ist klar, daß sie es genommen hat. Sie war die einzige Person, die Zugang zum Tresor hatte. Die Berichte über ihre Ausflüge nach Monte Carlo sind mir inzwischen bestätigt worden. Ich habe die Daten ihrer Besuche im Kasino, und ich weiß, daß sie sich dort als Miß Hicks auszugeben pflegte. Also, wenn ich Ihnen jetzt ihre Adresse gebe — es handelt sich um eine kleine Villa in Brixton, wo sie sich meines Wissens derzeit aufhält —, kann ich Sie dann mit der Aufgabe betrauen, ihr klarzumachen, daß es für sie nicht ratsam ist, nach Elston zurückzukehren? Aber ohne ihr ein Wort von dem zu sagen, was ich Ihnen hier berichtet habe!«

Levy nickte. Der alte Herr zog eine Brieftasche hervor und entnahm ihr einen Zettel, auf dem eine Adresse geschrieben stand. An sich hätte er sich die Mühe sparen können, denn die

Adresse kannte ich ja. Es war mir allerdings neu, daß Mary Ferrera sich in London aufhielt.

»Sie können ihr vielleicht sagen«, fuhr Sir Philip fort, »daß ich keinen Groll gegen sie hege, und wenn ich auch das Testament vernichtet habe, in dem ich sie mit einer sehr beachtlichen Jahresrente bedacht hatte« — wir stellten später fest, daß sie sich auf fünfundsiebzig Pfund im Jahr belief —, »so werde ich sie doch in dem neuen Testament, das ich vor meiner Rückkehr nach Elston hinterlegen werde, bedenken und ihr ein Andenken hinterlassen, das sie stets an ihren Wohltäter erinnern wird.«

Levy führte Sir Philip mit angemessener Ehrerbietung hinaus und blieb, nachdem er die Tür hinter ihm geschlossen hatte, aufatmend stehen und sah mich an.

»Na, was halten Sie davon?«

»Es ist auf jeden Fall ein unglaubliches Zusammentreffen«, erwiderte ich. »Sie werden ihr natürlich davon erzählen?«

Levy schüttelte den Kopf.

»Ich weiß nicht, was ich tun soll«, sagte er. »Sehen Sie, Billy hat es sich stets zur Regel gemacht, das Vertrauen der Klienten zu achten. Zugegeben, im Fall von Mary Ferrera hat er es da nicht so ganz genau genommen, aber im Grunde beunruhigt mich die Sorge um die Wahrung der Firmentradition weit weniger als die gegen diese junge Dame vorgebrachte Beschuldigung. Ich kann natürlich versuchen, von ihr zu erfahren, ob sie die Absicht hat, nach Elston zurückzukehren. Aber warum kann er ihr eigentlich nicht einfach schreiben und ihr raten, nicht zurückzukommen? Es könnte höchstens sein«, fügte er nachdenklich hinzu, »daß er nicht zugeben will, vom Verlust seines Geldes zu wissen.«

Danach trennten wir uns. Levy fuhr nach Brixton, während ich Mr. Thomson Dawkes einen Besuch abstattete. Er wohnte in einem großen Haus am Regent's Park, und ich hatte das Glück, ihn zu Hause anzutreffen. Gewöhnlich war er um diese Jahreszeit auf den Pferderennplätzen zu finden; als ich hörte, daß er zu Hause war, nahm ich an, daß vielleicht die Kopfverletzung, die er davongetragen hatte, ihn veranlaßt hatte, einige seiner Gewohnheiten zu ändern. Doch er sah gesund und kräftig aus, als er mich in seinem Arbeitszimmer empfing.

»Hallo, Mr. Mont. Was gibt es denn für Schwierigkeiten?« fragte er. »Nehmen Sie Platz, rauchen Sie eine Zigarre.«

»Es gibt keine besonderen Schwierigkeiten, Mr. Dawkes«, erwiderte ich. »Ich wollte Ihnen nur unter vier Augen eine Frage über Miß Ferrera stellen.«

Er schnitt eine kleine Grimasse.

»Ich hatte gehofft, der Name der jungen Dame würde nicht wieder aufs Tapet kommen. Ich bin im Zusammenhang mit dieser Geschichte nicht besonders stolz auf mich. Aber Sie kennen ja die Wahrheit, weil Sie selbst dabei waren. Jennings habe ich das allerdings nicht verraten.«

Wofür ich ihm dankbar war.

»Der Grund meines Besuchs ist folgender, Mr. Dawkes«, sagte ich. »Sie wissen, daß Miß Ferrera bei ›Frampton's Bank‹ in Elston angestellt war, und Sie wissen auch, daß sie regelmäßig in Monte Carlo gespielt hat, und zwar mit hohen Einsätzen.«

Er nickte. »Das weiß ich nur zu gut«, bestätigte er mit einem halben Lächeln.

»Ja, nun hat Sir Philip entdeckt, daß zwanzigtausend Pfund aus dem Safe fehlen. Er behauptet, gleichzeitig mit dieser Entdeckung einen anonymen Brief erhalten zu haben, in dem er über Miß Ferreras Ausflüge ins Kasino von Monte Carlo informiert wurde. Ich möchte Sie jetzt ganz offen fragen, und zwar nicht etwa, weil ich irgend ein persönliches Interesse daran hätte, sondern allein, weil es mir um die Gerechtigkeit geht, ich möchte Sie also ganz offen fragen, ob Sie diesen Brief geschrieben haben.«

»Darauf kann ich Ihnen ebenso offen antworten, daß ich das nicht getan habe«, erwiderte er. »Niemals hätte ich so etwas getan. Das wäre eine Gemeinheit gewesen. Wenn ich die Absicht gehabt hätte, die junge Dame zu entlarven, hätte ich das im Zeugenstand getan. Eine so schmutzige Hinterhältigkeit würde ich mir nicht einfallen lassen.«

»Das dachte ich mir, Mr. Dawkes«, sagte ich. »Aber wer kann denn diesen Brief geschrieben haben?«

Dawkes schüttelte den Kopf.

»Vielleicht haben andere Leute Miß Ferrera in Monte Carlo erkannt«, meinte er. »Nach Monte Carlo reisen Menschen aus allen Teilen Englands. Es ist durchaus möglich, daß jemand aus Elston sie dort gesehen hat.«

»Aber der Betreffende hätte sich doch wohl kaum die Mühe gemacht, einen anonymen Brief zu schreiben. Es sei denn, er war mit ihr befreundet oder sehr gut bekannt.«

»Das ist richtig«, stimmte Dawkes zu. »Eine scheußliche Geschichte ist das. Jeden Abend, wenn ich zu Bett gehe, denke ich an den armen Billington Stabbat und sage mir, daß eigentlich ich an seiner Stelle sein sollte. Natürlich hat die junge Dame auf mich geschossen.«

»Sind Sie sicher?« fragte ich.

»Vollkommen. Ich habe ja sogar die Stichflamme gesehen, und ich erinnere mich ganz deutlich. Leugnet sie es denn?« fragte er erstaunt.

Ich schüttelte den Kopf.

»Sie weiß nicht, ob sie es getan hat oder nicht. Sie sagten offenbar etwas, das sie sehr erregte . . .«

Er hob abwehrend die Hände und verzog das Gesicht.

»Um Himmels willen, erinnern Sie mich nicht daran!« rief er. »Ich habe mich schandbar benommen. Und wenn ich es wagte, sie aufzusuchen, und sie mich empfinge, dann würde ich vor ihr auf die Knie sinken und sie um Verzeihung bitten.«

Als ich mich von Mr. Thomson Dawkes verabschiedete, empfand ich beinahe so etwas wie Freundschaft für ihn. Ich denke oft, daß die Autoren von Romanen und Theaterstükken bei der Beschreibung ihrer Bösewichte einen großen Fehler machen. Ich habe die Erfahrung gemacht, daß es keinen Bösewicht gibt, der durch und durch böse ist; vielmehr werden die Missetaten des Übeltäters aus den Umständen und aus seinen eigenen egoistischen Plänen und Taten geboren. Thomson Dawkes war ein Schuft und ein Schurke, doch wie alle Schufte und Schurken hatte er auch seine guten Seiten, und es gab Momente, wo diese guten Seiten zum Vorschein kamen und einen nötigten, ihm seine weniger erfreulichen Charakterzüge zu verzeihen.

An diesem Abend erhielt ich die Mitteilung, daß ich — Höhe der Ironie! — aufgrund meiner verdienstvollen Arbeit im Fall Stabbat befördert worden war und mit diesem Dienstgrad in die Sonderabteilung aufgenommen werden würde, wenn auch zunächst nur auf Probe.

Auf dem Heimweg traf ich mit Jennings zusammen. Sein Glückwunsch fiel genau so aus, wie ich es mir vorgestellt hatte.

»Ich höre, Sie haben eine Beförderung bekommen«, sagte er. »Na, die ist Ihnen ja praktisch in den Schoß gefallen. Manche von uns schuften wie die Ackergäule und müssen trotzdem jahrelang warten, andere brauchen nur ein bißchen

Glück und ein bißchen billige Publicity, und schon werden sie fähigeren Leuten vor die Nase gesetzt.«

»Besten Dank für Ihre überaus herzlichen Glückwünsche, Inspektor«, sagte ich höflich. »Und jetzt, wo wir ranggleich sind und ganz unter uns und ohne Zeugen, möchte ich Ihnen sagen, daß Sie sich mit Ihren guten Wünschen zum Teufel scheren können.«

Ich glaube, das ärgerte ihn.

An diesem Abend aß ich zu Hause und war deshalb da, als Mary Ferrera anrief. Ihre Stimme klang sehr heiter und vergnügt.

»Eben war der geheimnisvolle Levy bei mir«, erzählte sie. »Er wollte wissen, ob ich nach Elston zurückkehre. Natürlich nicht. Warum wollte er das wissen?«

»Keine Ahnung. Levy ist ein wißbegieriger Mensch«, erwiderte ich diplomatisch.

»Aber er hatte doch einen bestimmten Grund für seine Frage, nicht wahr?«

»Levy tut niemals etwas ohne Grund«, erklärte ich ausweichend. »Er ist der gründlichste Mensch, den ich kenne.«

Einen Moment blieb es still am anderen Ende der Leitung, dann sagte sie: »Ich habe ihn heute gesprochen.«

»Ich weiß, das haben Sie mir ja eben erzählt.«

»Nicht Levy, Billington!«

»Was?!« rief ich verblüfft. »Wo haben Sie ihn gesprochen?«

»In Wormwood Scrubbs«, antwortete sie, und ihre Stimme klang ein wenig brüchig. »Er kommt heute nach Dartmoor. Ich muß Sie sehen, Mr. Mont.«

»Ich komme morgen zu Ihnen«, sagte ich, aber das wollte sie nicht.

»Ich möchte nicht, daß Sie hier herauskommen. Ich komme morgen nachmittag zu Ihnen ins Büro.«

»Ich habe kein Büro«, erwiderte ich, »und Scotland Yard ist so ungemütlich. Wie wär's, wenn Sie in Billys Büro kommen. Levy wird Ihnen eine ausgezeichnete Tasse Tee servieren.«

Noch während ich sprach, hatte ich das unangenehme Gefühl, eine Dummheit zu machen, konnte mir jedoch nicht erklären, woher das Gefühl kam. Dann aber fiel es mir schlagartig ein: der alte Frampton hatte gesagt, er würde am Nachmittag vorbeikommen.

»Nein, nein, kommen Sie morgen lieber nicht«, sagte ich hastig.

»Ich bin um vier Uhr da«, erwiderte sie. »Versuchen Sie nicht, mich abzuwimmeln. Ich habe den Eindruck, Sie sind nicht sehr erpicht darauf, mich zu sehen, Mr. Mont.«

»Aber Miß Ferrera, glauben Sie mir, ich würde die größten Mühen nicht scheuen, um Sie zu sehen«, versicherte ich. »Aber . . .«

»Ein Aber gibt es nicht«, fiel sie mir ins Wort. »Gute Nacht.«

Ich hörte das Knacken in der Leitung, als sie auflegte.

Aber sie brauchten einander ja gar nicht zu begegnen, dachte ich später. Das Büro bestand aus drei Räumen, wenn sie auch nach allem, was geschehen war, kaum Billys Privatbüro betreten würde.

Ich hatte den ganzen folgenden Morgen im Yard zu tun, fand aber immerhin die Zeit, Levy anzurufen und ihn von der Verabredung in Kenntnis zu setzen, die Mary Ferrera eigenmächtig getroffen hatte.

»Das geht schon in Ordnung«, sagte er. »Sie lebt übrigens seit Monaten in London und hat nicht die geringste Absicht, nach Elston zurückzukehren. Hat sie Ihnen das auch gesagt?«

»Ja.« Ich berichtete ihm von unserem Gespräch.

»Sie hat tatsächlich Billy besucht«, meinte er voller Bewunderung. »Er muß irgendwelche Beziehungen haben, daß er außerhalb der Besuchstage Besuch empfangen darf.«

An diesem Tag fand die Parlamentseröffnung statt, und ich hatte in Whitehall Dienst. Zum erstenmal trug ich die Uniform meines neuen Rangs. Das ist die Erklärung dafür, daß mich weder Sir Philip Frampton noch Mary Ferrera erkannten, als ich den beiden in der John Street begegnete. Ich war auf dem Weg zu meiner Wohnung, die in der John Street ist, als ich sie sah. Sie standen ins Gespräch vertieft an der Ecke zur Chandos Street beieinander, nachdem sie sich, wie ich später erfuhr, rein zufällig in den Embankment Gardens getroffen hatten.

Der alte Herr sprach mit ärgerlicher Erregung, und als ich an den beiden vorüberging, hörte ich, wie Mary Ferrera sagte: »Ich habe nie etwas von dir erwartet, Onkel.« Und später, als ich schon weiter weg war, fing ich noch das Wort »Testament« auf, mit seiner knarrenden Stimme gesprochen. Das alles fand ich ziemlich merkwürdig.

Ich zog mich um, und um drei Uhr machte ich mich auf den Weg zu Billys Büro, um meine Verabredung mit Levy und Mary Ferrera einzuhalten. Levy traf ich schon auf der Treppe. Er war beim Mittagessen von einem seiner Landsleute aufgehalten worden.

»Der alte Knabe kommt heute nicht«, bemerkte er. »Er hat mich heute morgen angerufen. Und bis Miß Ferrera kommt, haben wir noch viel Zeit.«

Wir hatten den ersten Treppenabsatz erreicht, als wir über uns eilige Schritte hörten. Wir blickten beide auf und sahen zu unserer Verwunderung Mary Ferrera, die die Treppe hinunterlief. Ihr Gesicht war bleich und starr, und als ich sie ansprach, antwortete sie nicht, sondern stürzte an uns vorbei, als kenne sie uns nicht. Verwirrt blickten wir ihr nach.

»Was ist denn passiert?« fragte ich Levy.

Der schwieg einen Moment, dann sagte er prophetisch: »Wir werden ja sehen.«

Die Tür zu Billys Büro, zu jenem Raum, wo der Schuß auf Dawkes gefallen war, befand sich der Treppe gegenüber. Weiter rechts war Levys Büro und dahinter das Vorzimmer, in dem der schlaksige Junge saß.

»Wer war hier?« fragte Levy scharf.

»Die junge Dame, Sir, die schon einmal hier war, und der alte Herr.«

»Der alte Herr?« echote Levy ungläubig.

»Ja, Sir, sie sind beide da drinnen.« Er wies mit dem Kopf auf die Tür zu Billys Büro.

»Aber die Dame kann gar nicht drinnen sein. Ich bin ihr eben auf der Treppe begegnet.«

»Schön, aber der alte Herr ist drinnen. Er kam vor ungefähr einer halben Stunde und fragte, ob er einen Brief schreiben könnte, und da hab ich ihn in Mr. Stabbats Büro gesetzt.«

»Ach nein, einfach so, wie?« fauchte Levy. »Dann kann ich dir nur raten, dich schleunigst nach einer anderen Stellung umzusehen. Was passierte dann?«

»Die junge Dame kam rauf«, berichtete der Junge mürrisch, »und ging in Ihr Büro, aber ich glaube, die Tür war offen, und sie sah den alten Herrn. Sie ist jedenfalls reingegangen und hat die Tür zugemacht, und jetzt sind sie beide da drinnen«, behauptete er wieder.

Das also war die Erklärung für Marys Erregung und Zorn.

»Du lieber Himmel«, stöhnte Levy. »Sie glaubt, wir hätten

sie reingelegt. Es würde mich interessieren, was der Alte zu ihr gesagt hat.«

Er riß die Tür auf und marschierte in Billys Büro. Doch schlagartig blieb er stehen. In der Mitte des Zimmers lag der Länge nach Sir Philip Frampton, und es war überflüssig zu fragen, warum er dort lag. Die Schußwunde über der linken Augenbraue sagte alles.

## 11

Levy taumelte. Ich dachte, er würde ohnmächtig werden.

»Gnädiger Himmel«, flüsterte er, drehte sich um und packte den Jungen, der über unsere Schultern spähte. »Hast du einen Schuß gehört?«

»Nein, Sir«, winselte der verschreckte Bursche. »Ich habe einen Knall gehört, aber ich dachte, sie hätte die Tür zugeschlagen.«

»Die Tür«, rief Levy und stürzte los.

Sie war nicht abgesperrt, war nicht einmal geschlossen. Es wäre uns aufgefallen, wären wir durch das merkwürdige Zusammentreffen mit Mary Ferrera auf der Treppe nicht so verstört gewesen.

»Wie lange ist das her?« fragte Levy drängend, doch der Junge konnte keine klare Auskunft geben.

Es konnte fünf Minuten vor unserer Ankunft geschehen sein, vielleicht aber auch nur zwei Minuten vorher. Der Junge war sich nicht sicher.

Levy durchsuchte in aller Eile den Raum, während ich den Jungen hinausschickte, um das Krankenhaus anzurufen.

»Er hat hier geschrieben«, bemerkte Levy

Auf der Löschunterlage lag ein Bogen Briefpapier, daneben ein Kuvert, das bereits an eine Rechtsanwaltskanzlei adressiert war. Der Brief enthielt nur wenige Zeilen.

»Sehr geehrter Mr. Tranter«, hieß es, »ich habe mir nunmehr die einzelnen Klauseln für mein neues Testament überlegt. Das alte habe ich inzwischen vernichtet.

Ich vermache also . . .«

Hier endete der Text; die Tinte auf dem angefangenen Schreiben war noch feucht. Das war eine bedeutungsvolle Tatsache — oder wäre bedeutungsvoll gewesen, hätte nicht

Sir Philip mit breiter Feder geschrieben und sehr stark aufgedrückt. Was uns allen nicht auffiel, war die Tatsache, daß die Feder abgenutzt war und leicht patzte. Das war der deutliche Hinweis, den ich übersah — diese alte, kaum noch brauchbare Feder.

Vor dem Eintreffen des Arztes und des Krankenwagens blieb Zeit zu einer kurzen, nervösen und bedrückenden Besprechung.

»Was sollen wir jetzt tun?« fragte Levy verzweifelt.

»Was kann man schon tun?« fragte ich in so hoffnungslosem Ton zurück, daß Levy stöhnte.

»Reden Sie nicht so. Es bricht Billy das Herz, wenn Miß Ferrera etwas zustößt«, jammerte er. »Überlegen Sie, Mont, um Gottes willen, lassen Sie sich was einfallen. Miß Ferrera war hier. Sie war bei ihm im Zimmer. Sie lief davon, nachdem er ermordet worden war. Wer weiß sonst noch, daß sie hier war?« fragte er plötzlich.

Ich glaubte schon, er hätte vor lauter Schrecken den Verstand verloren.

»Der Junge«, antwortete ich leise. »Sie müssen den Tatsachen ins Gesicht sehen, Levy. Es hat keinen Sinn, sich etwas vorzumachen. Wir haben nur zwei Möglichkeiten: wir können Mary Ferrera verhaften oder wir können ihr helfen, außer Landes zu gehen. Aber ihr Name wird auf jeden Fall in diese Geschichte hineingezogen werden, da gibt es überhaupt keine andere Möglichkeit.«

Er schlug die Hände vors Gesicht, und so saß er noch, als der Arzt kam. Während dieser den Toten untersuchte, nickte Levy mir zu.

»Am besten gehen Sie zu ihr, Mr. Mont«, stieß er mit schwankender Stimme hervor, »und tun das, was Sie für nötig halten.«

Miß Ferrera war nicht anwesend, als ich in dem Haus in Brixton vorsprach, und ich mußte eine halbe Stunde in ihrem kleinen Salon warten, ehe sie kam. Bei meinem Anblick hob sie ruckartig den Kopf.

»Ihren Besuch habe ich nicht erwartet«, bemerkte sie mit einem Anflug von Hochnäsigkeit. »Aber vielleicht haben Sie mit Levys Komplott nichts zu tun.«

»Ich weiß nichts von einem Komplott Levys«, erwiderte ich ruhig.

Sie nahm ihren Hut ab und warf ihn auf die Couch.

»Ich hätte nie gedacht, daß Levy sich dazu hergeben würde, mich zu beobachten«, sagte sie, »oder daß Sie mit Sir Philip Frampton gemeinsame Sache machen . . .«

Das war meine Gelegenheit.

»Über die Toten soll man nur Gutes sagen, Miß Ferrera«, warf ich ein.

»Über die Toten?« Ihr Gesicht wurde bleich — noch bleicher als ich es am Nachmittag gesehen hatte. »Tot, sagen Sie?« rief sie ungläubig. »Aber Sir Philip ist nicht tot. Ich habe erst heute nachmittag mit ihm gesprochen.«

»Wir haben ihn erschossen in dem Büro gefunden, in dem sie auf Dawkes geschossen haben«, entgegnete ich.

Schwer sank sie in einen Sessel.

»Sagen Sie das noch einmal ganz langsam«, bat sie mich. »Ich kann es nicht fassen.«

Ich wiederholte meine Worte.

»Sie gingen direkt nach oben und fanden ihn dort — tot?« Ich nickte. Wilder Schrecken flackerte in ihren Augen auf. Sie sprang auf.

»Sie sind hergekommen, um mich zu verhaften!« stieß sie hervor.

»Ich bin hergekommen, um Sie entweder zu verhaften oder Ihnen zu helfen, außer Landes zu gehen«, erwiderte ich schroff. »Und das heißt, daß ich aus der Polizei ausscheiden muß. Ich kann schließlich nicht guten Gewissens bleiben, nachdem ich Ihnen Fluchthilfe geleistet habe.«

»Glauben Sie, daß ich Sir Philip getötet habe?«

Ich schwieg.

»Glauben Sie wirklich, daß ich Sir Philip getötet habe?« fragte sie wieder.

»Wenn Sie mir sagen, daß Sie es nicht getan haben, glaube ich Ihnen«, gab ich zurück und sah, wie ihr Gesicht wieder Farbe bekam.«

»Sie sind ein guter Mensch, Mr. Mont«, sagte sie und legte ihre Hand auf meine Schulter. »Ich danke Ihnen. Nein, natürlich habe ich ihn nicht erschossen. Er hat mich sehr, sehr zornig gemacht, aber ich habe ihn nicht erschossen.«

»Dann müssen Sie fort. Sie werden schon gesucht . . .« begann ich.

Sie schüttelte entschieden den Kopf.

»Ich gehe nicht fort. Ach, Mr. Mont, Sie Armer, nun müssen Sie mich auch noch verhaften.« Sie lächelte, und in ihrer

Stimme lag so viel Mitgefühl, daß es mir die Kehle zuschnürte. »Bitte setzen Sie sich«, sagte sie. »Ich möchte Ihnen eine Geschichte erzählen.«

»Sehen Sie, Sir Philip Frampton nahm mich ursprünglich nur mit Widerwillen in seinem Haus in Elston auf. Dann aber, vermute ich, brachte ihn die Erkenntnis, daß hier jemand war, der durch Blutsverwandtschaft und andere Verpflichtungen — mein Vater schuldete ihm sechshundert Pfund — fest an ihn gebunden war, auf den Gedanken, den er bald danach verwirklichte. Sir Philip war ein hervorragender Mathematiker, und wenn er auch ein sittenstrenger Mann war und in gewissen Kreisen hochgeachtet wegen seiner moralischen Einstellung und seiner Ablehnung jeglicher Art von Glücksspiel, widmete er doch den größten Teil seines Lebens dem Studium der Gesetze, die den Zufall und das Glück regieren. Er war vielleicht die größte Autorität auf der Welt auf dem Gebiet des Glückspiels. Das gilt insbesondere für Roulett und *Trente-et-Quarante*. Jeden Abend saß er von sieben Uhr bis zwei Uhr morgens über den Karten und probierte alle möglichen Kombinationen aus. Er hatte Aufzeichnungen über die Serien der Farben in Monte Carlo, die dreißig Jahre zurückreichten. Sie sehen, er befaßte sich wirklich überaus ernst mit diesem Gebiet.

Vor ungefähr sechs Jahren entwickelte er ein System, das er für unschlagbar hielt. Und eines Abends zog er mich ins Vertrauen. Natürlich mußte ich absolute Geheimhaltung schwören, und er erinnerte mich mehrmals, wie er das stets zu tun pflegte, daran, was er alles für mich getan hätte. Kurz und gut, damals erzählte er mir einiges über sein ungewöhnliches Hobby. Er selbst war nie in Monte Carlo gewesen, aber er war ganz versessen darauf, sein System in der Praxis auszuprobieren. Er war ein schwerreicher Mann und hätte es sich leisten können, die öffentliche Meinung zu ignorieren, denn seine Bank ist, wie Sie wahrscheinlich wissen, eines der gesündesten und sichersten Unternehmen in England. Aber er hatte eine tödliche Angst vor Kritik. Bei dem Gedanken, seine Gemeindebürger könnten von seiner Schwäche erfahren, wurde ihm buchstäblich übel.

Nach einigem Überlegen kamen wir zu folgendem Plan: Ich würde, mit seinen Anweisungen ausgestattet, nach Monte Carlo reisen und dort mit Höchsteinsätzen spielen. Bei jeder Reise hatte ich eine Million Francs bei mir, und jedesmal —

mit einer Ausnahme — kehrte ich mit einem Gewinn von einer Million fünfhunderttausend zurück. Selbst jenes eine Mal hätte ich eigentlich nicht verlieren dürfen; das kam nur dadurch, daß Sir Philip beim Aufschreiben ein Fehler unterlaufen war. Als ich zurückkam und ihm mitteilte, daß ich verloren hatte, geriet er völlig außer sich und behauptete, ich hätte mich nicht an sein System gehalten. Ich war damals schon aus seinem Haus ausgezogen, eben weil er so jähzornig war, und an diesem Abend erklärte ich ihm, ich würde nicht noch einmal nach Monte Carlo reisen. Es war mir ernst damit, aber nachdem er seinen Fehler entdeckt hatte, war er so freundlich und unterwürfig, daß ich, wie Sie wissen, doch wieder gefahren bin.«

»Einen Augenblick«, unterbrach ich sie. »Vielleicht können Sie mir etwas erklären, was ich nicht verstehe. Pontius behauptet — und er hat es von Ihrer Wirtin —, daß Sie jedesmal vor Ihrer Abreise nach Monte Carlo geheimnisvolle Briefe erhielten.«

Miß Ferrera lächelte. »Das waren Sir Philips Anweisungen und Tabellen«, erklärte sie. »Mir war das alles entsetzlich zuwider, und ich war entschlossen, die Beziehung zu meinem Onkel abzubrechen, sobald die Schulden meines Vaters beglichen waren. Wie Sie wissen, reichte ich ja auch meine Kündigung ein. Ich schrieb Sir Philip, ich hätte nicht die Absicht, meine Arbeit bei der Bank wiederaufzunehmen oder weiterhin als Beauftragte seiner Spielleidenschaft herumzureisen. Ich glaube, dieses Wort ›Spielleidenschaft‹ machte ihm Angst; er schrieb mir nämlich postwendend und beschwor mich, sein Geheimnis auf keinen Fall preiszugeben. Wenn ich auch nur ein Wörtchen verlauten lassen sollte, das ihm schade, schrieb er, würde er gerichtlich gegen mich vorgehen und dafür sorgen, daß ich ins Gefängnis käme. Doch das hätte er nie gewagt!«

»Täuschen Sie sich nicht«, widersprach ich. »Er kam zu Levy Jones und trug ihm auf, Ihnen zu raten, nicht wieder nach Elston zu kommen. Das war alles, was Levy mit ihm zu tun hatte.«

»Ich verstehe. So war das also. Der arme Levy? Ich habe Ihnen beiden Unrecht getan.«

Das Kinn in die Hand gestützt, saß sie lange Zeit schweigend da.

»Ich kann nicht behaupten, daß sein Tod mir nahegeht«,

sagte sie schließlich ruhig. »Er war ein harter Mann, beinahe unmenschlich.«

Das also war das Geheimnis gewesen. Eine ganz simple Geschichte. Die Geschichte eines scheinheiligen alten Mannes, der den Kitzel des Glückspieles hatte genießen wollen, ohne sich der Mißbilligung auszusetzen, die viele Leute Spielern entgegenbringen.

»Ich habe für jede Reise zehn Pfund zuzüglich zu meinem Gehalt bekommen. Bei den letzten beiden Reisen wurde der Betrag auf zwanzig Pfund erhöht. Das Geld wurde mir allerdings nie ausbezahlt, sondern dem Schuldkonto meines Vaters gutgeschrieben.«

Lebhaft und entschlossen stand sie auf.

»Also, Mr. Mont, Sie sind doch eine Autorität auf diesem Gebiet — was soll ich mitnehmen?«

»Wohin?«

»Ins Gefängnis«, antwortete sie.

Eine Stunde später führte ich sie ins Polizeirevier Cannon Row und beschuldigte sie des vorsätzlichen Mordes an Sir Philip Frampton, obwohl ich an ihrer Unschuld keinen Zweifel hatte.

## 12

Ich hatte in dieser außergewöhnlichen Folge von Ereignissen nicht gerade eine Heldenrolle gespielt, aber ich hatte die einzige mögliche Rolle gespielt. Als traditioneller Romanheld hätte ich natürlich die Angebetete meines Freundes entführt und der ganzen Welt die Stirn geboten. So aber sorgte ich dafür, daß sie in ihrer Zelle ein bequemes Bett bekam, und telegrafierte meinen Anwälten mit der Bitte, den besten verfügbaren Anwalt mit ihrer Verteidigung zu beauftragen.

Ich hatte zwei meiner Leute in Billys Büro zurückgelassen und ihnen Weisung gegeben, den Raum gründlich zu durchsuchen. Ich hoffte, es würden sich vielleicht die Waffe oder andere Hinweise finden. Nachdem ich nun Mary Ferrera in ihre Zelle gebracht hatte, fuhr ich geradewegs in die Bond Street.

Sergeant Merthyr und Constable Doyne hockten in Levys Büro und vertilgten Brot und Käse, während Levy mit kummervoller Miene dabeisaß und den Tag verfluchte, an dem die

Firma Stabbat und Levy ihr ungemein behagliches Büro in der Cork Street aufgegeben hatte.

Als ich eintrat, blickte Levy fragend auf, doch es gab keinen Grund zu Geheimnistuerei.

»Ich habe Miß Ferrera verhaftet«, erklärte ich, und Levy nickte langsam.

»Was hätten Sie auch sonst tun können«, meinte er.

»Haben Sie etwas gefunden?« fragte ich Merthyr.

Doch Merthyr hatte nichts gefunden.

»Ist die Waffe aufgetaucht?« wollte er wissen. »Haben Sie ihre Wohnung durchsucht, Sir?«

»Ja«, antwortete ich, »aber da war nichts zu finden.«

Tatsächlich hatte ich mir gar nicht die Mühe gemacht, die Wohnung zu durchsuchen, und hatte Mary Ferrara auch die entwürdigende Prozedur einer Leibesvisitation erspart. Es war unwahrscheinlich, daß Mary sich einen zweiten Revolver besorgt oder von Anfang an zwei Revolver besessen hatte. Die einzige Schußwaffe, die ihr gehört hatte, lag auf dem Grund des Heizungsschachts.

»Mensch!« rief ich plötzlich.

Die beiden Beamten waren eben gegangen. Levy und ich waren allein.

»Was ist denn?« fragte Levy müde. »Ich sage Ihnen, Mr. Mont, das ist keine Reklame für unsere Firma.«

Er sagte es ganz automatisch. Meiner Erfahrung nach geben sich Juden so oft so, als läge ihnen das Geschäft am meisten am Herzen, so daß es ihnen schwerfällt, diese Pose abzulegen. Doch Levy hatte es das Herz gebrochen, als Billington Stabbat ins Gefängnis kam, das wußte ich. Und diese neue Katastrophe schien ihm nun den Rest gegeben zu haben.

»Wohin führt der Schacht?« fragte ich.

»Welcher Schacht?« entgegnete er.

»Waren Sie dabei, als Billy den Revolver durch die Öffnung in der Fensternische warf?«

»Was ist das für eine Öffnung? Zeigen Sie sie mir.«

Er zog mich in Billys Büro und schaltete die Lichter an. Mit eben jenem Papiermesser, das Billy benutzt hatte, stemmte ich das Türchen auf, und Levy spähte aus zusammengekniffenen Augen in die Öffnung.

»Ich möchte wissen, wohin der Schacht führt«, murmelte er nachdenklich. Dann zog er einen Penny aus seiner Tasche und ließ ihn in den Schacht fallen, während er sein Ohr an die Öffnung hielt.

Ich sah Überraschung auf seinem Gesicht, als er sich zu mir umdrehte.

»Der geht direkt in den Keller runter«, sagte er verwundert. »Wozu ist der Schacht überhaupt da?«

Ich berichtete ihm, was Billy mir erzählt hatte. Levy nickte. Er kannte den Hausmeister und hatte die haarsträubende Geschichte von der Zentralheizung gehört, die nicht geheizt, dafür aber in diversen Wohnungen kleine Überschwemmungen angerichtet hatte. Immerhin mit warmem Wasser.

»Als Feuerlöscher wäre sie große Klasse gewesen«, sagte Levy, »aber als Heizung war sie eine große Pleite. Gehen wir mal zu Bolt runter«, meinte er.

Wir sperrten die Tür hinter uns ab und stiegen ins Erdgeschoß hinunter. Der Hausmeister war nicht in seinem kleinen Glashäuschen, und nach einigem Suchen fanden wir ihn im Keller.

»Die Zentralheizung?« sagte er. »Na, und ob ich mich erinnere! Sowas vergißt man nicht! Das war 'ne Katastrophe. Ich hab ja von Anfang an gesagt, daß es nicht die richtige Heizung ist . . .«

»Natürlich, natürlich. Von wo aus wurde sie betrieben?«

»Von dem Keller da hinten«, erklärte er und wies mit einem kräftigen Zeigefinger zum Ende des Korridors, wo eine abgeschlossene und verriegelte Eisentür war.

»Ich würde mir das gern mal ansehen«, sagte Levy.

»Aber heute abend nicht mehr. Ich hab genug für heute. Das ist jetzt innerhalb von drei Monaten der zweite Mord, der in diesem Haus begangen wurde«, sagte Mr. Bolt entschieden. »Sie hätten mal sehen sollen, wie die Reporter über mich hergefallen sind. Sie wollten alles über Mr. Stabbats Privatleben wissen und so. Also, wie gesagt, mir reicht's für heute.«

»Vielleicht würden Sie *mir* den Keller zeigen«, sagte ich mit einem Lächeln. Er kannte mich nicht, und ich stellte mich vor. Bei dem Zauberwort Scotland Yard rannte er in seine Loge, um den Schlüssel zu holen.

»Ich muß Ihnen eine Taschenlampe besorgen, meine Herren«, erklärte er und fragte dann ängstlich: »Sie glauben doch nicht, daß noch jemand ermordet worden ist, und die Leiche hier unten versteckt liegt, Sir?«

»Das ist nicht wahrscheinlich«, antwortete ich. »Sie können an der Tür stehenbleiben und uns dirigieren. Sie brauchen uns bei der Durchsuchung nicht zu helfen.«

Mr. Bolt, der sich an diesem Tag einen hübschen Batzen Geld damit verdient hatte, daß er der Schar von Journalisten, die das Haus gestürmt hatten, alles mögliche erzählt hatte, schien enttäuscht.

Eine Steintreppe führte in einen kleinen betonierten Kellerraum hinunter. Der Hausmeister brauchte uns nicht zu zeigen, wo der ausrangierte Kessel mit dem Brenner der gebrauchsunfähigen Heizanlage stand. Wir umrundeten ihn und begannen auf der anderen Seite unsere Suche nach dem Schacht. Zunächst sahen wir ihn nicht, weil er in einem großen Rohr endete, das in der gleichen Farbe gestrichen war wie die Mauer. Ich ließ den Strahl meiner Lampe über den Boden gleiten.

»Da ist er«, flüsterte Levy aufgeregt.

Ich bückte mich und hob den kleinen Revolver auf, der dick mit Staub bedeckt war. Er war entsichert, und sehr vorsichtig sicherte ich ihn, ehe ich ihn in meine Tasche steckte.

»Und da ist der Penny«, bemerkte Levy. »Ich brauche ihn zwar nicht, aber ich wollte sicher sein, daß er durch denselben Schacht heruntergekommen ist.«

Wir kehrten ins Büro zurück, und ich legte den Revolver auf einen Tisch unters Licht. Er war, wie schon gesagt, staubbedeckt und voll geladen, wie ich feststellte. Ich nahm das Magazin heraus, und wir machten die Entdeckung zur gleichen Zeit: Mit diesem Revolver war nicht geschossen worden! Perplex sahen wir uns an.

Als Billington Stabbat Mary Ferrera den Revolver aus der Hand genommen und in den Schacht geworfen hatte, hatte er ihr den Beweis ihrer Unschuld genommen.

»Das gibt's doch nicht!« stieß Levy atemlos hervor.

Das teuflische Ding zwischen uns, saßen wir da, und keiner sprach ein Wort. Wir waren beide mit unseren eigenen Gedanken beschäftigt. Derjenige, der auf Thomson Dawkes geschossen hatte, hatte auch Sir Philip Frampton getötet. Das war die Folgerung, zu der ich gelangte. Und es war nicht Mary Ferrera gewesen.

»Der Sache kommen Sie nie auf den Grund, Mr. Mont«, bemerkte Levy und brach das Schweigen. »Es gibt nur einen Mann, der dieses Geheimnis entwirren könnte, und der sitzt in Dartmoor. Aber er wird rausgeholt«, fügte er hinzu.

Ich sah ihn an.

»Was soll das heißen?«

»Das heißt, daß er rausgeholt wird«, versetzte Levy hartnäckig. »Miß Ferrera meinte von Anfang an, er sollte ausbrechen, aber ich hab's eigentlich nie in Betracht gezogen, weil ich dachte, es wäre unmöglich. Aber jetzt geht es um Leben und Tod. Wir müssen ihn rausholen.«

Viel später erst fragte ich: »Wie?«

»Wir werden sehen«, gab Levy mir zur Antwort, und wenn ich leicht erregbarer Natur gewesen wäre, hätte ich wahrscheinlich geschrien.

Man kann vielleicht einen Mann aus Dartmoor herausholen; ihn aber von dort wegzubringen, über diese öden Weiten von Heideland und Felsgestein, ist schon eine andere Sache.

Mein Kopf dröhnte, und das Herz tat mir weh, als ich an diesem Abend nach Hause kam, und erst um sechs Uhr morgens gelang es mir endlich einzuschlafen.

Die Voruntersuchung in der Sache Mary Ferrera verlief ganz anders als üblich. Normalerweise wird bei dieser ersten Verhandlung lediglich geprüft, ob stichhaltige Gründe für eine Inhaftierung vorliegen; in diesem Fall jedoch mußte auch die Identität des Toten festgestellt werden. Aus diesem Grund ließen wir den Rechtsanwalt kommen, einen Mr. Tranter, an den der Verstorbene unmittelbar vor seinem Tod geschrieben hatte.

Es folgte ein dramatisches Verhör, dessen Spannung durch die simplen Fragen und die Antworten, die darauf gegeben wurden, noch erhöht wurde.

»Haben Sie den Toten gekannt? fragte der Staatsanwalt.

»Ja, Sir.«

»Wer ist es?«

»Sir Philip Frampton.«

»War er ein wohlhabender Mann?«

»Er war ein schwerreicher Mann. Sein Vermögen beläuft sich auf vier- bis fünfhunderttausend Pfund.«

»Hat er ein Testament hinterlassen?«

»Nein, Sir. Wir hatten ein Testament für ihn vorbereitet, das auch vor drei Jahren unterzeichnet wurde. Doch dieses Testament enthielt gewisse Klauseln, die er dann ändern wollte. Da Sir Philip von Nachträgern nichts wissen wollte, vernichtete er das Testament und starb, bevor das neue rechtsgültig wurde.«

»Er ist also gestorben, ohne ein Testament zu hinterlassen?«

»Ja, Sir.«

Ich begriff den Trend dieses Frage-und-Antwort-Spiels erst, als die tödliche Frage gestellt wurde.

»Wer erbt denn nun sein Vermögen, wenn er kein Testament hinterlassen hat?«

»Seine Nichte Mary Ferrera«, lautete die Antwort.

Die junge Frau auf der Anklagebank sprang mit weit aufgerissenen Augen auf und starrte den Anwalt fassungslos an.

»Ich — das wußte ich nicht«, stammelte sie.

Doch ihr Anwalt drehte sich mit einem Lächeln um und bedeutete ihr, sich zu setzen.

»Welche Klausel in dem ersten Testament wollte Sir Philip denn ändern?«

»Er hatte der ›Vereinigung gegen das Glücksspiel‹ fünftausend Pfund hinterlassen. Diese Klausel wollte er streichen«, antwortete Mr. Tranter unerwartet.

»Danke«, sagte der Verteidiger und setzte sich.

So endete die Beweisaufnahme an diesem Tag.

Mary Ferrera war also eine reiche Frau! Ich hatte bis zu diesem Zeitpunkt nicht gewußt, daß sie die einzige Verwandte dieses alten Mannes gewesen war, den niemand geliebt hatte. Dieser Umstand belastete Mary Ferrera schwer, denn er lieferte ein Motiv für das Verbrechen.

Auch Levy war bei der Verhandlung anwesend, doch er wurde nicht in den Zeugenstand gerufen. Die Sitzung wurde um eine Woche vertagt, um der Anklage genügend Vorbereitungszeit zu lassen. Dann würde auch Levy vernommen werden. Ich verließ den Gerichtssaal gemeinsam mit Levy Jones.

»Ich habe Ihnen doch dreihundert Pfund gegeben, die Billy gehörten«, sagte er.

»Ja«, bestätigte ich. »Hundert davon habe ich Miß Ferrera gegeben.«

»Ich hätte den Rest gern zurück, wenn es geht«, erklärte Levy entschuldigend. »Diese Geschichte kostet an die viertausend Pfund.«

»Welche Geschichte — die Verteidigung?« fragte ich.

»Nein. Ich spreche von Billys Flucht aus Dartmoor. Obwohl das ja auch zur Verteidigung gehört«, meinte Levy. »Es ist wahrscheinlich sogar die einzige Verteidigung, die wir haben.«

Als ich zum Yard kam, wartete dort eine Nachricht von Thomson Dawkes auf mich. Er wollte wissen, ob er mich sprechen könnte.

Ich rief an und bat ihn, möglichst sofort zu kommen. Schon eine halbe Stunde später saß er in meinem Büro.

»Ich habe in der Zeitung von der Verhaftung gelesen«, sagte er. »Ich bin überzeugt, daß Miß Ferrera unschuldig ist. Hatte Stabbat einen Feind?«

»Er hat sicher mehrere.«

Dawkes schien nicht recht zu wissen, wie er fortfahren sollte, schließlich aber platzte er sehr direkt mit dem Grund seines Besuchs heraus.

»Mont, Sie wissen, daß ich keine Absichten bezüglich Miß Ferrera habe und tief beschämt bin über die Art und Weise, wie ich sie behandelt habe. Sie wird gewiß eine Menge Geld für ihre Verteidigung brauchen. Ich bin hergekommen, um Ihnen zu sagen, daß Sie jeden Betrag von mir haben können. Ich komme für alles auf.«

Ich gab ihm wortlos die Hand. Merkwürdig — er hielt es für selbstverständlich, daß ich mich für Mary Ferreras Verteidigung einsetzen würde; aber er ist eben ein Mann mit großem Scharfblick.

## 13

Ich danke Ihnen, Mr. Dawkes«, sagte ich, »aber das ist nicht nötig. Sie haben wohl den Bericht über die Verhandlung von heute morgen noch nicht gelesen?«

»Nein«, antwortete er erstaunt, und daraufhin berichtete ich ihm, daß Miß Ferrera Framptons Erbin war.

»Ach Gott«, rief er überrascht. »Da sieht es ziemlich finster aus für sie, nicht wahr? Wissen Sie, was ich glaube?« fragte er nach einem Moment der Überlegung. »Ich glaube, der einzige, der Licht in dieses Dunkel bringen kann, ist Ihr unglückseliger Freund, Billington Stabbat.«

Ich sah ihn an und lachte.

»Sie sind nicht der einzige, der dieser Meinung ist«, sagte ich.

»Gibt es nicht eine Möglichkeit, ihn herauszuholen?« fragte er.

Ich lachte wieder. Ein erstaunlicher Mann, dieser Thomson Dawkes!

»Sie sind ein echter Sportsmann«, meinte ich. »Ich schlage vor, Sie sprechen mal mit Levy Jones. Er ist Billington Stabbats rechte Hand.«

»Ich kenne ihn«, erwiderte Dawkes nickend.

Später am Nachmittag traf ich Levy, der erstaunlich gutgelaunt war.

»Ja, Dawkes war bei mir«, bestätigte er. »Ich habe seinem Leben einen neuen Sinn gegeben.« Er lachte und schlug sich aufs Knie. »Eine komische Welt ist das, Mr. Mont! Daß ausgerechnet dieser Bursche Billy helfen will.«

»Haben Sie schon irgendwelche Entschlüsse getroffen?«

»Eine ganze Menge«, antwortete Levy, »aber die würden Sie doch nicht interessieren. Jedenfalls nicht im gegenwärtigen Stadium.«

Am folgenden Tag mußte ich Levy wegen irgend etwas anrufen, und da teilte mir der Bürobursche mit, er wäre verreist und würde erst in etwa vierzehn Tagen zurückerwartet. Das machte mich so neugierig, daß ich anschließend bei Thomson Dawkes anrief.

»Mr. Dawkes ist verreist«, wurde mir mitgeteilt. »Er ist heute morgen nach Südfrankreich gefahren.«

Nun war dies nicht die Jahreszeit, wo Müßiggänger wie Thomson Dawkes für längere Zeit an die Côte d'Azur fahren; an der Riviera ist es Ende Mai brütend heiß. Um ganz sicherzugehen, rief ich in Dover und in Folkestone an und erkundigte mich bei unseren Beamten, die die Schiffe über den Kanal begleiten, ob Dawkes auf einer der Fähren gewesen sei. Sie kannten ihn beide und verneinten beide mit Nachdruck.

Ich suchte Mary Ferrera auf und berichtete ihr. Sie war aufs höchste erstaunt.

»Mr. Dawkes?« fragte sie ungläubig. »Ausgeschlossen!«

Da erzählte ich ihr, um sie zu überzeugen, alles, was er mir anvertraut hatte — wie beschämt er über sein Verhalten war, wie gern er sich ihr zu Füßen geworfen und sie um Verzeihung gebeten hätte.

»Und Levy hat ihn als Verbündeten akzeptiert?« fragte sie.

Ich nickte. »Offensichtlich.«

»Nun ja, dann ist er wahrscheinlich ganz in Ordnung.« Sie runzelte die Stirn und schüttelte den Kopf. »Wirklich erstaunlich diese Entwicklung. Das läßt mich fast vergessen, wie unangenehm er war.«

Ich glaube, sie war sehr beeindruckt, denn als ich sie ein paar Tage später — es war der Tag, an dem die Verhandlung wiederaufgenommen wurde — wieder sah, bat sie mich, Mr. Dawkes für seine Hilfe zu danken und ihm auszurichten, daß die unerfreuliche Episode vergeben und vergessen wäre.

»Jeder von uns verliert hier und da den Kopf«, erklärte sie.

An diesem zweiten Verhandlungstag ging man viel gründlicher auf den Fall ein, und es kamen auch Marys Reisen nach Monte Carlo zur Sprache. Zum Glück kam die Anklage nicht auf den Gedanken, sie mit der früheren Schießerei in Billington Stabbats Büro in Verbindung zu bringen. Das war mir eine große Erleichterung.

Die Verhandlung wurde wiederum auf eine Woche später vertagt, und ich hatte mehrmals Gelegenheit, Mary Ferrera in Holloway aufzusuchen. Mich wunderten ihre außergewöhnliche Gelassenheit und ihre Zuversicht, daß alles ein gutes Ende nehmen würde. Ich war da skeptischer.

»Ein Ausbruch aus Dartmoor ist beinahe ein Ding der Unmöglichkeit«, sagte ich. »Ich habe Angst, daß das schiefgeht. Noch nie ist jemand aus Dartmoor entkommen, und ich kann mir nicht vorstellen, daß Levy Jones etwas nie Dagewesenes schafft.«

Sie sah mich mit freundlich lachenden Augen an und erwiderte ein wenig spöttisch: »Wir werden ja sehen.«

Und wie wir sahen! Ich wollte am Abend gerade nach Hause gehen, als ein Telegramm eintraf und sofort an mich weitergeleitet wurde. Ich dachte, es handelte sich um irgendeine Verwaltungssache und wollte das Ding schon in den Postkorb legen, um es mir am folgenden Morgen vorzunehmen, als ich das »Dringend« in der linken Ecke sah. Da las ich das Telegramm. Es war um fünfzehn Uhr dreißig vom Direktor der Strafanstalt Dartmoor in Princetown aufgegeben worden. Der Text lautete: »Sträfling Billington Stabbat heute morgen ausgebrochen, vermutlich mit Hilfe von außen. Schicken Sie Beamten, der ihn kennt und in Zivilkleidung identifizieren kann. Überwachen Sie seine Wohnung. Sehr dringend! Sehr dringend!«

Offenen Mundes starrte ich auf das Telegramm. Ausgebrochen! Dann hatte Levy Jones es tatsächlich geschafft!

»Was ist das, Mr. Mont?«

Ich drehte mich hastig um. Inspektor Jennings stand in der Tür. Mein Chef war in dieser Woche krankgeschrieben, und wie der Teufel es wollte, lag die Leitung unserer Abteilung in Jennings' Händen.

»Es ist ein Telegramm, das Sie interessieren wird«, erwiderte ich boshaft und reichte es ihm.

Er überflog es.

»So, einen Beamten wollen sie haben, der ihn identifizieren kann«, bemerkte er. »Fahren Sie runter?«

»Ja, ich wollte eigentlich mit dem Abendzug fahren«, antwortete ich.

»Ich fahre mit«, erklärte Jennings mit einem vielsagenden Grinsen. »Doppelt genäht hält besser, und zwei Augen, die ihn wirklich identifizieren wollen, können die Kurzsichtigkeit der beiden anderen ausgleichen, die ihn gern entkommen sähen.«

Ich musterte ihn von Kopf bis Fuß mit geringschätzigem Blick.

»Ich wußte gar nicht, daß Stabbat ein Freund von Ihnen ist«, sagte ich.

Das Glück war gegen mich. Ich hätte leicht den Polizeichef anrufen und dafür sorgen können, daß Jennings keine Reiseerlaubnis bekam, doch ich hatte mich noch nicht einmal mit meinem direkten Vorgesetzten in Verbindung gesetzt, als das nächste Telegramm aus Dartmoor eintraf. Es enthielt eine Textberichtigung.

»Statt Beamten lies Beamte.«

Jennings und ich fuhren also zusammen hinunter, und am nächsten Morgen betraten wir den trostlosen Bau des Gefängnisses Dartmoor. Es war nicht mein erster Besuch in Dartmoor, doch mit jedem Mal fand ich es bedrückender. Es hat etwas ungemein Düsteres, Unmenschliches an sich, und wenn ich sehe, wie die Häftlinge im Gänsemarsch durch das Tor trotten, um sich zu ihrer Arbeit in den Steinbrüchen zu begeben, bin ich jedesmal erleichtert, daß mir ein solches Los erspart geblieben ist.

Die Geschichte, die uns der stellvertretende Direktor erzählte, war kurz und einfach. Billington Stabbat war zur Arbeit an einer Scheune eingeteilt worden, in der im Sommer das Heu gelagert wurde. Billington hatte eine Begabung für solche Arbeiten, verstand, mit den Werkzeugen des Zimmermanns, des Maurers und des Dachdeckers gleich gut umzugehen. Seine

Führung im Gefängnis war so vorbildlich gewesen, daß man nicht zögerte, ihn an einen Arbeitsplatz außerhalb des Gefängnisses zu schicken, zumal die üblichen Vorsichtsmaßnahmen getroffen wurden. Ein bewaffneter Wärter begleitete die vier Männer, die an der Scheune arbeiteten.

Die Scheune stand unweit der Straße, die durch das Heideland nach Tavistock führt. Die Feldbegrenzungen, die bis zur Straße reichen, wurden durch niedrige Steinmäuerchen aus lose aufeinandergeschichteten Steinbrocken gebildet. Hunderte solcher Mäuerchen ziehen sich durch das Heideland von Dartmoor. Die ersten Mauern wurden in der Zeit der Napoleonischen Kriege von französischen Gefangenen errichtet.

Der Wärter hockte sich auf die Mauer ungefähr dreißig Schritte von der Scheune entfernt und behielt, sein Gewehr auf den Knien, die Männer im Auge. Während er dort saß, näherte sich ein graues Automobil, in dem ein Mann und eine sehr beleibte Frau mit einem Schleier vor dem Gesicht saßen. Der Chauffeur hielt den Wagen in der Nähe des Wärters an und stieg aus, um den Sträflingen bei der Arbeit zuzusehen. Er lehnte sich nur ein paar Schritte von dem Wärter entfernt an die Mauer.

Wie das in solchen Fällen üblich ist, forderte der Wärter ihn auf, weiterzufahren. Man möchte einerseits vermeiden, daß die Männer, die hier eine Strafe ableisten, erkannt werden; zum anderen besteht immer die Gefahr, daß wohlmeinende Mitglieder der Öffentlichkeit mit den Unglücklichen, die hier hinter Schloß und Riegel leben, ein Gespräch anfangen oder ihnen gar Tabak, Zigaretten oder ähnliches zustecken.

Der Chauffeur nickte und wandte sich zum Gehen. Der Wärter konnte sein Gesicht nicht sehen, da es hinter einer großen Autobrille verborgen war, an der unten so ein Tuch angebracht war, das alles außer der Kinnspitze verhüllte. Plötzlich jedoch schleuderte der Chauffeur dem Wärter einen, wie man später feststellte, mit Ammoniak getränkten Schwamm ins Gesicht. Er traf den Wärter genau am Mund, und der betäubende Geruch raubte ihm den Atem, so daß er sich würgend und röchelnd zu Boden warf. In diesem kritischen Moment stürzte Billington Stabbat aus der Scheune, übersprang die Mauer und verschwand in der Limousine, die davonfuhr, noch ehe der Wärter aufspringen und sein Gewehr in Anschlag bringen konnte. Immerhin traf die Kugel, die der Wärter abfeuerte, das Heck des Fahrzeugs.

Wenige Minuten später hatte man die Gefängniskanone abgefeuert, um die Leute in der Umgebung zu warnen, daß ein Häftling ausgebrochen war. Alle Weiler, Dörfer und Städtchen rund um das Gebiet von Dartmoor wurden telegrafisch gewarnt, und unverzüglich wurden Polizeireserven mobilisiert, die Straßen zu überwachen.

Dies war der Stand der Dinge, als ich eintraf. Das heißt, inzwischen hatte man den Wagen verlassen am Straßenrand aufgefunden. Im Heck hatte er ein Loch von der Kugel des Wärters, und am vorderen Sitz war eine Fünfzigpfundnote festgesteckt, die, wie aus einem beigelegten Zettel hervorging, für eine Leihwagenfirma in Exeter bestimmt war. Dort war das Fahrzeug auf den Namen von Sir Philip Frampton gemietet worden. Levys Werk natürlich!

Mir war alles klar, außer der beleibten Dame auf dem Rücksitz. Wer war hinter dem Schleier verborgen gewesen? Ich hätte laut auflachen können bei dem Bild, das mir plötzlich kam — Thomson Dawkes ohne Schnurrbart und ohne Backenbart!

Ich erkundigte mich bei dem Wärter nach der »Dame«.

»Ja«, sagte er, »man sah zwar durch den Schleier nicht viel, aber sie hatte ein markantes Gesicht.« Eine gute Beschreibung für Dawkes' Adlernase und kantiges Kinn.

Wohin hatten sie Billy gebracht? Levy Jones hatte gewiß nichts dem Zufall überlassen. Vierzehn Tage lang hatte er geplant und vorbereitet; und da hatte er, von seiner Ergebenheit für Stabbat getrieben, wahre Wunder wirken können.

Man hatte Billys Korrespondenz beschlagnahmt, und die Briefe wurden nun von einem Fachmann unter die Lupe genommen, den man extra aus dem Gefängnis von Exeter hatte kommen lassen. Seine Aufgabe dort bestand darin, verschlüsselte Briefe, die die Häftlinge erhielten, zu entdecken und zu entschlüsseln.

Unter Billys Korrespondenz waren mehrere Briefe von einer Frau, die stets mit »Deine Dich liebende Lee«, unterschrieb. Die Schreiben waren sehr lang und sehr weitschweifig, und darin lag, wie der Fachmann schließlich feststellte, ihr Geheimnis: Der Wortreichtum war notwendig, um bestimmte Mitteilungen zu verschlüsseln. Das vorletzte Wort in der ersten Zeile nämlich, das zweite in der dritten Zeile, das vorletzte in der fünften und so fort ergaben, wenn man sie in Reihenfolge las, jeweils eine Nachricht, und die Nachricht in dem letzten Brief, den Billy empfangen hatte, lautete folgendermaßen:

»Mary im Gefängnis Frampton erschossen achte auf graues Automobil und halte dich zur Flucht bereit werde feststellen welchem Arbeitskommando du angehörst.«

»Das ist ja alles gut und schön«, meinte Jennings, »aber wo sind sie jetzt?«

»Das dürfen Sie mich nicht fragen«, erwiderte der stellvertretende Gefängnisdirektor mit einiger Bitterkeit.

»Na, an mir kommt er jedenfalls nicht vorbei«, erklärte Jennings. Weiß der Himmel, was für einen geheimen Groll er gegen Billy hegte. »Auf eine Meile würde ich den Burschen erkennen. Man kann ihn gar nicht verwechseln.«

Er schwieg einen Moment nachdenklich.

»Sie versuchen bestimmt, mit dem Zug von hier wegzukommen«, mutmaßte er dann, während er sich sein schwabbeliges Kinn massierte. »Aber es gibt hier nur einen Ort, von wo aus sie fahren können, und das ist der Bahnhof von Tavistock. Da müssen wir hin, Mont.«

»Ich auch?« fragte ich, und dann ging mir auf, daß die ganze Verantwortung für Billys Entkommen auf ihm lasten würde, wenn wir zusammenblieben.

»Sie brauchen nicht mitzukommen, wenn Sie nicht wollen«, entgegnete er. »Wenn Sie . . .«

» . . . wenn ich was Besseres weiß, dann kann ich's ja sagen. Ich weiß schon, was Sie sagen wollen. Nein, ich begleite Sie, Jennings.« Gott sei Dank brauchte ich ihn nicht mehr »Sir« zu nennen.

An diesem Nachmittag machten die Beamten auf Streife eine Entdeckung. Sie stießen auf eine sehr gut versteckte Erdhöhle, doch sie war leer. Ich vermutete gleich, daß Levy sie ausgehoben hatte; er hatte die Kraft dazu. Doch er hatte die Gefahr der Entdeckung wohl erkannt und den Gedanken aufgegeben, dieses Versteck zu benützen.

Ich selbst hatte den stillen Verdacht, daß die drei Gesuchten bei einem Bauern Unterschlupf gefunden hatten, dessen Häuschen in der Nähe von Tavistock in der Heide stand. Mein Verdacht gründete sich vor allem darauf, weil ein Mann, der eine frappierende Ähnlichkeit mit Levy Jones besaß, zwei Wochen zuvor sehr gründlich das Verzeichnis anhängiger und abgeschlossener Verfahren beim zuständigen Zivilgericht studiert hatte. Er hatte jemanden gesucht, der so hohe Schulden hatte, daß ihm das Wasser bis zum Hals stand, und gegen diesen besagten Bauern waren in den letzten sieben Monaten dreißig Pfändungsbeschlüsse ergangen. Einige Zeit nach Billys spektakulärem Ausbruch war dieser Bauer plötzlich wohlhabend und kaufte sich sogar ein Automobil aus zweiter Hand. Vielleicht verleumde ich einen absolut unschuldigen Mann, und seine Behauptung, er hätte von einem Onkel in Australien fünftausend Pfund geerbt, ist die Wahrheit. Auf dem ganzen Dartmoor jedoch hatte bis dahin nie jemand etwas von australischen Verwandten von ihm gehört. Aber das ist ja alles nicht so wichtig. Jennings und ich fuhren jedenfalls nach Tavistock und pflanzten uns auf dem Bahnsteig auf, um jeden abreisenden Passagier einer genauen Musterung zu unterziehen. Zwei, drei Tage verstrichen, und die Flüchtigen waren nach wie vor unauffindbar. Am vierten Tag erhielt ich den telegrafischen Befehl zur Rückkehr, und auch Jennings bekam ein Telegramm, das wohl einen Rüffel enthielt, denn er zeigte es mir nicht. Der Zug, der um vierzehn Uhr siebenundfünfzig auslief war somit der letzte, den wir in Augenschein nahmen, ehe wir nach London zurückkehrten.

Es war ein regnerischer, unfreundlicher Tag. Ein kalter Wind pfiff über das Heideland des Dartmoor und jagte heulend um das Bahnhofsgebäude. Jennings ließ sich mit den Klischees, die bei Leuten seiner Mentalität bei solchen Gelegenheiten üblich sind, über den Sommer aus. Nur drei Passagiere nach London kamen auf den Bahnsteig: eine Dame, die dem Gepäckträger bekannt war; ein Handlungsreisender, der vom Gepäckträger ebenfalls erkannt wurde; und eine hochgewachsene verschleierte Dame.

»Die ist aber groß für eine Frau«, bemerkte Jennings.

»Da hat sie eben Pech gehabt«, meinte ich.

Diese drei und zwei mit Handschellen gefesselte Sträflinge, die von einem grimmig dreinblickenden Wärter beaufsichtigt wurden, waren die einzigen Leute auf dem Bahnsteig, als der Zug einlief.

»Gräßliche Kerle, was?« meinte Jennings mit einem Blick auf die Häftlinge in den düsteren Mänteln. Nichts Helles war an ihnen außer dem Blitzen der Handschellen.

Der kleinere der beiden Häftlinge — er reichte seinem Kameraden nur bis zur Brust — summte mit dünner Stimme ein Liedchen vor sich hin, bis der Wärter ihn mit einem barschen »Ruhe!« zum Schweigen brachte und sie dann beide in ein leeres Abteil dritter Klasse bugsierte, wo er die Jalousien herunterließ.

»Ich schaue mir diese Frau mal an«, verkündete Jennings. Er hatte die verschleierte Frau nicht einen Moment aus den Augen gelassen.

»Das würde ich lieber nicht tun«, entgegnete ich, und er warf mir aus zusammengekniffenen Augen einen scharfen Blick zu.

»Warum nicht?«

Ich zuckte die Achseln.

»Sie kann doch eine durchaus ehrbare Person sein, und Sie setzen sich nur ins Unrecht, wenn Sie sie auffordern, ihren Schleier zu lüften.«

»Ich tu's trotzdem«, erklärte Jennings mit plötzlicher Entschlossenheit.

Mit großen Schritten eilte er den regennassen Bahnsteig entlang und riß die Tür eines Erste-Klasse-Abteils auf, in das die Frau eingestiegen war. Sie saß allein darin.

»Entschuldigen Sie, Madam«, sagte Jennings und berührte flüchtig seinen Hut, »aber wir fahnden nach einem flüchtigen Sträfling.«

»Ich hoffe, Sie finden ihn«, erwiderte die verschleierte Person. Ihre Stimme war unverkennbar die einer Frau.

Dennoch war Jennings noch nicht zufrieden. Ihm reicht es nicht, ins Fettnäpfchen zu treten, er muß sich gleich hineinsetzen.

»Ich muß Sie bitten, Ihren Schleier zu lüften, Madam«, sagte er mit fester Stimme.

»Wie können Sie es wagen!« entgegnete die Frau empört. »Das kommt nicht in Frage!«

»Dann muß ich Sie bitten auszusteigen, damit ich Sie in Gewahrsam nehmen kann«, erwiderte Jennings.

Weder möchte ich hier das Handgemenge schildern, das darauf folgte, noch Jennings' ungezogenes Benehmen, der der Dame den Schleier einfach herunterriß. Ich möchte auch nicht auf den langen Briefwechsel eingehen, der sich nach dieser Episode zwischen dem Polizeipräsidenten und der Herzogin von Babbacombe — sie war es nämlich, die aus ganz persönlichen Gründen inkognito zu reisen wünschte — entspann. Ich will mich damit begnügen zu sagen, daß Jennings danach am Boden zerstört war.

»Nun, wir haben uns alle Mühe gegeben«, bemerkte er mit

einem Aufatmen, als wir in den nächsten Zug nach London einstiegen. »Wenn es den Burschen gelungen ist, aus dem Gebiet von Dartmoor zu fliehen, dann nicht von Tavistock aus.«

Ich hüllte mich in Schweigen. Billy hatte ich in der Maske des Wärters nicht erkannt — der graue Bart war ein richtiges Kunstwerk —, aber Levy Jones als Häftling Nummer eins und den kräftigen Thomson Dawkes als Häftling Nummer zwei hatte ich natürlich auf den ersten Blick erkannt.

## 14

»Ach, Billy ist ausgebrochen?« fragte Levy mit gut gespielter Überraschung. »Na, sowas, wer hätte das gedacht. Es würde mich interessieren, wie sie entkommen sind, Mr. Mont.«

»Mit einem Flugzeug vielleicht.«

»Sehr wahrscheinlich«, meinte Levy über seine Papiere gebeugt. »Ja, höchstwahrscheinlich.«

»Ich will Ihnen sagen, was ich glaube, Levy«, bemerkte ich — das Gespräch fand einen Tag nach unserer Rückkehr aus Tavistock statt. »Es gibt eine ganz ausgezeichnete Methode für einen Häftling, aus Dartmoor zu entkommen, wenn er nur die nötigen Verbündeten hat. Seine Kumpane verkleiden sich als Häftlinge, die in ein anderes Gefängnis überführt werden sollen, und der Ausbrecher maskiert sich als Wärter. Kein Mensch würde sie je aufhalten oder ihnen irgendwelche Fragen stellen, weil jeder davon ausgeht, daß ein Sträfling nicht in Sträflingskleidung mit Handschellen an den Händen flieht.«

Er blickte auf, und ein Lächeln blitzte in seinen Augen.

»Das ist ein ganz gerissener Plan, Mr. Mont. Schreiben Sie doch einen Roman.«

»Levy«, sagte ich freundlich.

»Ja, Mr. Mont?«

»Glauben Sie, daß Billy in sein Büro zurückkommt?«

»Wir werden ja sehen, Mr. Mont«, antwortete Levy.

»Leider sind wir nicht die einzigen, die das sehen werden. Das Haus wird nämlich von zwei luchsäugigen Polizeibeamten überwacht. Wenn ich den Verdacht hegte, daß Sie Billy versteckt halten oder irgendwie an seiner Flucht beteiligt waren, würde ich Sie natürlich nicht warnen, aber da ich Sie als einen pflichtbewußten Bürger kenne, muß ich Sie bitten, diesen beiden Beamten behilflich zu sein, soweit es in Ihrer Macht steht.«

Er nahm meine Hand und drückte sie.

»Mr. Mont«, versicherte er, »Sie können sich auf mich verlassen. Diese luchsäugigen Vertreter des Gesetzes haben das Büro bereits durchsucht, und ihre Luchsaugen haben nichts Unrechtes entdeckt. Sogar in den Schränken haben sie nachgesehen«, berichtete er. »Wenn Sie jetzt in Billys Zimmer gehen würden, schicke ich Ihnen einen ausländischen Gast hinein, einen Señor Tobasco aus Chile.«

Ich zögerte. Aber ich steckte schon zu tief in der Geschichte, um noch umzukehren. Ich drehte den Türknauf und ging hinein.

Am Schreibtisch saß Billy Stabbat und rauchte mit unverkennbarem Genuß eine Zigarre. Mir versagte die Stimme. Ich konnte ihm nur wortlos die Hand drücken, und kein Gedanke an Pflichtvergessenheit oder Verrat bedrängte mich. Mein Gewissen hatte an diesem Tag Urlaub.

»Ich bin froh, dich zu sehen, Billy«, stieß ich schließlich hervor. »Aber du gehst ein großes Risiko ein, nicht wahr?«

»Die Tür ist abgeschlossen«, erwiderte Billy unbekümmert, »und es gibt einen Weg aus diesem Haus, den deine Kollegen noch nicht entdeckt haben. — Mont«, sagte er dann, »wir müssen Mary aus dieser schrecklichen Lage befreien. Ich selbst werde es tun«, erklärte er langsam und betont, »denn ich habe den wahren Mörder von Sir Philip Frampton gefunden.«

»Was?«

Er nickte. »Ich habe sogar mehrere Wochen lang mit ihm in einer Kolonne gearbeitet.« Er lachte leise. »Ich wette, George würde am liebsten die Wände hochgehen vor Wut darüber, daß ich abgehauen bin, aber er wird außerdem noch eine böse Überraschung erleben. Seinen Bruder habe ich ins Zuchthaus gebracht. Aber George«, sagte er beinahe genußvoll, »George wird hängen.«

Er drehte sich zu mir herum und faßte mich am Arm.

»Du bist ein feiner Kerl, Mont«, sagte er. »Ich habe dich in alle möglichen riskanten und gefährlichen Situationen gebracht, und ich hätte es dir nicht verübelt, wenn du nicht mehr mitgemacht hättest.«

»Was denn?«

»Nun, wenn du abgelehnt hättest, mir und Mary weiterhin zu helfen«, erklärte er. »Aber heute werde ich dir beweisen, daß du das Richtige getan hast und werde dich vor den anderen rechtfertigen. Komm heute nachmittag um zwei Uhr hierher und bring Jennings und den Polizeipräsidenten mit.«

»Den Polizeipräsidenten?« echote ich überrascht.

»Ja, deinen obersten Chef«, bestätigte er. »Ich werde mich ihm stellen, aber gleichzeitig werde ich den Beweis erbringen, daß Mary und ich an dem, was man uns vorwirft, unschuldig sind.«

Ich war höchst erstaunt.

»Und ich soll wirklich den Polizeipräsidenten und Jennings hierher mitbringen?«

Er nickte.

»Und du wirst sie hier empfangen?«

»Ja. Wir verbrachten die Nacht nach unserer Ankunft in London hier im Büro. Umgezogen haben wir uns im Zug. Sogar rasiert haben wir uns noch in aller Eile, ehe wir in Exeter ankamen. Levy ist ein Prachtkerl, nicht wahr?« fragte er voller Bewunderung. Dann fügte er lebhaft hinzu: »Ja, ich möchte, daß du diese Leute zu einer Demonstration hierher bringt. Danach kannst du, da der Fall ja in deinen Händen liegt, noch einmal nach Dartmoor fahren und George Briscoe anklagen.«

Ich wollte meinen Ohren nicht trauen. Doch es war ihm ganz ernst, und so ging ich schließlich, während er sich wieder an den langen Brief setzte, an dem er bei meinem Eintreten geschrieben hatte. Ich vermute, er ging an Mary, denn wen sonst würde Billy »mein tapferer Liebling« nennen? Diese drei Wörter hatte ich nämlich entziffert.

Es war eine ziemlich kitzlige Angelegenheit, an den Polizeipräsidenten heranzutreten, und ich hatte etwas Angst, sowohl um Billy als auch um mich.

»Ich — ich hatte mit Stabbat Verbindung, Sir«, stammelte ich, worauf er sich in seinem Sessel herumdrehte und mich über den Rand seiner Brille hinweg fixierte.

»So, Sie hatten mit ihm Verbindung«, meinte er. »Und zu welchem Polizeirevier haben Sie ihn gebracht?«

»Zu keinem, Sir«, antwortete ich mit einer äußerlichen Ruhe, die nur gespielt war. »Der Mann ist unschuldig und ist ausgebrochen, um seine Unschuld zu beweisen.«

»Ach«, sagte der Polizeipräsident. Und nach einer quälenden Pause fragte er: »Wie will er das denn beweisen?«

Ich berichtete ihm, ich hätte wenige Minuten zuvor mit Billy telefoniert — was stimmte —, und er hätte mich gebeten, zwei Zeugen mitzubringen . . .

»Mich!« rief der Polizeipräsident und schlug auf den Tisch. »Ich wette, der Schurke sagte, Sie sollen *mich* mitbringen.«

»Sie und Inspektor Jennings, Sir«, erwiderte ich. »Ich weiß nicht, ob es mir gelingen wird, den Inspektor zu überreden . . .«

»Das überlassen Sie nur mir«, unterbrach mich der Polizeipräsident trocken, und um halb zwei saßen wir alle drei in einem Taxi zur Bond Street.

Ich hatte Jennings nicht gesagt, worum es ging. Er bekam deshalb beinahe einen Schlaganfall, als wir das Büro betraten, wo Billy uns erwartete, tadellos gekleidet, eine Zigarre im Mund, ein Blitzen des Triumphs in den Augen.

»Stabbat!« brüllte Jennings. »Ha! Jetzt haben wir Sie!«

Billy hob die Hand, um ihn zum Schweigen zu bringen.

»Sie haben mich, und Sie haben mich doch auch wieder nicht, Mr. Jennings. Ich habe Sie gebeten, heute hierher zu kommen, damit Sie mit eigenen Augen etwas sehen können, was Sie sich wahrscheinlich nicht einmal vorstellen können. Haben Sie gute Augen?«

»Mich können Sie nicht an der Nase herumführen«, donnerte Jennings.

»Doch, ich glaube, daß ich das könnte, wenn ich wollte«, entgegnete Billy mit einem freundlichen Lächeln.

»Wir werden ja sehen!« zischte Jennings.

Das war zuviel. Billy und ich, und im Hintergrund Levy, bogen uns vor Lachen.

»Was ist denn da so witzig?« erkundigte sich der Polizeipräsident verwundert.

»Das erkläre ich Ihnen später, Sir«, sagte ich.

Jennings, der vor Wut kochte, wandte sich an den Polizeipräsidenten.

»Ich weiß nicht, ob Sie darüber unterrichtet sind, Sir . . .« begann er, doch der Polizeipräsident winkte ab.

»Wir wollen uns anhören, was Stabbat zu sagen hat«, meinte er.

»Ich habe Sie gebeten, hierher zu kommen, meine Herren, weil ich Ihnen demonstrieren möchte, wie in diesem Raum zwei Menschen von George Briscoe getötet wurden. Sie haben vielleicht schon von dem Mann gehört, Sir.«

»Sie meinen den kanadischen Verbrecher?« fragte der Polizeipräsident.

»Ganz recht, Sir. Ich meine den kanadischen Verbrecher. Seinen Bruder Tom brachte ich hinter Schloß und Riegel, aber George entging seiner gerechten Strafe. Er kam dann nach England, um es mir heimzuzahlen, daß ich seinen Bruder lebenslänglich ins Zuchthaus gebracht hatte. Er ist, wie Sie vielleicht wissen, einer der klügsten und geschicktesten Mechaniker in der Verbrecherwelt. Er und sein Bruder konnten jedem Schloß beikommen und wurden mit den kniffligsten technischen Vorrichtungen und Spielereien fertig.

Die Gelegenheit nun, die George suchte, bot sich ihm, als ich dieses Büro hier mietete. Er bestach den Polier und bekam die Arbeit, die er haben wollte. Ich erkannte ihn augenblicklich, ließ ihn aber gewähren, weil ich glaubte, er hätte nicht mehr im Sinn, als mich bei einer günstigen Gelegenheit niederzuschießen. Darauf wollte ich es ankommen lassen. Aber ich täuschte mich. George hatte etwas ganz anderes im Sinn!«

Jennings hatte sich in Billys Schreibtischsessel niedergelassen. »Ich hoffe von Herzen, die Geschichte dauert nicht ewig«, bemerkte er bissig, doch der Polizeipräsident brachte ihn mit einem Blick zum Schweigen.

»Weiter, Stabbat.«

»Sein Plan war von einer so teuflischen Gerissenheit, daß ich nicht weiß, ob ich ihn dafür hassen oder bewundern soll. Ich habe inzwischen herausgefunden, daß er zwei Tage ganz allein hier in diesem Zimmer verbrachte und während dieser Zeit eine automatische Pistole anbrachte, daß jeder, der auf diese Glocke drückte« — er deutete auf den Klingelknopf auf dem Schreibtisch — »augenblicklich von einer Kugel getroffen wird.«

»Das ist doch lächerlich«, warf Jennings ein. »Die Glocke da . . .«

Es ging blitzschnell. Noch ehe wir uns recht versahen, hörte ich Billys Warnruf, sah, wie er sich platt zu Boden warf, während Jennings' Daumen auf die Klingel drückte.

Es folgte ein ohrenbetäubender Knall. Eine Kugel pfiff über die gekrümmte Schulter von Inspektor Jennings hinweg, zerfetzte sein Jackett und schlug krachend durch die Fensterscheibe.

»Ja, die Glocke da«, sagte Billy, während er langsam vom Boden aufstand. »Und wenn Sie intelligenter wären, Mr. Jennings, wären Sie jetzt tot.«

Jennings war kreideweiß und zitterte wie Espenlaub, obwohl die Kugel ihm kein Härchen gekrümmt hatte, weil er zuvor den Sessel so weit vom Schreibtisch weggeschoben hatte, daß er sich weit vorbeugen mußte, um die Glocke zu erreichen. Sein Oberkörper hatte beinahe flach auf der Schreibtischplatte gelegen, als er auf die Klingel gedrückt hatte.

»Mein Gott!« stieß der Polizeipräsident hervor. »Wo kam die denn her?«

»Die Kugel kam aus dem Maul des entfernter stehenden Löwen. Warten Sie, ich zeige es Ihnen.«

Gemeinsam zogen er und Levy an dem marmornen Kopf, der sich abnehmen ließ, und stellten ihn zu Boden. Da sahen wir nun die Pistole, die fest einzementiert war, und den simplen elektrischen Auslöser.

»An jenem Abend, als eine gewisse Person glaubte, meinen Freund, Mr. Dawkes, angeschossen zu haben, hatte Mr. Dawkes geläutet, um die Polizei herbeizuzitieren, die jemanden verhaften sollte.«

»Sie drücken sich sehr geheimnisvoll aus, Stabbat, aber ich glaube, ich verstehe Sie«, bemerkte der Polizeipräsident.

»Die betreffende Person, von der ich eben sprach, hielt zwar einen Revolver in der Hand, hatte aber gar nicht abgedrückt. Das weiß ich jetzt. Bis vor kurzem glaubte ich fest, sie hätte geschossen. Was Sir Philip Frampton zustieß, ist klar. Er schrieb einen Brief und stellte fest, daß die Feder kratzte. Er suchte nach einer neuen, sah die Klingel und läutete, um den Bürodiener kommen zu lassen. Die Kugel traf ihn direkt in den Kopf. Wie so viele, die durch einen Kopfschuß sterben, konnte er noch aufstehen und bis zur Mitte des Raumes torkeln, ehe er stürzte.

Der Polizeipräsident inspizierte die Pistole.

»Damit ist der Fall Mary Ferrera natürlich erledigt«, bemerkte er. »Ich vermute, sie war in beiden Fällen die ›betreffende Person‹, wenn ich mich auch nicht erinnern kann, Inspektor« — er warf mir einen forschenden Blick zu — »daß Sie ihre Anwesenheit erwähnten.«

»Ich habe sie auch nicht erwähnt, Sir«, erwiderte ich.

»Vielleicht haben Sie sie nicht gesehen oder nichts von ihrer Anwesenheit gewußt«, meinte mein oberster Chef und dann winkte er Jennings. »Sie können Ihrem Schöpfer danken, Jennings, daß das Experiment heute so glimpflich abgelaufen ist. Ich denke, Ihre beiden Männer vor der Tür können Sie abziehen.«

Ich hatte Freudentränen in den Augen, als ich mich an diesem Nachmittag von Billy verabschiedete.

»Ich bin gespannt, was Mary sagen wird«, meinte ich.

Billy sprach nicht die vier Worte, die ich erwartete. Statt dessen sagte er: »Gott segne sie!«